徳間文庫

禁じられた楽園

恩田 陸

徳間書店

目次

1

平口捷（ひらぐちさとし）は、烏山響一（からすやまきょういち）と同じ講義を取っていたから彼のことを知っていたし、捷だけではなく同じ学部のほとんどの人間が彼のことを知っていた。もしかすると、同学年のみならず大学全体でもかなりの学生が彼のことを知っていたかもしれない。

捷は初めて彼を見た時、もし烏山響一だと知らなくても、この男を一目見たら決して忘れられなかっただろうな、と思ったのを覚えている。

新学期の、階段式の大教室。

数百人もの学生が、教授を待ちながら、巣箱の周りでたむろする蜜蜂の群れのように思い思いの方向を向き、ざわざわと雑談に興じていた。捷もまたその一人で、親しくなったばかりのクラスの友人と夢中になって喋っていた。

だが、その瞬間、彼は何かの気配を感じていた。

話に熱中していたはずなのに、なぜか話を中断してくるりとその方向を振り返っていた。教授が入ってきたのならば、周囲の学生の反応で誰かが入ってきたと分かるだろうが、学生が一人入ってきたくらいで教室の雰囲気が変わるとも思えないし、ましてやそのことを感じとることなどありそうにない。

人間の視界は一八〇度ではなく、それよりも少し広いのだと聞いたことがある。正面を向いていても、ほんの少し斜め後ろまで見えるのだそうだ。

もしかして、その時捷には彼が入ってくるのが「見えていた」のだろうか？

捷が何気なく振り向いた瞬間、スッと一人の男子学生が入ってくるのが見えた。

最初、その青年を外国人留学生かと思った。なぜかはうまく言えない。

前から一人の東洋人が歩いてくるとする。その人物が日本人かどうか判断しようとする時、その容貌は意外と判断基準にはなりにくいものだ。服装や身に着けているもので判断できる場合もある。世代が上の人間は、明らかに日本人が決して着ないような服を着る。だが、若い世代は判別が難しい。若者の着るカジュアル・ウエアはどこの国も均一になりつつあり、見た目だけでは分からない。

だが、どんなに見掛けが完璧な日本人であっても、しばらくずっとその人間を観察していれば、やがて「いや、この人は日本人じゃないな」と徐々に分かってくる。

たとえば、最も顕著な相違は視線である。日本人の視線は、対象の中心を捕らえない。見るとはなしに見る。見ていないようで見ている。対象の周辺を撫で、決してそのものとは向き合わない。最初から視線が拡散しているのだ。だが、彼等は違う。彼等の視線は対象そのものを捕らえる。対象から何かをつかみとろうとする。

そして、彼等の視線は日本を見ているが、彼等の視界は日本ではない。

その目は、恐らくはその人間が育ってきた土地の風景を見ているのであって、決して我々日本人と同じものを見ているわけではないのだ。彼の髪の毛や爪や肌には、彼が住んでいる場所の空気や土の匂いが細胞の一個一個にまでしみこんでいる。彼は日本のアスファルトを踏んでいても、故郷の空気を切り裂き、故郷の空気を吸いながら歩いている。町の中を歩く異邦人の手足だけを見つめていると、彼らは違う時間を、異なる空間を歩いているように見える。いや、見えるだけでなく実際にそうなのだろう。我々が世界中どこにいっても日本の時空を生きているように。

そういう、異なる時空を生きているという感じの男が入ってくるのが見えたのだ。

捷は無意識のうちにその男に注目していた。

背が高く、首が長く、肩にかかりそうに伸びた黒い艶（つや）やかな髪。無駄のないがっちりした体格で、鍛え上げられた筋肉を感じる。

どこか異様に感じるのは、そのゆったりした足取りだった。幾らでもスピードを出せそうな体躯が、用心深いと形容してもいいほどゆっくり歩いてくるさまは、なぜか見る者を苛立たせた。

抜き足、差し足、忍び足。まるで、これから何かの目的があって、その時のために力を温存しているような印象を受けた。「その時」が来れば、無駄のない動きで何かを完璧にやりとげるだけの爆発力を秘めていることを予感させるのだ。

若草色のシャツにジーンズ。履き古した黒のスニーカー。ごつごつしたスポーツウォッチに、よれよれのキャンバス地のバッグ。

捷はそこまで観察して、ふと、その男が端整な顔だちのかなりの美男子であることに気が付いた。かなりどころではない。とんがった雑誌の広告写真のモデルだって務まりそうな容姿である。

なぜこんな簡単なことに最初に気付かなかったんだろう、と自問する。

やがて、拒絶されているからだ、と気付いた。

その無表情で異質な感じのする顔からは、「カッコイイ」という単純かつ陳腐な言葉で片付けることを憚られるような、奇妙な拒絶が漂っているのだ。

「おっ、烏山響一だ。あいつ、この講義取ってたんだな」

隣の友人が、捷の視線を追って呟いた。

「え、あれが」

捷は絶句して、改めて前のはじの方の席に座った青年の背中を見つめた。

あれが、烏山響一。

捷はぼんやりと、その若草色の広い背中を見ていた。

気のせいか、その背中も周囲の人間を静かに拒絶しているように見えた。注目されることに慣れているせいからかもしれない。彼のような有名人は、何らかの結界を自ら張っておかないと、好奇心をむきだしにした世間がたちまち彼目掛けて流入してくるのだろう。そういう生活など想像もつかなかったが、あまり楽しいものではなさそうだ。

捷と彼との出会いはこれだけだった。捷が一方的に初めて彼を見たことを出会いと呼べるものならば。

週に一度の講義。

教室にいる学生の多くが烏山響一を知っていたが、いつも前の席に座り、周囲に全く興味を示さない彼が、教室にいる数百人もの学生の名を知っているとは思えなかった。

しかし、彼の方では関心がなくとも、彼自身には抗いがたいカリスマ的な雰囲気があった。あたかも蜜に吸い寄せられる蜂のごとく、数週間もすると多くの男女が彼の周りに集まってグループを拵えた。その中心にあっても、彼がみんなと特に親しくしているという様子は見受けられなかった。彼の讃美者が彼を囲んで、彼の雰囲気をおずおず味わっていると言った方が正しかった。

ましてや捷など、烏山響一を取り巻く有象無象の世界のかけらですらなかったろう。捷の方でも、別にその世界に加わりたいとは思っていなかったし、加わることが有り得ると考えたこともなかった。

　しかし、烏山響一の方は、確かに平口捷のことを知っていたのである。

2

どんよりと濁った、どこか殺伐とした色彩の風景が映し出される。

枯れた野原の続く川べりに、古ぼけた灰色のキャデラックが停まっている。

川の向こうには灰色の煙を吐き出している、煤けた工場が並んでいるのが見える。

野原では子供たちが遊んでいる。壊れた家電製品やゴミが散乱した、殺風景な野原だ。

子供たちは石蹴り遊びをしている。夢中になって遊んでいる子供たちの中で、まだひときわ幼く、ルールも理解できないため遊びに加われない金髪の男の子がいる。

彼は、退屈そうな表情をしてぼんやり辺りを眺めている。

子供たちの歓声が響く空に、ふわりと白い蝶が飛んでいく。

男の子はその蝶に気付いて、更にその蝶の向こうにあるキャデラックに気付く。

彼はゆっくりとそのキャデラックに向かって歩き出す。

他の子供たちは彼がそちらに向かったことに気付かない。

男の子はとことことそのキャデラックに近付く。

きちんと閉まっていないトランクの、暗い隙間を覗き込む彼。

何も見えない。

彼は、無造作にトランクの蓋に手を掛け、それをぱたんと押し上げる。

突然、雲のように白い蝶の群れが大量にトランクから飛び出す。

男の子は面食らい、どしんと地面に尻餅をつき、空を見上げる。

空を白い蝶が埋め尽くす。震えるように羽ばたきをしながら、ふわふわと白い斑点のように空を漂う。

蝶の羽根がぐうっとアップになる。

よく見ると、その羽根は血痕で点々と汚れている。

男の子は蝶に興味を失い、地面を這ってよろりと立上がり、石蹴り遊びをしている子供たちに向かってよちよち駆けていく。

カメラはトランクの中を見下ろす。

トランクの中では、血まみれで既に腐乱の始まった男女の死体が空しく虚空を見つめている。

カメラは車から遠ざかり、空をゆっくりと舞う白い蝶の群れを映し出す。

そこに、ＦＩＮ、の文字が出る。続けて、俳優とスタッフの名前がゆっくりと流れ始める。捷はじっとその名前の羅列を凝視する。

やがて、その名前が出る。

KYOICHI KARASUYAMA

「そんな気持ち悪い映画見るのよしなさいよ」

香織の落ち着いた声が耳に飛び込んできて、捷はギクリとした。慌ててリモコンを握り、ＴＶの音量を下げる。

悪戯を見咎められた子供のように、捷は肩をすくめて襖を開けた姉を見た。

「――起きてたの？」

「考えごとをしてたら眠りそこなっちゃって」

「へえ、珍しい」

見ると、香織はコーヒーの入ったマグカップを二つ手に持っていた。

これはますます珍しかった。姉はここで長居するつもりなのだ。

香織はカップを置くと、炬燵にするりと入ってきた。四月も半ばになろうというのに、このところ肌寒い日が続き、まだ炬燵を片付けられない。

レンズにピンク色の入った縁なし眼鏡の奥から、香織は薄い色の無表情な瞳でＴＶの画面をぼんやり見つめている。

捷はもぞもぞした。

昔から、彼はこの四歳上の姉がそばにいると落ち着かなかった。ほんの数秒前には引き込まれていた映画も、今ではよそよそしく居心地の悪いものに変わってしまっている。

「これ、怖い映画？」

香織がぽつんと尋ねた。

「うん、ちょっとね。この映画の美術やってるの、うちの学部の学生なんだ」

「美術って――あんた建築学部じゃないの」

「知らない？　烏山響一って。日本よりも海外での方が有名らしいけど。芸大を中退して、海外で活動してて、戻ってきて、うちの大学を受け直したんだよ」

「へえー」

姉はその名前をまず知らないだろう。彼女はサブカルチャーというものに全く興味がない。そもそも、何かにのめりこんだり、はめを外したりするということが全くない人間なのだ。明日は早いからとさっさと布団に入ることができ、きちんと翌朝予定通りの時間に起きられる人間。捷にはそういう人間が驚異としか思えない。姉の方から見れば、明日は早いと分かっているのにぐずぐずと夜更かしし、翌朝案の定寝坊をしてバタバタする捷のことが理解できないに違いない。

こうして烏山響一の説明をしていても（しかも、よりによって烏山響一だ）、捷はかすかな虚しさを覚える。自分と姉とは別種の人間だ。同じ親から生まれても、本当の意味で理解しあうことはできないのではないかと、彼は秘かに疑っていた。

姉は、世間の基準と見事にぴったり合致した、「きちんとしたお嬢さん」なのだ。

彼は、いつも自分が姉を前にした時に覚える違和感とかすかな悲しみを、うまく説明することができない——そして、彼が幼い頃から姉に抱いてきたかすかな恐怖の理由を。

母親が亡くなったのは、彼が小学校六年、姉が高校一年の冬だ。

ただ泣きじゃくり弱々しく悲嘆にくれる彼の隣で、姉はとても静かに立っていた。

あれは斎場だったろうか？　制服を着た姉は、じっと何かを睨みつけるようにして立っていた。ぴくりとも動かず、どこかを凝視し続けていた。あの時の姉の目——あの乾いた無表情な目はなんだったのか。捷には、あれはどうしても、あの日から彼女に主婦となり母となる重圧を残してこの世を去っていった母親への、恨みの目だったように思えてならないのだった。

もちろん、姉はそんなことをおくびにも出したことはない。

彼女はいつも完璧だった。家事全般に捷の世話、父の出張の準備や盆暮れの挨拶、親戚の冠婚葬祭、町内会。全てを整然と滞りなくこなし、学校の成績はトップクラス。「ウチの嫁よりよほどしっかりしている」と近所や親戚の評判も上々だった。

しかし、捷は姉のおかげで何不自由ない生活を享受できているにもかかわらず、姉の完璧さが怖かった。

今でも覚えている。姉の作ってくれた遠足のお弁当の蓋を開けた時の衝撃を。友人たちが、その豪華さにわあっと声を上げた。それは、まるで仕出し屋の弁当のようだった。野菜の丁寧な飾り切りといい、種類の多さといい、前の晩、ほとんど寝ずに作ったのだとしか思えぬ凝りようだった。友人たちは口々に褒め、羨ましがった。

しかし、捷はその弁当が怖かった。そこには一分のスキもなかった。また、捷への愛情もなかった。ただそこには、「誰にもあたしには文句を言わせない」という、姉の強い意思だけが詰め込まれているようにしか思えなかったのだ。

姉の成績ならばどこの大学でも行けたと思うのだが、彼女はミッション系の女子大を選び、大手の損害保険会社に就職した。手堅くそつのない、目立つことの嫌いな姉らしい選択だった。

父は、二年前から福岡に単身赴任しており、今は松原の家に二人きりだ。捷が大学に入学してからというもの、姉とは生活の時間帯が完全にずれてしまっている。言葉を交わすのは久しぶりだった。

「――ねえ、捷。あたし結婚しようと思ってるの」

「え？」

香織の淡々とした声に、捷は一瞬内容が理解できなかった。「明日お弁当いるの？」と聞くような口調だった。

「結婚？　お姉ちゃん、結婚するの？　いつ？」

「今年の秋」

「誰と」

「会社の先輩よ。五歳年上」

「まだ二十三じゃない」

「幾つでも同じじょ」

「会社辞めるの？」

「辞めない。マンション買うつもりだから、当分共働きね」

捷はあっけにとられた。どう反応してよいのか分からないのである。ずっと遠くにあると思っていた現実がいきなり目の前に迫ってきて、面食らっているのだ。しかし、その一方で、非常に姉らしいなとも考えていた。姉は着々とためらいなく、自分の城の煉瓦を積んでいる。彼女の頭の中には、もう城の完成図まで見えている。

「お父さんにはもう話してあるの。来週、帰ってくるって。うちに連れてくるから、土曜日はあんたも家にいてね」

上司にでも報告するような、事務的な説明だった。

なんだ、これを言うためにに来たのか。

捷はかすかな落胆と、同時に安堵とを覚えた。彼女は用がなければ話をしない。ただの暇潰しや、なんとなく喋りたくなってという理由で捷と話したりはしないのだ。

香織は話し終えるとカップを持ってさっさと立ち上がった。

「早く寝なさいよ。――ねえ、その人、あんたの友達なの？」

「その人？」

「その映画の美術やってるって人よ」

香織はＴＶに顎をしゃくった。もう映画は終わっている。

「ううん。授業で見掛けるくらい。話したこともないよ」

捷は横に首を振り、そっけなく答えた。

「関わりあいにならないほうがいいと思うわ。凄い人みたいだけど、なんだかとても不吉な人だわ」

姉はおやすみ、と呟いて静かに襖を閉めた。捷はぽかんとして襖を見つめる。

今なんて言ったんだろう、お姉ちゃんは？

ふと、彼は姉に「おめでとう」を言わなかったことに気付いた。

3

地下鉄東西線竹橋駅から地上に出て、東京国立近代美術館へのゆるやかな坂を登りながら、捷は昨夜の姉の最後の言葉のことを考えていた。

天気は相変わらずぐずついて空は薄墨色に曇り、空気はひんやりと冷たい。今年は春らしい硬質な青空を、まだ一度も拝んでいないような気がする。

関わりあいにならないほうがいいと思うわ。なんだかとても不吉な人だわ。

姉らしからぬ台詞だった。姉は他人に対する感情的な評価を口にしない人間なのだ。評価をしないわけではない。香織はよく気が付くし、他人に対する観察力や洞察力も優れているし、本質的にシビアな人間だと思う。けれど、そういうものを口に出すのが得策ではないことをよく承知しているのだ。彼女が誰かの陰口を言うところを聞いたことがないし、誰かに対する嫌悪を見せたこともなかった。

その姉があんなことを言うとは。しかも、ほんの少しあの映画をTVの画面で見ただけなのに。

ぱらぱらと美術館に入って行く若者が見える。

捷は、昨夜TVで見た、烏山響一の名を一躍世界に知らしめることになったイタリアの巨匠の映画を思い浮かべていた。

それだけ、烏山響一の美術にインパクトがあったということだろうか。

確かに、彼の美術はちょっと目にしただけで彼のものだと分かる。魔術的な美しさ。それも、禍々しくて生理的嫌悪をどこかに感じる美しさなのだ。

大きな看板が目に入る。

烏山彩城展――幻影の楼閣

烏山という字を見ただけでギクリとするのはなぜだろう。

烏山彩城は、響一の伯父だ。彼も建築学部を出たアーティストで、最初は工業デザイナーとして出発したが、海外と日本を行き来して仕事をするうちに、幻想的で奇想に満ちたインスタレーションを造るようになる。

一見普通の建築模型のように見えるのに、よく見ると階段だけの家だったり、足を踏み入れることのできない部屋があったり、ジャングルジムが家の中にあったりして、エッシャーの絵を三次元で再現しているようなものもあった。それらのインスタレーションは年々巨大化し、近年ますます大掛かりなものになっている。最近では、ほとんど家一軒に近いものを建てて実際に鑑賞者が中に入れるものや、町の一角を使って渡れない橋を造るといった、体験型のものも現れていた。

彩城も日本に先駆けてヨーロッパやアメリカで評価されたアーティストであり、母国での大々的な回顧展は初めてとあって、本人は出てこないものの、マスコミでの露出は非常に多かった。響一もこの伯父に多大な影響を受けたと言われている。

リュックをコインロッカーに預け、捷は美術館に入っていった。

美術館という空間は、子供の頃から好きだった。入った瞬間から身体に感じる神秘的な静謐（せいひつ）さ。特に、大きな美術館に漂う、どことなく人間ばなれした非現実感が好きなのだ。

昔、図書館で借りたアメリカの児童文学に、メトロポリタン美術館に泊まり込む姉弟の話があって、捷も美術館に住むことに憧れた。自分だったら上野の国立科学博物館に住むのに、といつも思っていた。

美術に限らず、アート全般を好むのは亡くなった母親の影響だろう。母は、美術館や博物館、映画館や図書館によく連れていってくれたし、毎晩絵本を読んでくれた。

何かの絵の展覧会で、母が額縁を指さして呟いた言葉を今もよく覚えている。

ごらん、捷、これは窓なの。絵を描いた人の窓なのよ。この額縁に囲まれた部分だけを切り取って、絵を描いた人の内側にある風景を見せてくれているの。この額縁の向こうに、広い広い世界がどこまでも広がっているの。捷が今見ているのは、そのほんの一部分だけなのよ。

そう聞いた捷は、額縁の向こう側を見ようと、絵に近付いて一生懸命中を覗きこもうとしたものだ。

展示されている彩城のインスタレーションは見応えがあった。

捷はむしろ、彼の初期の模型に興味をそそられた。ジオラマやドールハウスを上から見ているような感覚。初めて神の視点を獲得した時の子供のような興奮を覚えるのである。

例えば、チェス盤のような家がある。壁紙も階段も天井も市松模様に塗られた家。こんな家の階段を降りていたら、たちまち足を踏み外すに違いない。

例えば、畳一畳ぶんの幅しかない細長い家。玄関、クローゼットルーム、トイレにバスルームなど、全てが一直線に並んでいて、一番奥の寝室にたどり着くまでに全ての部屋を通過しなければならない。

例えば、巨大なドーム型の天井に、大小たくさんの鐘が吊り下げられた家。

例えば、床がみんな池になっていて、ハンモックで眠り、壁や天井に張り巡らされた鉄の梯子(はしご)を往き来して暮らす家――

突然、捷は緊張感を覚えて全身を硬直させていた。

なんだ、これは。どうしたんだ？

肌がぴりぴりするような感覚がある。

誰かが僕を見ている。

捷は背中が固まってしまったような気がした。

誰だ？

しかし、心のどこかで、既に彼はその名前を予感していた。

彼は、目の前にある自分の背丈と同じくらいの高さのアクリルの模型を見つめたまま、なかなか動くことができなかった。

どきんどきんと心臓の音がこめかみまで響いてくる。

いつからあいつはそこにいたんだろう。

空（す）いているとは言えないものの、各人が識別できないほどではない混雑であり、見通しのきく会場である。

だが、捷は、最初からその男が近くにいることを心のどこかで知っていたことに気付いた。あの暗い穴のような目が、この会場に入った時からじっと自分を見据えていたことに。

ふと、透明な箱を重ねたような目の前の模型の隅っこに付いている題名が目に入った。

『不在の城』

不在の城、と捷は口の中で呟いた。

そう、僕はここにいない。今ここにいるのは僕の意識だけ。僕の姿は透き通ってしまっている。だから、僕のことが奴に見えるはずはない。奴が僕に気付くはずはないんだ。第一、奴が僕のことを知っているはずがない。同じ授業はたった一つだけだし、その一つだってあんな大教室で、奴は毎回脇目もふらずに出入りしている。気のせいだ。あんな有名人が自分のことを知っているなんて、自意識過剰な青少年の自惚れに過ぎない。さあ、早く動き出すんだ。次の展示を見なくては。

かすかに風の動く気配を感じた。

近付いてくる。

あいつが近付いてくる。あの男がいつものように、用心深く無駄のない動きで、こちらに影のように歩み寄ってきているのだ。

「――こういうものに興味があるのかい？」

それはとてもさりげなかったが、どことなく企みに満ちた声だった。まるで、これから捷が酷い目に遭うのを知っていて、ほくそえんでいるような声だ。

捷は思い切って、声のする方に向き直った。

振り返ってみると、自分がそんなにこの男のことを恐れているわけではないことに驚いた。むしろ、自分がこの男と親密になりたいと願っていることに気付いた。

烏山響一を目にすると、いつも非現実的な印象を受ける。

確かに、彼は皆とは違う。凡人が持ち得ぬものを、彼は幾つも持っている。

世界的なアーティスト――スキャンダラスな匂いに満ちた、言わば公然たる出生の秘密――他人を寄せ付けぬ謎めいた美貌――そんなものを兼ね備えた人間はめったにいない。

彼は常に衆目を集め、群衆は彼を少し離れた場所から讃美する。

だが、彼から受ける非現実的な印象とは、そういうアイドルめいたものとは少し異なる。なんと言ったらよいのだろう。この世のものではない道具。理解不能な法則。見たことのない機械。そういう、見ている者の価値観や常識を不安に陥れる類いのものなのだ。

失礼だとは思いながらも、まじまじと目の前の男の顔を見ずにはいられなかった。こんなに近くで彼を見るのは初めてだった。

グレイの無地のTシャツ。ストーンウォッシュのジーンズ。履き潰す寸前のスニーカー。どこから見ても普通の、だが普通より恵まれた体格と容貌の青年。

「――俺の顔に何か付いてるか？」

響一は薄い唇をかすかに上げて、嘲笑とも取れる笑みを浮かべて捷に回答を促した。

思っていたよりも穏やかな瞳だ。

「よく僕のことに気が付いたね」

「同じ授業取ってるじゃないか」

「でもあんな大教室だし、君、いつも一番前に座るし。取り巻きもいっぱいいるし」

響一はハハ、と小さく笑った。

「取り巻きね。その通りさ、ただ取り巻いてるだけだ」

「いつも君の顔、忘れちゃうんだよね。よく雑誌にも載ってるし、すごいハンサムなのにね。どうしてだろ、見るといつも、ああこういう顔だったんだって思うんだけどさ」

捷は自分でも意外なほど無邪気な声が出せたことに満足した。

「ふうん。そいつは光栄だな」

「どうして？」

「ほら、よく言うだろう。思い焦がれた恋人の顔ほど思い出すことができないって」

響一は楽しくてたまらないという目でチラリと捷を見た。

その瞬間、なぜか捷はゾッとした。この男の口から聞いた「恋人」という言葉は、初めて聞くおぞましい言葉のように響いた。同時に興味も覚えていた。この男が女性に恋い焦がれることがあるのだろうか？　誰かの胸の内を思い、眠れぬ夜を過ごすことなど？

「――カクテルパーティ効果というのを知ってる？」

響一は腕組みをしてブラブラ会場の中を歩き出した。捷がついてくることを疑わぬ素振りだ。

会場のあちこちで、響一に気付いたらしい客たちが、こそこそ好奇心の満ちた顔で囁きあっているのが目に入る。

捷はなんとなくこそばゆい気持ちで響一について歩き出す。

「なに、それ」

「人間の耳は、自分に必要ない情報は無意識のうちに遮断している。パーティで誰かと喋っている時、周りでどんなにたくさんの人間がガヤガヤ騒いでいても、対話の相手の話だけがちゃんと耳に入ってくる」

響一は必要以上にゆっくりと（捷にはそう聞こえた。ああ、話すテンポもゆっくりなんだなと思った）、低い声で呟くように話す。

「でも、少し離れたところで誰かに自分の名前が呼ばれると、耳は敏感にそちらにも反応するんだ。聞いていないようで聞いているし、聞いていても聞かないことができるのさ」

捷には彼の話の要旨がつかみかねた。

何が言いたいんだろ、こいつ。

次の言葉を待っていると、つかのま不自然な間があった。

「聞こえたんだ」

「え？」

響一は奇妙な瞳でじっと捷を見た。捷はその瞳に込められたものの意味が分からず、戸惑って響一を見る。

「あの教室で、平口捷が俺を呼んだのが聞こえたのさ」

捷はフルネームを口にされてギョッとした。しかし、すぐに話の内容の方に反応すべきだったことに気付いた。

二人はちょっとだけ足を止め、一瞬見つめあった。

「呼んだ？　僕が？」

捷はきょとんとした顔で繰り返す。

とたんに響一は、捷の肩をぽんと叩いてスッと離れていった。彼の表情を見ようとしたが、もう後頭部しか見えなかった。

「ま、ゆっくり見てってくれよ。伯父貴も喜ぶだろうからね」

そう言い残し、響一はゆっくり歩いていく。顔を赤らめた若い女性二人が彼に声を掛けようと近付いてきた。

呼んだ？　僕が？

捷はもう一度心の中で繰り返し、響一の大きな背中をぼんやりと一人見送った。

4

彼は、夜の部屋で、一人黙々と箱庭を作っている。

ペンダント型の小さな照明が、テーブルの上の箱庭に円錐形の光を落としている。

長方形の箱庭には、白い砂が敷き詰められていて、小さな樹木が脇に並べてある。

彼は規則正しく手を動かし、小さな鍬(くわ)で砂をかき寄せている。箱庭の中心に、小さな砂山ができあがっていく。彼は、鍬をとんとんと叩き、山の稜線を丁寧に整える。

部屋の中はしんと静まり返っている。ここにいるのは彼一人だ。

時折、遠くの方から、深夜に移動する貨物列車がゴトゴトとレールの上をどこかへ運ばれていく軋(きし)み音が低く伝わってくる。

部屋はかすかに肌寒い。窓がほんの少し開いていて、そこから夜風が入りこんでくるのだ。

貨物列車が遠ざかってゆくのを、彼はじっと耳を澄ませて聞いている。

ふわりと白いカーテンが闇に揺れる。

彼はチラリと視線をそちらに向け、しばし揺れるカーテンを見つめている。夜風に揺れるカーテンは生き物のようで、パントマイムを踊っているみたいだ。

やがて、彼は箱庭に注意を戻す。彼は真ん中に盛り上がった山のてっぺんを、用心深い手つきで平たく潰す。

彼はじっとその山の出来栄えを見ていたが、テーブルの引き出しから小さな人形を一つ取り出す。両手を上げた男の人形。七三に分けた髪の毛だけが描いてあり、顔はのっぺらぼうだ。

彼は箱庭の山のてっぺんに、その人形をぶすりと突き刺す。ぐりぐりと砂山に人形を押し込んでゆく。

彼はパッと手を離す。

砂山のてっぺんに、身体は砂に埋まった男の人形の頭だけがぽつんと飛び出している。

彼は箱庭にもう興味を失ったように椅子に横向きに座り直し、テーブルの隅に置いてある煙草に手を伸ばした。

一緒に入っているライターでカチリと火を点け、椅子にもたれてゆっくりと吸い込む。

ねじれた煙が、暗い天井に広がっていくのをじっと眺める。

白いカーテンが、静かに踊り続けている。

5

扉が開いた時、律子は扉の向こうに白い闇を見た。

白い闇。白といっても、可愛らしい純白ではない。どことなく灰色がかった重たい白。

雪だ。空間を塗り込めるような、密度の濃い雪が降っている。

遠い昔の風景。

律子は雪の匂いを嗅いだような気がした。幼い頃から身体に染み込んでいる匂いだ。

そして、扉の向こうの白い闇の奥から、一人の男が近付いてくるのが見えた。

男が着ている黒いTシャツの上に、雪がまだらな模様を作っている。それはまるで、あちこちが欠けている人間のように見える。

白くあちこちが欠けた男は、瞬きもせずにこちらに近付いてくる。

その姿は、空間を埋める雪の白さに比べて、目が吸い込まれそうなほどに暗黒だった。

なんだろう、この禍々しさ、この胸騒ぎは。

バチッ、と空気が弾けたような錯覚を覚え、ハッとしてもう一度目を開くと、その男はガラス戸を押し、じめっとした春の夜の空気を連れて店の中に入ってくるところだった。

律子は慌てた。

「すみません、もう閉店なんですけど」

男はちらりと律子を見たが、全く意に介さない様子でずいっと店の中に入ってきた。

律子が困った顔でマスターを振り返ると、カウンターの中で洗い物をしていたマスターは顔を上げて男を見た。すると「おお」という驚いた顔になり、大きく会釈した。

その気さくな雰囲気から察するに、かなり親しい知り合いらしい。

男は小さく挨拶すると、律子の前を通り過ぎた。

その時、やはり雪の匂いがした。

間違いない。間違えるはずもない。

かすかに鼻を鳴らして雪の匂いを吸い込んだ瞬間を、男は見逃さなかった。

その刹那（せつな）、男はピタリと足を止め、律子をちらっと見た。

その視線は、なぜか背筋を冷たくさせた。男の目には乾いた興味が覗いていた。意外なところで意外なものを見た、という目付きだった。

律子は怯(おび)えた表情で男を見上げた。男は律子より三十センチは背が高かったのだ。どこかで見たことのある顔だ。まだ若いし、整った顔だちをしている。肩幅の広い均整の取れた体格は、モデルだと言われても納得するだろう。だが、何かが違う。何かが間違っている。

男はやけに静かな足取りで、カウンターの隅に座った。

マスターがぼそぼそと話しかける。男はかすかに笑い、相槌(あいづち)を打った。

その横顔を見て、律子は男が誰だか思い出した。

烏山響一だ。なぜこんなところに。そう言えば、日本の大学に入り直したと聞いた。その大学はこの近くだった。マスターの知り合いなのだろうか？

律子はおしぼりの入ったポリバケツを運びながら、カウンターの隅に座っている男に意識を集中させた。

烏山響一。なんとぴったりで、なんと凄い名前なのだろう。

彼が美術を担当した映画を何本か見たことがあるが、その強烈な印象が暫(しばら)く脳裏から去らなかったことを覚えている。何か凄くて美しくて嫌なものを見てしまった。そういう衝撃と感動と後悔とが、渾然一体となって身体の底に澱(おり)のように残るのだ。いつか、忘れた頃に不安な夢となって出てきそうだという予感を覚えた。

なぜあんなものを造れるのだろう。どんな人間があいうものを造るのだろう。

律子はそういう興味を持って烏山響一を密かに観察した。

彼女もモノを造っている。モノを造り出す人間になりたいと願っている。彼女が造るのは彫塑だ。そのおおらかで伸びやかな作風は一部でかなり注目を集めており、将来を嘱望されていると言っても嘘にはならないだろう。

造り出すモノがなんであれ、その作品には作者の内面が現れる。だが、何かを造ろうとその険しい道を進んでいくと、どんな作風のものであれ、どんなジャンルの芸術であれ、行き着くところは同じであると律子は信じている。結局は同じ一つのものをさまざまな方向から探っているに過ぎないのだと。桶を作る職人も、コマーシャルフィルムを造る監督も、オペラ歌手も、その到達点は一か所なのだ。

だが、響一のような作品と、自分の作品の行き着く先が同じだとはどうしても信じられなかった。これだけ方向性の違うものが交わる一点があるとは思えなかったのだ。響一の作品に触れる度、律子は首をかしげるのだった。

あたしの考えは間違っているのだろうか？　それとも、彼の行き先とあたしの行き先はいつかどこかで交差するのだろうか？

彼女は使用済みのおしぼりの入ったポリバケツと、未使用のおしぼりの入ったポリバケツを交換する。薄い袋に包まれたおしぼりを、明日に備えて整え始める。

律子はカウンターの隅の座っている男を観察する。モノを造るには、よく見なければならない。全てのものを、自分の目で、自分の中の真実の目で見なければならない。

男は笑っていた。そして、目玉だけがチラリとこちらを見た。

律子は思わず目を逸らした。彼は、律子が彼を見ていたことを知っているのだ。そのことが、なぜこんなに不安な気持ちにさせるんだろう。

律子はテーブルを拭くことに専念した。

が、ふと何かの気配を感じてカウンターの男を振り返った。

店が消え、男の向こうに巨大な絵が見えた。

かすかに朱の混じった、重たい白の空に、黒々としたカラスが群れをなして飛び交っている。

ギャアギャアと愚痴っぽく、恨めしそうに鳴く声が響く。

いやだ、こんなにカラスがいっぱい。律子は顔をしかめた。

なぜかカラスの輪郭ははっきりしない。どんよりした空に、ゆっくりとぶれた黒の十字が動いている。カラスの鳴き声のあまりのけたたましさに、かえって世界は静寂を増していくように感じる。

低い山の上に覆いかぶさるように飛び回るカラスの群れ――

気が付くと、律子は嫌な風の吹く殺風景な山道に立っていた。

生命は沈黙する季節らしい。白の山並み、白の空、そこを埋めるカラスの群れ。青々とした草木や花々の気配は全く見当たらない。

律子は空を見上げた。スローモーションのように、荒々しいタッチで描かれた油絵のカラスがゆっくりと動いている。

ここは絵の中?

律子は周囲を見回した。空気の粒子が粗い。殺伐とした風景に、人間の存在は感じられなかった。

誰かの心の中かしら。

ふと、そんな考えが頭に浮かんだ。

カラスだけが活発に動き回っていた。活発とはいっても、しょせん絵の鳥だ。筆の勢いが感じられる黒い羽が、ゆっくりとクレイアニメのコマ落としのような動作で、ぎくしゃくと動いていく。黒と朱が地に塗ってある、白のでこぼこした空を、ちょっとずつ飛んでいくのだ。

こいつらには内臓があるのかしら?

律子はかすかに油絵の具の匂いの漂う空をぼんやりと見上げた。

よろよろと歩いてみる。足元は盛り上がった油絵の具でごつごつしていた。歩きにくいし、足の裏が痛い。

　この空は、殺伐とした荒野はどこまで続くのだろう。地平線が赤く滲(にじ)んでいるところを見ると、今は夕暮れ時らしい。

　いつのまにか、カラスの群れは遠ざかっていた。地平線に向かって、たくさんの「く」の字の形になって描かれている。

　ふと、道の向こうに、黒い服を着た男が立っていた。

　空を埋めるカラスの群れに姿が溶け込み、白い能面のような顔だけがその中に浮かんでいる。

　烏山響一だ。なぜここに。

　響一はゆっくりとこちらに近付いてきた。律子は逃げ出したくなる。ここは彼の絵の中なのだ。

　律子は必死にここから逃げ出そうと試みるが、足が動かない。サンダルが白の油絵の具にめりこんでいるのだ。

　響一の瞬きしない乾いた瞳が迫ってくる。

　おまえは、俺の匂いを嗅いだ。

　頭のてっぺんから楔(くさび)を打ち込まれるようなずしりとした声が律子の脳裏に響く。

　おまえは、俺の匂いを嗅いだな。

　そうだ。さっきあたしは彼と擦(す)れ違い、彼の匂いを吸い込んだのだ。それがどうしたというのだろう？　彼は怒っているのだろうか？　あたしが彼の匂いを嗅いだから？　その黒いTシャツの下に、屍肉でも隠しているのだろうか？　もう自分が死んでいることを人に知られたくないのだろうか？

嗅いでません。あなたの匂いなんか嗅いでません。

律子は懸命に首を振って否定する。

響一はニタリと笑う。とても楽しそうな顔になる。

どんな匂いだった？

質問。これは質問だ。どんな匂いだったかって？　どんな匂い——

律子はぼんやりと考え込み、さっき自分が感じた匂いを思い出そうと試みる。

響一は、励ますような目付きで律子を見ていた。出来の悪い子供が、ようやく九九を覚えて暗唱しているところを見ているような目付き。

雪。そうよ、雪だわ。

律子はパッと顔を上げる。

あなたは雪の匂いがした。懐かしい、よく知っている匂い。

突然、ばさばさと大きなカラスが目の前に覆いかぶさってきて、律子は悲鳴を上げた。

ばさばさ、ばさばさとカラスの羽ばたきを目に頭に感じる。

律子は頭をかばい、身体をかがめて逃げ惑った。ぷうんと強く油絵の具の匂いが鼻を刺す。

律子は大声で笑う響一の声を、カラスの羽ばたきの向こうで聞いたような気がした。

こいつは素晴らしい。なあ、どんな匂いだった？

――使用済みのおしぼりの匂いよ。

律子はハッと我に返り、黄色い視界にぎょっとする。

目の前に、くしゃくしゃになって積み上がったおしぼりの山があった。

彼女はいつのまにか、使用済みのおしぼりの入ったポリバケツの上にかがみこんでいたのだった。全身に汗をかいている。

律子は恐る恐る後ろを振り返った。

グラスを片手に、カウンター越しに談笑しているマスターと響一の姿が目に入る。

どうしちゃったんだろ。こんなところで絵の中に入る夢を見るなんて。まさかね。ゆうべ課題で徹夜したから疲れてるんだ。今日も忙しかったし。

律子は汗を拭い、自分にそう言い聞かせて笑おうとした。しかし、かすかに唇が引きつっただけで、うまくいかなかった。

彼女の代わりに、烏山響一が笑っていた。彼女の背中を見ながら。彼女と一緒に油絵の具の匂いを嗅ぎながら。

6

伊勢丹の前でぽんと肩を叩かれた。

「何をぼーっと歩いてるんだよ」

そう声を掛けられて、星野和繁（ほしのかずしげ）はハッとして後ろを振り向いた。

そこには、にやにや笑いを浮かべた、いかにも有能なサラリーマン然とした青年の顔がある。

「あれっ、淳（あつし）じゃないか」

真四角の人懐こい顔をくしゃくしゃにして、和繁は歓声を上げた。

その顔を見て、淳は苦笑する。

「あれっ、じゃないよ。俺、さっき地下鉄の入口でおまえを見つけてから、ずっと後つけてきたんだぜ。咳払いしたりすぐ後ろに立ったりしたのに、おまえときたらちっとも気がつきゃしない」

「そうか？　考えごとしてたせいかな。全然分からんかったなあ」

「俺がひったくりだったら、おまえ三回くらいは盗まれてたぞ」

危機感を覚える気配のない和繁に、淳はあきれ顔になった。

「仕事中かい？」

和繁は淳の身体にピタリと合ったブランドもののスーツに目をやった。むろん、平日の夕方だ。普通の勤め人なら仕事中に決まっている。

「いや、今日はもう終わった。御苑（ぎょえん）前でお客さんと打ち合わせしててさ。今日はこのまま直帰しようと思ってたとこ。おまえは？」

「俺は、紀伊國屋で資料探してたんだ。頭の中で整理をしながらふらふらと」

「相変わらずだな。これから何か予定ある？」

「別に。映画でも見ようかと思ってた」

「飯食わない？」

「いいよ。何食いたい？」

「和風の居酒屋がいいな。ここんとこ接待が多くて、堅苦しい飯ばっかりだったから」

「末広亭の近くに美味（うま）い飲み屋がある」

「よし、そこにしよう」

対照的な格好をした二人は、それぞれの目的地に向かって大勢の人々が行き交う雑踏の中を、横断歩道目指して歩き出した。

黒瀬（くろせ）淳は、大手広告代理店の営業マンだ。ルックスもその肩書にぴったりで、身なりも小綺麗にまとめている。あえて思い切り短く刈った髪や、縁なし眼鏡も彼を有能そうに見せている。学生時代から趣味のいいものを着ていたが、社会人になって金を掛けられるようになったためか更にバージョンアップを遂げ、スーツ、ネクタイ、カバン、靴とどれも組み合わせに気を配った一流品だ。見た目だけでなく、彼は線が細い印象を与えるものの、その実昔から大胆な思い切りのよさがある優秀な男だった。

一方、その隣をのんびりと歩く星野和繁は、モコモコした熊か犬のぬいぐるみのよう。くたびれたベージュの帽子に髭を生やした四角い顔、ポケットのいっぱいついたカーキのコートにコットンパンツ、底の厚いウオーキング・シューズに肩紐の太いショルダーバッグと、いかにも学生時代をひきずりつつ自由業になったということを窺わせるスタイルである。実際、彼は同じゼミにいた淳が既に社会人五年目を迎えているというのに、まだ大学に籍を置いているのであった。だが、彼の履歴を考えると、彼は学生とも研究者とも言いかねる。彼はとても気の多い男で、大学に入学した時から、既に自分で作った会社を幾つも持っていた。以来、数多くの会社を作ったり潰したりということを繰り返しているのだった。今でも何か商売になりそうな事業を思い付くと、日本ではまだ馴染みが薄い『エンジェル』と呼ばれる出資者がリスクを負うスポンサーを募り、暫くその事業に熱中する。しかし、経営が軌道に乗ってくると、とたんに興味をなくして誰かに譲り渡してしまうのだ。中には思わぬ成功を収めた事業もあるのだが、全く惜しがる表情を見せない。彼に言わせれば、あくまで彼なりの経済学の研究の一環なのである。

和繁は、淳とは逆に豪放磊落で物事に執着を見せないような印象を与えるものの、意外な繊細さを持ち合わせている男である。二人は、同じゼミに籍を置いていた時に、特に親しくしていたわけではなかったので、実は二人だけで飲むのは今日が初めてである。だが、あまり接点がなかった割に昔からシンパシーを感じていたのは、お互いに裏返しであるようなその性格によるのかもしれない。

あまり言葉を交わしていなくとも、親しくなれる予感のある者、何かきっかけがあれば親しくつきあうであろうことを感じる者がいるものだ。和繁にとって、淳はそういう人間の一人だった。

そのきっかけがこんなふうに、突然訪れるとは。

和繁は、偶然の不思議さを感じながら、地下の店への階段を降りていった。

まだサラリーマンたちが席を埋めるには早い時間だったせいか、いつも混みあう店内はまだがらんとしていた。

運ばれてきたお通しを前に、コップにビールを注ぎながら、和繁はくんくんと淳の肩の辺りの匂いを嗅いだ。

「なんだよ」

面食らった表情で淳が身を引くと、和繁はニタニタ笑った。

「サラリーマンの匂いがプンプンするぜ」

「ええっ?」

淳は嫌そうな顔をして、自分でも肩の辺りに鼻を近付けた。

「おまえには分からないだろ。でも、サラリーマンは独特の匂いがするんだよ。同じ背広着てても、自営業やサービス業の人間にはしない匂いだ」

「そんなもんかな」

「そう。何の匂いだろうな。会社の匂い。いや。組織の匂いだな。組織は匂うんだ」

「組織は匂う、ね」

淳はそう繰り返すと、ふと考え込むような表情になった。

髪の長い、痩せた男が注文を取りに来たので、その表情はすぐにかき消される。壁の黒板に書かれているおすすめ品から、二人で幾つかつまみを選ぶ。

「今は何か会社やってんのか? 最近また、ベンチャーベンチャーともてはやされてるから、おまえのところにもいろいろ話が来るだろう」

淳はシャツのポケットからマイルドセブンの箱をぽんとテーブルの上に放り投げて尋ねた。和繁の名前は、若い起業家の間ではかなり広く知られているのだ。

「俺、流行(はや)りものには興味ないんだよ。今はいろいろやりたがってる奴がいるから、そいつらに任せようと思って」

和繁は気のない調子で呟いた。

「あまのじゃくだな」

「だって、みんながやってることやったってつまんないじゃないか」

「まあ、それはそうだが」

モツ煮込みとアジの刺身が運ばれてきた。

「俺、今新しいバイトに夢中なんだ」

嬉しそうな顔でモツ煮込みを口に運びながら和繁が呟いた。

「え、なんのバイト？」

淳は耳をそばだてる。これまでも、和繁が興味を示したものがビジネスに結び付いた例をリアルタイムで見てきているだけに、好奇心をそそられたらしい。

「探し屋さ」

「探し屋？」

訝しげな顔をする淳に向かって、和繁はもぐもぐと口を動かしながら頷いた。

「まあ、ほとんど趣味だな。家出人や迷子のペットを探すわけじゃない。情報を探すんだ。今はインターネットもあるし、個人でもかなりのところまでものを探せるけど、それでも探すことが難しいものを探すんだ。『本の探偵』なんかはもう商売になってるだろ。子供の頃愛読したあの本を探してくれ、とか。どちらかと言えばああいう感じに近いかな。漠然とした、他愛のないものを探すのさ」

「例えば?」

「最近あったのは、ペナントだな」

「ペナント?」

「そう。懐かしいだろ、最近はあんまり見掛けないからな。昔は観光地とか、山小屋によく貼ってあった。三角形の、フェルトなんかでできた布で、地名の書いてあるやつさ。俺が頼まれたのは、一九七六年に穂高のどこかの山小屋で見たペナントを捜してくれというんだ。とても漠然とした話でね。その年の夏、夫婦二人で四泊五日で何軒もの山小屋を泊まり歩いたんだけど、そのどこかの山小屋にロシア十字架の描いてあるペナントがあったというんだ。そのペナントをもう一度見たい、というんだね。けっこう面白かったな。人づてに探したり、山岳雑誌に広告を出したり。いろいろ勉強にもなったしさ。何か、商売のヒントになりそうな気もしたな」

「どういう商売の?」

淳は抜け目なくチェックを入れてくる。和繁は小さく笑った。

「たいした金にはならんと思うがね。ただ、人間は好奇心を満たすためならば金を払う、という単純な事実さ。人間には、他の人間には大したことじゃなくても、その本人にとって重要な情報というのがある。例えば、こうやって話してて、昔のTV番組に出ていた司会者の名前が思い出せなかったとするだろ。喉元まで出かかってるし、顔は思い出せるのに名前がどうしても出てこない。すごく気持ち悪いんだよな、そういうのって。だれかに電話を掛けて聞いたり、家に帰ってから雑誌をひっくり返して調べたりする。こういう時、いったんスイッチの入ってしまった好奇心を満たすためには、人間は労を惜しまないということさ」

「ふうん」

「でも、商売はともかく、今は探すという行為自体が楽しいな」

「おまえらしいといえばおまえらしいな。少々隠居がかってるような気がしないでもないが」

店は急に混みあってきた。混む店というのは、徐々に混むのではなく、突然客でいっぱいになる。まあ、みんなが待ち合わせに同じような時間を指定するというのもあるのだろうが、客が押し寄せてくる時間というのは、五分や十分かそこらの短い時間なのだ。和繁はそのことをいつも不思議に思う。さっきまでがらんとしていた店内が、気が付くと客でいっぱいになっていた。昼間の日常生活での疲労と、その日常生活から解放されたという安堵とが混ざりあって、店の中をとろりとした暖かい喧騒が満たしている。

「じゃあ、俺も一つおまえに探して貰おうかな」

ふと思い付いたように淳が呟いた。

「いいぜ。サービスしとく。今幾つか依頼を抱えてるんで、急がないならなおいいぞ」

「急がない。手が空いた時でいいよ。俺の記憶違いか幻覚かもしれないから」

「幻覚とは穏やかじゃないな」

「幻覚という言葉が正しいのかどうか分からない。記憶の中に残っている絵なんだが、それがいつどこで見た絵で、誰のものか知りたいんだ」

「おお、いいね。そういうものこそ、まさに俺が探したいものだ」

和繁は手揉みをした。

淳はつかのま無言になると、煙草を取り出した。煙草を吸う人間には、酒を飲みながら吸うタイプと酒を飲み終えてから吸うタイプがいる。淳は飲みながら吸うタイプだった。

そうだったな、と和繁は懐かしく感じた。ゼミのコンパで、いつも乾杯するかしないかのうちに煙草を取り出す彼の姿を思い出したのだ。

「絵と言ったな。どんな絵なんだ？」

和繁は、なかなか話し始めようとしない淳に水を向けるように話しかけた。

「カラスの絵だ」

「カラス？　あの、黒いカラスか？　ゴミあさってる？」

「そう。結構でかい絵なんだ。ガキの頃に見たんで多少の誇張はあるかもしれないが、これくらいはあったな」

淳は手を目一杯広げてみせた。

「へえ。たしかにそいつはでかいな。どこで見たんだ？」

「それがよく分からないんだ」

淳はコップを口に運び、戸惑った表情で声をひそめた。

「いや、全然分からないと言っていいな。見たのは、たぶん四歳か五歳くらい。小学校に上がる前だった。ただ一つだけ覚えているのは、母親が近くにいたことだ。よそゆきの服を着ていたから、自分の家じゃない。母親とどこかに行ってその絵を見たということしか分からないんだ」

「じゃあ、親戚の家とか、そういうことかな」

「かもしれない。でも、そうじゃないかもしれない。全然場所の手掛かりはないんだ」

「母親に聞いてみたことは？」

淳は首を左右に振った。

「おふくろは、去年死んだ。俺、母子家庭だったし家族いないんだ」

「そうか。そいつは失礼した」

和繁は小さく頭を下げながら、確かに、ゼミでも彼が母子家庭だという話を聞いたことを記憶の隅から引っ張りだした。

「別に。うち、家庭運が悪くてね。祖父母も随分前に亡くなったし」

「そうか。淋しいな」

「気楽という言い方もできるけどね」

淳は屈託のない笑みを浮かべてみせた。

稀薄な男。和繁の頭にそんな言葉が浮かんだ。彼のスマートさは、何に対しても執着をしない、何につけても稀薄な感じがすることと無関係ではないのだろう。それは、係累がいないということに起因するものなのかもしれない。

「その絵が気にかかるんだな?」

和繁は刺身を取り皿に取り分けながら尋ねた。いくらなんでも手掛かりが少なすぎる。

「うん。最近、よく子供の頃の夢を見る。その夢にカラスの絵が出てきてね——ああ、子供の頃にこの絵を見た、と思ったんだ。それから気になり始めた」

「ふうん。もう少しデータが欲しいな。おまえの生まれ育った場所とか、母親の実家の住所とか」

「分かった。帰ったら、手掛かりになりそうなものをメールで書いて送るよ」

「そうしてくれ」

淳は自分の名刺を取り出し、裏に自宅のメールアドレスを書いて和繁に渡した。和繁も自分の名刺を取り出して淳に渡す。定職は持っていないが、名前と連絡先だけの名刺をいつも持ち歩いているのだ。

「手掛かりか」

ガラスの灰皿で煙草の火を消しながら、淳はぽつりと呟いた。

「そう。手掛かりさ。なんでもいい。その時、一緒に記憶してる匂いとか、悲しい気持ちになったとかいう手掛かりはないか？」

和繁は熱心に聞いた。

「そういう意味での手掛かりじゃないけれど」

淳はぼんやりとした目になり、かすかに自嘲ぎみに唇を歪めた。

「奇妙なことを覚えている。信じてくれるかどうかは分からないが」

「言ってみろよ」

「俺、その絵を見た時に、絵の中に入ったんだ」

「え？」

和繁は聞きまちがいかと思い、淳の顔を見た。淳は、それ見たことか、というように乾いた笑みを浮かべてこちらを見た。

「文字通り、絵の中に入ったんだよ。俺はどこかの、広い場所に立ってた。空をたくさんのカラスがバサバサ飛んでてね。それが、みんな油絵の具で描かれたカラスなんだ」

淳は淡々とそう呟き、新しい煙草を出した。

「おかしな話だろう？　だけど、俺の記憶の中ではそういうことになってるんだ。カラスの絵の中に入った、ってね」

カラスの絵の中に入った。中に入れるカラスの絵。

和繁はその情景を思い浮かべようとするが、何やら遠くの方でカラスが舞っている絵が浮かんだだけでうまくいかなかった。

これはどういうことだろう？　年端のいかない子供が、絵の中に入ったように感じられる現象とは？　もしくは、そういう記憶を自分の中に拵えてしまうような出来事とはいったいどういうものなんだろうか？

和繁はいたく興味をそそられたが、それ以上深くは考えなかった。

その話はそこでとぎれ、気の置けないうわさばなしや仕事の話になった。

巻かれたゼンマイがほどけていくような柔らかな酔い。その心地好さに浸りながらも、和繁は、その一方で自分の一部がどんどん醒めていくのを身体のどこかで感じていた。

これは彼の癖である。何か一点気に掛かることがあると、意識のどこかがその箇所に向かって錐のように鋭く尖っていくのだ。今のその一点とは、隣で端整な横顔をのぞかせて会話を弾ませているはずの、黒瀬淳の指だった。

とと、とん、ととっ、とん。

飲み始めた時から、和繁はその指が気に掛かっていた。

細くて長い、美しい指である。どこかで見たことのあるような指だ。淳は先程から、話をしながらその指でテーブルの上を奇妙なリズムで小さく叩いているのだった。ふと、手の甲に火傷の痕があるのが目に入る。美しい手なだけに、目についたのだ。

　こいつは緊張している。

　和繁はそう直感した。淳には、何かひどく気に掛かっていることがあるのだ。その何かに、彼の心は捕らわれている。全てのものに対して稀薄なはずの彼の心を捕らえているものとは何だろう？

　淳の上半身はいつもと変わらず冷静でスマートだったが、テーブルを叩く指から何かが漏れ出してしまっていた。

　ふと、子供の頃、指の形にどういう法則があるのか当てさせる遊びがあったのを思い出した。

――これが一。これが二。これが三。じゃあ、これは？

　学校の机の上に、級友が指を動かし並べてみせる。和繁は首をひねった。それは、どう見てもめちゃめちゃに指を折っているように思えたのである。

――二？

――ちがう、三だよ。

――さっきの三と違うじゃん。

――もう一度ね。これが、二。これが三。これが一。じゃあ、これは？

　和繁にはどうしてもその法則が分からなかった。『じゃあ』という言葉に意味があるとか、その時同時に机の上にさりげなく載せられていたもう片方の手の指に意味があると分かったのは、さんざんゲームを仕掛けられてからだった。

「おまえ、何か悩みでもあるのか?」

和繁は無意識のうちにそう呟いていた。

淳の指はピタリと止まった。

能面のような無表情な顔がこちらを見た。

「なんで? そんなものないよ」

次の瞬間、淳はいつものそつのない笑みを浮かべていた。が、和繁は見逃さなかった。彼が、テーブルの上を叩いていた指を、もう片方の手で白くなるほどきつく握りしめているところを。

7

成瀬信一(なるせしんいち)と名乗った男は、大柄で暖かい感じのする男だった。

父は一目で彼を気に入ったらしく、まだ明るい時間からしきりに酒を勧めた。

きちんと片付けられた居間で、TVドラマで見たことのある場面がくりひろげられている。

思ったよりも似合いのカップルだった。

些か緊張してテーブルの隅を占めながら、捷はそのことを意外に感じている自分に驚いた。もっと計算高い、もっと現実的なカップルを想像していたのに、その大柄な男は心から姉のことが好きなようだった。香織も、普段とは違って笑顔が多く、やはり年ごろの娘だったんだなと感じるほど、愛らしく見えた。

「捷くんだね、いつも香織さんから聞いてるよ。W大の建築学部なんだってね」

肴を用意するために姉が席を立つと、彼はさりげなく捷に話しかけてきた。その話し方も、よく社会人が学生にするような感じではなく（馬鹿にしているか、なれなれしいか、ノスタルジックになるか――「今が一番いいときだねえ」みたいな――のどれかだ）、とても感じが良かった。

「うちの姉貴、おっかないでしょう。きっと尻に敷かれるよ」

捷はやや悪戯っぽい調子で話しかけた。彼に対する好意を表したつもりだった。

「もう敷かれてるけどね」

共感を込めて彼が答えたので、二人は共犯者めいた笑みを浮かべた。

「よく君の話をしてるよ。君のことを凄く可愛がってるんだなあって思ってたんだ」

捷はまたもや驚きを味わった。姉は自分のことをどんなふうに話すのだろう？　好奇心を覚える一方で、なんだか怖いような気がした。

「そうかなあ。ずっと母親代わりだったから、責任感じてるんじゃないかな。姉貴は家族の中で貧乏クジ引いちゃったんですよね。責任感の強い女なんでここまで持ちこたえてるけど、これで少し楽になるかも」

捷は少ししゃあしゃあとした、現代っ子らしい雰囲気を出してみた。

成瀬はじっと捷の顔を見ていたが、やがて口を開いた。

「君、たぶん香織さんのことを少し考え違いしてると思う」

「え？」

「君は恐らく、香織さんのことをシビアでビジネスライクな女だと思ってるでしょう？」

捷は図星だったのでぎくっとした。同時に、適当に婚約者の弟と話を合わせるのではなく、きちんと自分の考えていることを主張する男なんだな、と思った。それは決して彼に対する印象を悪くはしなかった。

「まあ、彼女はお姉さんだし、母親代わりだったし、君の前ではそんなふうに演じなきゃならなかったんだろうけど、本当の彼女はそんな人じゃないよ」

「そうですか？」

捷は大袈裟に驚いてみせた。もっと、自分には見せないらしい姉の本当の姿を教えてほしかった。

「うん。きっとね、君が思っているよりもずうっと君に似ているよ」

「そんなあ。それは違いますよ。姉貴はしっかり者で、僕はのんびり屋だって子供の頃から言われてたし」

「そういう意味じゃないよ。もっと本質的なところで、君達はよく似てる」

成瀬が自信に満ちた口調でそう言ったところで、揚げ春巻の皿を載せた盆を持って香織が戻ってきた。

「あら、捷、あたしの悪口言ってたでしょう」

二人が顔を寄せているのを見て、香織は開口一番そう言った。

「違う違う」

捷は慌てて身体を離した。が、頭の中では今聞いた成瀬の言葉が響いていた。

もっと本質的なところで、君達はよく似てる。

本質的なところ？　それはいったいどういう意味なのだろう？

捷はビールグラスに口を付ける成瀬の横顔を不思議そうな表情で、見つめていた。

8

本質的なところ。

その夜、布団に入って本を開きながらも、捷はその言葉の意味を考えていた。

父親は酒を勧めているうちに先に酔っ払ってしまい、さっさと寝てしまったので、三人で和やかな夕飯を済ませ、成瀬はそのまま捷との会話の続きを聞かせることなく帰っていった。

本質的なところ。

ドアをノックする音がしたので、捷はやたら大きな声で「はい」と答えた。

「捷、もう眠ってる?」

香織が顔をのぞかせる。

「ううん、まだ起きてるよ」

「どうだった、彼?」

「いい人だね。きっと大事にしてくれるよ」

「そう?　よかった」

言葉少なな会話だったが、それで十分だった。やはり家族の評価を心配していたのか、香織は安堵の表情を見せた。

「成瀬さん、おかしなことを言ってたよ」

「なに?」

ドアを閉めようとしていた香織は、再びこちらを向いた。

「僕とお姉ちゃんが本質的なところでよく似てるって」

香織はなぜかその瞬間、凍り付いたような、奇妙な表情になった。

「全然違うのにねえ」

捷はあっけらかんと言葉を付け足したが、今見た香織の表情がザラリと胸の底を撫でた。

なぜ姉はこんな顔をするのだろう？

「そうね」

香織はどことなくひきつった笑みを浮かべ、つかのま不安そうな顔で捷を見た。

捷はきょとんとして姉の顔を見る。

「おやすみ」

香織はそっけなくドアを閉めた。きょとんとした顔のまま、捷は一人取り残される。

9

捷は夢を見ていた——子供の頃の夢だ。

どこだろう、ここは。たくさんの人がいる。季節は冬かな？　うん、みんなが着脹れしている。冬のさなかだ。

どうやら、そこは銀行らしかった。カウンターに、事務服を着た女性が並んでいる。

そうだ、銀行だ。あの日、僕はお姉ちゃんと銀行にいた。

捷は夢の中で、子供の頃の自分が銀行のソファにうんざりした表情で座っているのを見つめる。

うん、この時は月末で混んでて、疲れちゃったんだ。

香織は制服姿だ。高校生の香織。きっと、お母さんが死んでからそんなに経っていない頃だ。

香織はじっと参考書を開いてブツブツ何ごとか呟いていた。香織は時間を無駄にしない。待ち時間には必ず何か他のことをしている。

捷は、小学生の自分が、退屈して辺りを見回しているところを眺めていた。彼の手には漫画雑誌が抱えられているが、あまりに待ち時間が長くて読み終わってしまったのだろう。

暖房が効いている店内は、待ちくたびれた客でごった返していて、空気が白く濁っていた。

「もうすぐだからね。もうちょっと我慢しててね」

香織が捷の退屈を察知して、それをやんわりと封じ込めるように静かに呟いた。ああ、こんなふうに言われると、何も言えなくなっちゃうんだよね。香織は決して声を荒らげたりしないし、興奮したりしない。だから、いつも捷は逆らえなくなってしまう。

「うん」

と渋々頷いて、捷は座っていたソファを人差し指で撫でた。

その時、捷はふと顔を上げた。

十メートルほど離れた自動ドアから店に入ってくる一人の若い男に目が吸い寄せられたのだ。

捷は次の瞬間、思わず目をパチクリさせた。

その男は血まみれだったのだ。

三十歳を出るか出ないか。スラリとした容姿、整った顔だち。長めの髪をポマードでピタリと撫でつけ、スマートにモスグリーンのスーツを着こなしている。持っているカバンや靴も高級品らしく、上品な身なりに育ちの良さを感じさせるが――血まみれだった。

スーツの上に羽織っているコートの肩、腕、前みごろ、そのどれもが、今まさに誰かがバケツで浴びせかけたかのように、べっとりと濡れた血で覆われていたのである。

しかし、その男は平気な顔ですたすたと窓口に歩いていくと、女子行員にてきぱきと何ごとかを話しかけた。

女子行員が顔を上げる。

さあ、悲鳴が上がるぞ、と捷は全身を硬くした。が、彼女はにこやかな笑顔を浮かべて愛想良く応対しているのだった。周囲の人々も、血まみれの男に対して何の興味も示さない。

捷は奇妙な気分になった。じっと男を注視する。

男のコートは、背中も血まみれだった。腰を伝いだらりと重たく流れ落ちた血が、銀行の青い絨毯にポトリポトリと落ち、じんわり黒い染みを作って徐々にしみこんでいく。

「お姉ちゃん、あれ見て」

捷はカラカラになった声で香織の袖を引っ張った。

「ん？」

香織は気のない返事をして、捷の指さす方向を見た。

「なんなの？」

香織は血まみれの男をじっと見つめてから、無表情に捷の顔を振り返った。

捷は慌てる。

「ほら、あの人、血だらけだよ」

「どの人？　そんな人いないじゃない。ふざけないで。人を指さしちゃいけないって言ったでしょ」

香織は再び参考書に目を落とした。どうやら、血まみれのコートの男を見ても何とも思わないらしかった。

「一九七番のお客様、たいへんお待たせいたしました」

ポーンというチャイム音が響き、香織は参考書を置くと素早く立ち上がった。

「寝ぼけてないで、ここでちゃんと荷物見ててね」

香織は乾いた声でそう言うと、197と赤い数字が浮かんでいるカウンターに小走りに近付いていった。

見えないんだ。お姉ちゃんには。

残された捷は、割り切れない表情で男の背中を見た。そして、何かが男の背中にぶらさがっていることに気付いた。

彼は、自分でも知らないうちに立ち上がっていた。

なんだろう、あれ？

捷は思わず一歩前に踏み出していた。少しずつ男の背中が近付いてくる。

手だった。

小さな子供の手が、手首から先の部分だけ、男のコートの背中につかまっているのだ。血でピンク色に染まった、小さなふっくらした手が、コートの布地をぎゅっとつかんで、ブラブラと幾つも下がっていた。

コートの生地のあちこちが放射線状によれて引っ張られているのに、この身嗜(みだしな)みのいい男は全く頓着(とんちゃく)していないらしかった。

捷は忍び足でそっと男の背中に近寄った。

切断された手首はぱっくりと肉がのぞいていた。きれいなピンク色の筋肉の真ん中に、丸く灰色の骨の断面が見えた。

捷は瞬きもせずにその手を見つめていた。目を離すことができなかったのだ。

彼は、いつのまにか男のすぐ後ろにまで近寄っていた。

男の足元には、弧を描いて小さな血溜まりができていた。血を吸い込んだ青い絨毯は、どす黒く色を変えていた。

「おじさん」

捷はまだ血のついていない、男のコートの袖を引っ張った。

男は銀行員との話を中断し、クールに装った知的な表情で捷を振り返った。

次の瞬間、男が捷を見た時の表情。

そうだ、この顔だ。捷は夢の中で叫ぶ。

この表情が、暫く僕の中から消えなかったんだ。何度も何度も繰り返し夢に見て、長い間うなされた顔だ。

文字通り、男は電気ショックを受けたかのように全身をびくんと激しくのけぞらせた。

「ひっ」

男はひきつった声を漏らし、顔をぐしゃぐしゃにした。

巨大な重量を持ったハンマーか何かが、一撃で男の中身を叩き割ったかのようだった。

端整で落ち着いた顔が、一瞬にして全く別の生き物の顔に変わっていた。グロテスクで滑稽な生き物。その生き物は、全身を反らせた反動で捷を激しく突き飛ばした。

横っつらをはたかれた捷は、もんどりうって床の上に転がった。

店内の人間が一斉に二人を見た。

不思議と痛みは感じなかった。捷はきょとんとした顔で男を見上げた。

男はカウンターに背中を付けて、滑稽なくらいわなわなと震えていた。顔はぴくぴくと痙攣(けいれん)し、赤くなったり青くなったりしていて、こめかみからはダラダラと冷や汗が流れている。身体じゅうの神経をむきだしにしているみたいに、彼は恐怖と驚愕に打ち震えていた。その充血した目はぴたりと捷に照準を合わせている。

店内の時間が止まったかのようだった。店の中の全ての人々がこちらを凝視している。

「おじさん、肩に手が」

捷はそのことに気付き、無邪気にその手を指差した。

男はハッとして自分の肩を見た。そこには、背中から這い上がってきた、子供の小さな丸い爪のついた指が幾つものぞいていた。

男は目を剝(む)いた。捷はホッとした。男にもその手が見えたからだった。

男は獣のように凄まじい悲鳴を上げた。あんな悲鳴は聞いたことがなかった。ＴＶドラマやアニメの中では、世にも恐ろしい悲鳴を何度も聞いていたが、この男が上げた長くおぞましい悲鳴は捷の中にいつまでも残った。

男は壁に向かって駆け出した。近くにいた客が慌てて後退(あとずさ)り、店の中の空気がサッと動いた。

男は両手を乱暴に振り回し、必死にコートを脱ぐと、大声を上げて床に放り出した。

店の反対側から、背広に腕章をした男と警備員が駆け寄ってくるのが見えた。

「来るなあっ、来るなあっ」

それは、全ての理性をかなぐり捨てた姿だった。男は壁の隅に張り付いて絶叫した。

客たちが恐怖に駆られ、耳を塞(ふさ)いだ。

「助けてくれっ、許してくれえっ。来ないでくれえっ」

店の中はパニックに陥っていた。客たちは店から逃げ出そうとしていた。

「来るなああーあああああ」

男の悲鳴は一生続くかのように感じられた。口から吹き出した泡や、大きく見開かれた白目に伸びる血管の一本一本がやけにはっきり見えた。

次に、捷は、床に捨てられたコートを見た。

コートの背中にぶらさがっていた小さな手は、ごそごそとコートから離れようとしていた。指を尺取り虫のように器用に動かしながら、少しずつ移動しようとしているのだった。

指は愛らしいとも言えるような動きで、男の方に向かって、一つ、二つ、と這いよっていく。捷はその手の動きをじっと見つめていた。

手が動くにつれ、絨毯に点々と小さな血のしみが飛んだ。

手が拙い動きで懸命に、しかし着実に自分の方に近付いてくるのを見て、男はヒイッという鶏のような声を出した。

バラバラと警備員が男に駆け寄ってきて腕をつかんだ。

「さとしっ」

香織がひきつった悲鳴を上げて捷に駆け寄り、男から引き離すように抱き上げた。

香織は必死に捷の身体を抱えて店の隅に逃れた。

男は、完全に遠くへ行ってしまったようだった。パトカーが到着するまでの間、彼は全てを破壊し尽くすような悲鳴を上げ続けていた。

香織は怯えた表情で、ひたすら固く捷の身体を抱き締めていたが、捷は姉の腕の中からじっと床の上を動く小さな手首を見つめていた。

パトカーのサイレンが近付くにつれ、手は動かなくなり、とろとろと溶け落ちるように縮んで消えてなくなってしまった。いつのまにか、コートを染めていた血もじわじわと薄くなり、すうっと波が引くように消えていった。

パトカーのサイレンが遠くなったり近くなったりするのを、捷は夢の中で聞いている。

そうだった。この男は、私立高校で英語の教師をしていたんだっけ。

この時、捷が声を掛けて振り返った瞬間、彼は一番最近に殺した子供が立っているのを見たということだった。捷と同じくらいの歳の男の子。それは、この男に殺された十七番目の犠牲者だった。

男の最初の犯行は高校時代に遡るという。厳格な家庭に育った男は、ひどい叱責を受けると外に出て、一人で遊んでいる子供を探すのだ。最初は気の弱そうな子供を見つけて、せいぜい後ろからおどかしたり、頭を殴って逃げるくらいのことしかしなかった。それでもじゅうぶんにスッキリしたのだ。

ある日、彼は塾帰りに道草をしていた一人の少年の首を絞めてみた。少年は生意気で、彼を蔑むような目で見たからだ。最初はゆっくりと、やがて必死にバタバタと手を動かしていたが、少年は逃げることができなかった。その時、彼は自分が他人の自由を奪えることに強い喜びを覚えたという。

以来、彼は犯行を重ね、社会人になってからもそれは続いた。礼儀正しく温厚な男として、周囲の評価は高かったという。

そうだった。そんなことはあとから聞いたり読んだりしたことだった。父も香織も彼にその記事が載った新聞や雑誌を見せようとはしなかったし、捷も興味を示さなかったのだから。

不思議と、当時はなんの恐怖も覚えなかった。何か特別なことが目の前で起きていたのだとは思わなかった。むしろ、香織の方がピリピリしていた。銀行での一件は、単に男にじゃれつこうとした捷が突き飛ばされたというように解釈されていたので、誰かに何かを言われたという記憶はなかった。

本質的なところで似ている。

夢の中で、捷は成瀬の言葉を考える。

香織はあの一件をどう判断していたのだろうか。香織には、あの血まみれの男が見えなかった。だが、捷が「あの人血だらけだよ」と言ったことを覚えていたはずだ。もしかして、香織は捷が何かを見ていたことを気付いていたのかもしれない。

本質的なところで。

本質。人間の本質とはなんだろう。自分が姉に抱く違和感。疎外感。ほんの少しの恐怖。肉親でありながら、理解しあうことができないという諦観。同じ家で暮らしていても、自分以外の人間の本質など理解することができるのだろうか。

そう。少年時代のある日の事件。子供の頃、こんなことがあった。捷には血まみれのコートが見えた。他の人には見えなかった。ただそれだけだ。こんなことができたのは、この時だけだった。なぜこの夢を今ごろになって再び見るのだろう。

捷は夢の中で考える。

なぜだろう？　なぜ今この夢を見るのだろう？

10

中に入ることのできるカラスの絵。

帰りの電車の中で、淳に貰った名刺の裏のアドレスを眺めながら、和繁はぼんやりと彼の話を思い出していた。

あのあと、二度と話がカラスの絵に戻ることはなかったし、淳が神経質にテーブルを叩くこともなかった。

だが、和繁はあきらめなかった。やはり、あれは無意識のうちに出た癖だったらしい。暫く当たり障りのない話題に終始した。その話について考えていることはおくびにも出さず、
そして、杯を重ね、すっかり最初の話題を忘れた頃、和繁がそれとなくその周辺に話題を持っていくと、淳はようやく気になることをポロリと少し口にした。

——今ね、極秘の大きなプロジェクトをやってるんだ。

——極秘の大きなプロジェクト?

——うん。額は大きい。嘘みたいな値段だ。クライアントの正気を疑うと言ってもいい。しかも、このプロジェクトは一般人に知られることは永遠にない。

——それでもプロジェクトっていうのか?　いったいどういう種類のプロジェクトなん

だ？

　淳は杯を舐め、言葉を選んでいた。

「──まあ、社会的な影響のあるプロジェクトじゃないからな。言ってみれば、何の役にも立たないプロジェクトだ。

「──はあ？　何の役にも立たない？　エンターテインメントというわけでもないんだな？

　淳はちらりと顔を歪めた。この話を口にしたことを後悔している表情だった。

「──エンターテインメントに感じる人間もいるだろうけどね。少なくとも、俺はそうは感じないね。

　淳はそれきり、どう促してもその話をしなかった。

　おかしな話だ。社会的な影響力もない、何の役にも立たない、エンターテインメントというわけでもない、極秘の大きなプロジェクト。それはいったいどういうものなのだろう？

　だが、淳は明らかにその仕事が気に掛かっていた。そして、その仕事は彼の心を捕らえるだけのものだったのだ。

　淳がテーブルを叩いていた奇妙なリズムが脳裏に蘇(よみがえ)る。

　まるで、モールス信号のようなリズムだった。

　和繁は名刺を裏返し、何気なく企業のマークが入った名刺の表側を見た。

ふと、その肩書の一つが目に入る。

G.O.G.プロジェクト推進本部主任

G.O.G.プロジェクト？

和繁はじっとその名前に見入った。他にも幾つかの肩書が並んでいたが、それは、二十一世紀のメディア広告を考える会だのネットワーク推進委員会だのという、一目で内容がつかめるものばかりだった。肩書がないと客が不安がるだろうとのことで、若いうちからたくさんの肩書を名乗らせるんだと言っていたことを思い出す。だが、意味が分からないものはこれだけだ。

これは一体何の略だろう。

和繁は電車が駅に着くまでの間、じっと頭の中で言葉遊びを続けていた。

11

遠くから、プレス機械の作動する低い音が潮騒のように響いてくる。

律子はこの音が嫌いではなかった。使いこまれた機械が規則正しく働いている音。そこには人間の営みがあり、額に汗して働く人とその家族の存在が感じられる。

　子供の頃から工場の音が好きだった。生産活動をしている工場は、一つの生き物のように思えた。ピカピカの四角い箱に密封された大企業の工場よりも、ところどころが外に向かって開いていて、その工場の心臓の音が聞こえるような、小さな工場が好きだった。

　歳月に腐食し、変色したトタン屋根の色や、裏口のそばに打ち捨てられた機械が雑草と一体化しているさまは、律子には美しい絵画や不思議なオブジェに見えた。

　あれが最初に『美』というものを意識させたのだと思う。

　そして今、彼女はあの明るいプレス機械の音を聞きながら粘土をこねている。

　今日は『セッション』の日だ。

　律子は頭のタオルを結わえ直し、何度も洗って色が褪せた黒のTシャツの袖をまくった。

　いつもは課題に追いまくられている。

　才能とは過剰である、とは彼女の師匠の台詞である。

　型もスタイルも忘れ、ひたすら手を動かして造りまくれ。おまえらにはそんなもの二十年早い。頭で作っているうちは、個人のスタイル云々など言えたものではない。スタイルなんてものはあとからついてくるものだし、二十歳そこそこで「これが私のスタイル」なんて言ってる奴は、単にそれしかできないか、それしかやったことがないだけだ。個性とは自分で申告するものではなく人に感じさせるものだ。衝動に突き動かされろ。いつもそれが最後の作品だと思って造れ。その作品を最後に残したことに満足して死ねるかどうか自分に聞いてみろ。

いっぱしのアーティスト気取りで美大に入ってきた学生は、その台詞に反発を覚える。彼等はそれまでの自分の作品を誇りに思っている。後生大事に過去の作品を抱え込んでいる。これからも一つ一つ丁寧に、駄作など出さず大事に造っていきたいと考えたがる。だが、やがて彼等はその鼻をへし折られることになる。数と量、そしてスピードを要求されると、いかに自分たちが語るべき言葉や語りたい物語を持っていないか、それまで自分が造ってきたものがいかにみすぼらしいちっぽけなものだったかを思い知らされるのだ。

律子は素直な方だ。昔から、「律子って、水みたいだね」と言われてきた。どんな場所にいてもなごみ、言われたことはシンプルに受け入れる。律子は師匠の教えを熱心に実践しているが、それでも時々自分が空っぽになったような気分になる時がある。

普段の生活でいっしんに課題をこなしている時は、律子の頭の中には自分が小川になったイメージが浮かんでいる。さらさら、さらさら、と上流から澄んだ水が流れてきて、彼女の中から手を伝って対象に向かって流れ出ていく。流れ出てきた水は彼女の手の中に堰（せ）き止められ、形になる。それは慣れ親しんだ心地好い音だ。今こうして聞いている遠いプレス機械の音のように。

しかし、時々ぱったりと水が流れてこなくなる時がある。さらさらという優しい旋律が消え、乾いた空気が広がっているだけ。あれ？　と思って後ろを振り向いても、真っ白な世界が続いていて、どこからも水は流れてこない。

　こうなると、待つしかない。誰にでも多かれ少なかれそんな時がある。待つのはとても難しい。待てずに自滅してしまうアーティストは無数に存在する。

　楽天家である律子も、時に、待ち時間の長さに絶望する。二度と水は流れてこないのではないか。あの優しい水音を聞くことはないのではないか。振り返っても、いつまでもひび割れた川床が広がっているだけなのではないか。

　待ち時間の恐ろしさを、彼女はこれまで二度ほど体験していた。その最中は地獄だったが、その時間は無益ではなかった。待ち時間のあとに流れてくる小川は、その都度水量を増していたからだ。

　一方で、大人になるということは、川底にいつしか堆積物を溜め込むことだ。堆積物は川の流れを変えてしまうし、水質にも影響する。忘れていた大事なものが沈んでいることもある。大人になって、自分の作品を造り続けていくためには、時々堆積物をさらうことが必要だと律子は考えるようになっていた。普段は明快な理想をまっしぐらに追求しているだけに、自分で無意識のうちに切り捨てている何かがドロリと澱のように沈んでいる。それは年々量を増しているように思えた。

　律子は迷っていた。無垢（むく）でおおらかでプリミティブな生命感に溢（あふ）れていると評される自分の作風が、このまま続いていくのかどうか分からなかった。それが本当に自分の作風なのかどうかすら分からないのだ。これだけ何か昏い感じのする堆積物が溜まっているということは、もしかすると単にそう自分で思い込んでいるだけなのではないか。いつのまにか、自分に望まれている作風を維持しようと考えているのではないか。

子供の絵は素晴らしい。そこには律子が評されるのと同じ、「無垢でおおらかでプリミティブな生命感に溢れ」た何かがある。だが、悲惨な私生活や壮絶な人生を乗り越え、それらを納得した上でそういう絵を描けるのならばともかく、自分は単に、現実に耳を塞ぎ目を閉じて何も知らない子供の絵を描き続けているだけなのではないか。

友人は言う。

そんなこと言ったら、アーティストはみんな破滅型でなきゃなんないってことになるじゃん。悲惨な現実がアートを生み出す原動力になることもあるだろうけど、だったらトラウマのある奴はみんなアーティストになれるってわけ？　あたし、そういう勘違い大嫌いなんだ。子供がさ、あたしは可哀そうなみなしごでホントはどこかのお姫様なの、なんて夢見るのと同じじゃない？　アーティストイコールエキセントリックって考えてる奴、どの業界にもむちゃ多くない？　バッカじゃないの。やってることはまるっきりショボくて誰かのコピーでサラリーマンのネクタイ並にありふれてるくせに、見た目と態度ばっかりアーティストって、いっぱいいるよぉ。ほら、あいつとかさ、あいつとかさ。

友人が指折り数えていかにも格好と言動ばかりが奇矯な友人たちの名前を挙げるのを笑いながら聞いていても、律子の心は晴れなかった。いったん抱いた疑問は容易に彼女の心を離れなかったのだ。

彼女は一つの解決策として、この『セッション』を考え出した。一人でやるのに『セッション』という名前は奇妙だが、彼女にとってはその名前が一番しっくり来るように思えたのである。

誰にも見せない。

残さない（ただ、写真は撮っておく）。

目的を持って造らない。

ただ、心に浮かんできたものを形にする。

それだけを自分に課して、数時間の間粘土に向かうのだ。粘土でなくてもいい。マッチ棒でも、カラの牛乳パックでも、パンでもなんでもいい。何か手に触れたもの、手を伸ばしたもので造ってみるのだ。

ケーキを造ったこともあった。スーパーでホールになったスポンジケーキを買ってきて、クリームを塗ったり小さな家を載せてみたりして、さんざんこねくり回したあげくに食べてしまった。

さて、今日は？

『セッション』と決めた日はいつも緊張する。律子は掌(てのひら)を何度も神経質にこすり合わせた。今日は、久しぶりに真正面から粘土をこねてみるつもりだ。

友人の親戚の持ち物であるこの廃工場を、彼女はとても気に入っていた。歳月を経た、かつてそこで長い営みがあった場所のみが持ち得る静寂さがあったからだ。ここで手を動かしていると時間を忘れた。

何年も磨いていない、すっかり光を通しにくくなった大きな窓ガラスの向こうに、春の終りの鈍い空が広がっている。こういう、誰もが眠っているような気怠(けだる)い曇天の午後が、律子は好きだった。どこかを走っていく車の窓から、プロ野球のデイゲームの実況中継がワンシーンだけ残されていく。潮騒のような一瞬の歓声。

律子は近くの居酒屋が新装開店する時に貰った、破れた小さなスチール椅子に腰掛け、ダラリと腕を足の間に垂らした。目の前に、しっとりとした美しい粘土がある。

この瞬間、いつもかすかな興奮と不安を感じる。自分の手から何が出て来るのか。自分でも思いもよらぬ、わくわくするようなものが出てきてくれるかどうか。そんな期待と恐怖を吸い込んで、粘土がかすかに光を放っているように見えるのだ。

窓の外が、ふっと暗くなったような気がした。

工場の中は、天井から幾つか裸電球が吊してあるだけだ。天気の悪い日などはひどく暗くなる。

カラスでも低空飛行していったのかしら。

そう考えて、自分でもギクリとする。

不意に、あの昏い目が脳裏に浮かび、頭の中から自分の目を射し貫かれたような気がしたからだ。

烏山響一。その名前は律子にとってかすかな恐怖を帯びている。

あれ以来、何度か響一は店にやってきた。マスターの兄弟と芸大時代に親しくしていたらしい。マスターは、祖父が一代で起こした製薬会社で成功したかなりの資産家の末っ子だという話だった。兄弟や親戚に芸術関係の仕事をしている人が多く、両親もコレクターだったせいか、自分では造らないけれども幅広い趣味と教養を持っている人で、彼の審美眼は業界でも一目置かれていた。自分の店にも、気に入った若いアーティストの作品をいつも飾っていたし、その中から出世していった者も少なくない。かくいう律子も、あの店の雰囲気に憧れ、マスターが彼女の作品を気に入ってくれたから数ある応募者の中からウエイトレスに雇われたのである。あのシンプルなバーは学生街の外れにあるが、派手ではないものの内装は気が利いていて、深夜でもちょっとしたものが食べられるので、マスコミやアート関係の客が多く、若いアーティストにとってはなかなか人気のあるバイト先だった。ここでバイトをしつつ自分のデザイン画を雑誌に売り込み、一躍スターになったイラストレーターの武勇伝が、羨望を持って学生の間で語られている。

けれど、響一が律子に注目したのはあの時だけだった。それ以降はまるで無視された。いつも看板ぎりぎりにやってきて、マスターと小一時間飲んでサッと帰っていく。二人の親しげな様子には、かすかな嫉妬すら覚えた。趣味が合う男どうし二人の関係というのは、女には決して入っていくことのできない世界だ。二人が低くくだけた調子で笑い合っているると、置き去りにされた子供のような惨めな気分になる。

あの奇妙な幻覚（幻覚なのだろうか？）も、あれ以来起きることはなかった。

油絵の具のカラス。カラスの群れの中の響一。

あれはいったいなんだったのだろう？

律子はゆっくりと粘土を撫で回しながら考える。

自分とは全く方向性の違う、響一の世界。やはりあたしの考えは間違っているのだろうか。モノを造る全ての人間は同じものの違う箇所を撫でているというあたしの信念は誤っているのだろうか。あの禍々しい世界があたしの目指すものの先で交わることはあるのだろうか。

指が勝手に動いていた。

何かの形を造っている。

律子は割とダイナミックに形を変えていく方なのだが、今の自分の手はそろそろと用心深く動いている。直方体の粘土を、ゆっくりと何かの形に変えていっている。

なんだろう、これ？

不思議な気分だった。頭の中はやけに醒めている。あの、油絵の具のカラスが遠い地平線をチラチラと舞っているのが見える。完全に、頭と身体が分離しているのだ。

あたし、なんだかヘンだ。

手は用心深さを失っていないが、確実に何かを造り続けていた。

懐かしい、この形。これは。これはいったい。

頭の中に、ゆったりと弦楽器の曲が流れ始めた。

聞き覚えのある曲。とても有名な曲。美しい、心地好い曲。

ええと、なんだったっけ、この曲。

いつのまにか、白い世界にいた。カラスがいた響一の世界ではない。別の白さが世界を押し広げ、しんと静まり返った硬質な白さが全てを覆っている。

これは、あたしの世界。あたしの白さだ。

頭の片隅で律子はそう呟いていた。世界は怖いような静寂に包まれていたが、律子の頭の中ではまだ朗々としたバイオリンの曲が流れたままだった。

律子の手は粘土をこね続けている。

ふと気が付くと、足元にころりと見覚えのある品物が転がっていた。

ランドセル？

律子はまじまじと足元にあるものを覗きこんだ。

白いランドセル。まだそんなに使いこんだあとのない、革も新しいランドセルが足元に転がっているのだ。

どうしてこんなものがここに？

その瞬間、律子は誰かの視線を感じた。

誰かがあたしを見ている。

誰かがすぐ近くに、あたしの後ろにいる。

首筋がひりひりと燃え始めた。全身が凍りつき、こめかみに冷や汗が流れだす。

怖い。後ろに、誰かが。

誰かがあたしのアトリエの中にいる！

「――すまん、おどかすつもりじゃなかった」

その声を聞いたとたん、大理石のようだと思った。ひんやりした石の感覚が頭の中に蘇る。

全身をひきつらせて振り返っていた。

入口の引き戸の隣の暗がりに、ひっそりと大きな質量を持ったモノが立っていた。

「そんなにおっかない顔しないでくれよ。戸は開いてたぜ」

暗がりの中で、両手を広げるしぐさをするのが分かった。

まさか。まさか、この声は。

空気がかすかに動いた。ゆっくりと背の高い男が裸電球の光の中に歩いてきた。まるで黒い壁が動いてきたみたいに、男は大きく見えた。

「どうして、ここに」

律子はかさかさした声で呟いた。抑えたくとも、恐怖の色は拭い切れない。

「『M』のマスターに聞いたのさ。制作中だったんで声は掛けなかった」

バイト先の店の名前を出されたので、ようやく少しずつ落ち着いてくる。

「全然気が付かなかった」

律子は僅かな非難を込めて呟いた。同時に不審に思った。この建て付けの悪い戸を、あたしが気付かないほど静かに開け閉めできるものだろうか？　そんなにあたしは作業に熱中していたんだろうか？

「素晴らしい集中力だ」

烏山響一は小さく肩をすくめ、褒めているのか揶揄しているのか分からぬ笑みを浮かべた。

律子は自分が、殴られる前の子供のように身体を縮めているのに気が付いた。さりげなくほぐそうとするのだが、筋肉はなかなかいうことをきいてくれない。

「あんたの家に電話したんだけどね。留守電になってた。あの子は制作の虫だから、きっとアトリエで造ってるよって、マスターがアトリエの場所を教えてくれた」

マスターにしてみれば、厚意だったに違いない。世界的なアーティストの烏山響一が興味を示したとなれば、律子の将来にとってプラスになると考えたのだろう。

だが、律子はちょっぴりマスターが恨めしく、裏切られたような気分だった。この不意打ちのショックは当分消えそうもない。

「そう。ごめんなさい、びっくりして」

敬語を使うだけの余裕が残っていなかった。そう言うのが精一杯だった。

「いや。突然来られて驚くのは当然だ。悪かった。謝るよ」

意外なほど率直に詫びを言うと、響一はすぐに目の前にある粘土に視線を移した。

律子も改めて自分がいじっていた塊(かたまり)に目をやる。

「ランドセルだな」

そう言い当てられて、律子は渋々頷いた。

木の台の上に、蓋を上にしたランドセルの形をしたものが載っていた。誰が見てもランドセルだと分かる、リアルな造型である。

響一は驚くほど熱心にその『ランドセル』を見つめていた。その目付きたるや、全てを網膜に焼き付けて記録しようと思っているのではないかと思われるほどだ。

「このランドセルはなに？」

響一はやや早口になって聞いた。律子は口ごもる。

「さあ――なんとなく、粘土をいじっていたら出てきたの」

「そう。なんとなく、ね」

繰り返したものの、響一は既にこの質問に興味を失っているように見えた。

響一はぐるりと『ランドセル』の周りを一巡すると、やがてしげしげとアトリエの中を見回した。

律子はなんとなく落ち着かなかった。自分のアトリエを、こんな高名なアーティストに見られたことなどなかったのだ。採点され、値踏みされているようであまりいい気分ではない。

「香月律子。V展に出てたね。『草原の女神』」

響一はアトリエの中を歩き回り、独り言のように呟いた。

律子は驚いた。V展は、ある生命保険会社が企業メセナとして行っている、現代美術の若手アーティストのためのコンペティションである。響一が見ていても不思議ではないが、賞を取ったわけでもない自分の名前を覚えていることに驚いたのだ。

「TVドラマにもオブジェが出てた。あの主人公をやった女はひどかったけどな。とてもあいつがあのオブジェを造るようには見えない」

響一は思い出し笑いをすると天井を見上げ、照明をチェックする。

律子は更に驚きを新たにする。一年以上前に放映されたＴＶドラマで、律子のオブジェが何点か使われたのだ。知的障害があるけれども天才的な芸術家であるという女の子を主人公にしたドラマで、彼女の無垢さが、彼女の作品を金にしようと欲得ずくで集まってきたはずの周囲の者を和ませていくというストーリーだった。その、彼女の造るオブジェに律子の作品が選ばれたのだ。

本来ならば、喜ぶべきだったのかもしれない。あの烏山響一が、自分の作品に目を留め、記憶していてくれたのだから。

だが、響一の態度には素直に喜べない何かがあった。

思ったよりも気さくだ。外国暮らしの長い人だし、あまり他人に対して遠慮をしない人なのかもしれない。外国育ちのアーティストが日本の学生との間の距離を取るのは難しいのかも、という気持ちと、この人は何かを企んでいるに違いないという気持ちとがどこかで綱引きをしている。

響一はしげしげとアトリエを観察し終え、再び律子の前の『ランドセル』に戻ってきた。足を揃え、『ランドセル』越しに律子と向かい合うように立つ。

思わず律子も背筋を伸ばして響一を見た。

大きい。本当にこの人は大きい。それとも、あたしの中の恐れが、彼を大きく見せているのだろうか？

まるで、ヨーロッパの石像が目の前にそびえているようだった。

この人はとても堅い。鋼（はがね）のようにとても強固だ。けれど、中にひどくどろりとした、熱くて濃密なものが流れている。

「この作品は、あんたのものにしては異質だな。他のものとは雰囲気が違う。なぜだ？」

ズバリと尋ねられて、律子は当惑した。

黒い穴のような目がこちらを見ている。

弱々しく視線を落としながら、律子は答えた。

「分からない。今、いろいろ模索しているところだから、どれが自分のものかなんて」

「なるほどね」

響一はこっくりと頷いた。

見抜かれている。

律子は、響一の目に畏怖を覚えた。これが、これまでの彼女の作風とは異なっていることを、ちらりと見ただけで読み取ったのだ。

「それはいいことだ。俺が思うに」

響一は向きを変えて歩き始めていた。

律子はあっけに取られて響一の背中を見る。

「あんたの本質はそっちだね。そのランドセルがあんたの真実だ。もう少しそっちの方をやってみれば？」

「あ、あの」

出ていこうとする響一に、思わず声を掛けていた。

「そういえば」

響一は唐突に足を止めて振り向いた。

「あんた、ずっと鼻歌うたってたぜ」

「え？」

「うん。粘土こねながら、鼻歌うたってた」

「あたしが？」

「気付いてなかったのか？」

「ええ。何の曲を？」

律子は勢いこんで聞いた。自分では全く自覚がなかったのだ。

「多分、あれだ。ビバルディの『四季』。それの『冬』のパートだと思う。同じところを何度も何度も繰り返し歌ってた」

そう言うと、響一は振り向きもせずに出ていった。

「あの」

律子は恐る恐る後を追う。

しかし、外に出た響一は肌寒い工場の裏道をさっさと立ち去っていくところだった。

狐につままれたような気分で、律子は暗いアトリエを振り返る。

あんたの本質はそっちだね。

その言葉がずしりと胸の奥に突き刺さったままだ。

預言。彼は暗い預言をあたしに残していった。それは恐らく、あたしを望む方向には導かない。この預言はあたしの将来になんらかの影響を与えるに違いない。

律子は空恐ろしいような気分で、粘土の『ランドセル』をじっと長い間見つめていた。

12

彼は、暗い部屋の中で箱庭を見下ろしている。

ペンダント型の小さな照明が、ゆらゆらと揺れていた。

今夜は少し風が強いようだ。

吸っている煙草のけむりも横に流されている。

少し肌寒い。まだ夜に窓を開け放す季節には早いようだ。

彼はそっと窓べに歩いていった。

白いカーテンが揺れている。

外の闇は濃かった。

ゴトゴトと遠ざかる貨物列車の音。夜の底をひっそりと滑る音。波打つように夜の空に反響し、長く尾を引きながら消えていく。

この音を聞くと、いつも胸の奥がざわざわして憂鬱な気持ちになるのはなぜだろう。

彼は、窓の外に身を乗り出して煙草を吸う。

夜の風に押し戻されたけむりが鼻孔に入ってくる。

カーテンが揺れている。

彼はそっとカーテンを撫で、暗い夜の奥を見つめる。

彼の背後のテーブルの上には、砂がまんべんなくならされた箱庭があった。

箱庭には、何もない。ただ、砂だけが満たされている。

しかし、かすかに人形の頭が覗いている。

人形たちは、完全に砂の中に埋められてしまったのだ。

彼はもう箱庭を振り返ろうとはしない。興味を失ってしまっているようだ。

カーテンが揺れている。

今のが最終列車だったようだ。

彼はじっと闇の底で耳を澄ませている。

こうして息を潜めていさえすれば、再び貨物列車がやってくるのではないかというように。


　完全なる静寂が、部屋を、夜を覆い尽くしている。

　彼はそれからもかなりの長い時間をその窓べで過ごしていた。

13

　大教室で、捷は響一の背中を見つめている。

　真面目に講義を聞き、きちんとノートを取ってはいるが、彼の意識のどこかは常にあの男を注目しているのだ。

　美術館で会って以来言葉を交わしたことはなかったが、響一の存在はくっきりと捷の心の中に刻みこまれていた。

　岩のような背中は、じっと静かに前の席で動かない。

　平口捷が俺を呼んだのが聞こえたのさ。

　あの声が頭から離れなかった。

　彼に魅力があることは認めざるを得なかった。目の前に立った時の迫力、その吸引力を今でも捷は無意識のうちに反芻（はんすう）していることがある。

　教室の中心にいるのは、響一だった。響一を取り巻く学生は日に日に増えていく。しかし、そのメンバーがかなりの割合で変動していることを捷は見逃さなかった。彼の取り巻きに加わらぬ学生も、ゴシップには貪欲だった。

「ねえ、そういや、いつもあいつにくっついてた髪の長い女、最近見ないよな」

「ああ、最初から熱烈なファンだったやつだろ？」

「あの女、大学辞めたらしいぜ」

「ええ？　なんで？」

「噂によると、あいつに捨てられたからみたいだぜ。あいつの子供堕ろしたらしいって」

「まじ？」

「女が寄ってくるのをいいことに、よりどりみどりらしいぞ」

「そりゃ、幾らでも寄ってくるだろうよ」

「芸大時代にも、あいつの子供を堕ろして自殺した女がいたんだって」

まことしやかに下世話な話が囁かれた。

取り巻きの雰囲気には一定の変遷があった。熱心な信奉者としてかしずいている時代。囁かれる醜聞に戸惑う時代。そして、どこか怯えたように距離を置き、やがて取り巻きから離脱していってしまう時代。

その中にあって、響一はいつも変わらなかった。取り巻きの変遷をじっくり観察し、それを楽しんでいるようにすら見えた。彼はいつもゆるぎなく、幼い学生たちの中心に君臨していた。

ごくたまに、斜に構えた学生が面白半分に彼に近付いていったが、しょせん響一の相手にはならなかった。生半可な皮肉やあてこすりなど彼には通用しなかった。完膚なきまでに叩きのめされ、色を失い帰っていくのは近付いていった者の方だった。それは時に小気味良く見え、取り巻きの喝采を得たが、時にはあまりにも残酷で、取り巻きたちを沈黙させた。

響一の放つ負の引力に恐れをなして、時々彼の周りから人がいなくなってしまうこともあったが、それでも彼はいっこうにお構いなしだった。けれど、暫くすると、彼を独占するチャンスだと新たな取り巻きが現れる。すると、古くからのメンバーが不快に感じるのか再び彼の周りに集まってくるのだ。こんな繰り返しを何度か経て、長い間彼の側近を務めているのは、捷が思うにどこか鈍感な連中ばかりだった。

まともな者では彼のそばにいられないのだ。

捷はむしろ暗い喜びのようなものを感じながらそう思った。

女にだらしない男はいくらでもいるし、冷たく酷い男も知っている。だが、響一の持つ酷薄さはそういう範疇（はんちゅう）には収まらないように思えた。何かもっと大きなものの一部に思えた。

そして、自分は彼に覚えられている。

いつしかそのことが密かな自負になっていることを、彼は渋々ながら認めていた。これだけ大勢いる学生の中で、とにかく自分の名を覚えていてくれたことは、捷のささやかな自尊心を満足させるに十分だった。それ以上でも以下でもない。取り巻きに参加しようとは思わなかったし、実際に付き合ったら疲れてしまうだろうと予想していたのだ。

そんな捷が、大学以外の場所で再び烏山響一を見掛けたのは、梅雨入りも間近の銀座の交差点だった。

じっとりと不機嫌な空。肌にまとわりつく重い空気。

二番館に落ちて今日が最終日という映画を、一人で見に来た帰りだった。

映画は好きだった。けれど、ハリウッド大作や単館で公開される『良質な佳作』ではなく、そのどちらにも引っ掛からない中途半端な映画が好きなのだ。

我ながら屈折した趣味だと思う。

彼は、大作や名作が観客に強いる緊張が苦手だった。

「これから凄いもの見るぞ」「これから名作見るぞ」

そう構えることがひどく億劫に感じられるのである。試験やバイトの緊張は決して嫌いではないのに、「楽しまなければならぬ」という緊張が苦痛になったのは、家族で見ていたTVのせいではないかと彼は自己分析している。

父と姉はタイプが似ていて、「なんとなく」TVを見るのは時間の無駄だと考える人間だった。TVを点けっぱなしにして漫画雑誌を読んでいる、なんていうのは二人から見れば愚の骨頂としか思えないらしい。だから、三人で夕食と共に見るTVは捷にとっては些か気詰まりな状況だったのである。たまに三人でTV映画を見るのは、ひどく緊張する体験だった。「これはいい映画だからみんなで見よう」と父に言われ、コマーシャルの間にトイレを済ませてTVの前で始まるのを待つのは、どんなにいい映画であれ苦痛だった。

自分は家族といると寛げない。

その簡単な事実を発見したのは、つい最近のことだった。大学生になり、家族と過ごす時間帯が違うようになった時のあまりの解放感に驚いたのである。

捷は、観た映画が自分の好みに合っていたことに満足しながら街を歩いていた。

学生にとって、銀座は縁遠い街だ。学生の入れるような店は限られているし、学生の欲しいようなものは売っていない。

けれども、歩くのは楽しかった。洒脱で気取った街角をぶらぶらするのは悪くない。

と、その時、何かが視界の隅で目に留まった。

ん？

雑踏の中で擦れ違い、まず、知っている横顔だ、と感じた。

完全に擦れ違って十歩近く歩いてから、今、俺は自分が知っている人間と擦れ違った、と確信した。

捷は振り返り、その対象を探した。

すぐに分かった。

岩のような広い背中。長めの黒髪。

烏山響一である。

不思議な奴だな、とその背中を見て思った。

あんなに存在感のある男のくせに、こうして雑踏の中にすんなり気配を消してしまうこともできるのだ。映画を見て、普段と違う感覚が刺激されていなかったら気付くことはなかっただろう。

なぜ後を尾けようという気になったのかは分からない。

後を尾けているという自覚もなかった。なんとなく、彼の行く方向に歩いていってみたいと思ったに過ぎない。

響一は、初めて教室に入ってきたのを見た時と同じように、ざくりと空間を切り裂くように歩いていく。彼の背中だけがくっきりと黒く輪郭を持って見えた。

なんとなく愉快だった。教室の講義の続きのよう。教室でいつも彼の背中を見ているのと同じくらいの距離をおいて、捷はそっと彼の後ろについていった。

銀座四丁目の交差点を渡り、歌舞伎座の前を通り過ぎる。

どこへ？

捷はゆるぎない足取りで進む響一の背中に問い掛ける。

ギャラリーかな、と考えた。銀座は画廊も多いし、響一の本業はアーティストなのだから画廊巡りをしていても不思議はない。

だが、捷の中で、そんなところに行くのではないと何かが告げていた。

徐々に心臓の音が高まりだす。

人通りが少なくなった。

この辺りまで来ると、オフィスビルが区画のほとんどを占めるようになる。こんなところに彼が訪ねる画廊があるとは思えなかった。

響一はさっさと道を歩いていく。

彼が振り向いたらと思うと気が気ではなかった。雑踏がとぎれた今、この距離で振り向いたら必ず自分に気付くだろう。

しかし、響一は振り向く気配もなく橋を渡って道を逸れた。

あれ？　この道は？

ぞろぞろと歩いてくるビジネスマンやＯＬが目に入る。

捷は立ち止まり、正面にある大きな古いビルを見上げた。

日本で一、二を争う大手広告代理店である。

まさか、ここに？

捷はそれ以上進むことなく、小さくなる響一の背中を見つめていた。気後れしたというのもあるし、いかにも学生然とした自分がこの道を進んでいったら目立ってしまいそうだからだった。

響一は、ためらうことなくその正面玄関に吸い込まれていった。受付嬢に話しかける姿がガラス越しに見える。

なるほど、仕事か。凄いな、こんなところにスタスタ入っていけるなんて。本当に、ビッグアーティストなんだなあ。

捷はかすかな羨望を込めて、エレベーターホールに歩いていく響一の背中が見えなくなるまでその場所に立ち尽くしていた。

14

「俺にお客？」

星野和繁は意外そうな顔で言った。

むさくるしい格好の院生は口を押さえて手を振った。

「またまた、そんな、知らん振りしちゃって。凄い美人ですよ。ホント、うちのボロい大学の廊下に立ってると、『はきだめにツル』ってポスターが作れるんじゃないかってくらいの」

「そんなポスター作ってどうする」

「廊下のソファには座らないように言っときました。よくあそこで寝てる教授は脂性だから、下手に座るとスーツに脂が付きますよって」

「余計ひどい」

あきれながらも、和繁はのろのろ立ち上がった。

誰だろう。

和繁は首をひねった。一時はいろんな人間がビジネスのヒントを求めて会いに来たものの、最近はそんなでもない。第一、電子メールが発達しているので大体メールでアポを取り、それから会うことがほとんどだ。今も自分が週に二回大学に顔を出していることを知っている者はまずいないし、わざわざ出かけてくる者はもっと珍しい。

確かに、廊下に出た瞬間、彼女の立っている場所だけ色が付いて浮き上がって見えた。サックスブルーの麻らしきパンツスーツを着た、すらりとしたショートカットの女性である。警告が効いたのか、ソファには座っていない。

遠目にも、院生の比喩は正しかったことが見てとれる。

彼女は和繁に気付くとかすかに会釈した。その顔は全く記憶にないが、彼女が会いに来たのが自分であることは間違いがなさそうだ。

首をかしげながら近付いていくと、彼女が先に口を開いた。

「星野和繁さんですね？　お忙しいところ、突然お邪魔いたしまして申し訳ございません。私、久野夏海と申します」

「はい？」

戸惑いを滲ませて、名刺を交換する。

手の中の名刺を見ると、黒瀬淳と同じ広告代理店の名前があった。

「あなた、ひょっとして」

夏海はすがるような目で頷いた。

「私、黒瀬淳の婚約者です」

「ええっ」

「秋に結婚することに決まっています」

夏海は視線をさりげなくそらしながら呟いた。

沈黙が降りる。

突然、友人の婚約者が会いに来た。さて、このケースから予想される具体的な事実はなんだろう？

和繁は素早く頭を巡らせた。

真っ先に頭に浮かんだのは、淳の過去の女関係を探りに来たのだろうか、という考えだった。

恐らく職場結婚なのだろう。職場で知っている彼が、学生時代どんな人間だったのか知りたくなるのは当然の心理だ。黒瀬淳が彼女の知っている黒瀬淳である以前、どんな人間とつきあっていたのか知りたい。できれば結婚する前に、淳がどういう人間なのか学生時代の友人に確かめたいと思うのは自然だろう。

なんだか、前にもそんなことがあった。

和繁は記憶を辿る。

その時は、友人が自分の過去のまずい交遊関係を全部和繁のせいにしていたのである。ある日突然、かんかんになった婚約者が押しかけてきた。和繁には全く話が見えないし、和繁に責任転嫁した男はまさか婚約者が直に和繁に会いに行くなどとは夢にも思っていなかったから、誤解が解けるまでかなりの時間を要したのだった。

当時のすったもんだを思い出すと、ついつい警戒モードになり、相手の女を色眼鏡で観察してしまう。

確かに「はきだめにツル」だ。和繁はさりげなく彼女を観察する。

スタイルもいいし、服装も垢抜けていてセンスがいい。ある種の潔さのようなものが彼女にはある。

ただし、と和繁は頭の中でチェックした。

このタイプは、思い詰めると怖そうだ。美人だし、頭も良さそうだし、きっと一流大学を出て、大手広告代理店で社会的地位も高く、バリバリ仕事して自尊心も強いだろう。こういう女を奥さんにしたら、夫の不実は徹底的に追及されそうだ。

また、その一方で、和繁が友人の結婚を不安に思ったことも事実だった。

係累のいない彼。誰に対しても執着しない彼。その彼が、どんなふうに婚約者とつきあっているのかは少々疑問だった。淳はルックスも悪くなく、有能で男らしくて学生時代からもてた。しかし、彼の印象では、つきあった女性は彼が自分に対してそっけないと不満に思っていることが多いようだった。

何も相談してくれない。全部自分で片付けてしまう。一人で完結している。

そんな彼に対する愚痴を、何度か女の子から聞かされた記憶があった（当時も、彼はよくいろいろな人間から相談を受けたものだ）。

淳は婚約者にも稀薄なのではないか。それを不安に思った彼女が、結婚前に友人を訪ねてきたのではないか。彼はそう思ったのである。

「あのう、それで？」

和繁は用心しいしい尋ねた。

夏海はぐっと詰まった。なかなか口を開こうとしない。青ざめた表情で、じっと足元を見つめている。

やっぱり、何か不安に思っていることがあるのだろうか？　それで、わざわざ俺を訪ねてきたのだろうか？

和繁は表情を変えずに、静かに待った。

やがて、夏海はようやく決心がついたのか口を開いた。

「実は――実は、淳さん、二週間ほど前から消息を絶ったままなんです」

「えっ」

思ってもみなかった返事に、和繁は絶句した。

消息を絶った？

頭の中が真っ白になる。

和繁は混乱した表情で夏海を見た。我ながら、おろおろした、心配そうな表情になってしまったことに気付いて「しまった、余計彼女を不安がらせる」と心の中で舌打ちする。

けれど、彼の驚きが彼女のどこかを突き崩したようだった。

彼のそんな顔を見たとたん、夏海のそれまでのきちんとしたよそゆきの表情がぐしゃりと崩れたのである。

きっとこれまで、一人でずっと不安を押し殺していたのだろう。淳には家族がいないし、彼の行方を辿る術がなかったに違いないのだ。

夏海はたちまち頼りなげな娘の顔になり、涙がぼろぼろと頬を伝い始めた。

「どこにも帰ってないし、会社にも連絡がないんです。あんなに万事きちんとした、ぬかりのない人なのに、連絡がなくて。上司も、同僚も、みんなうろたえてるんです。あたしにも連絡してくれないなんて、こんなこと、こんなこと、初めてなんです」

夏海はこらえきれずにワッと泣き出した。

その瞬間、和繁は得体の知れない不安を覚えた。

そして、この彼女の泣き顔が、自分を遠く暗い場所に連れていくであろう強い予感を。

15

知り合いの個展を見に行く途中で、何か手土産にお菓子でも買おうと、律子は久しぶりに渋谷駅に降り立った。

渋谷駅を出ると、無秩序かつ欲望むきだしの人間たちが、何か嚙み付くものを探しているように凄い勢いで歩いている。

この駅を出ると、いつもかび臭いような、すえた匂いを感じる。すぐに忘れてしまうのだが、駅を出た瞬間いつもその匂いを嗅ぐし、ああこれは渋谷の匂いだなと思う。

谷だからだ、と律子は思う。

渋谷は谷だ。だから、瘴気（しょうき）が溜まりやすいのだ。ここにはかすかな鬱屈がある。乾いた原色の狂気がある。そして、ここでは谷底の瘴気に当てられた若者が、いつもぐるぐると街の底を回遊している。

若者は、若者が嫌いだ。だが、その一方で自分と同じような連中がたくさんいることを確かめたくて、こうして同世代の人間がいっぱいいるところに集まってくる。なぜ若者は都会に集まってくるのか。簡単だ、そこには若者が大勢いるからである。

律子は、昔から同世代の人間に違和感があった。同世代が持つはずの親近感や共感といったものをあまり感じたことがなかった。当たり前のものとして若さを享受することに抵抗があった。かといって特に浮いていたり疎外されていたわけではなく、そのおっとりした素朴な性格はみんなに好かれていたし、友人には恵まれていたと思うが、やはり最後のところでどうしても連帯感を味わうことができなかった。

こうして東京の街を歩いていても、周囲の人間が驚異に思えてならない。みんなが当然のごとくお洒落をし化粧をし、新しい場所へ行き流行りのものを求めていることが恥ずかしくてたまらない。別に彼等を非難しているのではなく、ただ見ているとハラハラしてきていたたまれなくなるのだ。

ぴかぴかしたオープンカフェの最前列に座り、その場所に座っていることに満足し楽しんでいる彼等が、律子には宇宙人のように見える。

あたしは自意識過剰なのだろうか、と律子は思う。どうしてああいうふうに、素直に自己主張し、自己表現をすることができないのだろうか。なぜすんなり楽しむことができないのだろうか。なぜ若さを謳歌することに後ろめたさを覚えるのだろうか。

もっとも、この人たちのようにできない部分、この人たちがあの部分に使っているエネルギーが、あたしの場合は創作に費やされているのだ、と自分に言い聞かせてとりあえず納得する。あたしがこの人たちのように素直に青春を満喫できていたら、今ごろ創作なんかやっていないだろう。

スクランブル交差点で、じりじりと信号が変わるのを待っている群衆に混じっていると、周囲のイライラが伝染してきて息が詰まりそうになる。

信号機は色の変わる短い導火線だ。数分ごとに人々を爆発させ、世界に押し出す。

交差点を囲むビルの壁面に、巨大なスクリーンが三面並んで様々な映像を映し出しているところは、子供の頃に見たSF映画のようだ。それも、望まれていなかった未来の方のSF映画。

と、突然、その中の一つが瞬きをしたような気がした。

？

律子は真ん中のスクリーンを注視した。

なんだろう、今のは。

韓国の肥沃な大地に育まれた農産物は収穫のその日のうちに空輸いたします　最新のヒットチャートいってみよう先週に比べワンランクアップのこの曲は久々のスマッシュヒットしっとりした情感溢れるオトナの雰囲気　最新主演作全国拡大ロードショー都内にて絶賛上映中　キャッシングには余裕のあるプランを立てましょうお申込からご返済までインターネットでもご利用いただけます　格安海外旅行は当店で　使い捨てコンタクト・レンズ一週間装着お試しください

それぞれが鮮やかな電飾の画面で叫んでいる広告を、人間の耳とはたいしたものだ、ちゃんと聞き分けている——

が、律子の目は真ん中のスクリーンに引き寄せられていた。

あ、まただ。

ほんの一瞬——群衆の中のどれほどの人間が気付いたことだろう——短いフラッシュの間、スクリーンが真っ白になる。そして、その中心に黒い線で描かれた円のようなものが見えた——

なんだろう、これは。何か意味があるの？　新しい広告？

信号が変わり、ワッと一斉に人々が歩き始める。

押されて反射的に歩きだしながらも、律子は動揺していた。

あたしの幻覚だろうか——見てはいけないものを見てしまったのだろうか。

ふらふらと人波の中を漂いながら律子は考える。

まるで心の中に刻印を押されたようだった。どこかこの世ならぬ世界から送られてきた不吉なメッセージを受け取ってしまったみたいだ。

16

捷は学校近くの定食屋で夕飯を食べていた。

木曜日は授業のコマが目一杯入っていて、一日が終わるとさすがにげんなりする。

学生街の定食屋だけあって、量が多い。いつのまにか木曜日はいつもトンカツ定食を選ぶのが習慣になっていた。周りにも、授業を終えた下宿組の学生が一人黙々とごはんをかきこむ姿がある。

ま、俺も下宿組みたいなもんだな。いっそ本当に下宿の方が気が楽なんだけど。

捷はぼんやりと天井近くの棚に置かれたＴＶを見る。

姉が秋に結婚して家を出ると決まってから、なんとなく家に帰りにくくなった。

もともと、父親が単身赴任になり、捷が大学に入学してからは、高校時代までのようにきっちり毎晩姉と一緒に夕飯を摂ることもめっきり少なくなっていた。

それでも、このところ姉が着々と家を出る準備をしているところを目にしているとさすがに取り残されるような淋しさを覚えるのである。なまじ子供の頃から住んでいる戸建てだけに、日に日に片付けられてスペースが広くなっていくと侘しい気持ちが先に立つ。

下宿したいな。

捷は甘めのみそ汁をすすった。もちろん、そんなことが贅沢な望みなのは分かっている。単身赴任の父と、東京の家と、二つの世帯を維持するだけでかなり家計に負担が掛かっているのはもちろん、私立大学の理系学科にいかせてもらうのに相当な費用がかかるのも承知している。授業もきつく、捷にはアルバイトをする時間すらない。それに、今時理系学科を選んでも、四年間通ったくらいでは潰しが利かないのは常識だ。大学院に進んだとしても、就職できる保証はないのだ。

それでも、捷は家を出たかった。自分一人だけの世帯を持ってみたかった。一軒の家を、大学生の男一人で管理していくのは荷が重い。むろん、姉はちょくちょくやってきて完璧に片付けていくだろう。それもまた彼にとっては、いつまでも姉の紐付きで一人前になれないようで憂鬱なのだ。

ＴＶの中ではニュースが終わり、ゴールデンタイムのバラエティ番組が始まっていた。なれあった下卑(げび)た笑い声が重なりあって響いている。

ああいう仕事もつらそうだな、と捷は思った。自分のポジションに胡座(あぐら)をかいたお笑い芸人が何かする度に、後ろで無理に笑ってみせなければならないＴＶのスタッフ。でも、きっともう何も感じないんだろうな。給料のうちだもんな。スイッチを入れるように、反射的に笑い声を立てられるようになってるんだろう。

と、突然、ＣＭに入ったかと思われる瞬間、ほんの短い瞬間白い画面になった。

その中央に、円に似たマークが現れた。

なんだろう、あれ。円というよりも、細胞分裂の初期状態のようにも見える――

が、それは本当に一瞬だった。

周囲のテーブルを見回すが、誰も気が付いた様子はない。

放送事故？　それとも放送実験に使われるデータか何かかな？

捷は首をひねり、そのあとも番組を見続けたが、二度とマークは現れなかったし、番組の半ばを過ぎる頃には、そのマークを見たことすら忘れてしまっていた。

17

香織も、家で一人食事をしていた。

今日も捷は外で食べてくるという。チラリと時計を見て、香織はＴＶのニュースに耳を傾けながら、手早く一人分の食事を準備する。

ほんと、男の子って大きくなるとてきめんに家に寄り付かなくなるから不思議だ。すっかり母親じみた感想を抱いていることに気付き、ひそかに苦笑いする。捷にとっては母親がお嫁に行くようなものなのだ。それって、よく考えてみると奇妙な状況ではないか。

昨日多めに茹でておいたホウレンソウのおひたし、豆腐とワカメのみそ汁、あじの開きを焼いたの、冷凍しておいたごはん。全部をテーブルに並べるまで十五分もかからない。

いただきます、と呟いて手を合わせてから食べ始める。

慌てる必要はないのに、ついつい急いで食べてしまう。家の中で片付けたいところが次から次へと脳裏に浮かんできて、早く手を付けたいという衝動で頭がいっぱいになるのだ。結婚まで半年もない。まだ新居も決まっていないし、退職するわけではないので勤めながら準備をするのは本当に大変だ。できるところから前倒しでやっておかないと、とてもじゃないけれど間に合わないだろう。別に家がなくなるわけじゃなし、結婚してから家に寄って片付けたってよいのだと頭では分かっていても、家を出る前に片付けておきたいという気持ちは揺らぐことはなかった。

あたしは何を焦っているのだろう。

あっという間に食事を済ませ、流しに食器を運びながら香織は考える。

この奇妙な胸騒ぎは、捷が大学に入った時から始まっていた。弟に、結婚すると告げたあの晩から。

あたしは心配なのだ——捷のことが。

なぜ？　のんびりした甘えん坊の弟を一人でこの家に残していくから？

お湯を沸かしながら洗い物をする。

確かに、あの子に家を任せておいたら、二週間もしないうちにメチャメチャになってしまうだろう。決してそんなに無精な子ではないのだが、どうもあの子は地に足が着いていないというか、おっとりしているのだ。

でも、一人になれば逆にしっかりするかもしれないではないか。

香織は冷静になろうと努力する。

あまりにも、これまであたしがなんでもやってあげていたのがよくなかったのかもしれない。自分が完璧主義なのは承知している。自分でやった方が早いからと、ついついあの子を見ているると世話を焼きたくなるのだ。周囲でもしっかりした姉とおっとりした弟という印象が強かったために、ますます互いにそのポジションを演じることに慣れてしまっていたのかもしれない。

この機会に自立を促せばいいのだ。もう大学生なのだし、あたしがいなくたってあの子は大丈夫だ。

そう自分に言い聞かせるが、胸の中の不安はいっこうに消える気配がない。

違う。そんな単純な理由ではない、この不安は。

既にどこかで知っていた筈を、香織はそっと冷たく呟く。

あの時、弟が見ていたＴＶの中の映像。

授業で見掛けるくらいだと言った。世界的なアーティストで、知り合いではないと。

だが、彼はあの映像に魅入られていた。今にもＴＶの中に吸い込まれてしまいそうだった。あの禍々しさに、なぜ捷は気付かないのだろう？

かつて、あんな恐ろしいものを目にしていたくせに。

香織は記憶を探る。

彼女が高校生の頃の、銀行での一件は深く心に刻みこまれていた。彼女には見えなかった——しかし、弟にはそれが見えているのだということは知っていた。

あの事件が起きる少し前にもおかしなことがあった。

母親を失い、平口家では新しい秩序を立て直す必要があった。それは、言い換えれば専ら香織が自分の生活のスケジュールを組み立て直すということでもあった。

それにしても、男というのは、どうしてこうも身の回りのことを人にやってもらうことに抵抗がないのだろうか、と当時の香織は思ったものだ。彼等は、香織が母親の役にシフトしたことをなんの戸惑いもなく、当然のように受け入れた。むろん、それは香織が優秀な主婦だったせいもあるのだが、例えばあたしが病気かなんかで動けなくなってしまったら、この人たちはあっさりあたしのことを捨ててしまうだろう、あたしでなくとも有能な家政婦がいればすぐにその人に頼って、肌着を買ってもらったり洗ってもらうことにも慣れてしまうのだろう、とぼんやり考えたりもした。

だが、その一方で、香織は家を切り盛りすることに満足感を覚えていた。全てを自分のやりたいように動かすことができる。自分が全てを管理することができる。完璧主義の彼女はそのことに満足している自分に、嫌悪と誇りとを同時に感じていた。

母親はおっとりした少女のような人だった。もちろん香織は母のそういうところを愛していたけれども、能率の悪い母親の家事に子供の頃から不満を覚えていたことも確かだ。そう、あれは当時のあたしが必死に家の中の秩序を立て直そうとしていた頃のことだ。まさしく戦いの日々だった——朝食を作り、学校へ行き、買い物をし、夕飯を作り、アイロンを掛け、宿題をする。そのサイクルに身体が慣れるまで、毎日気が抜けなかった。めったに感情を露にすることのない彼女もさすがにカリカリしていた。

疲労が蓄積し、ある日、キッチンのテーブルでうとうとしていたら、廊下で声がした。

「うん、分かった。お花ね」

寝ぼけまなこで顔を上げると、学校から帰ってきた捷が廊下で頷いている横顔が見えた。

誰かと話している様子だ。

そう思ってうとうとし、急にハッと目覚めた。

いったい捷は誰と話してるの？

「捷？　捷、どなたかいらしてるの？」

香織は目をこすりながら立ち上がった。

捷はきょとんとして、こちらを見た。手には小さな花瓶を持っている。

「ううん、お母さんだよ」

「え？」

「お母さんがね、花を生けといてちょうだいって」

香織はスッと背筋が寒くなった。

「なんですって？　何を言ってるの？」

思わず声が荒くなる。捷はびくっとしたように一歩後退りした。

香織は捷が立っていた場所から、捷が話しかけていた和室をのぞきこんだ。

もちろん、そこには誰もいない。薄暗い部屋で、母の姿見に夕日がかすかに当たっていた。捷はその鏡台に置いてあった、母の一輪ざしを手にしていたのだ。

「なんだ」

香織はホッとした。弟は一人遊びをしていたのだろう。

「やだ、おどかさないでよ。びっくりしちゃった」

「鏡の中にいたんだよ、それで、僕にこれに生けろって」

香織が笑い掛けると、無邪気な顔で捷は答えた。

再び香織は表情をひきつらせる。

鏡の中？

ふと、香織は姿見の中に視線を走らせた。そこには夕暮れの廊下が映っていて——サッと誰かの後ろ姿が——エプロンを結んだ後ろ姿が障子の向こうに消えていった。

あれは。あの後ろ姿は。

「お母さん！」

香織は小走りに廊下に出た。が、そこには誰もいない。キッチンにも、どこにも今見た女の影も形もない。

お母さん。

香織は不覚にも涙が零れてくるのを止められなかった。捷が怯えたように一輪ざしを持って立っているのに気付いていたが、香織はボロボロ涙を流し続けた。

それが何の涙なのか、香織にもよく分からなかった。今にして思えば、あれは悔し涙だったのではないか。

お母さんがいなくなって、あたしが一人でこんなに頑張っているのに、お母さんはあたしのところには出てこないで捷のところに出てくるなんて。

しかも、一輪ざしに花を生けろだなんて。

母は、花を飾るのが好きな人だった。旅先でも、小さな焼き物の一輪ざしを買い求め、たくさんの一輪ざしを流しの下にコレクションしていた。鏡台を始め、家の中のあちこちにいつも花が飾ってあった。

むろん、当時の香織にはそんな余裕はない。仏壇のお花はいつも絶やさないようにしていたけれど、家の中に花を飾り、毎日水を換える気力は残っていなかった。彼女にとっては、花を生けるというのは仕事が一つ増えるだけだったのだ。

ひどいよ、お母さん。

香織には、自分の好きな一輪ざしに花を生けろという母が、当時の能率第一の自分の家事を否定しているように思えたのである。

それにしても、あの時姿見の中に見た姿は何だったのだろう——捷は本当に母と話をしていたのか。

いつの間にかニュースが終わり、TVの中ではけたたましい笑いと共に、香織の嫌いなバラエティ番組が始まっていた。

さっさと衣類を片付けよう。リサイクルショップに持っていけるものはクリーニングに出しとかなくちゃ。

TVを消そうとリモコンに手を伸ばした香織は、その瞬間、全身が硬直するのを感じた。

TVに何か変なものが映っている。

真っ白な画面。中央に黒い円のようなものが。

それはほんの一瞬だった。再び、わざとらしい笑いが画面を埋める。

が、なぜかそれは香織をひどく狼狽させた。

この禍々しさ――この不吉さ。まるであの時、TVで捷があの映画を見ていた時のような。

香織はじっとしたまま暫くの間TVの画面を見つめ続けていた。まるで、動きだしたとたんにTVの中から何か獰猛(どうもう)な獣が飛び出してきて、噛み付かれるのではないかというように。

18

「すみません、すっかり取り乱してしまって」

喫茶店の奥の席のテーブルで、夏海は顔を赤くして恐縮していた。

「いえ、そんな。仕方がないですよ、婚約者がいなくなったんじゃ、そりゃ心配でしょう」

和繁はウエイトレスにブレンドを二つ注文した。

「淳さんからよくあなたの話を聞いていたものですから、なんだかあたしも知り合いのような気がしていたんですね」

夏海は窓の外に視線をやったままそう呟いた。

「淳から俺の話を？」

「ええ。楽しそうに話してましたよ。学生時代の友人というとあなたの話が出て。この間も一緒に飲んだんですって？」

和繁は意外な感じがした。学生時代の友人といっても、当時はそんなに親しくしていたわけではない。親しくしたのは、あの時新宿で偶然会って一緒に飲んだのが初めてと言っていいほどなのだ。

淳の方では俺を親しく感じていたのだろうか。

そう考えると、不思議な感じがした。あの何ごとにも稀薄な男が。

「淳がいなくなったのは、正確にはいつですか?」

「ええと」

夏海は手帳を出し、カレンダーのページを開いた。

「実は、正確にはよく分からないんですよ。彼、六月の頭から出張に行ってたんですね。仕事の内容次第で、何日か延びるかもしれないという話はしていました。でも、遅くとも十一日には帰ってこられるだろうと言っていたんです。でも、全く連絡がなくて」

「どこに出張に行ってたんですか?」

「それが」

夏海は当惑した表情になる。

「関西のどこかというだけで教えてくれませんでした。社内でも内緒の仕事だからと言って」

社内でも内緒の仕事。

心のどこかで蠢(うごめ)くものがあったが、和繁はまだその質問を口に出すことは控えた。

「あなたと淳は同じ部署なんですか?」

「いいえ、全然違います。大きな会社ですし、細かく部署が分かれていて、よその部署がやっていることとって意外と分からないものなんですよ。ただ、私が彼の上司に聞いたところでは、六月八日に彼から一本電話が入ってるんです。なんだか、現地でトラブルがあったんで、もう少し戻るのが遅れるかもしれない、という短いものだったとか。でも、その上司も彼の仕事の内容は教えてくれませんでした」

「彼の部署の方では、彼を捜してるんですか？」

「ええ。彼は身寄りがないので、会社の方で一応捜索願いを出すことに決めたそうです」

「彼がやっていた仕事というのは何なんですか？　そこでトラブルに巻き込まれたんでしょう？」

和繁が不思議そうな顔できくと、夏海はもどかしそうな表情になった。

「どうも変なんです。みんな、腫れものを扱うみたいな感じで」

「社内では、あなたと淳のことはもう公になってるんですか？」

「ええ。互いの上司にも報告してありますし、こういうことって放っておいてもすぐ広まりますから」

夏海は少し苦笑した。

「淳さんは――多少私の身びいきも入ってますけど、有能な人でしたから、難しいクライアントを任されることが多かったようです。今回の仕事はよほどＶＩＰのクライアントだったらしいんですね」

夏海はその言葉にかすかな軽蔑を込めていた。

「会社の方では絶対にクライアントの名前を出したくないようなんです。だから、淳さんがいなくなったのも、あくまでも、会社に来なくなったという形で捜索願いを出してるんですよ」

「そいつはひどい。淳は実際に、上司に電話を掛けてきて『トラブルがあった』と言ってるんだろ？　仕事上のトラブルだったら、労災の可能性もある。どこかで事故にあってるとか、可能性はいろいろあるでしょうに」

「ええ。本人の都合で姿を消したかのような形で捜索願いを出したからって、警察が捜してくれるわけないじゃないですか。会社の方も、形式上嫌々出した、というのが透けて見えるんです。だから、このままだと、淳さんは会社に来なくなったということで解雇扱いになってしまいます」

「解雇」

和繁が驚いて夏海の顔を見ると、彼女はコーヒーカップの中に視線を落としていた。

「ひどい話でしょう？　なんだか、彼の上司もこそこそしちゃって。このごろなんか、あたしの顔を見るとみんな顔を背けるんですよ。ちょっとあわれみも入ってるような気がするの。婚約者に蒸発されちゃった惨めな女、みたいに見られて。実際、そうなんですけどね」

夏海はなんとか笑おうとしていたが、顔を歪めただけだった。

和繁は、彼女の置かれている苦境を理解したような気がした。

微妙な仕事を任されていた社員が失踪したというのは、会社にとっても頭の痛い問題に違いない。社員を捜したいのは山々だが、仕事の内容やクライアントが公になるのはまずい。会社にとってはクライアントが一番で、いくら有能な社員でも、いなくなった時点から、彼の存在は単なるトラブルメーカーに過ぎない。どんな事情でいなくなったのかは分からないが、なるべく彼の個人的な事情に理由を押しつけたい。間違っても、クライアントとのトラブルでいなくなったことにはできない。

淳の上司が考えていることは大体こんなところだろう。その上司から見れば、いなくなった社員の婚約者である夏海もそろそろ鬱陶しくなっているはずだ。彼女が淳の仕事の内容をつついたり、会社の責任云々を申立すれば彼女の存在までもが目障りになる。

淳に家族がいなかったことは、会社にとって好都合だった。いや、係累がいないからこそんな仕事を任されたのかもしれない。

和繁は苦いだけのコーヒーを飲みながらそんなことを考えた。

だが、それは夏海にとっては不幸なことだった。彼に家族がいれば、一緒に彼を捜すこともできたし、家族が騒ぎだせば会社ももっと具体的に動き出していたかもしれない。

しかし、この様子ではまだ籍も入っていないだろうし、夏海はまだ彼の家族ではない。

しかも、彼女はこの会社に従事して衣食住をまかなっているのだから、そんなに騒ぐことができない。

　彼女は追い詰められているのだ。

「あなたのご家族は、このことを知っているんですか？」

　和繁がそっと尋ねると、夏海はかすかに顔を紅潮させた。

「いえ。第一、まだ彼と結婚することも話してなかったくらいで」

　その硬い表情から、彼女も家庭的なトラブルを抱えていることを感じさせた。

　夏海は苦々しい顔になり、呟くように話を続けた。

「これで婚約者がいなくなったなんていったら、それみたことか、おまえの選んだ男はそんな奴だったんだなんて言われるだけでしょう。うち、あたしが小学生の時に母親が再婚したんで、今の父親は養父なんですよ。どうもあたしとは折り合いが悪くて。妹は家でうまくやってるんですが。実家は札幌なんですけど、ここ数年ろくに帰ってないんです」

　なるほど、ますます彼女は孤立無援なわけだ。これで、和繁に会って流した涙の理由も窺える。本当に、彼女は一人ぽっちだったのだろう。

「うふふ、だから誰も相談する人がいなくって、無理やりこうやって星野さんを訪ねてきたわけなんです」

　夏海は開き直ったように笑顔を浮かべた。彼女のまっすぐで強い気性と、その一方でぽっきり折れそうな少女のような部分とを同時に感じた。なんとなく、淳が彼女を好きになったわけが分かったような気がした。

「淳には――親戚もいないんですかね」

和繁は質問を続けた。

彼は淳について、何も知らなかった。あのスマートな容姿と、有能さ以外には、ほとんど何も。そして今、彼について知りたいという気持ちは徐々に強まっていた。

俺、今新しいバイトに夢中なんだ。

淳と交わした会話が脳裏に蘇る。

探し屋さ。

新しいアルバイトだと思っていた。まさか、こうして人間を探すことになろうとは。しかも、学生時代の友人を。

人間は好奇心を満たすためならば金を払う、という単純な事実さ。

「ええ、聞いたことがありません。彼、自分の生い立ちの話はほとんどしたことがなかったけど、家庭の話をしたくない気持ちはあたしにも分かりますから、あたしもあまりしつこく聞かなかったんです。だから結婚式も、二人の親しい友人を集めただけの小さなパーティにしようって言ってたくらいで。あたしもその方がよかったから。今にして思えば、もう少しうるさく聞いておけばよかった。誰か一人くらいいそうなものじゃないですか、可愛がってくれたおじさんとか、たまに会うおばさんとか」

夏海は小さく溜め息をついた。

「俺も、昔からとにかく淳には係累がいないって話しか聞いたことがないんだ。彼の郷里というのはどこなんだろう」

「和歌山らしいです。お母さんのお墓は和歌山にあるって言ってましたから」

「和歌山」

なぜか意外な感じがした。日本的な山々が連なるイメージと、自分の知っている淳のイメージが重ならない。

「和歌山のどこですか?」

「さあ。そこまでは」

夏海は心細そうな顔になり、恥ずかしそうな顔になった。

「あたし、とても婚約者とは思えないですね。淳さんのこと、何も知らない」

そのしょんぼりした様子に、和繁は共感を覚える。

その人を知っているというのは、どの程度までを指すのだろうか。我々は、友人のこと、家族のことをあまりにも知らなすぎる。

逆に、この娘はそういうことを気にしない子なんだな、と思った。彼女にとって、出自や係累などは、彼女が淳を愛する基準には関係なかったのだ。

「俺だって全然知りませんよ。果たして彼の友人と呼べるかどうか」

和繁が自戒を込めて呟くと、夏海は怯えたような表情になった。あまり親しくないことを理由に、淳の行方捜しに協力しないと言い出すのではないかと思ったのだろう。

ふと、あることが頭に浮かんだ。

「あ、そうだ。ちょっと変なことを聞きますけど、淳からカラスの絵の話を聞いたことがありますか？」

「カラスの絵？」

夏海はきょとんとする。

「この間一緒に飲んだ時に、淳に頼まれたというか、請け負ったことがありましてね。それが、子供の頃に見たカラスの絵を探してくれっていう依頼だったんですよ」

そう言えば、あのあと淳からメールは来なかった。自分が子供の頃住んでいた場所や母親の実家の住所なんかを書いて送ってくれと頼んでいたのに、結局彼からメールは来なかったのだ。あんな依頼はしたものの、やはり自分の子供の頃の記憶を掘り起こすことが嫌になったのかもしれないと思い、深くは考えなかったが。もし淳がそのメールを送ってくれていれば、何かの手掛かりになっていたかもしれないと思うと惜しかった。

「カラスの絵、ねえ」

夏海は首をひねった。

「聞いたことありませんね。でも、今一つだけ思い出したんですけど、淳さんのお父さんの家はかなりの旧家みたいですよ。本家は幾つも山を持ってるんだってチラッと言ってたことがあって。でも、なんだか、吐き捨てるような感じで、懐かしがってるとか自慢してるって雰囲気ではなかったですね」

「へえ」

和繁は記憶を探った。カラスの絵を見た時の状況を、淳はなんと語っていたっけ？

――ただ一つだけ覚えているのは、母親が近くにいたことだ。よそゆきの服を着ていたから、自分の家じゃない。母親とどこかに行ってその絵を見たということしか分からないんだ。

その場所が、その本家ということはないだろうか。旧家の親戚関係など、きっといろいろわずらわしいことがあるに違いない。係累がいないというよりも、何らかの事情があって絶縁状態になっていたのかもしれない。彼は子供の頃に、そういう微妙な緊張関係を感じとっていたのではないだろうか。それが、そんなカラスの絵の中に入ったなどという体験に記憶をすり替えていたのではないか。

「淳の部屋の鍵は持っていますか？」

和繁は顔を上げて夏海に尋ねた。

「あ、はい。これまで使ったことはなかったですけど」

「今度、一緒に連れていってもらえないですかね。会社で彼の行き先を調べるのは、違う部署のあなたには難しいでしょう。だとすると、彼の部屋の中に手掛かりがないか調べてみるしかない。自分の部屋をひっくり返されるのは淳は嫌だろうけど、非常事態だからしょうがないよな」

最後の方は自分に言い聞かせるような口調になった。

この時、初めて夏海は深い安堵の表情を見せた。ようやく一緒に淳の行方を捜してくれる人間に出会えたと実感したのだろう。

「あなたは、彼がいなくなったと分かってから、彼の家には行ってみたんですか？」

夏海は小さく左右に首を振った。

「いえ。実は、家の前までは何度か行ったんですけど、なんだか入るのが怖くて。何かヒントがあるかもしれないとは思ったんですけど、あたしがあの部屋に入ってしまったら、本当に彼がいなくなってしまったと認めるような気がして、嫌だったんです。でも、星野さんが一緒だったら。嬉しい、一緒に行ってくれるなんて」

夏海は自分を励ますように呟いた。

「今週の都合はいかがですか。本当は今日にも行けたらいいんでしょうけど、俺もいろいろあって」

「あ、はい。あたしも今日は外出ついでにここに来ちゃったんで、仕事を片付けてきます。

明日は金曜だし、どうでしょう、明日の晩、一緒に行っていただけますか？　そうすればゆっくり調べられると思います」

「そうですね」

二人は待ち合わせ時間と場所を決めた。

なんとなく、今日の話は終わったという雰囲気になる。

「あたしね、なんとなく、彼は和歌山にいるんじゃないかっていう気がするんですよ」

夏海は改まった口調で和繁の目を見た。

「郷里に？」

「郷里というか——彼の出張先って、和歌山だったんじゃないかと思うんです」

「何か手掛かりでも？」

「いえ。ほんとに、単なるあたしのカンなんですけど、彼の上司は彼の居場所をほんとは知ってるんじゃないかって気がするんです」

夏海は声を潜めた。

「彼の居場所を？　じゃあ、知ってて黙ってるっていうんですか？」

「ええ。おかしな話ですけど、なんだかそんな気がして。彼の上司が、オフィスを出てわざわざ外から電話を掛けてるところを見たことがあるんです。何度も『熊野の方は』『熊野の方で』って言ってて。熊野って、和歌山でしょ？　あたしの一方的な思い込みかもしれませんけど、なんとなくそれが彼の出張先だったんじゃないかって」

和繁もなぜか夏海のカンが正しいような気がした。この子は、そういうカンが強そうだ。

「熊野かあ。日本一の広告代理店と全然イメージが結びつかないな」

「あたしの思い違いかもしれませんけど」

夏海は、話したことを後悔するようにかすかに顔を赤らめた。

席を立とうとすると、夏海がサッと伝票を取り上げた。少し押し問答をしてから、夏海が払うことを承知する。

「あ、そうだ」

店を出た瞬間、ずっと心に暖めていた疑問を思い出した。

「なんですか」

夏海が和繁の顔を見る。その顔には、店に入った時の痛々しい緊張が消えていて、彼女本来の美しさが際立って見えた。少しは落ち着いたんだな、と和繁は思う。

「G.O.G.プロジェクトというのがなんだかご存じですか?」

知らないという返事がかえってくるだろうと思っていた。彼が言っていた、極秘のプロジェクトというのがこれなのではないかと思ったのである。

だが、夏海はあっさりと頷いた。

「ああ、あれですね。もうキャンペーンが始まってて、一部で話題になってますけど」

「え？」

和繁はあっけに取られる。夏海の様子では、誰もが知っているもののようだった。

「星野さんは、ＴＶとかよく御覧になる方ですか？」

和繁の当惑に気付いたのか、夏海が尋ねた。

「実は、あんまり見ません。ニュースとか、ドキュメンタリー番組は見るけど」

和繁は肩をすくめた。

「今、街頭ＴＶとか、ネット上でも流してて、物凄く大きなキャンペーンを張ってるんです」

「ええと、何のキャンペーンですか？」

和繁は話が見えず、子供のように尋ねる。

湿った風の中、二人でゆっくりと駅に向かって歩いていく。

「『カーテン』というＤＶＤのソフトです。珍しい、アート系の映像ソフトなんですけど、凄く完成度が高いという評判で。ヨーロッパと同時発売で、確か今月末の発売だったはず」

「へえ。映画ならそんなに大々的なキャンペーンをすることもあるだろうけど、ＤＶＤのソフトでそんなキャンペーンをするって珍しいですね。正直いって、そんな広告費を掛けて元が取れるのかな」

「でも、予約が凄いみたいですよ。内容がとても贅沢で、制作中から話題にはなっていたんです。ミュージッククリップのようでもあり、短編映画のようでもあり、世界の有名ミュージシャンやアーティストも参加してるんです。もちろん、タイアップでコンサートやファッションショーもやるみたいだし、この夏はブームになるんじゃないかな。今、烏山響一って、サブカルチャーのみならず広告業界やファッション界なんかでも、とても支持を集めてますから」

「烏山響一？」

「知りませんか？　『至上の愛』ってイタリア映画の美術をやって世界的に有名になったアーティストなんですけど」

「ああ、あの映画なら見た。なんだか凄いもの見たなって思ったけど」

和繁は記憶を探った。

なんだか凄く禍々しい、凶暴なのに美しい映画だという印象が残っていた。

「ええ。そうですね。あたし、彼がうちの会社に来てるのを見たことがあるんですけど、本人も凄い存在感のある人ですよ。外国暮らしが長いせいなんでしょうけど、とにかく日本人離れしているという言葉があれほどぴったりする人はいませんね。そのくせ、顔だちなんかはとても日本的なんですけど」

「へえ」

「最近、雑誌にもよく出てます。日本の大学に入り直したんで、今はW大の学生なんですって」

夏海が熱っぽく語る様子から、そのアーティストにカリスマ的な魅力があることが感じられた。

烏山響一。すごい名前だ。本名なのだろうか。禍々しく、美しい。それはあの映画の印象に似ているかもしれない。

「でも、話題にはなってるんですけど、今ちょっと問題にもなりかけてるんですよね」

夏海は声をひそめた。

「問題に？」

つられて和繁も声をひそめる。

「サブリミナルすれすれだと言われているんです。キャンペーンを始める時にもかなり揉めたんですけど、烏山さんが広告やＴＶ自体が今やもうサブリミナルだろうと押し切ったんですよね」

「サブリミナルというのは、つまり、あれですよね。映画に認識しない程度の短い時間、コーラを飲むショットを幾つか混ぜておくと、客が上映が終わってから無意識のうちにコーラを手に取っているってやつ」

有名な話だ。今や、都市伝説のように語られている。それが本当に行われたテストなのかどうかもよく分からない。

「ええ、それです。あるTV局が、ニュース映像に特定の人物の顔写真を紛れこませてたって問題になったこともありましたね」

「じゃあ、短い映像を混ぜてると？」

「ええ。ゴールデンタイムのバラエティ番組がCMに移る瞬間とか、ごくごく短い時間にそのソフトのロゴのようなものを放映してるんですよ。だから、気が付く人はすぐ気が付くし、何度見ても分からない人もいるみたいです。全く文字もなくてそのロゴだけだから、真っ先に気付いた人は放送事故か何かだと思ったようです。敏感な人からは気持ちが悪いって抗議も実際にあったらしくて」

「でも、その何度見ても分からない人も、自覚はしていなくともどこかでその絵を見ているってことですよね」

「ええ。だから問題になってるんですよ。そういう意識的な刷り込みが是か非かという」

「ふうん。よく考えると怖いね。みんな、TVなんて漠然と見てるわけでしょう。それで気が付かないうちにそういうものを刷り込まれてるっていうのは」

「でもね」

　夏海はすっかり広告業界の人間の口調になっていた。

「そもそも、広告自体がそういう効果を狙ってるわけでしょう。政府広報だって、なんだって、刷り込みをするために広告を流すわけですよ。宣伝をして、名前を覚えて貰わないと商品が売れないというのは常識です。消費者は、同じ内容の商品があったら、知らない名前のものよりも、必ず知っている名前のものを買います。どこからどこまでが刷り込みでどこからどこまでがそうでないかというのは微妙だと思うんですよね」

「だけど、これは広告だと思って見ているのと、何も知らされずに無意識のうちに広告を見せられてるっていうのはえらい違いだと思うけど」

和繁は反論を試みる。

なんだか不思議な気分になった。淳はここにいない。本来淳を介して出会うべき二人が、淳を抜きにして、同時に淳がいないことのためにこうして並んで歩いている。二人はこれから淳を捜す。だが、今は学生時代の友人のように広告の話をしている。

「うん、確かにそれは問題ですよね」

夏海も頷く。彼女も、淳の問題を考えることはいったん横に置いているのだろう。

「で、G.O.G.プロジェクトっていうのは何の略なんだろう？　淳もこのプロジェクトに参加してたんだよね。あいつの名刺にこれがすりこんであった」

和繁は気抜けした気分だった。極秘プロジェクトというのは、これではなかったのだ。

「ええ、初期の段階から彼はメディア展開に絡んでいたはずです。ええと、なんの略だったかしら」

夏海は暫く考えていた。

地下鉄の駅が近付いてくる。

「じゃあ、また明日」

そう挨拶をして和繁が歩き出そうとした時、「あ」と夏海が後ろから声を掛けた。

和繁は振り向いて夏海を見る。

夏海は無邪気な表情で言った。

「思い出しました。G.O.G.が何の略か。確か、あれはGARDEN OF GODです。『神の庭』という意味だわ」

19

今日も授業で遅くなり、大学の近所の定食屋で夕飯を済ますというスケジュールを終えて家に着いたら九時過ぎになっていた。

家に入ろうとした捷は、家の明かりが点いていないことに気付き一瞬ぎょっとしたが、今夜は香織は職場の飲み会で遅くなると言っていたことを思い出した。

香織がいなくなったら、毎晩こんなふうに真っ暗な一軒家に帰ってくるのだという実感が込み上げてくる。

夕刊を抜き取りながら、こんなに長時間夕刊が挿してあったら留守なのがバレバレだ、姉がお嫁に行ったら朝刊だけにした方がいいかしらん、などと考えながら郵便受けを探った。何か硬い封筒が手に触れる。

あれ？

取り出してみると、Ａ４サイズの封筒で、宛名は捷だった。封筒を裏返してみると、そこにはＧ．Ｏ．Ｇ．ジャパン（株）と書かれている。

その名前に聞き覚えはなかった。

首をひねりながら家に入り、明かりを点ける。

他の郵便物を一通り見てからその封筒を改めて手に取った。また何かのセールスだろうか。語学講座とか、資格取得とか、通信販売とか。いったいどこから調べてくるのか、大学に入学してからそういったものがごまんと送られてくる。

だがこの厚みのある中身は？

封筒を開けると、中から空気の入ったポリエチレンのビニールに包まれたＣＤのようなものが出てきた。ビニールを破り、中のケースを取り出す。

表紙の写真は、どこかの深い森の中らしい。ほとんど黒に近い、濃密な深緑である。

そして、その中に白抜きの文字でこうタイトルが書かれていた。

CURTAIN

カーテン。なんでこのバックでこのタイトルなんだろう?

そう考えてから、捷は全身が硬直するのを感じた。

これは、あの男が作ったものだ。

それは直感だった。

あの男が、自分に彼の作品を送ってよこしたのだ。

なぜか突然、脇の下に冷や汗を感じた。ねっとりとした、粘り着くような冷たい汗。

ケースを裏返してみると、そこには細胞分裂の初期のような、丸いロゴマークがそっけなく描かれていた。うん? 同じようなことを最近どこかで考えたような――

ふと脳裏に浮かんだデジャ・ヴを押し退けてよく見ると、それはＣＤではなくＤＶＤソフトであることに気付いた。隅っこに『見本品』と明記されている。

捷はなぜか一瞬迷った。

このソフトを見るべきか見ざるべきか。

迷いながらも、彼は自分の部屋のパソコンに向かってのろのろと歩いていった。

20

アトリエに入ったとたん、違和感を覚えた。

うん？

律子は薄暗いアトリエの中を見回す。見慣れた風景。身体に馴染んだ静寂。

誰か、ここに入った？

烏山響一が現れてからというもの、猜疑心が強まっていた。というよりも、こころゆくまで制作に没頭できる人気のない工場というものが、決して若い女性にとって安全な場所ではないということを今更ながらに認識したという方が正しいだろう。

ほんの一分先、近所の自動販売機にジュースを買いに行って戻ってきたところなので、鍵は掛けていなかった。律子は自分の無防備さを呪った。

なんだろう、今の違和感は。

律子はふと、部屋の隅に置いてある木のテーブルに載っている封筒に気付いた。

さっきまであんなものはなかった。

宛名は律子の名になっているが、切手は貼ってない。

やはり誰かがここに置きに来たのだ。

ほんの一分ほどの間に。

不意に寒気が背中を襲った。恐る恐る封筒を裏返してみる。G.O.G.ジャパン（株）という文字が目に入る。聞き覚えはないが、律子は美術界の話題として、烏山響一がG.O.G.プロジェクトなるDVDソフトの一大キャンペーンに関わっていることを知っていたので、やはり、と思う気持ちがどこかにあった。

やっぱりあの男が、もしくはあの男の指示を受けた誰かがこれをここに持ってきたのだ。のろのろと封筒を開けると、思った通りDVDソフトのサンプルが出てきた。

CURTAIN

カーテン。そっけないタイトル。なぜカーテンなのだろう。何か深い意味でもあるのだろうか。

制作意欲はとっくになくなっていた。がらんとした室内を見回し、律子は散らかっている道具を片付け、自分のアパートに帰ることにした。

そっと戸を閉め、鍵を掛けた瞬間、さっきの違和感の正体を悟り、彼女は愕然とした。

音がしない。

建て付けが悪いはずの、誰かが触れればガタピシ軋み音を立てるはずの引き戸がすんなりと動くのだ。

それが何を意味するかに気付き、律子は慄然としてその場に立ち尽くす。

ここに来た人物は、ここに油を差していったのだ。スムーズに、誰にも気付かれることなくこのアトリエに出入りすることが可能であるように。

21

夕暮れの街はすっかり初夏の気配を漂わせていて、淳と一緒に新宿で飲んだ春の夕方はもう遠い過去の季節だった。

この私鉄沿線のS駅は、都営地下鉄も乗り入れるため乗換えの便がよい。ごみごみしているけれど、コンパクトにいろいろな店が集まっていて、単身者には暮らしいい場所として知られていた。毎日ここに降り立っていたであろう淳の姿を思い浮かべてみる。

ペパーミントグリーンの麻のスーツを着た夏海が改札口に現れて笑顔を見せた時、和繁は自分がひょっとしてデートの待ち合わせをしていたのではないかと自己本位的な錯覚を覚えたことに戸惑った。

「こっちです」

先に立って歩き出した夏海のきびきびした態度に、そんな錯覚が消し飛ぶ。

ごみごみした繁華街を抜けて、幹線道路に出て信号を渡る。幹線道路は交通量が多くかなりうるさいけれど、一本中に入ると住宅街が広がっていて、ほんの十メートル先に幹線道路があるとは思えぬ静けさである。戸建てに混じり、古いアパートやマンションが肩を寄せあうように軒を連ねていた。

夏海は目に見えて歩調がゆるやかになった。一刻も早く着いて中を見たいという気持ちと、目をつむってここから引き返してしまいたいという気持ちが戦っているのだろう。

やがて、夏海はひっそりとしたそっけないマンションの前で足を止めた。規則正しく並んだバルコニーが、これが単身者向けマンションであることを物語っている。

郵便受けは単純に蓋が付いているだけのものだった。

「黒瀬」のところだけ、宅配ピザや不動産のチラシがぎっしりと押し込まれている。何度か雨ざらしになったらしく、はみ出した部分はごわごわに色あせていた。

「俺が先に入るから。外で待ってます？」

励ますように声を掛けると、夏海は弱々しい笑みを浮かべて小さく首を振った。

「いえ。一緒に入りましょう」

夏海は意を決したようにハンドバッグからキーホルダーを取り出し、階段を上り始めた。

五階建てのマンションには奥にエレベーターがあるが、この方が近いのでいつも階段を使っているらしかった。二階の隅の二〇六号が彼の部屋だという。

部屋の新聞受けにもさまざまなチラシが挿さっていて、部屋の主が長期間不在であるということを如実に示していた。

いつしか心臓が速いテンポで激しく打ち始めていた。夏海も同じらしい。青ざめた表情で彼女は鍵を差し込み、回した。カチリという音がして鍵が開いたことが分かる。

夏海はパッとドアを開けた。

一年で最も鬱陶しい季節にワンルームの部屋を閉め切っていた代償として、すえたカビっぽい匂いが最初に鼻を刺す。

和繁はその中に別の匂いが紛れこんでいないかどうか素早く探っていた。万が一、ここで淳の死体が見つかったりしたら——

が、そんな匂いは感じられなかった。夏海も異状がないことを見てとったのか、パンプスを脱いでさっさと部屋の中に入っていった。和繁も後に続く。

普通の、二十代の独身男性の平均的な部屋だった。

ベッドにオーディオ、TVにパソコン、CDと本の棚、壁に掛けられたコートとジャンパー、ジーンズに綿のシャツ。そこには寛いだ気配が残っていた。几帳面さと乱雑さの中間で、ここで誰かが生活をしていたという雰囲気が漂っている。

夏海はじっと思い出に浸るようにそれらの品々を眺めていた。

和繁は本棚をひとしきり眺めてからパソコンデスクに向かった。電源を入れて、画面を立ち上げてみる。しかし、暗証番号入力の画面が出た。本人以外には画面を開けられないようにしてあるのだ。

「暗証番号知ってます？」

和繁が尋ねると、夏海は左右に力なく首を振る。

「じゃあまあこれはとりあえず置いといて。引き出し開けますよ」

断ってからデスクの引き出しを開ける。しかし、文房具や福利厚生の書類など他愛のないものしか入っていない。和繁は腕組みをして部屋を見回した。

「彼の個人的な記録がどこにあるか見たことは？　アルバムとか、卒業文集とか」

夏海はじっと考えこんでいた。

「アルバムというのは見たことがないんです。バラで持ってた写真を何枚かだけ。亡くなった彼のお母さんのと、大学時代のゼミの写真しか見せてもらったことがありません」

「徹底してるな」

頭の中に、かつて聞いたことのある、フィルムのコマーシャルの台詞が浮かんだ。

あなたの彼は、自分の子供の頃の写真を見せてくれたことがありますか？　だったら、大丈夫。

あの台詞を聞いた時には、いたく感心したことを思い出す。確かに、好きな相手には自分の過去の写真を見せたくなり、子供の頃の自分を知ってもらいたくなるものだ。

だが、淳は婚約者にすらそれを見せなかった。意地悪を言うのではないが、それほどまでして自分の過去を他人にさらさないというのはよほどの理由があるのではないか。

和繁の考えをよそに、夏海はじっと何ごとかを真剣な表情で考えこんでいた。

「この部屋、誰かが入ったんだわ」

「え」

突然、夏海がボソリと呟いたので和繁は彼女を振り返った。

「誰かって――」

「誰かとしか言いようがないんですけど。淳さん以外の誰かで、淳さんとそんなに親しくない誰かが」

その声は確信に満ちていた。

「その根拠は？」

夏海はパソコンデスクの隣の本棚を指差した。

「例えば、これです。淳さんて、彼なりのルールがあって本を並べてるんです。彼は購入した順番に本を並べてました。その方が彼にとっては見やすいからって。ジャンル別じゃありません。でも、今はジャンル毎に本が並べてあります。ここをひっくり返したあとで、並べ直したんだと思います」

「誰が？」

返事がないと分かっていても、そう呟かずにはいられなかった。

「さあ。でも、鍵をこじあけた跡がないということは、鍵を持ってる人ですね。もしくは、管理人にこの部屋の鍵を開けさせるだけの理由を持っている人。彼の上司とか」

「なるほど。だが、いったい何を探していたんだろう？」

「彼の行き先を示すようなものや、彼とクライアントとの関係を表すようなものとか」

夏海はしっかりした口調で答えた。上司が何かを隠しているという確信は、彼女の中でどんどん重みを増しているらしい。恐らく彼女の言う通りだろうとは思っていたが、次第に上司への不信を深めている彼女に、和繁はどことなく危なっかしいものを感じた。

和繁は恨めしそうにパソコンを見た。これを開ければ何か手掛かりが見つかるかもしれないのに。だが、自宅のパソコン、恐らく彼一人しか手を触れることのないパソコンにしっかり暗証番号をセットしてあるのは淳という人間の用心深さを表していた。

誰がここを家捜ししたかは分からないが、恐らくその人間も求めていた情報を手に入れることはできなかったような気がした。

ならば、その人物が探していたものは、まだここにあるのではないか？

和繁は改めてじっくりと部屋の中を見回した。こういうマンションのご多分に漏れず、収納部分はほんのちょっとしかない。奥行きの狭いクローゼットには、引き出し状の収納ケースに夏物が詰め込まれているだけだった。

この部屋には私物がない。

和繁はそんな奇妙な感慨を覚えた。むろん、家具も洋服も淳の私物であるが、彼の記憶や過去を彷彿(ほうふつ)させるものが何もないのだ。これはかなり珍しいのではないか。

「何を探しているの？」

「分からない。でも、ここに侵入した人物が探していたものさ」

夏海が聞き咎めるのを軽く受け流し、和繁は小さなバスルームに向かった。トイレの水槽の蓋を開けてみるが、何もない。こんなところでは湿気がさすがにひどいだろう。

バスルームの戸を閉め、ユニットキッチンの流しの下を開ける。独身男がめったに使うことがないであろう蒸し器がしまいこまれているのが目に留まる。もしやと思って蓋を開けてみると、中には一目で引き出物と分かる揃いの小皿が入っていて、ただの収納ボックスになっていることが分かった。皿を出してみたが何も見つからない。

夏海がしゃがみこんで和繁のすることをじっと見つめていた。

流しの下の扉を閉めようとして、和繁はふと何かがひっ掛かった。じっと扉の裏を見る。扉の裏には、プラスチックのケース状になった包丁入れが付いていた。果物ナイフと肉切り包丁の二本が柄を上にして収納されている。

和繁はそっと包丁入れのケースの下に手を伸ばした。下は素通しになっていて、手を伸ばすと包丁の先が触れる。そして、手はケースの内側にガムテープで留めてある小さなビニールケースを探り当てた。

和繁の手が何かを探し当てたのに夏海も気付き、息を詰めて注視している。

ベリッというガムテープの剝がれる音がして、和繁はそれを取り出した。

ファスナー付きのビニールケースに入っていたのは大手都銀の預金通帳だった。名義は黒瀬淳。

顔を見合わせてから、和繁は丁寧にビニールケースから預金通帳を取り出した。

それが、特定の団体からの振り込み専用に使われている口座だということは明らかだった。通帳のページには、同じ団体の名前がびっしりと印字されている。

オオタグロミンゾクレキシザイダン

それ以外の名前はない。不定期ではあるが、年に何度か三十万、四十万、と決して少なからぬ金額が振り込まれていた。だが、淳がこの金を下ろした気配はないようだった。支払金額の欄にはズラリとその名前が並んでいるだけ。一番最初に振り込まれた日付を見ると、十年近く前だった。恐らく、彼の大学入学の前後に振り込みが始まっていたらしい。口座には一千万近い金が預金されていた。

和繁は夏海の顔を見た。

「この金のことは？」

「いいえ。結婚資金の件で相談することが多かったから、別の、お給料が振り込まれる方の通帳は何度か見せてもらったことがありますが」

夏海は顔を曇らせた。初めて見るものらしい。婚約者に多額の借金があると知らされるのと、婚約者に隠し預金があると知らされるのとどっちがイヤだろう。理屈では前者だが、後者もあまり気持ちがよくないかもしれない。だが、それで顔を曇らせているのかと思いきや、夏海は必死に何かを思い出そうとしているのだと気付いた。

「オオタグロミンゾクレキシザイダン——オオタグロ——待って下さい、この名前を最近どこかで聞いたことが」

「オオタグロってどういう字を当てるのかな。大きな黒い田圃でいいのかな。大田黒民俗歴史財団。随分風流な名前だけど」

和繁は首をひねった。ふと、通帳の印字がある最後のページに目をやる。初めてそこで七十万が引き出されていた。五月二十八日。淳が出張に出かける直前だろう。

「出張に出かける前に下ろしたことは確かですね。なぜ今回はこの預金に手を付けたんだろう」

「きっと、出張がこの団体に関係することだったからじゃないかしら」

夏海が呟いた。

「淳さんの性格からいって、この団体に関係するのは凄く不本意なことだったに違いありません。だから全く手を付けずにここまで放っておいたんだわ。でも、やむにやまれずこの団体と関わる仕事ができた。この団体と関わるのに、自分のお金を使うのは嫌だったから、こっちのお金を下ろしたんじゃないでしょうか」

「うん、それはとってもあいつらしい行為だ」

和繁も頷き、通帳を夏海に渡した。

「これはあなたが持っている方がいい」

「でも、それは淳さんの」

「また誰かが来て、今度はこれを見つけてしまうかもしれない。そうしたら、そいつは絶対これを持っていくはずだ」

そう言われると、夏海は渋々その通帳を受け取った。

「あとはハンコを探さなくちゃ」

「やめて、そこまでやったら、あたしたち本当に泥棒になっちゃう。まだ籍を入れたわけじゃないし、まだあたしと彼は他人なんですよ」

和繁が再び捜索を始めると、夏海が悲鳴のように叫んだ。

「じゃあ、ハンコは場所だけ覚えておきましょう。通帳と別にしておけば、取り敢えず誰かが淳の金を引き出せる可能性はぐっと低くなる。淳が見つかったら、このへそくりをふんだくってやんなさい」

夏海は急におとなしくなった。「淳が見つかったら」という言葉に反応したのだと気付いて、和繁は夏海が泣き出すのではないかと不安になった。

「そうよね、こんなに心配させて」

夏海が低く呟いたのでホッとする。

「この流しの下は、まだ何かがありそうだ」

和繁は蒸し器や台所用の漂白剤を取り出し、暗い流しの下を覗きこんだ。

「ちぇっ、真っ暗だ。懐中電灯ないかな」

「流しの引き出しに」

夏海が流しの下に付いている引き出しを開けた。栓抜きや余った割り箸に混ざって、二つの懐中電灯が入っている。夏海は明らかに新しい、立派な方の懐中電灯を取った。

懐中電灯を受け取りながら、和繁はふともう一つの古い懐中電灯に目を留めた。

なぜ捨てないのだ？　誰だってこの二つの懐中電灯があれば、新しい方に手を伸ばすに決まっている。

和繁は無意識のうちに、古い懐中電灯を手に取って振ってみた。

カラカラと何かが入っている気配がする。中で動いているところを見ると、電池ではないだろう。

果たして、蓋を開けてみると、電池の替わりに印鑑が出てきた。

「まあ、こんなところに」

夏海が声を上げる。

「どうします？　やっぱりこれも持っていった方がいいと思うんだが」

和繁は印鑑を夏海に差し出しながら尋ねた。夏海は小さく笑った。

「じゃあ、こうしましょう。その印鑑は星野さんが持っていて下さい。別々に持っていれば、どちらかがお金を横領する危険が少しは減るでしょう。あたしだけが持ってるなんて嫌です。星野さんはもう共犯なんだから」

「分かりました」

和繁は懐中電灯ごとカバンにしまいこんだ。

「今日のところはそろそろ帰りましょう。取り敢えず、何か取っ掛かりになるものを見つけたような気がする」

二人はゆっくりと立上がり、無言で部屋を出た。すっかり辺りは真っ暗になり、夜の住宅街は夕餉（ゆうげ）の匂いに満ちていた。

22

画面はさわやかな小鳥の声で始まった。

朝。恐らく、ヨーロッパの朝だろう。薄暗い部屋の中のベッドで、可愛らしい金髪の少年が眠っている。カーテンの向こうは光に満ちていて、外は素晴らしい快晴であることを予感させる朝。少年はもぞもぞと動きだし、ベッドの上に身を起こす。

かなり映画っぽいな。

捷は腕組みをして画面を見つめながらそんなことを考えていた。

まあ、彼は映像作家でもあると聞いたことがあるし。

鳥の歌は続いている。世界を信じて疑わぬ、少年の一日の始まり。

少年はついにベッドの外に立上がり、ねぼけまなこで窓に向かう。

少年は思い切りカーテンを開ける——

が、窓の外は明るい田園風景ではなかった。

少年は啞然とした表情で窓の外を見つめる。

そこは、深くて巨大な太古の森だった。ダークグリーンの苔(こけ)に覆われ、鬱蒼とした茂みをまとった巨大な木々がびっしりと天を埋め、光は全く射しこんでいない。

少年は当惑した表情でじっと天を見上げ、空間を埋める木々を眺める。

しんと静まり返った緑の闇。

少年は窓の向こうの森の中に、うねうねと続く小道を見た。

窓べにつかまり、カーテンを払い、怖々窓の外に踏み出す少年。裸足の足は、柔らかな森の苔と草の上に降り立つ。

さくさくという密やかな少年の足音。カメラは少年の足元を映し、少年の後頭部を映し、やがて少年の視界は画面を見ている捷の視界になる。

捷はいつしか森の中を歩いていた。

全身を森の濃密な香りが包み、足の裏に苔の感触を感じる。鼻孔をくすぐるオゾンの匂い。捷はその匂いをいっぱいに吸い込み、どこまでも続く森の気配を嗅ぎとる。

なんという巨大な森だろう。太古の香り。この純度と密度の高い緑の空間。

人間の手が入っていないようだ。原生林、という言葉が頭に浮かぶ。

日本だろうか？　でも、日本にこんな場所があったかな。こんなに光も射さないような深い森なんて歩いたことがない。

鳥の声も聞こえない。辺りは全くの静寂である。しかし、音はしないのに何かが「いる」気配だけは濃厚で、捷はいつのまにかきょろきょろと周囲を見回していた。

おかしい。あの少年はどこに行ってしまったのだろう。確かにあの少年がこの森を歩いているところを見ていたはずなのに。そう、しかも僕は数分前まで自分の部屋にいたはずなのだ。封筒を開け、ＤＶＤを取り出し、自分のパソコンでその中身を見ていたはずなのだ――

パソコンの中にこんな巨大な森があるなんて、誰が信じてくれるだろう。

捷は森の香りを吸い込みながら、ゆっくりと道の奥へ進んでいく。

時折後ろを振り返ってみるが、そこにはやはり果てしない森の暗がりが続いているだけだ。引き返すことはできない。ただ前へ進むのみ。

それにしても、全く動物の気配がない。鳥の声が聞こえないというのが一番不思議だ。

突然、視界の隅を何かが横切った。

あれ？

パッと後ろを振り返り、視界から消えたはずのものを探す。だが、森の中は相変わらずシーンと静まり返っていて、動くものは何もない。

錯覚、いや、でも確かに白いものがサッと。

首をかしげながら、捷は再び歩き始める。

暫く進むと、今度はかすかな笑い声が聞こえた。子供がはしゃぐ声。

ホラ、やっぱり誰かいる。

捷は気付かないふりをして声のする方をそっと振り返った。

木々の間を走る子供の姿がチラリと見えた。子供は一人ではないらしく、あちこちからこだまのように笑い声が響いてくる。

いっぱいいるな。

捷は立ち止まって、声が近付いてくるのを待った。

パッと目の前に、五歳くらいの小さな男の子が駆け出してくる。遊びに夢中になっているのか、顔を紅潮させ、目はキラキラと輝いている。さっきの金髪の少年とは違う。日本人だ。

だが、何かがおかしい。何がおかしいのだろう。

少年は捷をチラッと見てから再びパッと森の中に駆け込んだ。

その瞬間、何がおかしいのかが分かった。

手がない。少年の両手は手首から先がなかったのだ。

そんな馬鹿な。見間違いだろう。

捷は自分の発見を否定した。でも、確かに見たような――

あははは、と澄んだ笑い声が折り重なって響いていたので、捷はギクリとして動きを止めた。声はすぐ近くから聞こえたのだ。

目の前に数名の子供がワッと駆け出してきた。みんな楽しそうに笑いながら捷の腕にすがろうとする。

遊ぼうよ。

子供たちの腕を見ると、皆手首から先がない。

遊ぼうよ、遊ぼうよ。

それでも彼等は懸命に捷の腕に自分の腕を絡ませて、森の中に引きずっていこうとする。

捷はパニックに陥った。

子供たちの、生暖かい手が腕に触れる。体温の高い子供独特の、お粥を炊いているような甘酸っぱい匂い。

いつのまにか切り取られた手首の先が頬に触れていた。ねちゃりと暖かいものが頬に付く。

切り取られてから、たいして時間が経っていないらしい。捷のシャツには点々と手首から流れてきた血が落ちた。

遊ぼうよ、遊ぼうよ。

やめろ、やめてくれ。僕が悪いんじゃない。たまたまあの男を見つけてしまっただけなんだ、僕にまとわりつくのはおかど違いだ。

ぺたりぺたりと子供たちは捷に頬を寄せてくる。甘ったるい、すえた匂い。いや、この匂いには血の匂いが混ざっている――

捷は金切り声を上げた。

ふっと何も身体に触れなくなった。

気が付くと、捷は自分の部屋のパソコンの前に座っていた。

いつの間に停止ボタンを押したのか、画面は動かぬ初期画面に戻っていた。

全身にびっしょり汗をかいていた。

思わず着ているシャツをチェックする。しかし、むろんそこに血の跡など何もなかった。

何が起きたんだ？

捷は暫くの間全身を硬直させたまま、ぼんやりとパソコンの画面を虚ろな目付きで眺めていた。

23

画面はさわやかな鳥の声で始まった。

朝。薄暗い部屋の中のベッドで、可愛らしい金髪の少年が眠っている。カーテンの向こうは光に満ちていて、外は素晴らしい快晴であることを予感させる朝。少年はもぞもぞと動きだし、ベッドの上に身を起こす。

穏やかなスタートに、律子は少々ホッとしていた。

今度の作品は、世界市場に売りまくることを目標としているだけに、そんなに残酷な描写や観念的な場面は少ないはずだと、学校の俄か評論家たちが烏山響一の新しい作品をしたり顔に予想していた。

分かりやすくなきゃ、売れないじゃん？　ま、スタイリッシュな映像で、ミュージシャンや著名人をたくさんチョイ役で出して、探させる。きっと、実はあそこに誰それが出てたよ、とみんなの話題になりやすいようにしてるんだよ。そういうオマケみたいのに、今の消費者は弱いじゃん。実はあんな大物も参加してます、お得ですよ、みたいなの。

本当にそうなのだろうか？　大衆に迎合することをよしとしてこなかった烏山響一がそんな誘惑に駆られることがあるのだろうか。既にもう名声は得ている。しかも、アーティストとしてはじゅうぶん自尊心を満足させるだけの名声だ。その彼がなぜ今更日本の大学に入り直し、幼形成熟じみた学生たちとつきあおうなどと考えるのだろう。

鳥の歌は続いている。世界を信じて疑わぬ、少年の一日の始まり。

少年はついにベッドの外に立上がり、ねぼけまなこで窓に向かう。

少年は思い切りカーテンを開ける。

が、窓の外は明るい田園風景ではなかった。

真っ白。真っ白な闇。

えっ？

律子は面食らった。なぜ？　今の少年はどこに行ったの？

気が付くと、律子は真っ白な闇の中に立っていた。

ここはどこ？

律子は左右を見回し、自分が小学生に戻っていることに気付いた。見覚えのある手袋。飾りのボタンがうまいところについていて、手袋で人形を作るとちょうどクマに見えるのがお気に入りだった。

うわあ、ひどい雪。早く帰らなくちゃ。

全てを塗りこめるような大きな雪片があとからあとから押し寄せてくる。

そう、大雪警報が出て、六時間目の授業は中止になったのだ。校庭はもう大人の背丈を超える雪が積もっているし、一階の教室は、昼間でも雪の壁しか見えず薄暗い。

みんな急いで帰んなさい、寄り道はダメだぞ。連絡網でみんなの家に繰上げ下校したこと連絡してあっから、三十分以内に家に着くようにな。

先生はおっかない顔でそう言った。

ああ、確かこの年は記録的な大雪だったんだ。通学路は、車道を除雪した雪が積み上げられたために二メートル近い高さになり、普段なら五分で着く学校も二十分以上たっぷりかかっていたのだ。

みんな急いで帰ったらしく、ぐずぐずしているうちに誰もいなくなってしまった。

白の世界。白一色のみの世界。

もう、信号も横断歩道も役に立っていなかった。走っている車はのろのろと雪を跳ね上げ、信号機も大きな雪の帽子をかぶって色が隠れてしまっている。それは大きな白い顔のモンスターに見え、小さなつららが幾つも下がっている。

でも、きれい。とってもきれい。

律子ははしゃぎながら歩いていた。傘などもう何の用もなさない。通学路は手をつかって自分の身体を支えなければならないほどでこぼこしているのだ。

音がない。こんなにたくさんの雪が降ってるのに、全然音がない。

律子はその発見に夢中になっていた。

雪に降りこめられた街は、恐ろしいほど静かだった。誰もが身体をかがめて歩き、会話を交わす余裕などない。車も自転車も、のろのろと徐行運転。タイヤのチェーンが時折がりがりと音を立てて遠ざかるのが聞こえるだけだ。

律子ちゃん。

その時、彼女を誰かが呼び止めた。

聞き覚えのある、懐かしい声。これは誰の声だったかしら。

少し考えてから、律子は声のした方を振り向く。

そこには、傘をさしたお下げ髪の少女が立っていた。

毬絵(まりえ)ちゃん。

律子はぎくりとした。

毬絵ちゃん。毬絵ちゃんは、確か。

ねえ、ダイヤモンドの雪を見せてよ。

毬絵ちゃんは利発そうな目で律子を見つめた。

今日は無理よ、ほら、先生、早く帰れって言ってたじゃん。家にも連絡してあるから、帰らないとお母さんが大騒ぎするよ。

律子は彼女にしては珍しく大人びた口調で言った。

でも、家に帰る途中のところにあるんでしょ？　今日は裕子ちゃんもいないし、ちょうどいいじゃない。

毬絵も意外に粘り強い。

ダイヤモンドの雪、というのは律子と裕子が名付けたものだった。

たいしたものではない。何日も真冬日が続き、雪の日が続くと、積もった雪の底の方はどんどん圧力を掛けられてシャーベット状になり、やがては氷の固まりになってしまうのだ。それが、温度差が関係するのか粉々に砕けて、ダイヤモンドのかけらがたくさん埋まっているように見えることを彼女たちは発見していた。そして、ことあるごとにダイヤみたいなきれいな雪があるんだよね、と級友たちに自慢していたのである。

毬絵は東京からの転校生だった。可愛くて聡明な子で、明らかに他の子供たちとは違っていた。雪が珍しいらしく、こんなに雪が積もるとは思わなかったらしい。

律子と通学路が同じだったが、律子は幼馴染みの裕子とばかり話していたので、自然といつも毬絵が二人の後ろに追随する形になった。もっとも、律子は三人でバランスをとった会話を持とうとしていたのだけれど、裕子は独占欲が強く、新参者の毬絵が律子と話すことをあまり喜ばなかったのである。

毬絵は大人しい子だったが、芯は強かった。律子と裕子が『ダイヤモンドの雪』の美しさを吹聴したことをずっと覚えていたらしい。

ねえ、見せて、見せて。お願い。

毬絵は粘った。律子が押されれば弱い性格であることを見抜いていたのだ。

律子は迷った。通学路の途中とはいえ、朝からの雪でその場所はとっくに埋もれてしまっているだろう。なにしろ雪の底にあるからこそダイヤモンドのようになるのである。あの場所をもう一度見つけて掘り返すなんて考えるだに大変なことだった。

じゃあ、その場所に行ってみるね。でも、この雪だから掘り出せるかどうかはわかんないな。

律子は折衷案を持ち出した。

毬絵は目をきらきらさせると大きく頷いた。

二人の子供は雪に足を取られないように、それでも急いで歩き出す。

白い世界はずっと続いていた。足元から目を離すと、たちまち吹き溜まりに足を突っ込み、抜けるのに苦労する。

いつしか二人は黙り込み、ひたすら前へ前へと進むことだけが目的になっていた。

雪はいよいよ激しく吹き付けてくる。吹き付けるというよりも、雪の中を泳いでいると言った方が正しい。

あたしはなぜ毬絵ちゃんと歩いているんだろう。

唐突に、律子はそう考えた。

おかしい。あたしは美大生になって東京で暮らしているはず。なぜ郷里の通学路を毬絵ちゃんと歩いてるの？

ぎし、ぎし、と雪を踏み締める音だけが世界を埋め尽くしている。

いつのまにか、音は一人分だけになっていた。重なって聞こえていたはずの後ろの毬絵の足音が聞こえない。

毬絵ちゃん？

律子は叫んだ。

狂ったように空から落ちてくる雪。自分の手すらも、まだらな雪にかき消されそうだ。

律子は大学生の自分に戻っていた。制作用の茶色のシャツを着て、泥だらけのエプロンとジーンズを着け、スニーカー姿で雪の中を駆けずりまわっていた。

毬絵ちゃーん。どこー？

律子は手を口に添えて声の限りに叫ぶ。しかし、大声のはずの声もたちまち雪の壁に吸い込まれて返事はない。

何言ってるの、律子。

走り疲れて肩で息をしていた律子は、心の片隅から聞こえてくる冷たい声に耳を澄ませた。

毬絵ちゃんは、あの冬、死んだでしょ。

え？

思考が一瞬停止する。

毬絵ちゃんは死んだのよ。覚えてないの？

死んだ？　毬絵ちゃんが？

律子がそう声を張り上げ顔を上げたとたん、彼女は蒸し暑いアパートの隅の、和室のちゃぶ台に載せられたノートパソコンを前に冷や汗を流していた。

開け放した窓から、遠くの喧騒が流れこんでくる。

いつの間に停止ボタンを押したのか、画面は初期画面に戻っていた。

それまで感じていた雪の感触がまだ消えない。あの柔らかく恐ろしい雪の匂い、唇に触れた雪の冷たさ。

だが、刺身でも解凍するように、律子の全身はゆっくりと解けていった。初夏のじっとりした嫌な汗が全身を伝うのを感じる。

今起きたことを詳しく分析する余裕などなかった。

なぜ今まで忘れていたのだろう。

その言葉だけがガンガンと頭の中で繰り返される。

あの冬、毬絵ちゃんは死んだ――凍死したのだ。

律子は両手で顔を覆っていた。

あたしが――あたしが殺したのだ。

24

夏海と淳のマンションを訪れてから、三日後のことだった。

自宅で調べものをしながら、和繁は欠伸(あくび)をしていた。淳の部屋で見つけた通帳にあった大田黒民俗歴史財団なるものについては、夏海が調べてみると言っていた。和繁は和繁で細々とした仕事を抱えていて、まだそちらまで手が回らなかったのだ。

が、携帯電話が鳴った時、和繁はそれが不吉な電話であるという予感がした。

この電話は、よくない電話だ。

冷たい予感を胸の底に押し殺しながら、和繁は電話に出る。

「はい」

「星野さん？　星野さんですね？」

夏海の声は、切羽詰まっていた。どこか外から掛けているらしく、雑音が多い。

「どうしました？」

ただならぬ様子に和繁は思わず席を立って電話に耳を押しつける。

「あの、あの、淳さんのマンションが、ひき払われてるんです」

「なんですって？」

思わず電話を握る手に力がこもった。

「あたし、もう一度淳さんのパソコンをいじってみようと思って。暗証番号に、そんなに複雑なものは入れてないんじゃないか、例えばあたしの電話番号の一部とか、そういうものを入れてるんじゃないかって思ったんです。それで、今日会社帰りに寄ってみたら、あたしの持ってる鍵が入らないの。何回入れても入らなくて、それで、ようやくシリンダーが交換されてるってことに気が付いたの」

夏海の声はうわずり、混乱状態にあったが和繁もそれをなだめる言葉がなかった。

「それで、管理会社に連絡してみたら、もう昨日ひき払ったって言うんです。淳さんの代理人と名乗る人が来て――彼の荷物を全部運び出していったって。でも、管理会社の言うその代理人の連絡先は、今かけてみたら使われていないんです」

ぐにゃりと部屋が歪んだような感じがあった。

終わってはいない——もしかすると、始まってもいないのかもしれない。

いったい俺たちは何に巻き込まれているのだろう？

「もしもし？　もしもし、聞こえてます？」

金切り声に近い夏海の声が遠く響いてくる。

25

そして、その夏、蒸し暑い六月の最後の週末に発売された「カーテン」は記録的な売上を記録した。

じわじわとロゴだけが密かに流布されていたが、やがてそれは「カーテン」のキャンペーンだということが徐々に広まり始め、マスコミ各社が一斉に大規模な露出を開始する頃にはすっかり市場の期待感は高まっていた。

巨額の宣伝費が投入された。イタリアの世界的カジュアル・ウエアのブランドやフランスの香水のブランドを組ませたＣＭはその斬新さから大いに話題になり、品物も大いに売れた。

文字通り、梅雨どきの日本は「カーテン」に席巻されたのだった。

横並びの閉塞した社会はカリスマを求めていた。これだけ巨額の資金が動き、烏山響一の名前は一躍社会に認知されたというのに、彼自身の露出は極端に少なく、いつも録画されたテープだけの短いインタビューが発表されるだけだった。それがまたより一層彼に対する崇拝を高めた。

「カーテン」は世界的な成功を収めた。ヨーロッパやアメリカでも売れに売れ、世界で八百万枚を超えるセールスを記録したと発表された。

しかし、同時に、「カーテン」に対する奇妙な噂と苦情が囁かれるようになった。最初はひそひそと、やがてそれはざわざわという雑音になった。

その噂と苦情は端的にいうといつも同じだったし、いろいろなパターンはあっても概ね皆同じことを訴えていた。

それはつまりこうである——「カーテン」の中には、もはやこの世に存在することのない死者の姿が映っているというのである。

26

強い雨が降っている。

七月も中旬を過ぎ、東京は梅雨の末期にさしかかっていた。ここ数日暴力的な雨が続き、新宿の地下街を歩くと、何とも不快な匂いが鼻をつく。空気中で飽和状態になった水分と、人間の生命活動が発する匂いとが混じりあって、まるで掃除をしていない水槽のような生臭さ――たとえて言えば生物が生きながら腐っていくような匂いが都市に満ちているのだ。

香織は、ホテルの喫茶店で高い窓に波のような模様を作っている雨をぼんやりと眺めていた。勢いを増した街路樹の緑が、ガラスに吹き付ける雨の向こうでゆらゆら揺れている。

ふと店内に目をやると、慌てて入ってきた成瀬信一が目に入った。香織を見つけて小さく手を挙げる。香織も手を挙げて応えると、彼は頭をかきながら向かい側に腰を下ろした。

「すまん。出がけに長い電話が入っちゃって」

「大丈夫、あたしも少し遅れたの」

このところ毎週のように会って打ち合わせをしている。

挙式は十月の頭なのだが、信一は八月から九月にかけて長期の海外出張に出かけることになっていたので、共働きの二人としては、なるべく今月中に細かいところまで決めておきたかった。

今日は、式場に使うホテルの担当者と打ち合わせをすることになっている。担当者に会う前に、幾つか二人で確認しておくことがあってこの広い喫茶店で待ち合わせていたのだ。

手早く確認を済ませてから、コーヒーを飲んで一息つく。

「――捷がね、一人で旅行に行くっていうのよ」

香織がぼそりと呟いた。

「ふうん。どこに？　アジアとか？」

「ううん。和歌山だっていうのよ。友達の実家に遊びに行くっていうんだけど」

「へえ。いいじゃないか。何か気にかかることでも？」

「まあね。あの子ったら、相手の名前とか連絡先を教えようとしないのよ」

「捷くんは携帯電話持ってるんだろ？」

「でも、誰かの家にお邪魔するんだったら、教えたっていいでしょう？　相手だってご両親がいるんだから、そうそう失礼なことをするわけにはいかないわ」

「それはその、つまり、そういうことなんじゃないの？」

信一は些か回りくどい口調になった。香織はコーヒーカップから顔を上げて信一の顔を軽く睨む。

「何？」

「要するに、彼女との旅行なんじゃないかな。それは言いにくいよ」

「違うわ」

香織はきっぱりと言った。

「あの子、多分、今はつきあってる子はいない。彼女との旅行だったら、すぐに分かるわよ。後ろめたさを持ちつつも浮き浮きしてるとか、そういう感じじゃないのよね」

「じゃあ、何かのトラブルに巻き込まれているとでも？」

「うーん」

香織は言いよどんだ。信一はそれを不審に思ったらしい。改まった調子で口を開く。

「マルチ商法とか、新興宗教に足を突っ込んでるわけじゃないよね？　最近のああいうのは見た目がおしゃれですごく巧妙だし、今の若い子はうさん臭いものに対する免疫が極端にないからねえ。サマーセミナーとかネットで起業とかおいしいことを言って、今またネット上でネズミ講が流行ってるらしいよ」

「ああ、なるほど。サマーセミナーね。どこか田舎の旅館に連れていって催眠商法みたいに囲い込む奴でしょ」

「その口ぶりだと、そういうものではないらしいね。君、本当は彼の行き先に見当がついてるんじゃないの？」

香織は返事をしなかった。信一はじっと香織を眺めている。彼女は、自分で言わないと決めたことは絶対言わないことを知っているからだ。信一としては待つしかなかった。

香織は迷っていた。あの男の話をすべきか。自分があの男に対して感じたこと。それはこの春からずっと予感のようにして知っていたことを。

香織はあの晩のことを思い起こす――

六月の終りだった。

あの夜も雨だった。ただ、まだ梅雨の半ばだったからしととというか細い雨で、梅雨寒という言葉がぴったりした。香織はカーディガンを引っ張りだして羽織りながら衣類の整理をしていた。捷は高校時代の友人と久しぶりに集まるとかで、いつもよりも遅くなるということだった。

突然、玄関の呼び鈴が鳴った。

香織はぎょっとした。反射的に時計を見ると、もうすぐ九時というところである。まともな訪問者が来る時間ではない。セールスにしても、なんでこんな時間に。

香織は暫くじっとしていたが、やがてもう一度呼び鈴が鳴った。その呼び鈴の押し方に、とりあえず神経質なところはなかった。

香織は席を立って、インターホンの受話器を取った。

「はい?」

一瞬の沈黙を経て(その沈黙の間、香織はサーサーという夜の雨の音を聞き取っていた)ひどく落ち着いた穏やかな男の声が聞こえてきた。

「もしもし、夜分遅くに大変申し訳ございません。私、捷さんと同じ大学の友人で烏山と申しますが、捷さんはご在宅でしょうか」

その声を聞いた時は、あの男だと気付かなかったし、名前を聞いても深く考えなかった。まあ、大学生にしては随分しっかりした声だこと、と感じただけだった。が、それでも香織は警戒心を解かなかった。今どきの大学生が、突然友人の家を訪ねるというのは奇妙だ。独り暮らしのアパートならばともかく、友人の実家を直接訪ねるというのは理解に苦しむ。友人の家族と話したがる若者などいない。まず携帯電話に連絡を取って、もし実家にいたならば外に呼び出す。それが普通だろう。

「すみません。生憎捷は留守にしておりまして、今日は何時に戻るか分からないんですが。戻りましたらご連絡差し上げるように伝えましょうか？」

香織がそう答えると、男は何か考える様子になった。

「それでは、捷さんにお渡しいただきたいものがあるのですが、受け取っていただいてよろしいでしょうか？」

香織は迷った。

物騒な世の中である。あの手この手でいろいろな連中がドアを開けさせようとする。こんな時間にやってきて、弟の友人だと名乗る男を信じるべきだろうか？　我が家の表札には父の名前しか書かれていないから、弟の名前を家の周りから知ることはできないだろう。郵便物を調べれば、捷という名の人間がいることは分かる。彼が大学生だということはどうだ？　定期的に郵便物を調べ、我が家を見張っていればどうやら大学生らしいということの見当はつくだろう——とっさに、ポストに入れておいて下さいと言おうかと思った。でも、本当に弟の友人だったら？　いかにも警戒されているようでいい感じはしないだろう。いや、そもそもこんな時間にやってくる方が悪いのだ——

「はい」

心の中ではさまざまな可能性が渦巻いていたが、気が付くと香織はそう返事をして玄関のドアに向かっていた。

もしかするとこれが運命の分かれ目なのかもしれない。ドアを開けた瞬間、見たこともない誰かに胸を刺されて死んでしまうかもしれない。

暗い廊下をぎしぎしと歩きながらぼんやりと夢想する。

信じられないよ、あの香織ちゃんが通り魔にやられるなんて。香織ちゃん、しっかりした用心深い子だったのになんでまた。どうして夜に訪ねてきた見知らぬ男の応対に出たんだろうねえ。実は通り魔じゃなくて、昔の男かなんかじゃないの？　結婚式も近かったし、何かトラブルがあったんじゃないかねえ。

あたしがここで死んだら、きっとそんなふうに言われるのだろう。そんな時間に応対に出た女が悪い。きっと、性悪女だったに違いない。きっとあることないこと書かれ、被害は家族や信一や会社の同僚にまで及ぶだろう。こと若い女が犯罪の被害者になると、死後でさえどこまでも世間に貶(おとし)められることは、日々新聞や雑誌を見ていればよく分かることだ。『若い女』というのは一つの記号であり、常に大衆の侮辱と好奇心の対象である。誰もが心の底で『若い女』を叩く機会を狙っている。映画や漫画では、常に殺されるのは若い女だ。

そんなことをとりとめもなく（しかし、実際は非常に短い時間だったのだが）考えているうちに、玄関のドアを開けていた。

が、サーサーという闇に溶け込む雨の音が聞こえるだけで、誰もいない。

香織はきょろきょろと辺りを見回した。

ふと、門扉の向こうに白い傘を持って立っている大きな人影に気付く。

ぎくりとしたが、その人影は小さく一礼をして、そこで初めて門扉の取っ手に手を掛けた。

「すみません。こんな遅くに、非礼をお詫びします。僕は大学に通いながら仕事もしているものですから、どうしても昼間は時間が取れなくて」

非常に理知的な声だった。

彼は静かに入ってくると、そっと茶封筒を取り出した。

捷の宛名と、赤いスタンプで押された「親展」の字が目に入る。

「大事なものなので、宜しくお願いします。連絡を待っていると捷さんにお伝え下さい」

「はい、承知しました」

香織は封筒を受け取り、相手の顔を見た。

その瞬間、香織は何か強い光を当てられたかのように動けなくなった。

この男だったのか。

それは暗くて重い光だった。

男の二つの眼窩の奥から照射されてくる黒い光。それは香織の心の底の部分まで余すことなく隈なく照らしだしている。

男は身動ぎもせずに視線をそらさず香織を見ていた。

「――お姉さん――ですか」

男は強い興味を覗かせて尋ねた。

「は、はい。いつも捷がお世話になってます」

香織は条件反射のように答えていたが、男の示した好奇心に圧倒されていた。

「よく似ていらっしゃいますね」

その声があまりにも嬉しそうだったので、香織は戸惑った。彼の『しめしめ』と言う声すら聞こえたような気がした。何がそんなに嬉しいというのだろう?

「夜分お邪魔しました。捷さんに宜しく」

が、それまでに示していた興味が嘘のように、唐突に彼は頭を下げ、さっさと外に出て行った。

香織は取り残されたような気分になり、あっけに取られる。

男はたちまち雨の闇の中に消えた。

夢から覚めたような心地で、香織は暫く玄関先にぼんやりと立ち尽くしていた。

そっと手の中の封筒を見下ろす。

中には何が入っているのだろう？

封筒を開けたいという衝動に駆られる。しかし、封筒を裏返すと、しっかり糊で封をされてペンで「〆」マークが書かれている上に、セロテープまで貼ってあった。「親展」というのは伊達ではないらしい。

だが、大学の友人に「親展」で渡す手紙というのはいったいどんな内容なのだろう？

香織は不吉な予感と好奇心とを同時に味わっていた。

そして彼女は直感していた。あの男は捷の人生にかかわってこようとしており、それは少なからず自分にも影響を与えるだろう。目的がなんなのかは分からないが、あの男は捷を決して逃がさないだろう――

高い窓ガラスの向こうで鮮やかな緑の街路樹が揺れている。

香織はハッとして信一の顔を見た。

信一は粘り強く香織の言葉の続きを待っている。

「ごめん、ぼうっとして。たぶん、あたしの気のせいよ。自分ではそんなことはないと思ってたけど、やっぱりこれまでずっとあたしは捷を支配してたし、この先も支配したがってるのね」

香織は小さく笑ってそう言った。

信一は香織の言葉を額面通り受け取ったふりをしたが、心の中ではそうは思っていないことは確かだった。

「じゃあ、ブライダルサロンに行きましょうか」

二人はなんとなく中途半端な雰囲気のまま席を立った。

27

捷は荷造りの済んだリュックを前に困惑している。

大学はもう夏休みに入っているし、彼の旅を妨げるものは何もない。

だが、彼はその旅を未だにためらっていた。本当に行くつもりなのか、と繰り返し自問自答していた。

何度も読んだあの手紙をもう一度取り出してみる。

あの晩、家に帰った捷を待ち受けていた一通の封筒。

「親展」の文字を見て、何気なく封筒をひっくり返してあの男の名前を見た時の衝撃。終電で帰ってきた時間であり、香織はもう寝入っていた。封筒と共に、「さっき捷の友達がうちまで持参してくれました」という彼女のメモが残っていた。持参。あの男がうちまで来たのか。そのことの意味を考えながらも、彼は封を切っていた。封筒のいかめしさに反して、ワープロ文字で打たれたそっけない案内状がぺらりと一枚入っていた。

内容はごくごく単純なものだった。

烏山彩城が、郷里の和歌山にプライベートなギャラリーを造った。そのギャラリーの開設を祝って、ごく内輪でホーム・パーティを開く。是非あなたを招待したいので、七月××日十五時にJR紀勢本線S駅まで来られたい。烏山響一が駅まで迎えに上がる——些か唐突で、奇妙な招待状だった。案内状だけ読んだのでは、誰が招待者なのかよく分からない。まるで、傍観者が——どこかの第三者が書いた手紙みたいなのだ。

ただ、案内状の最後には強く念が押してあった。

これはあくまで内輪のパーティであり、マスコミ関係者の入場は一切断っている。このパーティのことを口外することはくれぐれも避けられたい。本状で、宛名の一名のみ入場できる。パーティに参加される場合は、この案内状と封筒を持参すること。

捷はいろいろと深読みした。

ひょっとしてこれは「カーテン」の宣伝の一環なのだろうか？　このところヒステリックに世界を駆け巡っている、あの都市伝説を補強するイベントの一つなのではないか。

第一、こんなパーティの存在が世間に漏れないはずはないと思う。今の世の中、どこまでが宣伝でどこまでがアクシデントなのか分からない。新聞や雑誌を読んでいても、巧妙な広告は増える一方だ。ウインドー・ショッピングをしていたつもりが、気が付くとフィッティング・ルームに案内されて試着までしてしまっている。新聞ならばまだ「全面広告」と明記されているが、雑誌となるともう境界線は不明だ。ならば、これが手の込んだ宣伝でないと誰が言い切れるだろう。

「カーテン」の映像の中に、死者が映っているという噂は最初はぽつぽつと、やがては火の手が上がるように全国に流布し、マスコミも一斉にそれを煽った。

「カーテン」の販売元には全国のみならず世界から電話やメールが殺到したそうである。それは、「これはいったいどういうことなんだ」「どうやって撮影したんだ」「あの人はどこにいるんだ」「あの人の連絡先を教えてほしい」などという、ほとんどが恐怖に駆られ混乱したものだったという。

だが、販売元も、烏山響一のコメントも、実に悠然としたものだった。

それはお客様の気のせいです。一部のお客様からそれに近いような苦情というか感想をいただいたことは事実ですが、私どもが確認したところでは、そのようなことはございません。マスコミの方々は、よく確認を取った上で記事を書いていただきたい。場合によっては、営業妨害として法的措置を取らせていただくことも有り得る。しかし、見方を変えてみれば、これは、我々のソフトがお客様のさまざまな記憶やイメージを喚起することができる広がりを持ったものであるということの表れではないでしょうか——

ワイドショーや週刊誌も広く取り上げ、「私は死んでいるはずのあの人をみた」という投稿サイトは膨大なアクセスと書き込みを記録した。この「カーテン」症候群とも言えるものは、やがては社会学者や精神科医まで巻きこんで全国紙や評論メディアにまで舞台を広げることとなった。

「目撃された死者」はいろいろだった。「子供の頃死んだおばあちゃんがニコニコしながら画面の隅を横切っていった」というものから、近年自殺したロック歌手の声がコーラスに混ざっているとか、不慮の死を遂げた政治家が群衆の中でぼんやり立っていた、通り魔に襲われて死亡した犯罪被害者が血まみれで窓の外からこっちを見ていた、などなど、まさにありとあらゆる死者が目撃されたのだった。

噂が拡大するに従って、当然マスコミは執拗に烏山響一を追いかけ始めたが、響一は相変わらずそっけないコメントを残しただけで、どこかに雲隠れしたままだった。実際、暫く日本にはいなかったらしい。彼はヨーロッパにもアメリカにも知己が大勢いたから、潜伏する場所には事欠かなかった。

そしてまた、ワイドショーにしろ週刊誌にしろ、ほとんど憶測のようなコメントを並べるしかできなかった。なにしろ、多くの人間が「目撃した」とされる死者は、実際に「カーテン」の映像を再生してみても、一人として発見することはできなかったからだ。心霊写真のようにそれらしきものがあるのならばともかく、絵がないのではどうしようもない。次第にマスコミの矛先は、響一が「カーテン」の販売戦略としてサブリミナル効果に近い広告を打ったことと、その広告を放映したＴＶに向くことになった。このソフトにも、それに近いなんらかのテクニックが用いられているのではないかというところに論点は移った。

しかし、「カーテン」の宣伝には、世界の名だたるブランドと大口のスポンサーがかかわっているのである。幾ら週刊誌や学者が映像の倫理を言い立てようとも、やがては一人二人と口を閉じ、その論調はトーンダウンせざるを得なかった。一方で、烏山響一自身の経歴に関してもいろいろな人間が言及しようとしたが、これもまた似たような理由で口をつぐまざるを得なかったのである。

結局は「カーテン」の勝利だった。おぞましき都市伝説は、ソフトに対する好奇心へと変換されたのである。ＴＶで繰り返し放映された「カーテン」は更に売れた。そして、ＴＶの画面で「カーテン」の再生映像が流れると、「去年川で溺れ死んだ友人が、さっき放映された映像の中に立っていた」というような電話が、ＴＶ局にまた何本も掛かってくるのだった。

捷は、最初にその噂を聞いた時はとにかく驚いた。

自分が初めてあのソフトを再生した時に見たものを思い出したのである。

しかし、噂を聞いたあとで何度か改めてソフトを見てみたが、あんな体験は二度となかった。あの時はうたたねが見せた悪夢だと思っていたが、自分と同じような体験を多くの他の人間も体験しているのならば――

彼はその続きを考えることをあえて避けた。彼の本能がその方がいいと告げたのである。

しかし、「カーテン」症候群には強い興味を覚えていたので、彼は雑誌や新聞や投稿サイトをまめにチェックしていた。

やがて、噂が下火になると、今度は残り火のような密やかな噂が流れるようになった。

「カーテン」の撮影場所である。

ジャケットにもなっている深い森は、烏山響一の母方の郷里である紀伊半島のどこかで、もともと日本でも一、二を争う霊峰を舞台に選んだために、土地が死者を呼ぶ力を映像が取り込んでしまったというのだ。だから、「カーテン」の舞台になっている場所を探し出してその場で「カーテン」を再生すれば、死者に会うことができる――

他愛のない噂だった。しかし、その噂を知ってか知らずかタイミングよくこんな案内状が届いたのだ。好奇心をかきたてられないはずがない。

そもそも、なぜ「内輪の」ホーム・パーティに自分なんかが呼ばれるのだろうか？

捷は改めて冷静に、その事実について考えた。

その癖、彼は心のどこかで密かにうぬぼれていた。やはり自分と烏山響一の間には何か見えない繋がりがあるのだと。教室の取り巻きたちとは違う何かを彼は自分の内に見出したのだと。

しかし、実際問題として、自分のような何の取り柄もない学生が呼ばれるのは奇妙だと思わざるを得なかった。何しろ、彩城も響一も世界的なアーティストであり、今まさに「旬」の男だ。彼等の「内輪の」仲間には、ＶＩＰがぞろぞろいるはずだ。そんなところにただの学生が迷いこんでも、浮いてしまうことは分かりきっているのに。

捷の友達がうちまで持参してくれました。

香織の字が脳裏に焼き付いている。あとから香織に確認した人相で、確かに烏山響一自身がこの案内状を持ってきたのだということを知った。今はまだ少し躊躇しているが、もし直接自分が彼からこの手紙を受け取っていたら、一も二もなく和歌山に行くことを承知していただろう。

そう、結局自分は行ってしまうのだ。行きたくない、行くべきではないと心のどこかが考えているのに、やはり自分から出かけていってしまうのだ。

捷は半ば絶望しながらそう考えていた。

やはり自分はあの男に魅入られてしまった。もう一度あの男と話したいし、もう一度あの男の目の前に立ってあの目に射貫かれてみたい。そう心の底で強く望んでいることは誰よりも自分がよく知っている。

香織に旅行に行くことは説明したものの、それが烏山響一の招待であることはなぜか言い出せなかった。香織が春先に口にした「不吉な人だわ」という一言はまだ彼の中に深く根を下ろしていたからだった。自分が香織に目的地を教えられないのは、捷自身も香織の言葉に強く共感していたからだと気付く。

そうなのだ。あの男は不吉なのだ。

だが、もう自分は参加すると返事をしてしまった。

捷は小さく溜め息をつく。

案内状には、「カーテン」の販売元のオフィスの担当者に参加の返事をするように指示されていた。ぎりぎりまで迷ったあげく、捷はおどおどした声で電話を掛けた。

平口捷さま、ご出席ですね。ありがとうございます、当日駅にてお待ちいたしております。非常の際の連絡先は――

てきぱきとしたビジネスライクな声の前に、捷の躊躇はかき消されてしまった。

捷は顔を歪めてリュックを取り上げる。

僕はこの旅を後悔するだろう。しかし、将来もう一度同じ選択肢が目の前にあったとしても、やはり旅に出ることを選んでしまうだろう。

　それは昏い確信だった。

28

「カーテン」に淳さんが映っているんです、と夏海が言い出した時は、さすがに和繁もぎょっとした。

「カーテン」症候群のことは知っていたし、世間やマスコミや一般大衆が、言わば集団ヒステリーのような状態になっていることには気付いていた。

　これと同じようなことが前もあったな。

　和繁は記憶を探った。かつて、人気絶頂にあったアイドル歌手が所属事務所の屋上から飛び降りて自殺したことがあった。うつぶせの遺体と道路に飛び散った脳漿の写真がスポーツ新聞の一面を飾り、同世代の若者が全国で後追い自殺を図り、確か死者は十名を超えたはずだ。また、彼女がよく出ていたTVの歌番組に、死んだはずの彼女が映っているという電話が殺到した。なんとなく、あの時の反応に似ている。

　ただ、今はもっと情報の伝播の規模と速度が拡大しているし、確信犯的に都市伝説に荷担する層が増大している。

今のマスコミや一般大衆はいつも腹を空かしている池の鯉みたいなものだ。鯉は何でも食べる。雑食であり、しかも悪食（あくじき）なのだ。どんよりした池の中で重なり合うようにのろのろ泳いでいるが、一度餌が投げ込まれると、獰猛に食らいつき、骨まで嚙み砕く。ほとんど反射のみなのである。投げこまれたものが何なのか確かめることすらせずに、争って食い尽くしてから、はて、今自分が食ったものは何だったのか考える。考えるのならばまだいいが、食欲を満たしたことにのみ満足して、食べたものが何だったのか知ろうともしない。

二人で和歌山を訪ねることを決めたのは、彼のマンションが突然引き払われ、その引取り先が和歌山の大田黒民俗歴史財団なる団体だと知ってからだったが、実際に出発するには、多忙な夏海の仕事を一段落させる必要があった。

引っ越しの一件から、どういう根拠なのかは言わないが、夏海は淳が生きていて、和歌山にいるという確信を得たらしい。淳が彼女に連絡を取ってこない以上、何か複雑な事情があることは明白であり、今更一日や二日和歌山行きが遅れてもどうなるものでもないと開き直ったようだ。

自分が落ち着いて、淳をあきらめて仕事に没頭しているように見せれば、淳の上司や周囲も油断して、何かの情報を漏らすかもしれない。

夏海の中にはそういう計算もあったらしかった。いったん開き直ると、夏海は最初に見せた少女のような痛々しさはどこへやら、意外なふてぶてしさを見せた。

周囲の中傷や哀れみや好奇心に耐え、夏海は黙々と仕事をこなし、夏季休暇の準備を進めていた。彼女の職場では七月、八月、九月の三か月のうちに一週間の夏季休暇を交替で取るのが慣例であり、彼女は七月の末を選んだのである。

和繁は、その間、大田黒民俗歴史財団と黒瀬淳に関する情報収集に没頭した。

何よりもまず黒瀬淳自身のことが知りたかった。

彼は大学時代の友人と教授から始めたが、驚いたことに、誰もが和繁の知っている程度のことしか知らなかった。それでも、和繁は辛抱強く友人たちの繋がりを辿って淳と同じ高校の人間を探し出し、更に淳の高校時代の友人を見つけだした。

それでも、黒瀬淳という人間の情報はごく僅かしか得られなかった。

しかし、情報は僅かだが、その内容は和繁と夏海を驚かせるには十分だった。

黒瀬という名字は彼の母親の旧姓であり、彼の父親の姓は烏山だったのである。

烏山家は、二十代以上も続く和歌山でも指折りの旧家で、べらぼうな広さの土地を持っていた。「幾つも山を持っている」というのは本当だったのだ。

「じゃあ、彼がG.O.G.プロジェクトを任されたというのは」

その話を聞いた夏海は呟いた。

「烏山響一とは、親戚だということになる。淳はそのことを知ってたのかな――知ってただろうな。だからこそ彼が担当になったのかもしれないね」

「でも、そういう旧家って、今は維持していくだけでも苦しいでしょうね」

夏海はしみじみした口調で言った。

「相続税も凄いだろうし、山林王といえど、今の日本では林業はほとんどお金にはならないんでしょう？　むしろ山を荒らさずに管理するのにとても費用がかかるとか」

「うん。それで、ここに大田黒民俗歴史財団なるものが登場するんだな。そういう旧家には多いんだよ。よくあるだろう、地方の名家が古い民家を博物館のようにして公開しているところが。ああいうところは、たいてい財団法人にして、自治体から補助金を貰って維持費を捻出してるんだよ。烏山家もそうらしいね」

「ああ、なるほど。でも、この大田黒という名前は？」

夏海は相槌を打ちながら尋ねた。

「これはクロダ・グループの傘下にあるということらしい」

「クロダ・グループってあの――クロダ鉄道やクロダ・ホテルグループの？」

夏海は無邪気に聞き返す。

和繁は大田黒民俗歴史財団なるものについて尋ねた時に、経済産業省の官僚になっていた友人が一瞬黙り込んだことを思い浮かべていた。

あの男はフィクサーでもあるからね。戦後の闇の金の流れのほとんどは彼が出所だと言われている。

あの男とは、数年前に亡くなったクロダ・グループの総帥、黒田創太郎のことである。鉄道、ホテル、デパート、スーパーマーケットなど、戦後の日本で都市計画の段階から広範囲に事業を展開した男だが、その私生活や潤沢な資金の供給源は常に謎に包まれていた。

友人は言葉を選ぶようにしてゆっくりと話を続けた。

本当のところはよく分からないけれど、戦時中に大陸でアヘンを売りさばいてぼろ儲けをしたのが彼の資金の大本だと言われている。戦後もうまい具合に立ち回って戦犯を逃れ、復興期の経済と政治にがっちり食い込んだのさ。

で、それと大田黒民俗歴史財団というのはどういう関係があるんだい？

和繁が不思議そうに尋ねると、友人は小さく乾いた笑みを漏らした。

大田黒民俗歴史財団というのはね、黒田創太郎の趣味なのさ。

趣味？

和繁は聞き返す。

黒田創太郎という男は、いろいろと後ろ暗いところも多いくせに、一方で非常に芸術方面にも明るい男でね。彼は三人の妻を娶ったが、どれも皆芸術家だ。しかも、彼は彼女たちをまだそんなに有名でない頃に青田買いしてるんだね。一人目は日本画家、二人目は彫刻家、三人目は現代美術家だ。もう三人とも死亡しているが、三人の残した作品はどれも今は凄い値が付いている。芸術に関して見る目があったことは確かだ。当人も美術品のコレクターとして名高いしね。で、この大田黒民俗歴史財団というのは、彼がパトロンを務めるか、某かの援助をする時に使う組織なんだな。

なるほど。確かに、烏山家は大勢芸術家を輩出してるようだし、現に今も世界的なアーティストが二人も活躍してるものね。

和繁が納得したように頷くと、友人はうっすらと奇妙な笑みを浮かべた。

烏山響一は、黒田創太郎の子供なんだよ。

え？

和繁はきょとんとして友人の顔を見た。

創太郎は、芸術的才能のある女には見境がないのさ。金も出すが手も出す。烏山響一は、烏山彩城の妹の息子だからな。シングル・マザーというわけだ。これは公然の秘密というか、誰も口に出しては言わないが、みんな知ってることさ。烏山彩城は、妹のお陰で得難いパトロンを手に入れたわけだ。幾ら烏山家が名家とはいえ、懐具合は苦しいだろうからね。創太郎は、響一にも相当な資金援助をしてるだろう。

で、彩城の妹というのは。

和繁はそこで口ごもった。友人は無表情になって和繁を見る。

死んだよ。聞きたかったのはそのことだろ？

うん。でも、なんというか、その。

和繁は更に口ごもる。友人は分かってる、というように小さく頷いた。

創太郎に関わった女はみんな早死にするのさ。別に奴が毒を盛ってたわけじゃないと思うが。

いや、その、そんなつもりでは。

和繁は気まずい表情で小さく手を振った。

俺が思うに、みんな燃え尽きてしまうんだろうね。

友人は醒めた顔つきで呟いた。

何しろ、創太郎の審美眼は伝説的だったらしい。海外でもクロダ・コレクションは広く知られていたようだ。国内では、彼が買うというだけで、翌日には無名作家の作品の価格がたちまち高騰したという。そんな男の妻になった芸術家は、さぞしんどかっただろうと思うよ。皆、彼の審美眼に応えるために頑張ったんだ。彼のために作品を残し、名を残して死んでいったのさ。創太郎にとっては妻もコレクションのうち、というわけだな。彼の妻にもなれずに死んでいった女性アーティストは大勢いると思うよ。

凄まじい世界だ、と和繁は思った。が、その一方で、昔から生真面目で官僚になったと聞いてなるほどと思った友人が、そんな濃(こま)やかな想像をしてみせたことを意外に感じたものだ。

やっぱり、淳が見たというカラスの絵は、和歌山の烏山家で見たものに違いない。和繁はそういう確信を持った。短絡的かもしれないが、きっと烏山家には多くの素晴らしい絵が飾ってあっただろう。子供が絵の中に入ったと思い込んでしまうような名画が。

それらもろもろの調査結果は、全て和歌山を指しているように思えた。

しかし、淳がなぜ突然いなくなりマンションを引き払ったのかという謎は依然として和繁と夏海の前に残されていたけれども。

そんな折、いよいよ目前に近付いてきた和歌山行きの打ち合わせのため、数週間ぶりに顔を合わせて、夏海が口を開いたのがその台詞だったのである。

「『カーテン』に淳さんが映っているんです」

夏海はむしろ興奮しているような口調で早口にそう言った。

和繁はとっさの反応に迷った。

そんな。夏海は、淳の生存を信じているはずではなかったか。その根拠はまだ聞いていなかったが、どうみても、これまでの夏海は婚約者に死なれたことを認めようとしない女ではなく、確かに婚約者が和歌山で暮らしていることを信じている女だと思っていたのだが。だが、なぜいきなりこんなことを。やはり、彼女は精神のバランスを欠いてしまっているのだろうか？

和繁の表情に気付いたのか、夏海は「あっ」と小さく叫び、プッと吹き出した。

「やだ、やめてよ、そういう意味じゃありません。世間の『カーテン』症候群じゃないの。死者が映ってるってわけじゃないのよ。本当に、淳さん、映ってるの」

「え？」

笑いだした夏海を見ても、まだ和繁は半信半疑だった。

「やあね、信じてないでしょう？　今、星野さん『しまった』って顔したわよ。『やっぱりこの女、いかれてたのか』って」

夏海は上目遣いに和繁を睨みつけた。

図星だったので、和繁はしどろもどろになる。

「いや、そんな、いや、でも、あんまり」

「いいわよ、確かに、あたしの言い方がまずかったのね。はい、では今から証拠を見せます」

夏海はノートパソコンを取り出し、「カーテン」を滑らせて挿入した。

画面を開き、メニューを開く。

「和繁さんは平気だったの？」

操作をしながら夏海が聞く。

「平気だったってのは？」

「あなたはこのソフトを見ても死者は見なかったんでしょう？」

「うん。特に何ともなかったな。確かに密度の濃い、物凄い作品だとは思ったけど」

「そう。あたしもよ。死者は見なかったわ」

夏海ははっきりとそう言った。

「カーテン」の中には、たくさんの曲が入っていた。有名ミュージシャンによる何曲かは既にシングル・カットされて、世界各国でヒットチャート入りを果たしている。

その中で、アジア系の兵士とアメリカ兵と思しき白人兵士が、森の中で壮絶な戦闘を繰り広げながら歌う『愛のために』という曲がある。

そのラストシーンは、森を抜け出たところにある巨大な遊園地に兵士たちが機銃掃射をしながら駆け込んでいくところなのだが、そのシーンの直前で夏海は映像を止め、早送りにした。

「見て。いい、もうすぐ遊園地の周りに停めてある車がアップになるわ。赤いオープンカーが見えるでしょ？　そのバックミラーを見てね」

夏海が画面に身を乗り出し、釣られて和繁も画面を覗き込む。

コマ落としのような画面の中を、二人は息を詰めて見つめていた。

兵士たちは血まみれになり、遊園地の中に駆け込んでいく。

回るメリーゴーランド、空に舞い飛ぶ紙吹雪。『愛のために』という暗くへビーな歌の伴奏が、遊園地の中に流れる無邪気なワルツと絡み合う。

遊園地の周りに置かれているぴかぴかの高級車。どれも燃費のかかる、高度成長期に乗られた車ばかりだ。

赤いオープンカーが、走っていく兵士の肩越しのアップになってゆく。

少し歪んだ方向に曲げてあるバックミラー。

その中に、一人の若い男が映っているのが見える。

スーツを着た若い男。髪を短く刈り上げ、有能そうで涼しげな横顔がちらりと映っていて――

が、次の瞬間、血に汚れた兵士の背中で画面はいっぱいになる。

夏海はソフトを停止させた。

和繁は画面から目を離さない。

「ね。映っていたのは、淳さんでしょう？」

夏海は低く呟いた。

和繁はすぐに頷くことができなかった。

「――もう一度見せてくれ」

カラカラになった声で和繁が頼むと、夏海は無言で頷き、再び同じ箇所を見せる。

「うーん」

四回も繰り返して見たあとで、和繁は腕組みをして唸(うな)った。

「淳さんよ。間違いないわ。あの青いネクタイのボーダーに見覚えがあるの。あたしが贈ったネクタイだわ」

夏海はきっぱりと言い切った。

だが、和繁は素直に同意することができなかった。

最初に見た瞬間は、確かに「淳だ！」と思った。しかし、二度、三度と見る度に彼の確信はぼやけていく。よく似ているとは思う。髪形も、横顔も、自分が見た淳に似ている。しかし、これが黒瀬淳だと本当に言い切れるだろうか――

夏海はキラキラ光る目で、和繁の同意を待っていた。

「確かに似てるとは思う。でも、正直言って、よく分からない。もしかして、『淳が出てる』と言われて、そう思い込んでしまったのかもしれない」

和繁は慎重に答えた。

「そうね。確かに、その可能性は否定しないわ。あたしが彼を見たいと望んでいたから、彼を見てしまったのかもしれない。でも、少なくともこの人物は死者ではないわね。何度再生しても、このバックミラーに映っている人物は変わらないもの」

夏海は意外とあっさり引き下がった。

「でもね、やっぱり淳さんが和歌山に行ったことは確かなのよ。彼が『カーテン』の撮影に同行していたことは間違いないわ」

夏海は自信ありげにそう言った。

「へえ。そうなんだ」

和繁は夏海の自信に、なんとなく救われた気持ちになるのを感じた。

「これまで極秘にプロジェクトを進めてきたけど、もうこれだけ世界的なスケールでの成功が確認されたから、そろそろみんな口が軽くなってきたの。成功した事業って、『あれは俺がやったんだ』とか、『ほんとのところ、すっごく大変だったんだよ』って、実際にタッチしているよりも遥かに大勢の人間が言い出すでしょう。今が丁度その時期なの」

夏海はしたり顔で言った。

実際に話が漏れ始めたのは、下請けで撮影を担当していたプロダクションの、そのまた下請けのスタッフからだったようだ。この「カーテン」のロケシーンは、確かに和歌山県の山中で行われた。しかも、ほとんどが烏山家の持っている山を使って行われたのだそうだ。

「現代の日本とは思えないような山奥だったそうよ。行けども行けども山の中。これじゃあ天狗だの神様だの降りてきても驚かないって思ったたって。実際、あのあたりは山岳信仰のメッカですものね。肉体的にはハードだったけど、ロケーションとしては素晴らしい、神々しい場所だったたって。カメラマンは皆感激してたって」

夏海は淡々と話を続けた。

「で、どこにでも尾いてきて現場をジッと見てる若い男がいたっていうのよ。実際の作業はしないけれど、さりげなく仕切っている若い男。それが、その男の特徴は、どう聞いても淳さんなのよね。彼は、随分長い間現地にいた様子だったって。それで、事情があってまだ暫く東京に帰れない、って誰かに話してるところを聞いたっていうの」

「それはいつの話なんだい？」

「それがね、和歌山での撮影は相当押していて、その話を聞いたのは最後の撮影の時だったらしいわ。でも、その時点で当分戻れないということが分かっていたということは、やっぱり覚悟の失踪だと思いませんか？」

夏海の強い目の光を見ていると、思わず説得されてしまいそうになる。

それに、淳は個人でも秘密主義だったし、彼が誰にも行き先を告げずに何かの仕事をしているというところは割と想像しやすい場面ではあるのだが――

それでも、心の片隅で、何かが「違う」と言っていた。

これはおかしい。どこかが変だ。この一連の出来事は、恐らく見た目通りの内容ではないのではないか――和繁の心では、しきりとそう囁く声が聞こえるのである。

だが、淳が生きている、というのはいつのまにか信憑性ある事実として和繁の中に根付き始めていた。和歌山に行けば、「なんだよ、和繁までこんなところに来たのか」と涼しい顔で言う淳に会えるような気がしてきていたのだ。

「じゃあ、淳は烏山家に滞在しているということなのかな?」

和繁はふと心に浮かんだ疑問を口に出していた。

「周囲は何もないところだし、そうなんじゃないかしら」

夏海は大きく頷いた。

「でも、それは変じゃないか? 淳はずっと烏山家との関わりを隠してきたし、どうやら烏山家を避けていたようじゃないか。なぜ今ごろになって、そんな」

「うーん、それはそうだけど」

夏海は初めて不安そうな声を出した。それまでの彼女は、淳が生きているという事実だけが目の前に輝いていて、それらのことまで考えが及ばなかったようだ。それだけ彼女も自分を説得しようと必死なのだろう。

「でも、仕事だし。彼があの『大田黒民俗歴史財団』のお金を引き出して和歌山に行き、母の嫁ぎ先である烏山家と仕事をしたということ自体、彼が過去の何かをふっきったということなんじゃないでしょうか」

「ああ、そうだね。そうも言えるか」

和繁は唸った。なんだろう。何がこんなに気に掛かるのだろう。

「それに、どうやら、烏山家では、何か新しい事業を始めるみたいなんです」

「新しい事業?」

「ええ。その撮影スタッフが言っていたの。そんな山奥なのに、幾つも建設中の建物があったたって」

「山奥に？　ホテルでも造るのかな？」

「さあ——でも、なんだかどれもみな奇妙な形をしていて、何を造っているのかちっとも分からなかったたって言っていたわ」

　夏海の言葉が何を意味していたのか、その時の和繁には知る由もなかった。

29

　まだ捷が小学校に上がる前のことだ。

　その十年前だったら、もっと世田谷も農業が盛んで田畑も多かったのだろうが、その頃は日本の景気もよく、土地の値段はうなぎのぼりで、次々と近所の緑が消えていく過程にあった。その中で、捷の家の近所にかなりまとまった面積の緑地があった。

　緑地といっても、整然とした公園のようなものを想像されては困る。要するに、ほとんどが鬱蒼と荒れた雑木林と草の茂みである。使われているのはせいぜい四分の一くらいで、その大部分は畑だった。その広大な敷地の隅っこには古い木造の日本家屋があり、小柄なおばあさんが一人で住んでいて、毎日庭の畑を耕していた。くぬぎや桜などの小さな雑木林もあって、よく彼女が枯葉を集めて焚き火をしているのが見えた。捷たち近所の子供たちの間では、この広大な庭に「探検」に行くことが密かなステータスとなっており、おばあさんの目を盗んではフェンスを越えて茄子畑や雑木林の中を歩き回ったものだ。

その中に、もともとはきちんとした日本庭園だったのだろうが、なにやらいわくありげな一画があった。枯山水と思しき岩は雑草に埋もれ、池はとっくに干上がってシダの群生地となっていた。そして、中央に背の高い緑の塊があった。おそらく、最初は長い藤棚だったのだろう。放置され野生化した藤に周囲から伸びてきた蔦が合体して、完全に藤棚をすっぽり覆ってしまったものらしい。結果として、そこは、歳月を経て緑色の長いトンネルと化していたのである。

あの場所の記憶を辿る時、あの緑のトンネルの中を歩いたことばかりが捷の中に鮮明に焼きついているのだった。

既に飼いならされた自然しか知らない捷にとって、あのトンネルは猛々しい緑の凶暴さを印象づけた。むっとする植物の匂い。生々しい生命活動の気配。すきあらば己の活動範囲を広げようとせめぎあう生存競争の殺気。

夏の日の太陽は、トンネルのわずかなすきまから仲間たちの顔をまだらに照らしていた。濃密な緑のトンネルは、生き物の腹の中を歩いているような生臭さがあった。あの匂い、あの闇。いつのまにか緑の闇の奥に飲み込まれ、緑の体液に生きながら消化されてしまっているのではないか。子供たちはいつもそんな恐れを胸の底に抱いていたのだ――

捷は車窓の風景を眺めながら、ぼんやりとそんな記憶を探り当てていた。

夏の電車はいつも冒険の予感に満ちている。

ローカル線はほどほどに混んでいた。いかにもウオーキングしますという格好の中高年のグループが多いのは、最近流行っているという熊野古道を巡る旅に行くのかもしれない。

窓の外には、あの時恐れていた凶暴な緑が溢れ、空も海も普段知っている色とは全く異なっていた。その輪郭はあまりにもくっきりとして、その色はあまりにも濃かった。捷は既に憂鬱になり、既に恐怖を覚えていた。

なにより、着くのが怖かった。

このパーティへの参加を申し出ると、即座に新幹線と在来線の指定特急券が送られてきた。確かに指定された場所へ辿り着くにはかなりの交通費がかかることが予想されたので、アルバイトをする暇もない捷にとって、どうやってその費用を捻出するかは大問題であったが、いともあっさりと解決してしまったのである。しかし、解決したことの喜びよりも、周到に参加者を現地へ呼び寄せることへの執念の方が気味悪かった。アクセスの悪い場所であることは招待者も承知の上であり、それでもなおその場所へ呼びたいのだという強い意志が感じられた。

そこまでして、こんな平凡な一学生を呼んで何をしたいというのだろう?

美しい理由を思いつけないこともない。特殊な生活をしている烏山響一ゆえに、「普通の若者」とのつきあいに飢えているとか、「平凡な生活」に密かに憧れていたとか、そんな理由だ。これが青春映画ならば、響一は最後の方で「君のような人間に生まれてきたかったんだ。どんなに僕が君のことを羨ましいと思っていたか」と告白することになるのだろう。

だが、烏山響一に限ってそんなことはないと分かっていた。烏山響一が捷になんらかの興味を覚えているのは確かだが、それは好奇心の強い子供が遊んだことのないオモチャを見ているかのようだった。捷を羨んでいるのでないことは断言できる。

響一は自分のどんな機能に興味を見出したのだろう?

結局のところ、それが知りたくて電車に乗っているのだと気付く。願わくば、自分の気付かぬ美点や才能をカリスマに見つけ出してもらいたいという欲望なのだ。試行錯誤や失敗は誰でも嫌に決まっている。

「今の若者は失敗を恐れる」と大人たちは言うけれど、じゃあ彼らはそうではないというのだろうか。日本はもともと失敗には冷たい社会だし、マニュアル以外のものに対応できない社会だ。しかもこのところますます余裕がなくなってきて、すべてにスピードアップとコストダウンが要求されている。「プロデューサー」なるものがもてはやされるのも、社会に余力がないからだろう。なにしろ、短期間にコストを回収できなければ困るのだ。

じっくり育てて、五年後、十年後にスターになるのを待ってなんかいられない。一夜にして名を売り、すぐに稼いで貰わなければ干上がってしまう。だから、若者たちも誰かに見出されることを熱望している。自分たちに回り道をする余裕がないことを敏感に察知しているのだ。

とりとめのないことを考えていると、斜め前の席からの、中年女性特有の「あーっははは」という笑い声に中断される。どうして彼女たちは笑う時出だしに「あーっ」と叫ぶのか、捷はいつも不思議に思っていた。これが中年男性の集団だったら、むしろ後半の「はははは」がうるさいのだが、女性は出だしが圧倒的に強い。だから、中年女性の集団が笑っていると最初の「あーっ」だけが聞こえて、中年男性は後半の「はははは」ばかりが強調されて聞こえるのだ。

捷はチラリと腕時計を見た。

電車で来るとほぼ一日がかりである。遠くへ来たという実感が湧くのと同時に、わざわざ時間をかけさせたのは心の準備をさせるためなのではないかと邪推してしまう。それも、ゆっくりと不安を募らせることができるように――じわじわと孤独を感じられるように。ついそんなことまで考えてしまうのだった。本当にわざとかどうかは知らないが、だとすればじゅうぶんにその効果は上がっている。

飲んだジュースの空き缶を捨ててこようと立ち上がり、揺れる電車の中をデッキに向かう。

ふと、車両の一番はじっこの席で窓辺に頬杖をついている娘に目が留まった。

あれ？

捷は思わず足を止め、さりげなく彼女を観察した。

さっき新幹線の中にいた子だ。

捷よりも少し年上だろうか。小柄で華奢だったが、伸びやかな手足をした娘だった。無造作に流したショートカットはその姿によく似合っていて、髪を染めずに真っ黒なところが今どき新鮮だった。カーキ色のTシャツにカーキ色のリュック、黒のコットンパンツに黒のスニーカー。どれも洗い晒した感じだったが、清潔感があった。

目鼻立ちはあっさりとしていたが、捷が彼女を覚えていたのはその目だった。うまくは言えないけれど、不思議な目をしていた。どこか遠くを見ているような目。見えないものを見ているような目。何を見てるんですか、と思わず尋ねたくなるような色をしている目だった。

視線を感じたのか、ぱっと彼女がこちらを振り返ったので捷はどぎまぎする。そらすのが一瞬遅れたのでまともに目が合ってしまい、彼が視線を送ったのだとあっさりバレてしまっていた。捷は慌てて歩き出したが、彼女の目にも「あれっ」という表情が浮かんだので、向こうも自分が新幹線の同じ車両にいたと気付いたことが分かった。

頬が熱くなるのを感じながら捷はデッキに出て、ごみ箱に缶を捨てた。すぐに戻るのもバツが悪いような気がして、しばらくデッキの扉越しに、外を走る風景に目を凝らす。強い太陽光線を浴びてぎっしり葉緑素を蓄えた木々が、線路に覆い被さるようにすぐそこまで迫っていた。つやつやした葉っぱの上で輝く光を見ていると、日差しの強さが窺われて怖気づく。子供の頃、緑のトンネルの中で嗅いだ草いきれが鼻先にむうっと蘇り、一瞬頭の中が真っ白になった。

クライトコロハイヤダ。

捷はハッとした。誰かの声を聞いたような気がしたのだ。

きょろきょろと辺りを見回すが、規則正しい揺れで海岸線を走っていく電車の音が細長い空間いっぱいに響いているだけである。

暗いところは嫌だ。そう聞こえた。誰だ？

捷は首の後ろに冷たい汗を感じ、落ち着きなく視線を走らせていた。大きく揺れながら、合わせ鏡の中を見ているような列車の連結口がカーブに沿って左右にずれていくのが見える。なんだか巨大な蛇の腸の中にいるようで、世界が奇妙にねじれていく。

デッキでじっとしたまま耳を澄ませていたが、何も聞こえなかった。

空耳か、記憶の中の声を聞いたと錯覚したのか。

混乱が収まるのを待ってから、捷は額の汗を拭って席に戻った。

30

クライトコロハイヤダ。

律子はぎくっとして弾かれたように身体を浮かせた。

誰？　誰が言ったの？

見回しても周囲には誰もいない。

通路を挟んだ座席には、腕組みをしたまま窓辺にもたれてすっかり眠りこけている中年サラリーマンがいるだけだ。寝言だったとか――まさか。この席まで聞こえるはずはない。列車の音は相当うるさい。

夢でも見てたのかしら。時々ぼんやりしていると、いつのまにか半分眠っている時がある。目の前の風景が見えているのに、頭の中では夢を見ているのだ。

やれやれ。ゆうべぎりぎりまで制作してたからなあ。

満足な出来ではなかった課題のことを考えると憂鬱になる。このところ、完全に壁に突き当たっていた。それでなくとも暑いのは苦手なのに、東京のアトリエは蒸し風呂のように暑くて、些細なことで制作意欲が萎えがちだった。そして、アトリエのロッカーにはあれが入っている。

集中力を失い、気が滅入ってくるとあれの存在が気になってくる。ロッカーの隅にあることを全身の皮膚が知っていて、そこからどす黒い熱が放射されてくるような気がするのだ。ふとした瞬間にあれの存在を意識してしまうと、なかなかそれを忘れることができなかった。

白いランドセル。

律子はあの白いランドセルを壊すことができなかった。いつもは写真を撮ってすぐに壊してしまうのに、写真を撮ることも、壊すこともできなかったのである。

幼い日の、封印していた罪。あの時無意識のうちにあれを造ってしまったのは、どこかで贖罪（しょくざい）の気持ちがあったのだろうか。なぜ今ごろ、という疑問も強く湧いてきたが、結果として自分が友人を死に追いやってしまったことを受け止められる時期が来たということなのだろうか。

何の花だろう、窓の外にえんえんと続く茂みに、白い花がどこまでも咲き誇っている。死者に手向（たむ）ける花。そんな言葉が脳裏に浮かんだ。

実際、思い出した時はショックだったが、むしろそのショックが持続しないことに律子は驚いていた。あたしって、こんなに冷淡な人間だったんだ。

だって子供だったんだもの、仕方がないよね。そう割り切る非情さを自分の心の中に見出した時、彼女はそのことに苦い喜びを覚えたことも確かだった。

ドアが開く鈍い音がして、一人の少年が通路を歩いていった。

律子の目はその少年に引き寄せられる。

大学生かな。少年というには少し歳が上だけど、まだ青年と呼ぶにはあどけない。あたしよりちょっと下みたい。

中肉中背。どこにでもいる少年だった。青いTシャツに薄いブラックデニム。長くもなく短くもない、さらっとした髪。茶色っぽいのはもともとの色だろう。男の子にしては滑らかな肌とすっきりとした横顔は、安定した気性の穏やかさを表しているように見えた。なんだか頭の良さそうな子だ。

新幹線の中で見かけた子だと気付いていた。同世代で、しかも一人で旅していたのでなんとなく気になっていたのだ。気になったのは別の理由もあった。

彼の表情が引っかかっていたのである。

新幹線には、他にも一人で乗っている若い子たちが何人かいたが、皆目的がはっきりしているようだった。たぶん帰省なのだろう。皆、リラックスしていて、既に退屈している様子が窺えた。しかし、彼の持つ空気だけが異質だった。緊張していて、どことなく頼りなげで、不安そうな表情。時折顔を上げた瞬間に、暗いものがサッと影をかすめた。

彼はどこに行くのだろう。

律子は密かに彼がどこで降りるかチェックしていたのである。

同じ駅で降りた彼の背中を見ながら歩いていくと、彼は迷わず律子と同じ目的地に向かい、同じ電車に乗った。面白い偶然もあるものだ、と半ばあきれながら律子は座席に腰を下ろした。

しかし、今、彼女は今度も彼が自分と同じ駅で降りるに違いないという確信をもっていた。彼はデッキにゴミを捨てに行った。まもなく降りる証拠だ。次の駅は、律子の目的地である。

まさか、そんなことがあるだろうか？　彼もまたあの男に呼ばれたということが？　ということは、彼も何かのアーティストなのだろうか。

のんびりした声で、次の駅名を告げるアナウンスが入った。

たいした荷物ではないが、身支度を整え、つばの狭い麦わら帽子をかぶる。窓の外を白く埋めているあの強烈な日差しの下に降り立つことを思うと既にぐったりした気分になった。

離れた座席で、網棚からリュックを降ろす彼の姿が見えた。

列車はゆっくりと夏の駅に滑り込む。

がたん、と大きく一回揺れて、列車は止まった。

31

駅を出ると、そこは夏の世界だった。小さな駅舎がアスファルトの上に落としている影は恐ろしく濃かった。人間や物には影があるということを久しぶりに思い出したような気がした。

捷は駅前で棒立ちになった。小さなロータリーはひっそりと静まり返り、小さな商店やベンチなど、すべてが固定されたオブジェのように見える。

なんという光の量だろう。全身が光の箱にすっぽり入ってしまったみたいだ。まさに、光の底にいる。空は無数のきらきらした光の粒で埋め尽くされていた。

深い緑に覆われた山はすぐそこまで迫っている。むくむくと入道雲のように盛り上がった緑の塊が、今にもこちらにのしかかってきそうに見える。少し首をひねってみると、嘘みたいに青い海が空と空間を分かち合っていた。

空気までもが濃密で、目が覚めたような心地になる。もっとも、身体はこの暑さに全くついていっておらず、動きがひどく緩慢な気がした。けれども意外にからっとしていて、気を抜くとふわりと宙に浮いてしまうような錯覚を感じた。

降りた客はたいしていなかったが、中に殺気だった二人の男が目についた。五十代くらいの中年男と、黒い大きなカメラを持った三十代くらいの背の高い男が、鋭い目つきでこそこそ話し合っていたかと思うと、どこかを指差して足早に駆け始めた。袖をまくりあげ、ネクタイも外しているが既にワイシャツの背中はべったりと汗で貼りついている。なんだろう。こんな田舎町で、何を急いでいるんだろう。

捷は思わずつられてなんとなく後ろについていく。

気が付くと、後ろからさっきの娘が歩いてきていた。やはり彼女もここで降りたのだ。そんな安堵にも似た感想を覚えながら、捷は早足で行く男たちの行き先に目をやった。

思わず目が吸い寄せられる。

男たちは、ロータリーからは家と木々に遮られて見えなかった、海辺に続く坂道を降りていくところだった。そして、その先には小さな川の河口があって、ごつごつした岩場が海に向かって続いていた。この辺りはほとんど岸壁ばかりで砂浜はない。急な傾斜の川は、山から多くの岩を転がしてきているようだった。

そして、その河口付近で、大勢の人々が動き回っていた。青いつなぎに青い帽子をかぶった人々。周りに張られた黄色いテープ。それを遠巻きに見ている人々。

警察だ。明らかに、何かの事件の現場なのだろう。のどかな風景とのギャップに、捷は面食らった。

何が起きたか知りたくなるのは人情というものである。

い。

捷は恐る恐る人垣に近寄っていった。この人垣は、その格好からして地元の人たちらしい。

「どこの誰だろ」

「背広着てネクタイしめてたっつうから、ここの人間ではないわな」

「なんでこんなところでさあ」

「でも、このところ山に随分よそから人が来てたし。そっちの関係でないの」

「だけどなんで首を――して――」

好奇心と興奮を隠し切れぬ様子でこそこそと話し合っている。

「あのう」

捷が間の抜けた声で話し掛けると、みんなが一斉にこちらを振り向いた。

よく日焼けした、割烹着姿の女たちの目が自分を注視している。その目に、かすかな恐怖を感じ取ったのは気のせいだろうか。

「何かあったんでしょうか？」

捷は努めて好青年を装いながら無邪気な調子で尋ねた。年配者には好かれる自信がある。

女たちは明らかにホッとした表情になり、予想通り学生旅行者の捷に好感を覚えたようだ。

「あれ、学生さん？　どっから来たの？　ここは泊まるとこないよー」

「いやあ、せっかくここまで来てくれたのに悪いね。いきなり土左衛門の出迎えだもの」

どっと笑いが弾けた。空気がほぐれ、開けっぴろげな笑顔が咲く。

「土左衛門？　じゃあ、誰か溺れたんですね」

「今朝見つかったのよ。上から流れてきて、橋げたに引っかかってたんだって」

「上から」

捷は反射的に山を見上げる。かなり急な渓流だ。大きな岩はそこここに転がっている。小さなクリーム色の橋がすぐ頭上に見えた。

「じゃあ、川に落ちて」

「二日前に雨降ったからね、増水した水と一緒に岩場を流されたんじゃ助からないよね。身体じゅう傷だらけになっちゃう」

「でも、いくらなんでも首まで取れるとは」

「しっ」

誰かが漏らした一言に、たしなめる声が飛んだ。

首まで取れる？

捷は一瞬耳を疑った。物問いたげに女たちの顔を見る。皆、決まりの悪そうな表情になったが、一人が渋々口を開いた。

「うん、見つかった時には首が取れてたそうだよ」

「首が？」

捷はぞっとして叫んだ。彼はスプラッタが得意ではない。その様子を見て、女たちはクスリと笑った。

「で、身元が分かるようなものがあったんですか？　一番最初に見つけた人はどなたですか？」

突然、そこに後ろからきびきびした声が割って入った。捷はぎょっとして後ろを振り返る。広い額に汗が光っている、先ほど見かけた背の高い男がいつのまにかそこにいた。

女たちは顔を見合わせた。

「さあね。ここでは背広着て働く男はそうそういないからねえ。どうやら若い男だっていうし、ここは年寄りばかりだから、よそから来た人じゃないかってだけで」

「誰だろ、最初は。才蔵（さいぞう）さん？」

「いや、辰子（たつこ）さんでないの？」

「あたしは辰子さんて聞いたけど」

「ふうん。辰子さんね。辰子さんの苗字はなんていうの？　話聞きたいんだけど、家はどこ？」

捷より前に出てぐいぐいと女たちの間に割って入ったところを見ると、どうやらこの男は報道関係者らしい。女たちの関心は、すっかり捷からこの押し出しの強い男に移っている。もう一人の男はどこにいるのかと思い、捷は大勢の男たちが動き回っている場所に目をやった。見ると、あの中年男は警察関係者と思しき男と話し込んでいる。

初めて見る現場検証に驚いたものの、捷は既にその話題に飽き始めていた。何が起きたか分かったし、ここを離れる潮時だろう。捷は背の高い男を囲んで口々に喋っている女たちを残し、坂道を登り始めた。

ふと、顔を上げると坂の上にあの娘が立っている。小さな顔には麦わら帽子の影が落ちていて表情は見えなかった。

捷は一歩ずつ踏みしめるように坂を登りながら、なんとなく胸がどきどきしてきた。どうしよう。話し掛けたら変かな。新幹線でも一緒だったよね、とか。でも、年上だよな。だったら、敬語にしないとまずいかな。新幹線でも一緒でしたよね。

「何か事故でもあったの?」

先に口を開いたのは彼女だった。華奢な容姿に反して、思いのほかしっかりした低めの声である。

「首のない死体が見つかったんだって」

「ええっ。首がないですって?」

彼女を驚かせるのはなぜか心地よかった。捷はこっくりと頷く。

「うん。でも、あの急流に落ちたせいかもしれないって」

「ああ、なるほど。岩にぶつかったってことね」

娘は捷の視線に合わせて山肌を削る渓流を見上げた。きれいな横顔の線が浮かび上がる。

「ひょっとして、迎えが来るのを待ってるの？」

捷は尋ねた。初対面の会話としては、なかなか順調な滑り出しだ。麦わら帽子が前に動いた。

「ええ。あなたもそうでしょう？　彼に呼ばれてきたのね」

娘は確信を持っていたらしく、ためらう様子もなく答えた。

二人は一瞬、それぞれのイメージする「彼」のことを考え、つかのま沈黙が降りた。

二人とも、ここでその名前を口に出すことは避けたい気分だった。この明るい夏の太陽の下で唱えるべき言葉ではない。さわやかな初対面の場面を、その名前で曇らせるべきではない。娘は気を取り直すように尋ねた。

「もしかして、あなたも何かやってるの？」

捷は戸惑った。

「何かって――」

捷のきょとんとした顔を見て、娘は小さく笑った。白く揃った歯がこぼれる。

捷は、自分が彼女の容姿を好ましく感じていること、彼女の持つ清潔感を心地よく眺めていることに気付いた。

「あたし、香月律子。美大生なの。彫刻をやってるのよ」

律子と名乗った娘は帽子を少し上げた。あの印象的な目がこちらを見ている。近くから見てもやはり不思議な感じがした。自分でない自分を見られているような。

「ああ、なるほどね。アーティストなんだね。僕は、全く芸術的センスなし。見るのは好きだけど。平口捷です。彼と同じ授業を取ってるだけの学生だよ」

「じゃあ、W大の建築学部なのね？」

「そう」

律子はなぜか納得したように大きく頷いた。

「なあに？」

そのリアクションに疑問を感じて捷は尋ねる。律子は、今度は声を上げて笑った。

「実は、電車の中で見て思ってたのよ——賢そうな人だなあって。当たったでしょ」

捷は苦笑しつつも赤くなった。馬鹿、なんで赤くなってんだよ。

どちらかといえば繊細そうなタイプだと思っていた律子が、意外にさっぱりしていることに驚きつつも喜びを覚えた。

「迎えに来るって言ってたわよね」

二人でロータリーに戻ると、いつのまにか黒いＲＶ車が停まっていた。

まるで黒いカラスがうずくまってるみたいだ。捷はなぜかどきんとする。

「よお」

そして、その中からあの男が出てきた。サングラスを掛けた大柄な男は、やはりどことなく日本人ばなれしていた。

目の前に立ってみても、まだ捷には実感が湧かなかった。そこにいるのは確かに烏山響一なのだ。自分は彼に呼ばれてわざわざここまでやってきたのだ。

隣の律子も同じような心境らしく、その前に見せた伸びやかさはなく、どことなく気後れした雰囲気が感じられた。アーティスト仲間かと思ったら、彼との距離は自分と同じぐらいらしい。響一はどういう基準でこの二人を呼んだのだろう？　プライベートなホーム・パーティなら、かなり親しい人間を呼ぶのが普通ではないか？　それとも、響一はこの程度の友人を親しいと呼ぶのだろうか？

「なんだよ、二人ともボーッと突っ立って。既に日射病か？　日よけになるものがないからな。さっさと乗ってくれ、悪かったな、こんな遠くまでわざわざ来てもらって。メシはうまいから安心してくれよ。うちは温泉が出るんだぜ」

響一はさっさと運転席に乗り込んだ。捷と律子は慌てて後ろに乗り込む。

中は冷房が効いていてひんやりと気持ちよかった。今さらながら、直射日光を浴びたロータリーのアスファルトは、照り返しで相当な熱さになっていたのだと気付く。

「みんなそうなんだよな、ここに来るとボーッと立ってるんだ。東京の腐ったような暑さも悲惨だけど、ここの暑さはまたちょっと違った暑さだからな。そこにミネラルウォーター買っといた、飲んでくれよ。脱水症状は怖いから」

たくましい腕が軽々とハンドルを切るのを見ながら、捷は響一が生き生きとしていることに気付いた。彼は興奮している。はしゃいでいる。

捷と律子は袋に入っていたペットボトルを黙々と手に取り、黙々と蓋を開ける。

都会的でモダンな男だと思っていたが、こうしてみると響一は実に野性的な男でもあることに驚いた。たぶん、この男は世界中どこに行ってもその場所を自分の舞台にしてしまえるのだろう。

「二人の自己紹介は済んだ？」

響一が叫ぶ。二人はフロントミラーに向かって頷く。

「ほんとに行っていいのかな、プライベートなパーティなんだろ？」

捷が怪訝（けげん）そうに尋ねると、響一の口に白い歯がこぼれた。

「当たり前だろ、交通費まで払ったんだぜ、是非来てもらいたいからじゃないか。第一、プライベートなパーティなのに、仕事の連中なんか呼ぶもんか。『カーテン』もおかげで売れたしな。俺は普通の人間と祝いたいんだ」

歯の浮くような台詞も、響一の口から出るとそれらしく聞こえるから不思議だった。

「大学の連中は？」

捷は冷ややかな口調で尋ねた。むろん、例の取り巻きのことを言っているのである。

響一は鼻で笑った。

「言ったろ、やつらはただ俺を取り巻いてるだけだって。金魚がなんとなく水草の周りに集まってるのと同じさ。あいつらは、別に俺が誰でもいいんだ。電信柱でも、植木鉢でも。連中の会話を聞いてみろよ、あまりのくだらなさに驚くぜ」

取り巻きが聞いたらショックを受けそうな冷たいお言葉だったが、それは捷の自尊心を満足させる。平凡に慣れている心に、その言葉は見る見るうちに染み込んでいく。

「課題は済んだ?」

響一は律子に向かって尋ねた。律子は反射的に目を伏せる。

「おや。難航中かね?」

「ええ——ううん、難航中どころか難破したままよ」

頷きかけて、彼女は左右に首を振った。

「あのランドセルから抜け出せないんだろう?」

ズバリと言われて、律子は思わず表情を変える。それは、響一のアーティストとしての格の違いを思い知らされることでもあった。彼は全てお見通しだ。何を見ても一瞥で本質を見抜く。彼の個性は決してハッタリではなく、いろいろな過程を通過した上での到達点の一つなのだ。巨大な資本主義やマーケティングに踊らされることなく、彼が全てを掌握し、完全にコントロールしている。とてもじゃないがかなわない。

分かっていたはずなのに、たった一言で律子は苦い敗北感を味わっていた。

律子の表情を横目で窺いながら、捷はすぐそばにあるものの理解できない世界を感じていた。芸術家として生きるということが、どういうことなのかは分からない。しかし、よほど自分を強く持っていないことには成り立たない商売だということは理解できる。

「ねえ、本当に何のからくりもないの？」

捷は無邪気を装って尋ねた。むろん、「カーテン」の噂を指している。気を悪くするかと思ったが、響一は悠然としたものだ。

「さあね。秘密さ。もしかして、恐ろしい暗示が秘められてるのかもしれないぜ。俺が密かに世界征服をもくろんでいて、ソフトにサブリミナル効果で『滅びてしまえ』と刷り込んでるのかもしれない。間もなく世界中で殺し合いが始まり、人類は滅ぶ。破壊の魔王、烏山響一。墓碑銘にはこう刻んでほしいね。もっとも、その時刻む人間が存在していないかもしれないけど。あのね、これぱっかりは企業機密だから、君らにも教えられない。でも、みんな楽しんだろ？　あれだけの反響があったってことは、みんなが楽しんだ証拠だ」

捷の心に、むくむくと反抗心のようなものが湧いてくる。捷は身を乗り出した。

「でも、僕も見たんだ」

響一はチラリと捷を見た。律子も身体を硬くしてこちらを見たのが分かる。

まずい、彼女に危ない奴だと思われたかな？　軽く話すんだ、軽く。

響一が笑みを漏らしたのが見えた。国立近代美術館で見せた笑み。ほくそえむ響一。

さあ、言ってごらん、うさぎちゃん。そうだろう、見ただろう？　だからこそ俺はおまえを呼んだんだからな。

「へえ、何を？」

無関心を装い響一は尋ねる。隣では律子が息を詰めてその会話を聞いている。

「ええと、やっぱり死んだ人間だよ。実際に僕はその人間のことを知っていたわけじゃないんだ。間接的に知っているだけで。いや、ちょっと、話が複雑だからここでは話したくないな。あとでゆっくり話すよ」

つかのま湧いた反抗心はあっというまにしぼんだ。考えてみると、子供の頃のあの事件を家族以外の誰かに話したことなどこれまでなかったのだ。

しどろもどろになった捷を、律子が不安そうな目で見た。

駄目だ、やっぱり危ない奴だと思われてる。

捷は急に後悔で胸がいっぱいになった。やめときゃよかった。

「うん、俺もあとがいい。時間はたっぷりある。見ろよこのカーブ、面白い話に夢中になって海の中にダイブするのはごめんだからな」

響一は鷹揚に答えた。確かに、海岸線の道路は切り立った崖に沿って造られており、うねうねと曲がってほんのちょっとも目を離せない。しかし、響一は通いなれた道らしく、速度を落とさず軽快に飛ばしていく。

水平線のゆるやかな丸みに、改めて地球の丸さを感じる。

「ここにはどのくらい住んでたの？」

海に目をやったまま捷は再び尋ねた。響一は「んー」と唸る。頭の中で年数を数えているらしい。

「よく分からない。なにしろ、細切れだからな。俺の移動はいつも点から点で、熊野からニューヨーク、熊野からマドリッド、熊野から博多、熊野から上海。ビルの谷間のごみごみした劇場で舞台美術を造ってたかと思うと翌日はこうやって対向車のない道路を走ってるんだからな。でも、時間が空くとここに帰ってきてたって記憶がある」

響一が私的な話をするのは珍しい、と律子は思った。彼が自分の話をするのを聞くのは初めてだ。

「『カーテン』の映像はこの辺りで撮影したって聞いたわ。ロケが大変だったんですって？」

律子も口を挟んだ。考えてみれば、響一に聞きたいことはたくさんある。びくびくしたり打ちのめされている場合ではない。これだけの一流アーティストが近くにいて、何かを吸収しない手はない。

「うん、大変だったよ。スタッフはみんな泣いてた。カメラとか、機材を運びこむだけでめちゃくちゃ金が掛かったからね。随分売っちゃったけど、この山の向こう一帯は烏山家の戦前からの私有地でね。許可に関しては気兼ねがいらなかったけど、とにかく撮影はしんどかったな」

この山の向こう一帯。捷はあまりの話の大きさに苦笑した。

「でも、おかげで今回君たちを呼ぶことになった副産物ができてね。撮影を手伝ってくれた伯父貴が、郷里の山の中に出現したワンダーランドにインスパイアされて、廃物を利用して巨大なインスタレーションを拵えたわけ。どさくさに紛れて、『カーテン』の制作費用に何割か上乗せしてたのには目をつぶるとして、本邦初の、巨大な会員制野外ギャラリー――いや、個人的なテーマパークと言ってもいいかな。なかなか現実離れした面白いものができたんだ。それで、俺も何人か友人に見てもらいたいと思ってね。どうせなら、そういうものを見て楽しんでくれるような人間に。見ごたえはあるぜ。一日、いや二日がかりで山道を歩いてようやく見て回れる代物だからな」

「ええーっ、烏山彩城のインスタレーションを、この山の中に?」

響一の伯父を呼び捨てにしてしまったことをすぐに反省したが、捷は素直に興奮していた。熊野の山の中の現代美術館。それも、完全に私有地内にある、野外の、現代美術館。しかも、烏山彩城のインスタレーションなのだ。なんてわくわくする企画なんだろう。捷は心から響一に感謝した。そんなものが見られるなんて、何よりも贅沢な休日だ。

律子も思わぬ話の展開に興奮していた。近年、農村や都市の中で現代美術の展示をするのが流行しているが、一つの山という大掛かりなものは聞いたことがない。しかも、彩城は年々インスタレーションが巨大化してきている。どんなダイナミックで破天荒なものが見られるかと思うと心が震えた。実際、下手なテーマパークよりも商売になるのではないか。客層を富裕層に絞り、滞在施設を充実させて美術鑑賞のためのリゾートを造れば——

そんなことを考えている自分に、律子はすっかり商業主義に毒されてるな、とため息をついた。

「嬉しい。すっごく嬉しいよ。実はここに来るまでは心細かったんだけど、来てよかった。呼んでくれてありがとう」

捷は無邪気に叫んだ。響一は相変わらず静かに微笑んでいる。

「同感よ。光栄だわ。お客は何人くらい呼んでいるの？」

律子も弾んだ声で尋ねる。響一は再び頭の中で数える様子になった。

「そうだなあ。のべにすると何人になるか分からないなあ」

「え？」

「それぞれのグループがゆっくり見られるように、時間を区切って呼んでるんだ。今までに、もう十組くらい山に入ってる。三時間ごとに出発してもらって、非現実的な世界を満喫してもらうって趣向さ」

「うわあ」

「君らは、明日の早朝出発してもらう。俺が案内するよ。これまでに入った客は、皆伯父貴の友人たちでね。俺の友人が入るのは君らが初めてさ」

捷は最高に舞い上がった気分だった。俺の友人が入るのは君らが初めてさ。なんて心地よい響きだろう。これほど自尊心を満足させる言葉をもらったことがあっただろうか。

同じくぼうっとしながらも、律子はやはり心の底で疑惑が蠢くのを感じていた。

あたしたちが最初。なぜ？　なぜあたしたちなの？　あたしは決してあなたと親しくなんかないわ。そんなことはあなたが一番知ってるはずじゃないの？

「実は、俺もゆっくり見るのは初めてでね。一鑑賞者として山に入るのは楽しみだ。いろいろな話をしようぜ」

「どうしてあたしたちなの？　どういう基準で選んだの？」

律子がどこか思いつめた声で小さく叫んだので、捷は心に水を掛けられたような気がした。言われてみればもっともだったし、彼も聞きたいと思っていた問いだった。

響一は無表情になった。

相変わらず水平線は丸く、空はくっきりと青い。太陽はまんべんなく地上に光を降り注ぎ、濃い山が海岸線に迫っている。

二人はじっとその答を待った。

「参ったな」

響一は困ったように笑った。

「どうしても聞きたいか？　正直な話、君たちに芸術品を感じるセンスがあると思ったからだよ」

それは、捷が一番聞きたい答だった。望みうる最高の答だったと言ってもいい。その台詞を聞いただけでも、捷はここに来てよかったと思った。

響一は真顔になって言葉を続けた。これまでの歌うような口調はすっかりどこかに消えてしまっている。

「むろん、俺の周りに目利きやプロはいっぱいいる。彼らは確かに凄い。でも、普通の人にも、特に勉強していなくても自然と見る目が備わっている人は大勢いるんだ。おそらく、生まれながらにそういうものを感じるセンスを持ってるんだな。特に捷はそうだと思った」

突然、名前を呼ばれて捷は顔を上げる。なんだかこそばゆい感じがした。

「律子はもうセミプロだから、センスはあって当然だ。だが、このあいだ言ったとおり、君が今やってることは君の一部でしかない。君はまだまだ無限の可能性を秘めている。できれば、伯父貴のギャラリーがそのきっかけになってくれればと思っている。若いうちからスタイルがある奴は幸せだけど、逆に自分を縛ってしまうことにもなるのは君がよく知ってるだろうから」

律子はそれを他人に対する言葉のように聞いていた。あの烏山響一が自分をほめている。自分のキャリアを考えれば、最大級の賛辞ととってもいいかもしれない。

でも、と心のどこかで誰かが囁く。

なぜこんなに素直に聞けないのだろう。なぜ彼の言葉が信じられないのだろう。

律子は曖昧（あいまい）な笑みを浮かべた。それが今の彼女には精一杯の誠意だった。

「とにかく、俺は君たちにあのギャラリーを見せたいと思った。それだけさ。別に下心はないよ」

響一は淡々と言った。

前方に二つの川が見えてきた。川の間はそんなに離れていなくて、赤い橋が二つ並んでいるのが見える。

響一の車は、一つ目の橋の前で減速し、橋を渡るとゆっくりと曲がった。

遠くから見た時には気付かなかったが、二つの川に挟まれた場所に、山に上る細い道があったのだ。

「こんなところに道が」

車は林の中をゆっくりと登り始めた。道の左右は杉の林に囲まれていて、それぞれの林の向こうに川が流れる音が響いてくる。

「完全に川に挟まれてるのね」

律子が感心したように左右の景観を眺めていた。

最初は木々を通して筋のような光がさんさんと降り注いでいたのが、たちまち鬱蒼とした重苦しい森の中になり、さっきまでの光の多さが嘘のようだった。

濃い緑の闇。緑の闇の底。

車はひたすら山道を登っていく。それでも、まだ道路は舗装されていた。ここを使う車は年に何台くらいいるのだろう。

車が山に深く分け入るにつれ、捷と律子も寡黙になっていった。木々はどんどん太くなってゆき、だんだん樹齢が上がっていくのが見てとれた。それと共に、辺りの風景も浮世離れしたものに変化していく。

今標高はどれくらいなのかしら。

律子は、更に濃さを増していく森の密度をひしひしと感じながらぼんやりと考えた。

この奥に、彩城のインスタレーションがあるなんて、とてもじゃないけど想像できないわ。

その一方で、幽玄な無人の山奥に奇想に満ちた巨大な美術品があるところを想像するのは実にうっとりとするイメージだった。その前に立ったら、どんなに心躍ることだろう。

まるで、山の中の『パノラマ島』ではないか。いったいどんなものが造られているのだろう？

明日の朝出発。こんな高いところだ。きっと朝もやや霧が立ち込めているに違いない。霧の中から不思議な造形物が現れた瞬間、あたしは何を思うだろう。

そのイメージはあまりにも美しく、あまりにも恐ろしかった。竜宮城。もしかすると、それは烏山彩城の造った地上の竜宮城なのかもしれない。そんなものを見てしまったら、もう元の世界には戻れないのではないだろうか――

「お待たせ、ようやく家が見えてきたぜ。逢魔が刻よりも前についてよかったな」

響一が軽口を叩いた。

心細い心境になっていた二人は、ホッとしたように顔を上げて前方に目を凝らす。

「えっ、あれがそうなの？　どこが入口？」

捷はきょとんとした。

最初は石組みの塀が続いていたが、やがてその先に黒い板塀がえんえんと続いているのが見えた。

「もうちょっと上だな。車を降りて少し歩いてもらうけど、我慢してくれよ」

本当に、板塀はどこまでも続いていた。車からは見えなかったが、その向こう側に広い空間があることを予感させる。

「この中、全部がそうなの？　この塀の向こう全部が家？」

捷はほとんどあきれていた。いつのまにか、地面は古い石畳になっている。正面に、大きな山門が見えた。いや、山門のように見えるが、民家の門なのだろう。車寄せになった楕円形の広場から、重厚な古い石段が門まで続いていた。

「ひえーっ、本当にお屋敷だ」

行儀が悪いと思いつつも、子供のように叫んでしまう。

「使い勝手の悪い家でね。出不精になることは保証するぜ。さあ、到着だ。降りてくれ」

響一は軽やかに車を寄せ、静かにストップさせた。

車を降りた瞬間、ひんやりした空気を感じた。

思わず律子は空を見上げていた。

高い木々が空を埋めていて、青空はあまりにも狭く、遠く感じられた。

何かの濃密な気配。ここにはひそやかに何かが息づいている。

「どうぞ」

響一が先に立って石段を登り始める。律子はかすかに身震いをしてからその後に続いた。

からりと木の引き戸を開け、響一はすたすたと中に入っていく。緊張しながら、二人は大きな玄関に入っていった。中は一瞬暗闇にも思えた。

木の匂い。お香の匂い。古く澱(よど)んだ時間の匂いだ。

捷はさまざまな匂いをその短い闇の中で嗅いだ。

「上がってくれよ」

少しずつ目がなれて、中が見えてくる。が、その次の瞬間、捷はぎょっとして後ずさりしていた。

カラスだ。この家の中にはたくさんのカラスが飛んでいる。

カラスが大空にはばたいていた。それも、それぞれの方向に群れ飛んでいる。バタバタと羽音が聞こえてくるような気がした。

「どうした？　ああ、あれか？　落ち着けよ、ただの絵だよ」

上がり口に腰掛けて靴紐をほどいている響一が、捷の様子にきょとんとしてから、何かに思い当たったように後ろを振り向いた。

玄関の正面の広い壁に、巨大な絵が掛けてある。

それは、カラスの絵だった。白の空を群れ飛ぶたくさんのカラスの絵。

律子はそれを見て思わず「ひっ」と喉の奥で叫んだ。

律子はその絵に見覚えがあった——かつて、律子がバイト先の店で見た幻影にそっくりだったのだ。

32

借りた車はまだ新しくて、新車特有の匂いがした。

太陽がいっぱいに道路に降り注いでいる。車は快調に飛ばしていた。

光に満ちた世界は、直視するのが恐ろしく思えた。普段、限りなく太陽光線が遮られた空気の底で暮らしているだけに、影のない世界が恐ろしく思える。

窓を開け放っていると、夏の開けっぴろげな熱気を帯びた空気に圧倒されそうになる。

夏は異常な季節だ。一年のうちこのワンシーズンだけ、どこか過剰で、突出している。

過剰なものは、どこか怖い。ことさら凡庸を愛するわけではないけれども、和繁は夏の凶暴さが苦手だった。特に、この辺りの風景には、夏の自然が持つ根源的な過剰さが存在している。

「淳って、美術得意だったのかな」

「え？」

風の音で聞き取れなかったらしく、夏海が大声で聞き返した。

車内の空気が一通り入れ替わったので、窓を閉めてエアコンを入れる。

「淳って、美術得意だったのかな」

「美術？　どうして？」

「烏山家は芸術家の家系だし、思い出してみると、あいつ学生時代は展覧会とかよく行ってた」

「さあ――ちゃんとした絵は見たことないけれど、図解みたいなのは上手ですよ。プレゼンの時、視覚に訴えるのがうまいんです。さらさらと図を描いてみせるんだけど、描写が的確で。だからと言って絵がうまいかどうかは分からないけど。和繁さんは？」

「スケッチなんかは好きなんだけどね。自己流で、特にうまくはない。久野さんは？」

「あたし、全然駄目。芸術的センスが全くないんです。音痴だし、絵は下手だし」

夏海は情けなさそうに首を振った。意外な感じがする。

「でも、俺はそんなに女性のファッションには詳しくないけど、着てるもののセンスはとてもいいですよね」

「ありがとうございます。自分で言うのもなんですが、人が作ったものを見て、いいか悪いか判断したり、組み合わせたりするのは得意なんですよ。だけど、自分では全く作り出せないの」

「なるほど。まさにビジネス向きなわけだ」

「この歳になればそうやって自分を慰められますけどね。思春期の頃は、絵が上手だったり、作曲できたりする友達が凄く羨ましいじゃないですか。ひたすらスポーツに打ち込んでました」

「何やってたの？」

「剣道部です」

「こう言っちゃなんだけど、似合うね」

「そうですか？」

夏海が裸足で竹刀を構えているところはすんなり想像できた。鋭く踏み込んで面を打つ姿が目に浮かぶ。なんだか、とても強そうだ。この凛(りん)とした眼力は剣道で鍛えたのだろうか。

「強そうですね」

「一応、三段まで取ったんですけど。最近、全然やってません。ずっと近所の警察署に通って稽古してたんだけど、全然行く暇がなくて」

ひえっ。ほんとに強い。

光に溢れた真夏の道路をレンタカーで走りながら、和繁は奇妙な気分になる。

人間の運命とはなんと不思議なものなのだろう。こうして彼女と旅することなど、ほんのひと月前には想像だにしなかった。考えようによっては、夏海も大胆な娘である。俺も随分と安全牌(あんぜんパイ)扱いされたもんだな、と和繁は些か複雑な気分になる。婚約者の友人とはいえ、男と二人で旅することに抵抗はなかったのだろうか。もっとも、和繁の名誉のために言っておくと、幾ら美人とは言え、和繁の方でも夏海とどうこうしようなんて気はさらさらなかったが。

好奇心。結局、二人を結びつけているのは強烈な好奇心だ。夏海もそのことを感じ取っているからこそ、彼を旅の相棒に選んだのだろう。

だが、和繁には、熊野に着く前にどうしても夏海に聞いておかなければならないことがあった。

「一つだけ確認しておきたいんだけど」

「はい？」

地図に目を落としたまま、夏海は寛いだ声を返す。

「本当に、淳が自発的に姿を隠している可能性はないんだろうか？」

夏海の横顔が一瞬止まったように見えた。

「どうしてですか？　どうして彼が姿を隠さなきゃならないんですか？」

彼女は努めて冷静な表情で和繁をチラリと見る。

「分からない。でも、俺たちが知っている淳という人間は、トラブルに巻き込まれて失踪する男よりは、周到に準備して自ら姿を消す男のように思える」

夏海は渋々頷いた。

「それは認めます。でも、だったらなおさらこんなやり方はしないと思うんです。これが周到に準備した失踪に見えますか？　会社にいきなり来なくなる。上司に捜索願いを出させる。仕事をやりかけで放り出す。そんなの、最も淳さんらしくないやり方だわ。淳さんが本当に姿を消そうと思ったなら、全て後腐れのない形にしたはずよ。きっともっともらしい理由で会社を辞めて、辞める時には完璧に引継ぎをしていくでしょう。そして、誰も彼の行方に注意を払わない状況になったことを確かめてから、ふっつり姿を消すと思うの」

「確かにそうなんだが」

和繁は言いたいことがうまく表現できないもどかしさを感じた。

それすらも全て計算の上だったらどうだろう。何かのトラブルに巻き込まれたと装って失踪する。何か不測の事態が起きたと周囲に思い込ませる。全てをいっぺんに放り出すために事件の存在を示唆していなくなる――むろん、和繁自身もそれが荒唐無稽な話だと承知している。そんなおかしなことをしなければならない理由とはなんだ？　あの淳がそんな奇策を弄するからには、何か重要な目的がそこに隠されているに違いない。

例えば。突然、頭の中に冷たい声が聞こえてきた。

例えば、おまえと夏海を熊野に呼び寄せるためとか。

和繁はその冷たい声にぎくりとした。

え？　今のはなんだ？

「ひょっとして、星野さん、彼があたしから逃げたがっていたのかもしれないってことを言いたいんですか？」

夏海がハッとしたようにそう叫んだので、和繁の頭の中からその声は消えた。

「え？」

「やっぱり、あたしは捨てられたのかもしれないって遠まわしに言ってるの？　なんだ、それを心配してくれてるんですね？」

夏海は和繁の考えていたことを完璧に取り違えていたが、和繁はなんとなくそれを訂正する気にはなれなかった。今聞こえた声の内容を口にしたくなかったのだ。

「実は、あたしもその可能性については何度も考えてました。考えたくないけど、考えざるを得ない可能性ですものね。大丈夫です。その時はその時。彼の口からそう聞いたら、あたしもきっぱりあきらめます」

口調はきっぱりしていたが、彼女がきっぱりあきらめられるかどうかは相当怪しかった。もしそんなことがあったら、彼女のダメージはかなり深いものとなるだろう。だが、和繁には真相はそうでないという不思議な確信があった。

むしろ、和繁は、淳は彼女に対してよほどの自信があるのではないかという気がした。

彼女と自分の強い結びつきを全く疑っておらず、自分が姿を消したならば、必ず追ってくると確信していたのではないか。だからこそ何の連絡もせず、彼女をほったらかしにしているのではないか。

しかし、なぜ？　なんのために？

考えても答は出ない。けれど、あの大田黒民俗歴史財団なるものが、そこで決定的な役割を果たしたように思えてならなかった。

淳はなんらかの理由があって、あの財団との接触を故意に避けていた。極めて近い存在であったのに、彼の意志でその存在を拒んでいたのだ。そこには母親をはじめとする家庭の事情が絡んでいたと思われる。恐らく、それは彼がめったに他人に見せることのなかったごくプライベートな、感情的な部分だったに違いない。彼とあの財団との関係は、長い間冷たい均衡状態を保っていた。

ところがある日、その状況に劇的な変化が起きたのだ。

引き出された金。引き払われたマンション。せわしない短期間の間に、事情が変わったのだ。

いったいどんな事情だろう？　あの過去を感じさせない男、全てのものに執着を持たず、プライバシーすら持たないような男が馳せ参じるような事情とは？

和繁は、今、心からそれが知りたいと思った。いったい彼の身の上に何が起きたのか？

彼は今どこにいるのか？　彼は今何をしているのか？　今何を考えているのか？

そして、それを考える時、改めて浮かび上がってくるもう一つの名前がある。

烏山家。烏山響一。

最初の頃はあまりその名前について考えたことがなかった。あのG．O．G．プロジェクトなるものの名前を聞き、「カーテン」のDVDの噂を聞いても、深く気に留めていなかった。あのかげりのないビジネスマンの淳と、禍々しい名前を持つ芸術家を結びつけて考えることなどなかったのだ。けれど、あの財団にしても、淳の最後の仕事にしても、結局はそこにたどり着く。

「もしかして、彼は烏山家にスカウトされたんじゃないか？　あのプロジェクトに参加したことで、烏山家との繋がりが復活して、そのまま引き抜かれたとか」

親戚に有能な若い男がいたら、旧家とすれば相当頼もしく思うのではないだろうか。

夏海は今度は力を込めて首を左右に振った。

「だったら、なおのこと円満退社してますよ。うちの業界は、転職の多いところだし、特にうちは独立していく人が多い会社なんですから。むしろ、元うちの社員が烏山家に食い込むことは大歓迎なんじゃないかしら。安定したクライアントを確保できるわけだし」

「それもそうだな」

「どうもピンと来ないんです。あの烏山響一と淳さんが結びつかなくて」

夏海も和繁と同じような印象を持っているらしかった。

「だけど、今回のプロジェクトをきっかけに、淳があの財団と一種の和解らしきものを果たしたのは確かだな」

「ええ」

夏海も今度は頷いた。

名古屋までは新幹線を利用した。レンタカーは名古屋駅前で借りた。あとはひたすら走るだけ。道は思ったよりも空いていて、道程は順調だった。早朝に東京を出て、今は昼過ぎ。志摩半島を抜けて、紀伊半島の海岸線にさしかかる。

青い空、青い海、緑の山。過剰な夏。凶暴な夏。陳腐かつ強烈な夏のイメージが目の前に広がっている。いつのまにか東京を遠く離れ、夏としかいいようのない風景の中を走り続けている。

「どこかでお昼を食べなくちゃ」

夏海はドライブマップを見ながら呟き、何気なくラジオを点けた。

無機質な声で、ニュースを読み上げるアナウンサーの声が流れ出す。

「――下流の海岸で見つかった男性の遺体は未だに身元が分かっておらず、警察署では県内の行方不明者のリストとの照合を急いでいます。遺体は損傷が激しく、身元の分かるような所持品がないため、全く手がかりのない状態です。遺体は若い男性と見られ、身長は百七十五センチ前後、体重約七十キロ、体型は標準で――」

夏海の手が、ラジオに触れたまま凍りついていた。

和繁も思わず緊張していた。偶然とはいえ、淳と似た体型である。もっとも、この年代で淳と似たような体型のものは日本全国に大勢いるだろう。

「まさか、別人だよ。そんなはずはない」

和繁はそう笑い飛ばしてみたが、自分でもその声に不安が滲んでいるのに気がついてしまった。

「そうですよね。まさかですよね。似たような体型の人はいっぱいいますもの」

二人は暫く黙りこくったままラジオに耳を澄ませた。すぐにニュースは終わり、天気予報とコマーシャルになる。

「でも。でも」

暫くしてから、夏海は動揺した声でおずおずと口を開いた。

「さっきのを聞いて思いついたんですけど、こっちで身元不明の――がいないかどうか聞いてみるという方法もありますよね」

夏海は「死体」という言葉を口の中で飲み込んだ。

そのひんやりとした不吉な言葉が二人の脳裏に焼きついた。

「今のは、どこの警察署だと言ってたっけ?」

和繁は大きくハンドルを切り、路肩に車を寄せた。一番近い警察署の場所を地図で調べるためである。

33

最初は飛び込んだ和繁と夏海も、警察官も戸惑い気味だった。

偶然ラジオでニュースを聞いたのだが、今自分たちが捜している人間の可能性はないか。熊のぬいぐるみみたいな男と、都会的な美女がそう言って飛び込んできた。あなたならどうする？

公共機関の建物というのは、どこも同じ匂いがする。乾いているが、どこか印象がじめっとしている。整然としているようで閉塞感がある。

真っ黒に日焼けした警官は、戸惑っていたものの実に誠実だった。察するところ、退屈していたことは確かだ。どこかに電話すると、他の警官や、半袖のワイシャツ姿の男がやってきた。

「それではですね、こちらへどうぞ」

夏海の容姿が待遇に関係していることは間違いないと和繁は踏んだ。

テーブルの前に座り、夏海に質問をして、実直そうな男が白い書類を埋め始める。

ひとしきり状況を説明してから、夏海は淳の身体的特徴を説明し始めた。

身長百七十七センチ。体重七十三キロ。血液型A型。

彼女は写真も何枚か持ってきていた。そのうちの、スーツ姿の一枚に目を走らせた署員はふと目を留めた。

目つきが鋭くなる。

署員が隣りの警官に何事か囁くと、二人ともたっぷり一分近くその写真を見つめていた。

「あ、あのう」

夏海がかすれた声で尋ねる。

「少々お待ちいただけますか。今、上と相談してきますんで」

それまでの好々爺（こうこうや）たる態度とは一変して、二人の顔つきはすっかり別のものになっていた。

34

いいですか、遺体の死因はまだはっきりしていません。これから大学病院に送って死因を調べることになっています。

初老の警官は、ゆっくり、丁寧、噛んで含めるように夏海の顔を見た。

直接の死因は分かりませんが、恐らくですね、上流の沢に落ちたんですね。落ちた時に死亡したか、既に死亡していたかどうかは不明ですが、二、三日水につかっていたのでしょう。なにしろ、この季節です。高温多湿で、人間の遺体は放置するとガスで膨らみます。そして、数日前に大雨がありました。この辺りは山が険しく、海に流れ込む川はどこも急流です。いわゆる鉄砲水みたいな状態になって、あっという間に川が溢れて海に駆け下りる。その時に、大量の水に流されて遺体は海岸まで運ばれてきたのでしょう。正直申し上げて、遺体の状態はひどいです。水につかって時間が経った上に、岩だらけの急流を降りてきたのですから、無理もありません。

警官は、夏海の決心を確かめるかのように間を置いた。

それでもご覧になりますか？　率直に言って、親しい方でも、身元の確認をするのは難しいと思います。

はい。お願いです、見せてください。

夏海は青ざめた顔で頷いた。

警官は小さくため息をつく。渋々といった調子で口を開く。

それに、実はですね、この遺体には頭がないのです。

え？

その時ばかりは和繁も夏海も声を上げて警官の顔を見た。

原因は分からないのです。少なくとも切断した傷ではありません。首がもげた、そういうのが正しい表現だと思います。それも、死んだあとでです。我々は、渓流を落ちる時に取れてしまったのではないかと考えていますが。

その、頭は見つかっているのですか?

和繁が尋ねた。警官は左右に首を振る。

じゃあ、まだ川のどこかに?

恐らく。海に沈んでいる可能性もありますがね。

それはグロテスクなイメージだった。沢の岩の間にもげた首が挟まっている。首の周りには蠅やトンボが飛び回っている。それには目、鼻、口がついている。歯や眉毛も付いていて——

和繁は思わずゾッとしてそのイメージを振り払った。

身体を見れば分かります。

夏海はひきつった顔でそう主張した。

あの人の身体つきを見ればきっと——たとえどんなふうになっていたとしても、必ず分かります。

さっきから遺体を見せることを渋っているのは、彼女にその惨状を見せたくないのだと和繁は悟った。しかし、もはや夏海は見ないことにはここを動かないだろう。

警官たちはついに折れた。初老の男は、和繁の顔を見た。

あなたもご覧になりますか？

決して見たくはなかったが、夏海が頑なに主張している以上、一緒に頷かないわけにはいかなかった。

35

その部屋を出た記憶がない。

暫くしてから和繁はそのことに気が付いた。気が付くと、トイレでさんざん吐いてから、夏海と並んでぼんやりと黒いソファに座っていた。警官たちが気の毒そうにこちらを見ている。感じのいい女性が麦茶を持ってきてくれて、和繁はそれを一口で飲み干していた。夏海は一言も喋らない。紙よりも白い顔をして、瞬きすら忘れているようだった。

その暗く冷たい部屋には、異様な匂いが漂っていた。

強力な消毒薬が全てをかき消すように匂っていたが、それでも隠し切れぬ何かすさまじい匂いが邪悪な密度を持って部屋全体にたちこめていた。

その中央に横たわっていた物体。

それはもはや人間だとは到底思えなかった。日々歩き回り、仕事をし、誰かと言葉を交わしている人間。それは自分の知っている人間ではなかった。

べたりとストレッチャーに張り付いている灰色のもの。

それが誰かの手であると気付くのに暫くかかった。

手。それを手と呼べるのならばだ。

それは水につかった菓子パンを連想させた。高校生の頃、食べかけのカステラパンをふざけて通学路の途中の用水路に落としたことを思い出した。水を吸い、ふやけてぼろぼろになったカステラパンを拾い上げた時の感触が歳月を経て脳裏に蘇った。ぐずぐずで、柔らかいけれどもまだ形を保っていて、ずしりと重くて、表面がぼろりと崩れて――かろうじて指が五本あるところは分かった。甲の部分は白っぽくて、傷がなかった。

スーツを着た、巨大なカステラパン。

和繁の脳裏には、あのストレッチャーに載せられていた物体は既にそういうイメージに変換されていた。なるほど、濡れた大きなカステラパンにスーツを着せるとああなるんだな。首の部分がないだけに、不思議とオブジェのようだった。スーツのボタンがきっちりと掛けられていたためか、何かを梱包したみたいな印象があった。ネクタイもまだ付いていた。身体は膨れ上がり、スーツはパンパンに張っていた。

いつのまにか、和繁は、学生服を着て、田舎の用水路に立っていた。

明るい陽射し。ふわふわして、直方体をして食いでがあったカステラパンは、売店で売っているパンの中でも生徒たちに人気があった。

部活の帰り道。自転車に乗ってゆらゆらと漕いでいるやつ、つらつら並んで歩いている奴。そうそう、いつもこの五人で田んぼの中の通学路を帰って行ったっけ。

理由もなくどついたり、殴ったり。じゃれあう子犬のように少年たちは道を進んでいく。と、大きく口を開いてかぶりつこうとした瞬間、誰かに頭をどつかれて手からパンが落ちた。ぽちゃん、という間の抜けた音が響き、少年たちが悲鳴をあげた。

あーあ、落としちゃったよ、カステラパン。

もったいない。まだ食えないかな？

しっかり水につかっちまってるよー。もう少し食べてから落とせばよかった。

ふと見ると、そこにあるのはスーツを着せられたカステラパンだ。水を吸ってこんなに大きくなってしまったのだ。

あーあ、見ろよ、カステラパン、あんなに大きくなっちまったぞ。

後ろで自転車に乗った誰かが叫ぶ。

和繁、なんとかしろよー。こんなのが用水路に落ちてたら邪魔だろーがー。またあそこのじいさんに怒鳴られるぞ。それでなくとも、俺たち目え付けられてるからな。こないだも、猫三匹流してじいさんカンカンだったろ。

どうすればいいんだ。

和繁は明るい午後の用水路の前に立って途方に暮れる。

スーツを着せられたカステラパンは、いよいよ膨らんで用水路いっぱいに広がっていた。流れていた水が堰きとめられて、どんどん道路の上に溢れ出してくる。

うわあ、逃げろ。水が溢れてくる。少年たちの悲鳴が上がる。水はたちまちくるぶしまで達する。

水の冷たさを感じたと思ったとたん、誰かの叫び声を聞き、和繁はハッとして隣の夏海を見た。

夏海が隣で早口で叫んでいた。

あのスーツはそうよ、あのネクタイもそうよ、あたしが贈ったネクタイだわ、あのスーツとシャツのコーディネイトはあたしがしてあげたのよ、ＶＩＰにプレゼンする時のために、これが勝利のセットよ、これでプレゼンはバッチリねって言ったの、あの人も縁起がいいって言ってたわ、ほんとにこれは勝利のセットだねって、もう三回もこれでコンペに勝ったよ、夏海のおかげだねって、あれは丸井だったかしら西武だったかしら、色違いで三枚シャツも買ったの、あの人名刺入れとかカバンとか小物を買うのは好きだけど、スーツを買うのは試着が面倒くさくて好きじゃないって、なかなか買い物に引っ張っていくのが大変だったの、あたしが贈ったネクタイなの、あのスーツは丸井で買ったの。

なんだろう、この違和感は。和繁は部屋の時空が歪むのを感じていた。付き添ってきた警官がひどく遠くに見える。

　ここはなんて不思議な部屋なんだろう。カステラパンが巨大なスーツを着ているし、昼と夜が歪んでいる。今は夜？　外は昼？　大きな球形の部屋。魚眼レンズを覗き込んでいるように、部屋が丸く歪んで見える――

「――あの人だわ」

　明るい駐車場のベンチの隣で、夏海がぼそりと呟いた。

　蟬(せみ)の声が聞こえる。

　窓の外は真夏の光に包まれていた。裏の駐車場の木々の梢(こずえ)で、命を競うように蟬が鳴いている。さっきの暗く冷たく異様な密度に満ちた部屋は夢の中の出来事のようだった。

　淳の写真を見せた時、警官がなぜ目を留めたかが分かった。彼らも、あのネクタイを見て同じだと気付いたのだ。写真の中のネクタイは、たまたま遺体が着けていたネクタイだった。ブランドものの高級品だ。柄にも特徴があった。

　和繁と夏海の周りだけが時間が止まっていたが、辺りではせわしなく人々が動いていた。遺体の身元が確認できたらしいという声があちこちで響いている。

「少し外に出ていいですか。できればどこかで昼食をとってきたいのですが」

　ほったらかしになっていた和繁は、近くにいた職員に声を掛けた。

　これからまだいろいろと聞くことがあるだろうから、ここを離れないでほしいといわれたが、二人の顔色を見て、車を置いていくように言われた。和繁は頷いてキーを渡し、夏海と席を立つ。食欲などないが、外の空気を吸いたかった。夏海は幽霊のようについてくる。

外に出ると、そこは絵に描いたような夏の世界だった。屋内とのあまりの違いに目が覚めたような心地になる。ひょっとして、さっき見たものや今体験したことは夢なのではないだろうか？　この明るい真昼の光が見せた白昼夢かも。

駐車場を囲むように立っている街路樹の木陰のベンチに夏海を座らせ、和繁は通りに置いてある自動販売機から冷たいお茶を買ってきた。

まさか旅のしょっぱなでこんな展開になるとは。いきなり厳しい現実を突きつけられて、和繁は途方に暮れていた。これでもうおしまいか？　熊野に着いたところで、この警察署で旅はジ・エンドなのか？

これなら、まだ淳にどこかで会って、夏海が捨てられたと宣言されたほうがよほどましだったような気がする。夏海もそう考えているだろう。

目の前に大きなシャッターを下ろされたような気分だった。ほんの数時間前までは、もう少しロマンチックな気分だったのに、いきなり首なし遺体との対面という衝撃に全てが閉ざされてしまったのだ。

頭上から降る蟬の声。くっきりとした青空。

なのに、この非現実的な感覚はなんだろう？

木陰のベンチで、和繁はぼんやりと一人夢想に浸っていた。

これから捜査はどうなるのだろう。当面は、もげた首を捜すことに全力が挙げられる。同時にあの遺体が淳であることの裏づけ捜査がなされる。極端に係累が少ない彼を確認するのは意外と難しい。保証人は、恐らく彼の上司ではないだろうか。だとすると、実際に確認と今後の処理をするのは彼の上司になる——

ふと違和感を覚える。

和繁は眩暈（めまい）に似た感覚を味わった。

なぜだろう、この違和感はさっきあの暗く冷たい部屋で味わったものに似ている。

首のない遺体。淳本人であると確認するためには何が必要だろう？

恐らく、彼の住んでいた部屋の指紋を探すはずだ。一番多い指紋が彼のもの。もしくは、彼が会社で使っていたデスク。

一瞬、世界が暗転した。

緊張していた淳、何か巨大なプロジェクトに関わっていた淳。居酒屋で動いていた指。隠しきれなかった緊張。

気が付くと、凄まじいばかりの蝉しぐれの中で和繁はベンチを立ち上がっていた。

「どうしたの？」

この数時間ですっかり面やつれした夏海が和繁を見上げた。

和繁は怒ったような声で呟いた。

「あれは、淳じゃない」

36

結局、午後いっぱい警察署に引き止められて、解放されたのは夕方近くだった。和繁と夏海は市内のビジネスホテルに泊まることにした。警察にも、できればもう一日滞在してほしいと言われたのと、すっかり疲れきっていたのと、更には別の理由があったのだが。シャワーを浴びて、二人は夕食に出た。胃袋は空っぽだったが、ようやく昼間の猛暑が和らいで夕方の風を身体に感じると、かすかに食欲が湧いてきた。

こぢんまりとした、居酒屋のチェーン店に入る。地方で入るには一番安全で気兼ねのいらないタイプの店だ。つまみを選び、ビールを飲んでいるうちに、やっと全身の緊張が解けてきたような気がした。

二人で悪夢から覚めたような顔でつまみを口に運ぶ。

「どういうことなの、あれが淳さんじゃないというのは？」

そう言って顔を上げた夏海の目には、すっかり普段の理性の光が戻っていた。

店の入口の戸が開いて、眼鏡を掛けたひょろりと背の高い男が入ってきた。

いらっしゃいませ、という声を聞き、きょろきょろと店内を見回している。

和繁は、ふと目が合ったような気がした。なんだろう、この男は。一見したところ何の職業かよく分からなかった。別に崩れた感じはしないが、ただのサラリーマンという感じでもない。

男はすっと和繁たちのテーブルの脇を通り過ぎ、斜め後ろのテーブルに腰をおろした。誰かと待ち合わせなのだろうか。生ビールを注文する声が聞こえた。きびきびした声だ。

「逆に、あれが淳であると証明するには、君だったらどうする？」

和繁はその客のことを頭から押しやって聞き返した。

「うーん。歯を照合することはできないから、指紋かしら？」

「どうやって指紋で彼だと証明する？」

「彼の家で指紋を採るわね。あとは会社とか――」

そこまで言って、夏海はハッと顔を上げた。和繁と同じ考えに到達したらしい。

「そう。会社で、彼は解雇扱いになっている。デスクはもう片付けられている。そして、彼のマンションは既にもう引き払われている」

「つまり、彼を黒瀬淳だと証明するものはもうないということね？」

夏海は真剣な目で和繁を見た。和繁も頷く。

「逆に、黒瀬淳という人間の指紋を消すために、会社も部屋も引き払われたんじゃないだろうか。それは、とりも直さず、あの遺体を淳だと思わせるためのものだ。淳の服を着せ、首を取ってしまえば、あれが淳じゃないと言える人はほとんど存在しない」

「そんな大掛かりなことをするのは、実はあれが淳じゃないからだというの？」

夏海は希望を込めた声で尋ねた。

ここではっきりと頷くのはためらわれた。あまり彼女に希望を持たせてよいものかという危惧が和繁の中にあったのだ。

「あと、もう一つ証拠がある」

曖昧に頷いてみせてから、和繁は口を開いた。

「気が付かなかったか？　あの死体の右手の手の甲だ。俺が最後に淳と飲んだ時、淳の手の甲に火傷の痕があった。数ヶ月で消えるようなものじゃない。もうあざみたいになってた。だけど、あの死体の手にはそれがなかった」

「あ」

夏海も思い出したように叫んだ。かすかに顔を赤らめる。

「あたしったら、すっかり取り乱してて――彼の身体を見れば絶対分かるなんて豪語してたのに――」

「やっぱり、あれは淳じゃないと思う。なんだか、あのスーツの着方も変だった。この季節に、スーツのボタンを全部留めてるなんて信じられない。誰かがあとからスーツを着せたんだ。ボタンを留めたのは、ネクタイを残しておくためだ。スーツを着せた誰かは、首がないのだから、ネクタイがすぐにどこかに行ってしまうんじゃないかと心配したんだね。でも、ネクタイが残っていないと困る。あの服装は唯一遺体を淳だと判断してもらうための手がかりなんだから」

「そうね。そうだわね」

夏海の表情はすっかり明るくなっている。少しでもその明るい顔を見ることができて、和繁はホッとした。やはりさっきの状態のまま旅を終わらせるのはあまりにもつらすぎる。さっきよりも柔らかい沈黙が降りた。暫く黙々と食事をとる。

「問題は」

夏海がふと眉をひそめて顔を上げた。

「なぜそこまでして淳さんが死んだことにしなければならないか、ですよね」

和繁は無言で頷いた。

「そう。なぜ淳の存在をこの世から消さなければならないのか。この問題が残る。それについて考えた時、あまり言いたくないんだけど、もうひとつ不思議なことがあるんですよ」

和繁は気が進まない口調で言った。夏海は不思議そうな顔になる。

「それはなんですか?」

「あなたですよ」

「あたし?」

「はい。この、淳の存在を消そうとしている連中は、淳のことをよく知っている。だとしたら、あなたの存在も知っているはずだ。淳の姿を消して、あなたが彼の後を追ってくる可能性は考えなかったのか」

夏海は不安そうな表情になった。が、すぐに考え直したように口を開く。

「いえ、きっと、彼の存在を確実に消すためにあたしは残しておいたんですよ」

「というと?」

「淳さんを本人であると確認できる人間はごく限られています。ろくに彼を知らない同僚だとか近所の人だとかがあの遺体を淳さんだと確認しても、その信憑性は低い。淳さんがこの世から消えたと断定できる証拠は少ないわけでしょ? でも、あたしなら。婚約者であるあたしが淳さんだと確認すれば、みんなそう信じるでしょう。あの遺体が淳さんだと確認させるために、わざとあたしは残しておいたんですよ」

「なるほどね」

和繁は感心した。夏海の話は筋が通っている。もしや、彼女の身にも何かの危険が及ぶのではないかと心配していただけに、なんとなくホッとした。

「だとすると、やっぱり彼の上司もグルなんじゃないかという気がするわね」

夏海は久しぶりに闘志を覗かせて呟いた。

和繁も頷く。

「うん。なんだか、結構大掛かりなものを背後に感じますね。そんな大掛かりなことをすることができるのは、やはり烏山家しかないけれど」

「――ちょっとそのお話の続きを聞かせていただけますかね」

突然、静かな声が割り込んできて、和繁と夏海はぎょっとした。

顔を上げると、いつのまにかさっき斜め後ろに座った男がすぐそこで聞き耳を立てていたのだった。

37

紀伊日報の橘と名乗った男は、名刺を渡すとちゃっかり二人のテーブルにビールのジョッキを持って移動してきた。

「すいません、盗み聞きするつもりはなかったんですが、あまりにも興味深いお話だったもので」

橘はスッと頭を下げた。強引だが、粘着質なところは感じられない。まだ警戒を解いてはいなかったが、それほど嫌な感じのしない男だった。むしろ、公明正大な雰囲気といってもいい。彼がテーブルに加わると、なんだか急に雰囲気が変わった。

「さっき警察署で、あの首なし死体の身元が割れたらしいと聞きましてね、どうやら東京からやってきた若い男女がそれを確認したとか」

なるほど、警察署にいた時から二人の跡をつけていたのかもしれない。なにしろ夏海と和繁の二人連れは目立つだろうから、すぐに見つけられただろう。誰が見ているか分かったものではない。

気を付けなければ、と和繁はなんとなく思った。

どこまで聞いていたのだろう。目の前でビールを飲む男を観察する。

「今のところ記事にする予定はありません。正直なところ、この先記事にできるかどうかも分からないんですよ。実は、私たちは烏山家についてずっと調べているもので」

橘はきっぱりと言った。

「烏山家について？　それとあの死体とは何か関係が？」

和繁は戸惑って尋ねた。

橘は無表情に和繁を見る。

「関係があるんじゃないかと思うんですけどね。いえ、特に根拠はないんです。でも、このところ、烏山家が山の中でいろいろおかしなことをやっているという噂があって」

「あのう、それって、あれのことじゃないですか？　『カーテン』というＤＶＤソフトを作るために、長期でロケが行われてたはずです」

夏海が口を挟んだ。確かに、あんな前衛的なものをこんなど田舎の山の中で撮影していれば、地元の人たちが怖がるのも無理はない。

橘は苦笑した。

「まあ、それも一つありますが、あんな商業活動のことじゃありません。それ以外にも、随分前から山の中で奇妙な工事が進んでいるんですよ。私有地なので、なかなか外部の者も立ち入れないのですが、外から随分人を呼んで、長期の工事を行っているらしいと」

「長期の工事？　山の中で？」

「ええ。それが何なのか見当もつきませんが。だけど、ここ数年で身元の分からない死者が何人か出ているんです。いつも身元が分からない。山の上から流れてきたらしいんだが、事故なのか事件なのかも分からない。結局いつも迷宮入りで、捜査は立ち消えになります。だから、今回死体の身元が割れて、それを確認した人が来ていると分かって、絶対に逃がすものかと心に誓いました」

そこで初めて、橘はにいっと子供のような笑顔を見せた。その笑顔に毒気を抜かれたような気分になる。相当意志の強そうな男だ。こんな記者に食いつかれたらたまらんな、と和繁は思った。

夏海は半信半疑という表情で橘を見ている。

もう少しこの男に喋らせたい、と和繁は思った。

「烏山家って、相当な旧家で資産家らしいですね」

和繁はさりげなく水を向けた。橘はアハハと笑う。

「相当なんてもんじゃないですよ——この辺りでの影響力は、ほとんど神様みたいなものです。実際、神様だという噂もあるんですよ」

「はあ?」

和繁と夏海は揃って口をぽかんと開けた。

橘はにやりと笑った。

「烏山家とクロダ・グループとの関係はご存知で?」

「はい、ざっとは」

「じゃあ、大田黒民俗歴史財団という名前もご存知ですよね?」

「はい。クロダ・グループが、芸術関係の事業をバックアップする時の名前だとか」

橘は満足そうに頷いた。

「そもそもね、この辺りの大地主は、大田黒という名前だったんですよ、大昔は。ここら一帯は大田黒という地名で、その大地主の名前も大田黒。ところがね、ある時期からこの山を持つ当主は烏山を名乗るようになったんです。なぜだと思います?」

橘は返事を待つように二人を見た。この男、なかなか芝居っ気があるな。

「さあ」

二人が答えられるはずもない。

「ある日、霊力を持つ巨大なやたがらすが降りてきたそうなんです」

「え？　やたがらす？」

夏海が訝しげな顔になった。和繁が口を挟む。

「三本足のカラスだよ。神武天皇が戦場に行く時道案内をしたといわれている。中国では、太陽の中に住んでいることになってるそうだ。サッカーの日本代表のマークはやたがらすだ。京都の祇園祭のタペストリーに付いてるのも有名だよ」

「お詳しいですね」

橘は和繁の説明に満足そうだった。

「そのやたがらすが、ある日大田黒家に降臨して、以降家を支配するようになった。その時から烏山家を名乗っているというんですね。まあ、なんの根拠もない言い伝えですが。以来、ますます烏山家は栄えたといいます。なにしろ、その時にやたがらすから授かった絵があるという話まであるんですよ」

「へえ、屏風(びょうぶ)とか？」

絵と聞いて和繁は興味を示した。

橘は左右にゆるゆると首を振った。

「いえ、それがね、日本画なんです。たくさんのカラスが空を舞っているというそれだけの絵なんですが、なんでも、本当にカラスが飛ぶところが見えるような、凄い絵らしいですよ。その絵を授かって以来、烏山家は芸術家を輩出するようになったとか。いかにも旧家にありそうな言い伝えですよね」

その話を聞いて、和繁はなぜか全身に強い鳥肌が立つのを感じた。さっき、あの暗く冷たい部屋でも感じなかった深い戦慄を。

38

まさに迷宮のような屋敷だった。

山の斜面に築かれている上に、長い歳月をかけて増築や改築を繰り返したらしく、こんな家が現代のこの世の中にあるとは信じられなかった。烏山彩城が工業デザインを振り出しに建築物をテーマにしたインスタレーションを造るようになったのも、烏山響一が建築学部に入り直したのも、この家で幼児期を過ごしたせいではないかと捷は思った。

子供の頃に住んだ家の天井の高さや部屋がその人間の生涯に影響するという説も、この家ならば納得できた。幼年時代をこの家で過ごすというのは、かなりインパクトのある体験に違いない。

何よりもまず、巨大なのである。圧倒的な大きさ。まるで、お寺のようだ。建築基準法が変わる前の、昔のものであるのは明らかだ。木造建築なのに、三階、いや四階建てくらいの高さがあるように思える。立派な梁が組まれ、こんにちでは望むべくもない良質の建材がふんだんに使われているのが薄暗くとも見て取れた。母屋がどれくらいの容積を持っているのか見当もつかない。恐らく、奉公人たちは屋根裏の部屋に住んでいたのだろう。昔の商家では、盗みや寝首を掻かれることを警戒して、朝まで奉公人たちを部屋から出さないようにする工夫がなされているところが少なくない。階段箪笥や敷居が高くなっている奥座敷などを見た限りでは、この屋敷にもそういう部屋があるような気がした。

「凄い家だねえ。はっきり言って、違法建築に当たるところがいっぱいありそうだね」

捷は磨き抜かれた長い廊下を歩きながら独り言のように呟いた。

響一は「ははは」と笑った。

彼等は、母屋を離れて長い渡り廊下を歩いているところだった。見事な竹林の庭を抜けるように細長い廊下が続いている。どこか遠いところから蟬の声が聞こえてきた。太い竹の林は青い闇に染まっていて、緑色のプラネタリウムの中を歩いているようだ。

そこは最近増築された部分らしく、床の木はまだ新しい。かがみこめば木の香りすら漂ってきそうだった。

「伯父貴ですら、この家の模型を作れなかったほどだからね。何百年もかけて手を加えられてるから、正確に把握できてる人間は誰もいないんじゃないかな」

「図面はないの？」

「部分的にはあるんだが、完全なものはない。俺もいつかは作ってみたいけどね」

「それで建築学部に入ったの？」

響一が驚いたような顔でチラリと捷を振り返った。

「ああ――そうかもしれないな。今気付いたけど」

「いったい、ここに何人くらい住んでるんだい？」

庭の苔の間に、ライトアップの照明があることを確認しながら捷は尋ねた。この竹林がライトアップされたら、さぞ壮観だろう。

「さあね。今は二十人くらいじゃないかな。なにしろ維持するのが大変でね。家の全部の部屋に風を通すだけでえらく時間がかかるらしい。現在住居部分に使ってるのはごく一部だけさ。うちに代々伝わってる古文書っていうのが、笑わせるぜ、なんと家の掃除の順番を書いた書類なんだ。新年に始まって、大晦日までずらりとスケジュールが組んである。今日はこの部屋とこの場所を掃除すべし。この日にこの部屋の雨戸を開け、中身を虫干しすべし。信じられるか？　財宝のありかとか、埋蔵金の場所を書いておいてくれるならまだしも」

響一は肩をすくめた。捷は反論を試みる。

「分からないよ。もしかするとその掃除の表が暗号なのかもしれないじゃないか。ストレートに財宝の場所を書くのは危険だから、わざと隠して書いたのかもしれない。それを知っている人間が何代もの間にいなくなっちゃって、今では誰にもその秘密が分からなくなってるのかも」

響一は再び声を上げて笑った。

「そんなこと言ったのは捷が初めてだ。おまえ、推理小説好きだろ」

「実は横溝正史とか好きで」

「やれやれ」

「でも、怖かっただろうね――こんな家に住んでたら」

「まあね。未だに全部足を踏み入れたことがない。開かずの間もたくさんあるし――もっとも、建て付けが悪くなって襖が開かなくなっちゃってるとか、荷物置き場になってて足の踏み場もないとかいうのがその理由のほとんどなんだがね」

「凄いなあ。未だにこんな家があるんだなあ」

律子は二人の会話を聞きながら、竹林をぼんやりと眺めていた。

脳裏には、あの大きなカラスの絵が焼きついている。そのせいか、目の前の竹林にもカラスが乱舞しているような錯覚が消えなかった。

なぜあの時あの絵が見えたのだろう？　あれは、あの時響一が思い描いていた光景だったのだろうか？

ふと、律子は響一が自分の顔を見ていることに気付いた。

「すまんね、不便なところで」

笑みを含んだ声である。律子は反射的に首を左右に振っていた。

「ううん、贅沢だわ。本当に凄いおうちだわ。でも不思議ね、こういうところで育っていたのに、日本画をやろうとは思わなかったのね。あちこちにいい絵が掛けてあったのに」

「こういうところで育ったからこそ、絶対日本画は選びたくなかったな。なんだか遺伝子に染み付いてそうで、嫌だったんだ」

響一はさらりと答えたが、それが彼の本音らしいことが窺われて律子はハッとした。

確かに、一族の者にとっては、この家は旧家の威厳の象徴であり、住む者に因習の圧力を感じさせるだろう。だが、これだけ大きな威厳があるからこそ、響一の強いオリジナリティや反抗心が芽生えたのかもしれない。

「あの——さっきの絵はどなたの作品？　凄い絵だったわ」

律子は気になっていたことを恐る恐る尋ねた。

「玄関のカラスの絵ね」

響一は律子の関心に気付いていたらしく即答した。

「ええ。あんな絵、見たことないわ。日本画なのに、デッサンみたいで、動きがあって、リアルで」

「あれは神様の絵だ」

響一は背中を向けたままこともなげに答えた。

「えっ？」

律子は聞き返す。

神様？　今、神様と言ったのだろうか？

「神様がうちに預けた絵なんだよ。うちは預かってるだけだから、あの絵のタイトルすら誰も知らないんだ。うちじゃお預かり品、と呼ばれてるんだぜ」

「そんなに古い絵なの？　来歴が分からないのね。とてもそうは思えないわ。とてもモダンで、キュビズムの影響があるんじゃないかと思ったくらい」

「確かに凄い絵であることは認めるな。よくあの絵に入った、って言う奴がいてね」

「え」

律子はぎくっとして思わず声が鋭くなった。

響一がちらりと振り返り、声もなく笑う。

「俺も子供の頃入ったぜ。今では記憶がごっちゃになっててよく分からないけど。でも、いかにも子供がそういう空想を抱きそうな絵だろ？」

なあ、だってあの時おまえも入ったものな。そうだろ？

「そうね」

律子はカラカラになった声で同意した。

なぜだろう、今声が聞こえたような気がした。

「大丈夫、離れは現代人専用に造ってあるから、かなり快適さ。今日は飯を食って早く寝よう。明日の朝、その離れから直に出発する」

「その伯父さんのテーマパークに名前は付いているの？」

捷が無邪気な声で尋ねた。律子はなぜかどきんとする。

「ああ。G.O.G.さ」

響一はあっさりと答えた。捷は重ねてきく。

「それ、あのDVDソフトの会社と同じ名前だね。何の略なの？」

律子はその答を知っていた。学校で誰かが話しているのを聞いたのだ。響一はまた彼女をチラリと見た。共犯者めいた目つき。彼女にその答を言えと暗に促しているのだ。

「GARDEN OF GOD」

きょとんとしている捷にかすかな苛立ちを覚え、彼女は言い直す。

「神の庭、よ」

響一が満足そうに頷くのを見て、律子はなぜか犯罪に加担したような後ろめたい気分になった。

39

離れとなっているその建物は、ゆうに十数人の人間を宿泊させることが可能なゲストハウスだった。和風の山小屋、というような趣があり、開口部が大きく取ってあって見事な竹林を一望できるようになっている。

いったいどんな人たちがここに滞在するのだろう。

三人ではいささか広すぎる窓辺のリビングルームで食事の支度をしながら律子は響一の姿を盗み見た。

響一は酒の準備をしながら窓の外に目をやり、ゆるゆると煙草を吸っている。

大きな冷蔵庫の中には、ラップをかけたオードブルや惣菜が用意してあり、炊飯器にはご飯が保温してあったし、鍋には味噌汁まで作ってあった。このゲストハウスの管理者が、来客に慣れていることは明らかである。

場違いな小娘。律子は、皿や箸を並べながらも、響一の小間使いになったような気分だった。それは、最初から感じ続けている「なぜ自分がここに呼ばれたのか」という疑問から発している。捷には悪いが、自分も捷もここに座るには場違いなことは確かだ。ここに座るべき人物は幾らでもいるし、座りたい人間も山といるだろう。そのうちの大部分は今ここにいる自分よりもずっとふさわしい人間に違いないのだ。

響一は、無表情に窓の外を眺めている。

すっかり日の暮れた戸外には、ライトアップされた竹林が舞台で静止している役者たちのようにひっそりと立っている。時折、風にゆらゆらと揺れると、世界全体が動いているような錯覚を感じる。

この男を見る時、律子は恐怖ということを考える。

その端整な横顔、不思議な目を見ながら彼女はいつも自分が恐怖について考えていることに気付く。

恐怖とはどこにあるのか。世界はさまざまな恐怖に満ちているけれど、つまりは恐怖する自分の内側に存在している。恐れなければ、世界に畏怖は存在しない。

だが、この男は。律子はじっとその横顔を見つめる。

この男は恐怖しない。なのに、この男は世界中の誰よりも正気なのだ。

そうだ、ちっぽけな存在の人間にとって、この世で一番怖いのは狂気よりも正気だ。狂気はある意味で安らぎであり、防御でもある。それに比べて、正気で現実に向き合うことはどれほど人間にとってつらいことだろう。この男が怖いのは、この男が常に誰よりも正気だからなのだ。酒を飲んで酔っ払っている時に、素面(しらふ)でじっと観察されていることくらい決まりの悪いものはない。彼の視線にはそれに近いものを感じる。だから、いつも居心地が悪くて不安になるのだ。自分の姿はこの男にどんなふうに映っているのか。自分は普通にしているつもりでも、知らず知らずのうちに愚かなことを繰り返しているのではないか。この男はとてつもなく正気だ。だからこそ、この男の内側には本物の恐怖があるのではないだろうか――

「明日は天気いいのかな」

オードブルのラップを剝がしながらのんびりと捷が窓の外を見上げた。

この子も不思議な子だな、と律子は思った。すんなりとした育ちの良さと聡明さを持っているのに、どこかつかみどころがない。緊張しているかに見えて、意外とリラックスしてもいる。

芸術品を感じるセンス。

響一の言葉を鵜呑みにしたわけではなかったが、確かに彼にはそれがあると思わせる雰囲気がある。

自分では造らないし、芸術とは全く無縁の仕事をしているのに、時々凄まじい審美眼を持つ人がいる。

本当にとんがった人というのはそういうところにいるのかもしれないね。

律子の恩師がそう言ったことがあった。

芸術を商売にしていれば、日々切磋琢磨し情報も多く得られるからそれなりにとんがるのは必然であり当然だが、その必然がないのにそれがホンモノであるか最先端であるかを感じられる人というのは、本当に本能的にとんがってるんだろうね。というか、時々芸術というのは芸術家が造るのではなくて、大衆の無意識の部分に沈んでるんじゃないかと思う時があるね。大衆の無意識が、ある日一人のアーティストの中にそれを発見するんだね。そういう意味では、我々はただの筆みたいなもので、大衆の無意識から浮かんできたものに描かされてるだけなんじゃないかと思うね。最終的に、アートするのはやはり大衆の方で、俺たちじゃない。我々はたまたま発見されるだけで、どんな異端もしょせんは大衆の一部をカリカチュアライズしてるだけだ。

つまり、あたしも響一も同じ無意識の一部に過ぎないというわけか。

恩師の言葉には説得力があったが、反発したい気持ちもあった。

「何を飲む？　シャンパンもあるぜ。おい、ひょっとして捷は未成年か？」

響一が思い出したように捷の顔を見た。

「大学生に未成年かと言われても」

捷は苦笑した。

「ま、そうだな。じゃあ最初の乾杯はシャンパンにしよう」

響一は慣れた手つきでシャンパンを開けた。彼にはどんな酒でもよく似合う。高級なものでも、庶民的なものでも彼が持つと彼の添え物になってしまう。

三人はぎこちなく乾杯した。

なんのために？　これは何に対する乾杯なのだろう？

冷えたシャンパンは涼しげで、夏の宵にふさわしい華やかな味がした。きっと、こちらが知らないだけで高い銘柄なのに違いない。

「なんだ、口に合わなかったか？」

律子がかすかに顔をしかめたのを見逃さず、響一はからかうように言った。

「ううん、とてもおいしいわ。でも、シャンパンに関しては嫌な思い出があるのよ。ほら、あのTVドラマの打ち上げパーティで、飲んだことのないシャンパンを随分飲まされて、あとでものすごく悪酔いしたの」

そのパーティでも、律子は場違いだった。如才なく、社交辞令や悪ふざけで声を掛けてくる人々の毒気に当てられたのだろう。会話が苦痛で、自然とグラスにばかり口をつけた。悪酔いしたのはシャンパンではなく、あのTVという世界、芸能界というものに対してだったのかもしれない。

「シャンパンは悪酔いするんだ。捷は見てたか、あれ？　彼女の造ったオブジェが使われてたんだぜ」

響一がそのTVドラマのタイトルを言うと、捷が「へえ」と尊敬のまなざしで律子を見た。そんな時、律子はいつも居心地の悪さを感じる。アーティストというものの存在と、自分の存在とがどうしても重なり合わない。自分のやっていることが、人から見れば紛れもない芸術活動なのだと分かっているつもりなのだが、才能があるとかアーティストであるとか言われることに対して、大きな違和感があるのだ。自分はアーティストであると確信しアーティストであることを誇示するタイプもいるが、律子はどうしてもそういうタイプにはなれそうになかった。アーティストは自覚することからしか出発できないと思う。けれど、彫刻家ですともアーティストですとも胸を張って言えない後ろめたさが彼女の中にはいつもある。照れなのか、自信がないからか、それとも逆に自意識過剰だからなのか。他人と接し、他人から見た自分を考える時、いつもその疑問が胸の内に湧いてくる。

惣菜を取り分けながら、律子はふと自分たちを取り巻く静寂を意識した。

「静かね。なんて静かなの」

「この部屋、ＴＶないんだね」

捷もつられたように大きなリビングルームを見回した。

「時計もないのさ。ステレオがあるからラジオは聞けるぜ」

響一はスッと立ってオーディオの電源を入れ、ラジオのスイッチを入れた。

「——下流で見つかった遺体は東京都の会社員のものと見られ、身元の確認を急いでいます」

全てを現実に引き戻すアナウンサーの無機質な声に、三人は同時に目をぱちくりさせた。

「これって、さっき見た奴かな？」

捷は律子の顔を見た。

「あの、駅のそばにいた警察の？」

「何のことだ？」

響一が尋ねた。

「駅に着いた時、近くで警察が作業してたんだ。なんでも、首のない死体が見つかったんだって」

捷の無邪気な返事に対し、響一はふと何かを考える目の色になった。

「現世はどこも殺伐としてるんだな」

明日の天気予報を聞いて、すぐに響一はラジオを消した。晴れ時々曇り。

なんとなくニュースを聞かせたくないように感じたのは気のせいだろうか。律子は冷蔵庫に缶ビールを取りに行った。

ふと、流しの水切りに伏せてある大きなマグカップと箸が目に入る。

ここには、他にも誰かがいるのだろうか？　それとも、響一が使ったものだろうか？

だが、律子はそれが自分たち以外の誰かのような気がした。このゲストハウスに着いた時から、誰かがここで暫く生活していたのではないかという印象を受けたのだ。それがなぜかは分からない。玄関にあった大きな紳士ものの革靴や、壁に掛けてあった黄色いパーカーを見た時は、響一のものだろうと考えていたのだが。

それとも、先に滞在していたゲストのものだろうか？

「ここ、他にも誰か滞在してるの？」

冷たい缶ビールをテーブルに並べながら、律子は響一に尋ねた。花のような、樹木のような、甘ったるい香りが鼻をつく。なんだろう、この香り。

響一が吸っている外国製らしき煙草の匂いだろうか？　でも、煙草にしては甘い香りのような――

「なぜ？」

響一がほんの一瞬だが、射るような視線を向けたので口ごもる。

「なんとなく。流しにマグカップと箸があったし、玄関の靴だって、コンサバなローファーで、あなたが履くようなタイプの革靴じゃないし」

「ああ、俺のだよ。たまには俺もコンサバなスーツを着てコンサバなローファーの靴を履くのさ。ここには『カーテン』のビジネス関係者も来たからな」

そう言われると反論する余地はなかった。しかし、律子は理由を説明する彼の言葉に、やはり響一以外の誰かがここにいたことを感じた。

響一とチラリと視線が合う。彼も律子が彼の言葉を信じていないことを瞬時に嗅ぎ取ったらしい。

「律子は結構用心深い性格なんだな」

響一は苦笑し、煙草をガラスの灰皿の縁で叩いた。

「え」

律子は思わず赤くなった。着いた時、いや着く前から胸の底にある猜疑心を見抜かれたようでどぎまぎしたのだ。

「なんで俺がここに招待したのか、まだ不審に思ってるだろう？　下心はないと言ったのが信じられないと見えるな」

響一は膝の上で手を組み、身を乗り出した。

「捷もそうか？」

捷もぎくっとしたように俯いたのは、律子と同じような気持ちだったからだろう。むしろそのことが律子を安堵させた。自分だけではない。彼も彼女と心情的には響一に対して似たポジションにいるのだ。

「ごめん――でも、正直な話、無理だよ。君、自分がどんなに有名人なのか自覚してないよ。マスコミはここにも来たんじゃないの？　あの時の騒ぎ、凄かったものね。みんなが君のことを探してた。それだけ話題性のあるイベントだったと思うし。ただの大学の友人というだけで、こんなプライベートな場所に呼んでもらえるなんて、幾ら僕がずうずうしい若者でもなかなか信じられないよ。こんな贅沢な場所、大学生ごときには身分不相応で落ち着かないし。嬉しかったけど、まだ半信半疑なのは事実だね」

捷はもじもじしながら言った。その素直な発言は、そのまま律子の気持ちでもあった。もっとも、律子の場合、芸術的なスタンスも絡んでもう少し複雑な感情があったが。

響一は両手を広げ、大げさに肩をすくめて見せた。

「げに恐ろしきはマスコミの作り出す虚像、ってとこだな。俺はそんなたいそうな人間じゃないよ。面倒くさがりでアバウトな男さ。ぶっきらぼうなのは認める。それがある時には俺を大物に見せたり、ある時には神秘的に見せたりするのも分かる。むろん、それを利用している時もある。だが、しょせんそれだけのことさ。いちいちマスコミのお守りをするのは面倒だし、どうせ三ヶ月もすれば忘れられるだろうと思って隠れてたけど」

響一は缶ビールの蓋を開けて、ぐいっと飲んだ。

「けれど、やっぱり二人の勘は侮れないな。実は、君たちに隠していたことが一つある。どうして君たちをここに呼んだかについて、説明しなければならないことがある」

響一は交互に二人の顔を見た。二人とも真剣な表情で響一を見つめている。

「信じてもらえるかどうか分からないが、いいかな」

むろん、二人とも彼の言葉の続きを待った。

相変わらず甘ったるい匂いは部屋に漂っていた。

これ、お香じゃないかしら？　どこかでお香を焚いているに違いない。

律子はぼんやりとそんなことを考えていた。

「捷は覚えてるかな——伯父貴の展覧会で、俺が言ったこと」

捷は急に尋ねられてきょとんとした。あの時。国立近代美術館で何を話したっけ？　あれが初めて彼と会話を交わした瞬間だったはずだが。

「俺には聞こえたんだ」

あ、と捷は思った。あの時も、彼はそう言った。

「まあ、嘘くさい話に聞こえると思うだろうが聞いてくれ。俺には時々人の声が聞こえることがある。子供の頃からだ。それも、声にならない声。口には出さない声が聞こえる。捷と同じ一般教養の大教室に入った時、俺は一番前に座っていたけれど、君の声が聞こえた」

「なんて？」

思わず捷は尋ねていた。

「具体的な言葉ではないんだ。ただ、呼ばれていることが分かるだけなのさ。うまく説明できないいんだが」

「僕の名前はどうして分かったの？」

「それは周りの連中に聞いた。連中が君の友人をつかまえて聞いてくれたんだ」

「じゃあ、あたしも？」

律子は恐る恐るきいた。響一は頷く。

「最初にあの店に入った時にね。だけど、どういうわけか、呼んでいる方は自分が俺を呼んだことを気付かないらしい。だから、俺が接触すると警戒したり怖がったりするんだ。実際、二人ともそうだったろ？」

律子と捷はおどおどと互いの顔を見る。そこには当惑しかなかった。

「無理に信じろとは言わないぜ。俺は特定の宗教は信じてないし、新興宗教やニューエイジ系の連中は大嫌いだ。だが、子供の頃からの経験で、仕方なくそれだけは信じてる。俺には誰かの声が聞こえると。『カーテン』があんな騒ぎになったのも、俺が作るものには誰かの声が響いているからだと自分で解釈している。あれがその証明にならないか？」

再び律子と捷は顔を見合わせる。

カーテン。二人は、最初にあの映像を見た時の記憶をそれぞれ反芻している。彼等が森の中に見た死者の姿について。

「なあ、君らは見ただろう。昼間、捷は見たと言ったよな？」

捷はびくっとして一瞬身体を引いた。

「返事はしなくてもいい。だが、君らが見ているのならば、俺の言葉は信じられるはずだ。俺には他人の意識に感応する素質がある。俺の作るものには、その力を他人にも伝える可能性がある。信じなくても構わん。だが、君らは知ってるはずだ」

響一は自信たっぷりにそう言うと、乗り出していた身体を戻し、ソファの背にもたれかかった。

律子と捷は黙りこんでいた。自分の中の記憶や、猜疑心や、常識などと戦っていたのである。

「――それで？」

律子がようやく沈黙を破った。

「それでとは？」

一人寛いでビールを飲みながら、響一は先を促す。

「もしあなたの言うとおり、あなたの作るものにそういう可能性があったとして、なぜあたしたちはここに呼ばれたの？」

響一はゆったりとした表情で、つかのま考えるポーズを取った。それが計算されたものであることを知りつつも、二人はじりじりと待った。

「ここは、実験の場所なんだ」

「実験？」

「真に双方向の芸術作品を試すのさ」

「双方向？」

「そう。今流行りの言葉だろ、インタラクティブというのは。それを芸術作品で試してみようと思った」

「どうやって」

律子はごくりと唾を飲んだ。あまりにも突飛な話が響一の口から飛び出すので頭がついていけなかった。

「君らは、俺が聞いた中でもかなり声が強いと思う——感応能力が高いと思われる。だから二人を選んだ。ここは伯父貴のテーマパークではあるが、俺の作品もかなり混ざっている。君たちは、俺の作品に感応できるはずだ」

「感応できる、というのはどういう状態のことを指すの？」

「さあね。俺にも初めての試みだから、具体的にどういう状態になるのかはわからない。だが、君たちは何かを感じられるはずだ。俺の試みが成功すれば、君らは俺の作品から何かを受け取って、真に芸術作品を鑑賞できるはずだ。荒唐無稽な話だと思うだろうが、それで君たちを呼んだんだ。協力してくれるね？　別に、感応できなくたって構わない。その時は、俺が失敗しただけだ。それだけの話さ。ただの与太話だと思ってくれても構わない。ただ、鑑賞してくれればいい——な、俺が説明したくなかった理由が分かるだろう？二人とも鳩が豆鉄砲くらったような顔してるもんな」

響一は苦笑すると座り直した。

「ごめんなさい。でも、驚いた」

「そりゃあ驚くだろうね」

「だけど、率直に言って、今の話の方が信憑性があったわ」

律子は混乱しつつも納得している自分に驚いていた。

「いきなり作品に感応してくれと言っても信じてもらえる自信がなかったからな。そういう意味では騙してすまなかった」

響一は神妙に頭を下げた。

「感応」

捷はぽつりと呟いた。そのとたん、何かの情景が不意に頭に浮かんだ。


彼は小学校の教室にいる。後ろに座っている。退屈している。図画工作の授業。彼は退屈している。退屈している。彼は小学校を休みがちだ。みんなで絵を描く。彼も仕方なく描く。クレヨンはなぜこれっぽっちの色しかないのだろうか。世界はこれしきの色しかないというのか。

髪を高く結いあげた、鮮やかなピンクの服を着た女性の教師がみんなの絵を覗きこみ、大声で褒めたり批評したりしている。彼はうんざりする。この女は嫌いだと思う。教師の方でも彼のことを扱いづらいと感じている。彼は感じる。なんて反抗的で頑固で可愛げのない子供だろうと彼女は考えている。考えている。彼は感じる。

まだこれしか進んでないの、と教師は彼の画用紙を見て言う。

急ぎなさい。今日中に完成して、廊下に貼り出すのよ。

女は鮮やかなピンクのワンピースを翻し、気取ったステップで歩いていく。

似合わない。あの高そうなブランドものの服はあの女に全然似合っていない。あの貧相な身体に、あんな身体の線を強調する服を着ることがどんなに滑稽かあの女には分かっていない。

自分に似合う服も分からない女が美術を教えるとは！　彼は心の中で嘲笑する。彼は黒いクレヨンで画用紙を塗りつぶす。全てを飲みこむ闇。全ての母なる闇。

描き終わった絵を教壇に持っていき提出する。教師は彼の絵を見て激怒する。

なんてこと！　なんてこと！

彼は放課後も居残り、画用紙を埋める。

彼は面倒くさくなる。クレヨンを弄びながら、家に帰る方法を考える。

帰りたいんです。うちには誰もいないから、明るいうちに帰りたい。暗い家に帰るのはいやだ。暗いところはいやなんだ。

彼は泣きじゃくって見せる。複雑な家庭で育った少年。虐げられた少年。そういう演技が教師の憐憫をそそることをちゃんと知っている。

まあ、そうなの。分かったわ、先生が送っていってあげるわ。

教師の目に哀れみと満足感が浮かぶ。少年は頷き、顔を拭いながらほくそえむ。

場面は変わる。

少年は放課後教師を訪ねる。相変わらず教師は自分に似合わぬ鮮やかな服、身体の線を強調する服を着ている。ほんとにこの女は自分というものを全く把握していない、と少年は思う。首に巻いたスカーフには、猫の模様が散らしてある。いやはや、首に猫の模様のスカーフとは！　少年は笑いたくなる。しかし、少年は退屈しているので暫くこのゲームを続けようと思う。

先生、僕、絵を描くのが好きになったよ。

教師に何枚も画用紙を差し出す。実際のところ、彼はもうミケランジェロばりに完璧なデッサンを描くことができる。しかし、この女にそんなものを見せるのはもったいないので、世間が子供らしいと思うであろう絵を計算して描く。無垢なる色彩、エネルギーの躍動といった主題の絵を。案の定、その絵は彼女をいたく喜ばせる。彼女の教育的指導が彼をそこまで導いたのだと彼女を満足させる。

顔をほころばせる教師を前に、彼は無邪気な目で見上げる。

先生、今ね、僕、うちで大きな絵を描いてるんだ。持ってこれないけど、完成したら先生にあげる。

まあ嬉しいわ、楽しみにしてるわね。

女は濃い化粧を崩して笑う。

そしてまた場面は変わる。

暗い玄関。暗い廊下。その廊下を女がうろうろしている。

ねえ、どこに行っちゃったの？　どこに絵があるの？　分かったわ、先生をびっくりさせようとしてるんでしょう？　ようし、見つけ出してやるからね！

女ははしゃいだ声で一つ一つ部屋を覗いている。

静まり返った部屋。薄暗い廊下。

少年は闇の中で待つ。じっとその瞬間を待つ。

パッと彼の待つ部屋の扉が開かれる。

先生、ここだよ。見て、先生の好きなものを描いたんだよ。

女は薄暗い部屋の中でうずくまっている少年を見つけ、彼の後ろにある巨大な絵に気付く。まあ、本当に大きな絵だこと。描くのに随分時間がかかったでしょう。

女は部屋の中に一歩踏み込む。が、そのうち彼女は部屋に漂うほのかな異臭と異様な雰囲気に気付く。

あらまあ、このにおいは何？　駄目よ、締め切ったままで絵を描いちゃ――

女は唐突に自分が見ているものの正体に気付く。

金切り声が部屋に響く。

女は永遠に続くかと思うほど悲鳴を上げ続けていた。

やがて、逃げるということに思い当たったらしく、滑稽なほどに身体を振り回し、つまずいたり転んだりしながら必死に外に出て行った。

少年はあっけに取られた。

ちっ、なんだよ。

少年はがっかりする。もう少しゆっくり鑑賞してくれてもよかったのに。この絵を完成させるのには、確かに随分時間がかかったのだ。

少年はのろのろと立ち上がる。ふと、床が濡れていることに気付く。

あの教師が失禁したのだ。

少年はじっと床にかがみこみ、指を突っ込んでそっとそれを舐めてみる。生ぬるいだけで、何の味もしなかった。

少年は唐突に激しい憎悪を感じる。

汚いな、女って。

彼は凍りつくような視線を、教師が去っていった扉に向ける。部屋を汚しやがって。

少年は立ち上がり、彼の背丈ほどもある巨大な絵を振り返る。

そこには大きな黒猫の絵がある。

毛むくじゃらの黒い猫。実際、キャンバスの上には毛むくじゃらの固まりがびっしりと貼り付けられている。ところどころに血が滲み、内臓らしきものがはみだしたりもしている。

確かに冬とは言え、匂いはひどくなる一方だった。

しょうがない、これだけのネズミを集めるのは大変だったのだ。飲み屋街の裏や下水の近くに罠を仕掛けておいて、かなりの数を集められたものの、キャンバスの上に猫を描くにはまだまだ相当な数を要した。

ネズミを集めて猫の絵を描くというアイデアが自分では気に入っていたのだが、やっぱりこれっきりにしよう、と彼は考えていた――

捷は、キャンバスに貼り付けられたネズミの発する死臭を嗅いだような気がした。

なんだ、これは？　今、何を見ていた？

捷はこめかみを押さえ、額に滲んでいた汗を拭った。

「どうした、捷？」

響一の声にはっとして顔を上げる。

甘い匂いが部屋に漂っていた。今嗅いでいたのは、ネズミの死臭ではなかったか？

「ごめん、なんだかぼんやりしちゃって」

「おいおい、幾らオカルトめいた話をしたからっていきなり幽体離脱することはないだろう」

響一は軽口を叩いた。

律子が心配そうな顔で彼を見ているのが分かり、捷は笑って手を振ってみせた。

「ポテトサラダ貰ってもいい？」

捷は律子の前の皿を指差す。律子が皿を取って寄越す。

しかし、心は動揺していた。

今のはなんだ？　なぜあんなにはっきりと情景が目に浮かんだのだろう。しかも、あれは自分の記憶ではなく、他の誰かの記憶なのだ。

恐らく烏山響一の。

捷は寛いだ様子でビールを飲む響一を見た。

精神的感応。

あんな話をしたすぐあとで、あまりにもタイミングが良すぎる。しかし、本当に見たのだ。鮮やかな服を着た教師、暗い部屋、廊下、そしてあのキャンバス。

あれは本当にあったことなのか？　烏山響一の身の上に起きたことなのか？

「まあ、変な話は忘れてくれ。とにかく、無心に鑑賞さえしてくれればいいのさ」

響一はやけに優しい目で捷を見た。まるで、捷の動揺に気付いていて慰めるような口調に思えた。

「う、うん。そうだね」

捷はやっとのことで頷いた。

暫く他愛のない話をしているうちにゆったりと酔いが回ってきた。

話してみれば、響一は座持ちのうまい男で、二人を寛がせ、二人に気持ちよく話をさせることができた。

捷はいつしかさっき見た情景を忘れかけていた。ひょっとして、酔いが見せた夢なのかもしれない。日常でも、電車や授業でふと短い居眠りの間に、夢を見ることがある。そんな瞬間が訪れただけなのかもしれない。

だが、あの黒猫の絵は。ネズミの死臭は。

捷はぼんやりと頭の片隅で考え続けていた。

律子の頭の中では「実験」という言葉がずっと消えなかった。彼が発した言葉の中で、唯一彼女が納得できたのはその言葉だったからだ。

そうだ、実験だというのならば納得できる。あたしたちは彼の芸術の実験台になるのだ。

むしろ、彼女は安堵していた。その方がずっと響一らしいとすら感じていたのだ。

ほどほどに酔ったところで響一がタイミングよく宴会を終わらせ、二人を部屋に案内した。

「明日は早く出発しよう。山道もあるし、なるべく多くのインスタレーションを見てもらいたいからね。悪いけど、六時に起こすぜ」

はあい、と素直に返事をして、二人はそれぞれの部屋に引っ込んだ。

下手なホテルのシングルルームよりも立派な部屋である。

明日の準備をしてから、捷はトイレに行こうと部屋を出た。

他の二人は寝静まったのか、家の中はしんと静まり返っている。

暗い廊下。

ふと、さっきの情景が脳裏に蘇った。あれはなんだったのだろう？

遠くでごうっという風の音がした。竹林を揺らす音。なんともいえぬ、心がざわざわする音だ。

山の音、という言葉を思い出した。山の音を聞くのは死の前触れではなかったか？

馬鹿らしい、とそんな考えを頭から振り払い、廊下を歩いていく。

幾つかあるゲストルームのうち、細く扉が開いている部屋があることに気付いた。

律子の部屋ではない。響一は階下の別の部屋にいるようだし。

まさか、他にも誰かが？

捷は吸い寄せられるようにその部屋に近づいていった。

まさか。まさかね。昼間見た情景が脳裏に蘇る。

扉の向こうからネズミの死臭が漂ってくるような気がした。気のせいだ。気のせいだ。そんなことがあるはずはない。この扉の向こうに、あの死んだネズミで描いた巨大な黒猫の絵があるなんてことは――

そっとドアに手を当て中を覗きこむ。

そこにあるのは、薄暗いがらんとした無人の部屋だった。何もなく、きちんと片付けられている。

捷はホッとした。

月明かりが部屋を静かに浮かびあがらせている。

全く、すっかり臆病になっちゃって。

捷は苦笑しながら歩き出そうとしたが、その瞬間、テーブルの上に何かが載っていることに気付いた。

あれ、なんだろう。

彼はそうっと部屋の中に入って、テーブルの上にかがみこんだ。

蓋のない箱が置いてある。

捷は目を凝らした。

箱庭。

どうやらそこにあるのは、砂や植木や人形で作る箱庭のようだった。カウンセリングに箱庭療法というものがあるというのは聞いたことがあったが、それで使う道具のようにも見える。小さな家や、男女の人形が砂の上に放り出してあった。作りかけというよりも、わざとぐちゃぐちゃにしたもののようにも見える。

誰がこんなものを使っているのだろう？

捷は首をひねりながら顔を上げた。

窓の外の白黒の世界で、大きく竹の節が揺れていた。

40

翌朝は、晴れそうだったが霧が出ていた。

静まり返った竹林が、ミルク色の霧に沈んでいるところは幻想的な眺めだった。

朝食を済ませ、水やおにぎりやお菓子をリュックに詰めたいでたちは、ほとんど遠足のようだ。

「なんだか、懐かしいね。ほんとに遠足みたい」

「おい、本当に遠足なんだからな。山登りはないけど、長時間歩くから体力の配分に気を付けてくれ。休憩所はところどころに設けてあるが、油断は禁物」

響一がはしゃぐ二人をいさめ、二人は子供のように素直に頷いた。

「どこから出るの?」

「ここがテーマパークの入口さ」

「こんな勝手口が?」

「そう。プライベートパークっぽいだろう?」

文字通り、響一がキッチンの脇の勝手口を開けたので捷はあっけに取られた。

外の竹林に出る裏木戸がひっそりと奥に見える。

「へえ。でも、なんだかかえってさりげなくて期待させるわね。秘密の花園みたい」

律子が興奮を滲ませて呟いた。

「そうさ。ここは誰も知らない秘密の入口だもの」

響一はおどけた調子で答えながら鍵をかけ、砂利道を裏木戸に向かって歩きだした。

裏木戸にも鍵が付いていて、響一はがちゃがちゃさせながら鍵を開け、ぎいいと木戸を開けた。竹林の中に細い道がカーブして続いている。青い闇と白い霧が混じりあって、まるで絵本の中に入っていくような風景だった。

三人は無言で朝の道を踏みしめていく。冷たい霧の粒子が頬を濡らす。

前方で、ぎゃあぎゃあというカラスの鳴き声が聞こえてきた。

「あら。あの絵の通りね。ここにはたくさんカラスがいるのね」

律子は声のする方に耳を傾けた。

「そうだな。結構群れがいる」

響一も声のする方に目をやった。

竹の葉の塊の上で、旋回するたくさんのカラスが見えた。霧に紛れてはいるが、相当な数がいるようである。

「何か餌でもあるのかしら」

「動物の屍骸でもあるのかもしれない」

つかのま足を止めて、三人でカラスの群れを見る。

「さ、行こう。先は長いんだ」

響一は静かに微笑んで歩き出した。二人もその後に続く。

だが、彼はカラスの群れのことを考えている。

響一は想像している——カラスの群れがつついているものを頭に思い浮かべる。

彼はそこに何があるか知っている。彼にはそれをつつくカラスの嘴すらも見える。

もう、それが何であるか、誰かが見てもすぐには分からないだろう。ただの丸い塊。ただの腐った有機物。

彼はちゃんと知っているのだ。

それが、もう腐乱の時期すら越えて形をとどめなくなっている人間の頭であることを。

41

捷、どこ行くの。

香織はランドセルを背負った小学生の捷に話し掛けていた。

捷は香織の声など聞こえないように、ぱたぱたと白い道を小走りに遠ざかっていく。

捷、戻ってらっしゃい。そっちは危ないわ。

香織は必死に呼びかける。

パッと小さな顔がこちらを振り返る。

お母さんが呼んでるんだ。早く花瓶を持っていかないと。

見ると、彼は小さな備前焼の花瓶を手に捧げもっていた。

捷、お母さんはもういないのよ。

しかし、彼は再び前方を向くと足早に駆け始めた。たちまち白い霧にかき消され、姿が見えなくなる。

捷、駄目よ捷、そっちにいっちゃ駄目！

香織は焦る。なぜかは分からないが、そっちにいってはいけないということだけは分かるのだ。そっちには何か恐ろしいものがいる。何か恐ろしいものが捷を待ち構えているのだ。香織は必死に手を振るが、身体は石のように動かない――

香織はキッチンのテーブルの上でハッと目を覚ました。

一瞬、自分のいる場所が分からなくて混乱する。

点けっぱなしのTVがざーっという音を立てて灰色に光っていた。テーブルの上には、冷めたお茶と、領収証の束が散乱している。

家計簿をつけているうちに、うたたねしてしまったのだ。やれやれ。

鈍い後悔を覚えながら香織はのろのろと身体を起こす。おかしな格好で眠っていたので、肩と背中が痛かった。汗で身体が重い。エアコンがついていたので部屋は涼しかったが、空気は不自然にどんよりしている。外は今夜も熱帯夜に違いない。

香織は椅子に座りなおすと冷めたお茶を飲み干した。

時計を見て、三時間近く眠っていたのに驚く。あんな不自然な体勢だったのに、よほど疲れていたのだろう。しかし、熟睡したという感覚はあったものの、身体の疲労はかえって増したような気がした。このところ多忙で、疲れているということを自覚しないように努めて自分の身体を騙していたのに、このうたたねのせいでかえって身体が疲れを認識してしまったらしい。

それにしても、おかしな夢を見ていたものだ。小学生の捷が出てくるなんて。

香織は首を回し、凝った肩を揉みながら考えていた。

テーブルの上の領収証を見るが、もう手を付ける気がしない。家計簿に挟み、もう横になることにした。小さく欠伸をして、伸びをする。

視界の隅で何かが動く。

ＴＶだと気付いた。ずっと点けっぱなしだったんだわ、もったいない。早く消さなくちゃ。

ＴＶの方を向いた彼女の動きを何かがとどめた。

ＴＶに何か映っている。

白黒の映像。誰かが歩いている――山の中だろうか？

かすれている上に、霧がかかっていてよく見えない。若い男女のように見えるのだが。

香織はＴＶの前に身体をかがめ、画面に見入った。が、ハッとして時計を見る。

時計は午前四時になろうとしている。

この時間、こんな番組、あったっけ？

香織はそっと新聞を手に取った。チャンネルの番号と、番組表を交互に盗み見る。

番組表には、二時五十五分放送終了、と書いてあった。

全身の汗がいっぺんに冷めたような気がした。

これはなに？

そう考えたとたん、新たな汗が噴き出していた。金縛りにあったようにＴＶの画面に目を凝らす。見たくないのだが、目を離すことができない。

画面はスローモーションのように動きが遅かった。霧の粒子すらも手に取れそうに、全てのものがゆっくりと動いている。

捷？

香織はかすかに振り向いた一人の青年の顔を見て、思わず身を乗り出した。

あどけない表情で周囲を見回しているのは、確かに捷である。

一緒に歩いている女の子は、彼女の知らない子だった。これは誰？　これはいったいどこ？　香織は何かヒントになりそうなものはないか、画面の隅々に目を走らせた。

山の中ということしか分からない。それも、霧に隠されて景色がよく見えないのだ。

捷はぼんやりとこちらを見ていた。まるで、画面の向こうで香織が彼を注視していることを知っているかのように、視線を彼女に向けている。

「捷！」

思わず香織は叫んでいた。それがいかに馬鹿馬鹿しい行為か気付いていても、叫ばずにはいられなかったのだ。

叫んだ瞬間、画面の奥にいた黒い影がサッと振り返った。それまでその人物には気付かなかった。捷と若い女の子以外にもう一人いたなどとは——

香織はぎょっとした。

笑っている。その男は笑っていた。画面の奥から、こちらを見て、笑っている。
香織は、自分がその男を知っていることに気付いた。
「捷！　駄目！　そっちに行っちゃ駄目！」
香織はほんの数分前に夢の中で叫んだ台詞をそのままＴＶに向かって叫んでいた。
男はたちまち霧の向こうに消え、不思議そうな顔をした捷も背を向けて霧に紛れた。
山も人影も灰色の霧に溶け、何もかも見えなくなる。
「捷」
香織はぽつんと呟いた。
弟は今、あの男と一緒にいるのだ。
彼女は確信した。
気が付くと、ＴＶの画面はぼんやりとした灰色の光が退屈に点滅しているだけだった。
香織は手を伸ばし、乱暴にスイッチを切る。
部屋の中は、重い静寂に包まれた。

42

浮かんでいる。

霧の中に烏山響一が浮かんでいる。

いや、霧の中ではない。宙に浮かんでいる。文字通り、彼は宙に浮かび、空中を歩いている——

「おーい！」

捷はぎょっとして叫んでいた。

響一が振り返る。

「ど、どうして」

捷はおっかなびっくりで響一の足元を指差した。

響一は、捷の指先に目をやり、自分の足元を見下ろす。「ああ」という表情になって頷くと、その場に立ち止まって手招きをした。

「いったいどうなってるんだ？　俺、夢でも見てるのかな？」

「よく見てみろよ」

捷と律子は響一に近寄っていった。

「あっ」

同時に叫んだ二人に、響一はかがみこんで足の下を叩いてみせた。

「アクリルの橋だよ。特注品で、見た目よりはかなりの強度があるが、あまり乱暴に歩かないでくれよな」

響一が空中に浮かんで見えたのは、透明なアクリルでできた橋の上を歩いていたからだったのだ。

素通しの橋の下に、勢いよく流れていく急流が見えるのはおかしな眺めだった。その流れの真上に響一が浮かんでいるように見えるのである。橋の長さは五メートルほど。欄干のない、ホッチキスの針のような形をした橋だ。よく見ると、両岸から五十センチくらいの鉄骨が二本ずつ突き出ていて、そこに橋をかぶせるように嵌めてあるのだった。

「いきなり目にしたらびっくりするだろ」

響一は悪戯っぽく笑った。

「びっくりしたよ」

「やだ、歩くのが怖いわ」

二人はへっぴり腰で橋を渡った。

「時々、どうしても怖くて渡れないって奴がいるんだよ。この先にも何箇所かこういう橋があるんだが、中には下まで数十メートルってところもあるからな。高所恐怖症の人間にはちょっとつらいかもな」

「高所恐怖症でなくとも、かなり怖いよ。そういう時はどうするの？」

「簡単さ。橋の上に絨毯を敷くんだ。不思議なもんで、どうしても渡れないと言った人間でも、下が見えなければ平気なんだな。いかに人間が視覚に感覚の大部分を頼っているかってことがよく分かる」

「この橋も、インスタレーションの一部なの？　これはどっちの作品なの？」

律子が尋ねた。響一が小さく笑う。

「これは伯父貴だ。このアクリルの橋は五つあってね。みんな名前が付いている。この橋は『常識』さ」

「『常識』、ね。皮肉な名前だわ」

「そう。橋とは確固たるものという常識を乗り越え、我々は見えない橋を渡ってこの奇妙なる世界に入っていくわけだ」

響一は歌うように言った。

霧は相変わらず深く、なかなか晴れなかった。

捷はまだなんとなく夢見心地で周囲の風景をぼんやりと眺めていた。

夢の続きのよう。ゆうべ、あの部屋で小さな箱庭を見たのは夢の中の出来事だったのだろうか？　窓の外で揺れていた竹が、脳裏に蘇る。

もう日が射してきてもよさそうなものなのに、いっこうに霧が晴れないのは山の中だからかもしれない。これほど濃い霧の中を歩くのは初めてのような気がする。

腕に触れると、しっとりと濡れていた。霧が細かい水であるということを改めて認識する。下界に比べ、空気は密度が濃く、重く身体にまとわりついていた。昨日到着した光に溢れた真夏の駅が、遠い世界のことのように思える。

「凄い霧ね。なんだかさっきよりも濃くなったみたい」

律子の声がすぐそばで聞こえたのに驚く。霧に紛れて姿がよく見えないのだ。

「この辺りは気温の差が激しいんで、霧が多いんだ。でも、そのうち日が高くなれば一気に晴れてくる」

響一の声が前から聞こえる。

不思議だ。霧の中で聞く声は、方向感覚を失わせる。確かに、人間は視覚に生活の大部分を頼っている。

それにしても、響一はいい声をしている。名前の通り、静かなのによく響く。こうして霧の中でその声を聞くと、まるで彼の声に包まれているみたいだ。

「最近伯父様は全然マスコミに出てらっしゃらないわね。前は結構出てらしたのに」

律子が独り言のように言った。

「この間の回顧展だって、宣伝は凄かったけど、伯父様自身は全くどこにも出てなかったでしょう?」

霧の向こうで、響一が振り返る気配を感じる。

「ここ数年、伯父貴はこのテーマパークにかかりっきりだったからね。はっきり言って、今の伯父貴は自分で造ったこの世界の中で生きてるんだよ。自分で造った世界に取り込まれたと言ってもいいのかな」

響一は醒めた声で答えた。

「ここに住んでらっしゃるの？」

律子が尋ねた。

「まあね。もうほとんど隠居状態だよ。このテーマパークがほぼ完成してしまったから、今はひどい虚脱状態に陥っててね。あとは、このテーマパークに少しずつ手を加えながら余生を送るんだろうね」

幻影の楼閣。

捷の頭にはそんな言葉が浮かんでいた。それは、烏山彩城展のサブタイトルだった。彼は、彼が造ったインスタレーションでできた頭の中の世界に住んでいるのだろうか。

不意に気味が悪くなった。そこまでして、自分のイメージの世界を形にしたいと思うその衝動はどこからやってくるのだろう。こんな、山一つを使い、自分の妄想の城を築き上げようとする執念は。

「もうじき小さなトンネルに入る。短いけど、真っ暗だから気をつけて」

響一の声を聞きながら、律子はぼんやりと烏山彩城のことを考えていた。

彼がこのところ人前に出てこないのは、精神を病んでいるからだという噂を思い出したのである。

ふと、響一が彼を追い込んだのではないかという根拠のない考えが頭に浮かんだ。

どこまでも正気なあの男が甥であるというのはアーティストにとってどういうものなのだろう。もちろん、彩城は世界的名声を得た独創的なアーティストであるが、元々インダストリアル・デザインから出発したこともあって、どちらかと言えば理知的なところが勝っている。アートとしてどちらがよいかなど比べることは不可能だが、響一の悪魔的ともいえる強烈なオリジナリティに嫉妬することはないのだろうか。しかも、響一自身は誰よりも理性的な男だ。そんな男が親戚で同じ現代アートという土俵にいて、なんらかの軋轢を生まないとは思えない。

もし響一が自分の兄弟やいとこだったら。

律子はそう考えると思わずゾッとした。

恐らく、自分は今ごろ芸術活動などしていなかっただろう。

「トンネルだ。中が少しカーブしてるから、道に沿って進んでくれよ」

響一の声に我に返ると、前方にトンネルが見えた。

相変わらずの霧の中で、左右は竹林が続いていて、どこかに渓流の水の音が聞こえる。

山の端をくりぬいた小さなトンネルだ。その古さから見て、元々あった通路なのだろう。

確かに中は暗かった。水滴の落ちる音が聞こえ、湿った空気が頬にまとわりつく。

いきなりの暗がりに、なかなか目が慣れなかった。狭い空間が続いていて、前を二人が歩いているという感触だけが伝わってくる。

が、壁に沿ってカーブを曲がり、いきなり出口に達したとたん、ぱっと辺りに尋常でない空間が開けたのが分かった。

「うわっ。何これ」

捷が叫ぶ声が聞こえる。

何が起きているのかよく分からなかった。

溢れる色彩。

ごちゃごちゃした極彩色の空間。

何か凶暴なものがワッと声を上げて全身に襲い掛かってきたような錯覚に襲われて、律子は全身が粟立(あわだ)った。

邪悪なもの。ここには邪悪なものが満ち満ちている。

「どうした？　さあ、進んでよく見てくれよ」

遠くから響一の声が聞こえる。この男の声は、どこにいても身体の中に突き刺さってくるようだ、と律子は思った。

「ここは」

捷がぼんやりと声を上げた。

律子も呼吸を整えて、辺りを見回す。

そこには巨大な空間が広がっていた。

キリコの絵の中に入ってしまったようだ。

ほんの少し前まで広がっていた、あの山の中の風景はどこに行ってしまったのだろう？

二人は暫くぽかんとしていた。自分たちが目にしているものが信じられなかったのだ。

二人は同時に空を見上げていた。さっきまでの霧に満ちていた空ではない。

ピンク色だ。ピンク色の空が頭上に広がっている。

混乱した表情で二人は顔を見合わせ、改めて周囲を見回した。

そこにあるのは、派手な色彩に溢れた丘だった。しかし、これを丘と呼んでいいのだろうか——モザイクの丘。赤、黄、青、といった原色の三角形のモザイクを継ぎ合わせた丘を、二人は登っていた。でこぼこした丘が、ピンク色の空の下に続いている。

「こっちだ」

丘の上で響一が手を振っていた。まるで、TVの中の場面のよう。子供の教育番組で見る、何かのセットみたいなのだ。

でこぼこした丘のあちこちに枯れ木が立っている。響一は枯れ木の下で、二人を呼んでいた。

「凄い。これ、大きなドームの中なんだ」

ようやく落ち着いてきた捷は天井を見上げた。天井には、プラネタリウムのようにスクリーンが張ってあるらしかった。壁際にある照明を操作することで、『空』の色が変えられるようになっているのだろう。あの古いトンネルの向こうから、こんな巨大なドームがあるとは予想もつかない。何も知らずにトンネルをくぐってきた人間は、まるで、別世界にやってきたような錯覚に陥る。むろん、そういう効果を狙っていたのは明らかだし、現にその効果は抜群だった。ドームは鬱蒼とした竹林が隠していたのだ。

律子は、自分がかすかに震えていることを感じていた。

こんなものを本気で造るなんて。こんなにお金を掛けて。

商業デザインにも接する機会の多い律子は、この巨大な空間にべらぼうな金が掛かっていることに戦慄した。少なく見積もっても、数千万は掛かっている。私的な空間にこれほどのお金を掛けて、こんな邪悪とも思えるものをこしらえるなんて。

ピンクの空の下に広がる、原色の丘。色とりどりの三角形に塗り分けられた丘は、歩いていると感覚がおかしくなりそうだった。三角形のモザイクになっている上に、でこぼこした傾斜が付いているので、普通に歩いているつもりでもつんのめったり、ぐらついたりしてしまう。そのうち、足元がぐるぐる回っているような錯覚すら襲ってきた。

「頭が変になりそうだ」

捷が呟いた。

「面白いだろう。ここは、見た目ほど広くはないんだぜ。あちこちに立っている木が目の錯覚を感じさせるように造ってあるんだ。離れている木を極端に小さくしてる」

響一が、丘のてっぺんに立って彼の腰ほどしかない木を指差した。

なるほど、遠近法を逆手に利用しているのだ。律子は改めてその奇妙な部屋を見回した。確かに、最初はものすごく広い場所に思えたが、よく見ると思ったよりもこぢんまりとした部屋だ。

しかし、最初に受けたインパクトがあまりにも大きかったので、なかなか衝撃は身体の中から抜けていかなかった。

「照明の色を変えると、丘の色も変わって見えるんだぜ。その日によっていろいろな風景を見せて、なかなか面白い」

響一は丘のてっぺんから降りて、手招きをした。

「出口はこっちだ」

よく見ると、白く塗ったドアがあるのが分かった。スクリーンに紛れるように白く塗ってあるのだ。

「びっくりしたわ。パノラマ島みたい」

律子はようやく平静さを取り戻し、呟いた。

「そう。伯父貴もそういうものを目指してたな。現代のパノラマ島を造るんだって意気込んでた」

響一はドアを開ける。

「凄いよ。じゅうぶん目的は果たしてるよ。ここまでだけでも」

捷は感心していた。大いに興奮させられていたというのもある。

頭の中から、あの原色の風景がなかなか消えなかった。

今、自分はものすごいものを見ているのだという実感があった。このドームだけを見ても、いかに計算されて造られているかがよく分かる。すごい。ものすごいテーマパークだ。この先いったいどんなものがあるのだろうか。こんなものばかり見ていたら、日常生活に戻れないかもしれないな、と彼はチラリと考えた。

扉の外は、またのどかな山道だった。

捷は後ろを振り返ってみた。ごつごつとした鉄のドームが見える。うまく山肌にはまりこむように造ってあるのが窺えた。外から見ると、たいした大きさではない。さっきの風景が、いかにうまく人間の目の錯覚を利用していたのかを実感した。

「びっくりしたなあ。山の中で、いきなりあんな原色の丘が出てくるんだもの」

捷は興奮冷めやらず、しきりに感心していた。

霧が薄れてきていた。空に夏の青空が覗いている。

「いったい、幾つのインスタレーションがあるの？」

律子が控えめに尋ねた。

「まあ、それは見てのお楽しみってところだな。ディズニーランドだってアトラクションの数は変動するだろ？」

かわされた、と律子は思った。彼は、暗に、彼女が巨額の費用がこのテーマパークに掛かっていることをほのめかしたことに気付いているのだ。

このテーマパークは響一のものだ、とその時律子は確信した。

幾ら世界的な名声があるとはいえ、これほどのお金を彩城一人で捻出できるはずはない。「カーテン」の利益はここに注ぎ込まれている。

なぜ？

律子は響一の背中に心の中で問い掛ける。

どこまでも正気な男は、この山の中で何をしようとしているのだろう？

響一は相変わらず機嫌がよかった。今にも鼻歌でも歌いだしそうに、軽やかに前を進んでいく。この男はいつも落ち着いていて、感情を露にすることはない。その彼がこんなにご機嫌であるということが、かえって律子を落ち着かなくさせていた。

ねえ、何がそんなに楽しいの？　何がそんなにあなたをうきうきさせているの？　いったいこの先に何があるの？

自分がやけに神経質になっていることは自覚していた。響一の表情の一つ一つが自分を苛立たせている。それは、自分自身に対する苛立ちでもあることを彼女は気がついていた。

どうしてここに来てしまったのだろう。何かよくないことが待ち受けていると分かっていたのに。

後悔しても遅いことは分かっていた。今まさにそのよくないことに足を突っ込んでしまったことを痛いほど感じていたのだ。それが何かは分からない。しかし、この先もっとひどいことが待ち受けているという予感はますます強まるばかりである。

鳥の声が辺りに満ちる。爽やかなその声は、山の朝を彩る音楽だ。

しかし、律子は浮かない表情で足元を見ながらのろのろと進んでいた。

「少し休むか。まだ先は長いしな」

響一が、律子の遅い足取りに気付いたのか道端にある小さなあずまやを指差した。

「まだいいよ。歩き始めたばっかりじゃん」

捷が子供のように文句を言った。彼はすっかりこのテーマパークに魅せられていたのである。

「ちょっと説明しときたいことがあるから」

響一が重ねて言ったので、捷も「それなら」とあずまやに入る。

三人で石の長椅子に腰を下ろすと、響一が口を開いた。

「この中にはこういうあずまやが幾つかある。そのうち何箇所かにはトイレが付いてるから、必要に応じて使ってくれ」

「そうね。一日がかりで歩くんですもの、山の中だし、途中で具合が悪くなる人が出るかもしれないわね」

「家も一つある。泊まろうと思えば泊まれるよ」

「さすが」

「ただ、ここは電波が届かないんで、携帯電話が使えない。何しろ谷間だからね」

「え、そうなの」

捷はリュックから携帯電話を取り出した。

「あ、ほんとだ。圏外だ」

「家に電話は？」

律子が尋ねた。

「あるけど、屋敷に繋がる内線だけで、外には掛けられない」

「そうなんだ。じゃあ、用心しないとだめだね。テーマパークの中で迷子になっても、外に連絡取れないんだ」

「その通り。だから、ここに来たいって奴は大勢いるんだが、体調の悪い人や高齢者には遠慮してもらってるんだ。文字通り見て回るのに体力がいるんでね」

「これ、お金取ったら凄く儲かると思うな。幾ら出しても見たいって人がいっぱいいるんじゃないかなあ」

捷はよほど興奮したのか、意気込んで言った。

響一が満足そうに笑う。

「気に入ってもらえたようで嬉しいよ」

「うん、ほんとに面白い。この先どんなものが見られるのかほんとに楽しみだよ」

「俺も楽しみだ」

響一はにっこりと笑った。

「ねえ、さっきのドームだけど、電源はどうなってるの？　あたしたちが入った時、あの部屋にはもう明かりが点いてたわよね？　こんな山の中で、誰かがあたしたちの先回りをして電気を点けてくれてたってこと？」

律子が響一に尋ねた。

「さすが、鋭いね」

響一は胸ポケットから携帯電話を取り出す。

「携帯電話？　電波は届かないんでしょう？」

「これね、今試験的に使ってるんだけど、リモコンにもなる携帯電話なんだよ」

「あ、それ聞いたことある。将来的には、携帯電話が家電のリモコン代わりになるっていうんでしょう？」

捷が興味を覗かせて響一の携帯を覗きこんだ。確かに見たことのない機種である。

「そう。今、パソコンでも無線技術が話題になってるだろ?」

「ああ。ブルートゥース?」

「うん。それで、行く先々で俺がスイッチを入れていくわけ。確かに、この広い山の中で誰かが電源を入れて歩くわけにはいかないからな」

「そうだよね、考えてみれば。どうやって使うの?」

「簡単さ。メニューからインスタレーションの番号を選んで、オンとオフを選ぶだけだもの」

捷は響一が操作するのを興味津々という表情で見つめている。

「実験的なシステムなんで、端末はメーカーが提供してくれてるんだ」

「ということは、そのメーカーもこのテーマパークのスポンサーになってくれてるってこと?」

律子は携帯電話についた大手家電メーカーのロゴに目をやった。

「そういうこと。金のかかるテーマパークは少しでも資金を集めないと」

響一は小さくウインクして見せた。

やはりあたしの考えていることは読まれている、と律子は思った。

少し休んでいるうちに、どんどん霧が晴れていくのが分かった。力強さを増した光が森に射し込んでくる。

「よし、そろそろ行くか」

　響一が立ち上がるのを合図に、再び三人で歩き出す。

　暫く森の中の山道が続いた。平坦な道で、楽に歩けた。

　気温が上がるのと同時に、オゾンの匂いが濃厚に立ち込めてくるような気がする。めいっぱい光合成してるって感じだな。

　捷はその匂いを吸い込みながら考え、ちらりと隣を歩く律子に目をやった。

　なぜ彼女はこんなに浮かない顔をしているんだろう。

　さっきからそのことが気に掛かっていた。

　具合でも悪いのかな？　さっきあずまやで喋っていた時はそんなふうには見えなかったけど。

　山の管理は行き届いていた。素人目に見ても、誰かがきちんと見回っているという印象を受ける。それがどんなに大変なことなのかも薄々感じ取れる。

　本当に、烏山家というのは凄いんだな。

　屋敷を見た時でさえ実感できなかったことが、山を歩いているうちにじわじわと迫ってくる。

　前方に、また小さなトンネルが見えてきた。

「次のインスタレーション？」

「そうだ」

「今度はどういうの？」

「中に入ったら説明するよ」

胸をわくわくさせている捷の質問に、響一の返事はじらすようにそっけない。

響一を先頭に、細いトンネルに入っていく。

外が晴れているせいか、今度の闇は目の前にシャッターを下ろされたかのように濃かった。澱んだ空気はかすかに生暖かい。なぜか捷の頭には胎内巡り、という言葉が浮かんだ。

さっきよりもトンネルは長いようだった。実際に、山をくぐっているのだろう。

水滴が落ちる音が、遠く近く夢のように響いてくる。

闇の中で手を上げてみるが、何も見えない。顔のすぐそばに手を持ってきても、そこに手があるという感じがしないのだ。

身体がバラバラになったようだった。人間は視覚に感覚を頼っている。響一の言葉がどこかに蘇る。

突然、広いところに出たのが分かった。

しかし、広いとはいっても、なんだか奇妙な感じがした。

とても広い場所だ。でも、なんだろう、この感じは。何かがある。ぎっしりと何かが詰まっている――

ほのかに明るい。高い頭上に、照明があるのが分かった。

前を歩く響一の背中がぼんやりと見え、彼が曲がって姿が見えなくなった。

「これは何？」

捷は思わず叫んでいた。自分の声がくぐもって左右の壁に反響する。

手を上げてその壁に触れた捷は、壁がぐにゃりとへこんだのでギョッとして手を離した。

「ここは」

少し離れたところから響一の声が聞こえてきた。壁の向こうなので、やはり彼の声もくぐもって聞こえる。

「迷路さ」

「迷路？」

「ゴムの迷路だ」

「ゴムの迷路？」

「天井を見てみろ」

捷は上を見上げた。ようやく目が慣れてきた。淡いオレンジ色の照明がずっと高いところに点々とついている。

「カーテンさ。ゴムのカーテンがたくさん天井から下がっていて、動く壁を作ってるんだ。カーテンの間の通路を抜けて、出口を探してくれ」

響一の声は更に遠くなっていた。随分先に進んでいるものらしい。

「出口を」

「そう。迷路を抜けたら、正面に白い扉がある。そこから外に出てくれ」

急に心細くなり、捷は後ろを振り向いた。青ざめた顔の律子が見える。もっとも、青ざめて見えるのは照明のせいかもしれない。

「本当だわ、これゴムだわ」

律子が壁に触れていた。捷も触れてみる。ぐにゃりとしたゴムは、よく見ると暗赤色をしていた。かなりの厚さがあるらしい。押すとゆらゆら揺れるが、これだけの大きさのゴムだ。相当な重量があるだろう。

「なんだか気持ち悪いな。まるで内臓の中を歩いてるみたいだ」

「やめてよ」

捷の言葉に、律子が顔をしかめるのが分かった。

「このカーテン、重いだろうね。天井から吊り下げるのは大変だろうな」

捷は遠い天井を眺めた。よく見ると、金属のカーテンレールらしきものが天井を碁盤の目状に走っているのが分かる。なるほど、可動式の迷路というわけだ。カーテンの下げる位置さえ変えれば、無限の組み合わせができる。

いつのまにか、ゆらゆらと揺れる暗赤色の壁の中を歩いていた。

完全に方向感覚が失われている。

ここはどれくらいの大きさの部屋なのだろうか？　いったい何枚のカーテンが吊り下げられているのだろうか？

奇妙な感覚を味わいながら歩いていると、捷はいきなり、どんとカーテンの向こうから誰かに突かれた。

「えっ」

捷はよろめいた身体を立て直す。

よろめいて壁に体重を掛けてしまった勢いで、大きくカーテンが揺れている。それは、空間全体が揺さぶられているような感じで、思わず眩暈を覚えた。

反射的に振り返るが、揺れる壁の合間を律子が進んでくるのが後ろの方に見える。

今のは誰が？

捷は揺れている壁を凝視した。

確かに手の感触だった。誰かが、ゴムのカーテン越しに手で突いたのだ。

響一か？　この中には三人しかいないはずなのだから、あとは響一としか考えられない。

うねるように壁が揺れている。まるで内臓が異物を吐き出すために蠕動(ぜんどう)運動を繰り返しているかのように。

揺れる迷路。それがこんなに不気味なものだとは。

捷は徐々に募る恐怖を必死に無視しながら先に進む。

正面は行き止まりだ。道は左右にあるが、右に曲がる。

「待って。行かないで。なんだか、ここ、怖いわ」

後ろで律子が心細そうな声で呼んだ。

確かに。ここはなんだか怖い。このぐにゃりとしたたくさんの壁がなぜこんなに怖いのだろう。

「そうだね」

そう答えた瞬間、再び彼はカーテン越しに誰かが激しくぶつかってくるのを感じた。

「わっ」

今度は完全に反対側のカーテンに倒れこんでしまい、その場に座りこんでしまった。

重いカーテンの感触に顔をしかめながら振り返る。

「誰だよ」

苛立たしく叫んだが、返事はない。

今のは頭突きだった。誰かが向こう側から、こちらに向かって頭突きしたのだ。

随分な悪戯だ。

カーテンの反動が鈍く戻ってくる。重量が大きいだけに、反動もかなりの手ごたえがあった。

「どうしたの」

「誰かに頭突きされた」

「誰かって誰？」

律子が捷を助け起こそうと手を差し伸べ、怪訝そうに彼の顔を見た。

「分からない」

捷はそう言って立ち上がろうとして、ふと足元の隙間に気付いた。

ゆらゆら揺れている肉色のゴムのカーテン。しかし、よく見ると床から二十センチほどの隙間がある。

そうか、天井から吊り下げてるんだものな。

捷は床に這いつくばると、そっとカーテンの向こうを覗きこんだ。

薄暗い床の上で、たくさんのカーテンが揺れているのがなんとなく分かった。

しかし、床の上は一律二十センチほどの隙間があいていて、遠くに灰色の壁が見える。

かなりの広さの四角い部屋だ。

ふと、離れたところに二本の足が見えた。

誰かが立っている。

五メートルほど離れたところに、二本の裸足の足が床に立っているのが見えた。

暗くてよく見えないが、その裸足の足は若い女のような気がした。

足は動かない。じっとその場に立ち尽くしている。

「誰？」

捷は叫んだ。

「ねえ、どうしたの？」

「見てくれよ、誰かが立ってる」

捷は身体を上げると律子を見た。

「ええっ？」

律子は目を丸くすると、捷の隣で身体を伏せた。

「どこ？」

再び捷も地面に伏せる。

しかし、そこには何もなかった。遠くにある灰色の壁と、何もない床が見えるだけ。

馬鹿な。ほんの一瞬前に、そこに足が見えたのに。

捷は愕然とした。

「ああ、なるほど、カーテンだから、下は隙間があいているのね。これで自分たちがどこにいるか分かるわね。ねえ、扉は見える？　どこかに扉があれば、そっちに向かって進めばいいんだけど」

律子は捷の動揺に気付かぬようだった。

「そうだね」

見た。確かに見た。誰かが立っていた。

捷は混乱しながらも、壁に扉を探した。

そんな馬鹿な。どこに消えてしまったんだ。それに、もしあの足の持ち主が頭突きをしたにしてはいる場所が遠すぎる。確かに、さっき、壁の向こうに丸い頭を感じた。誰が頭突きをしたというんだ。

「おかしいわね。どこにも扉がないわ。それとも、壁の高い位置にドアが付いてるのかしら」

「そうかもしれないね」

上の空で返事をしながら、捷は立ち上がる。

「とにかく壁目指していけばいいんだわ。どこかの壁に出れば、壁伝いに出口を探せるもの」

律子の提案に頷き、捷は歩き出した。

肉色の壁。揺れるカーテン。

おかしい。何かがおかしい。さっき、確かに二本の裸足の足を見た。

捷は角を曲がった。壁に向かって歩いていると思うのだが、少しするとまた方角が分からなくなる。

らしい。

「ちえっ。また分からなくなった」

そう言って振り返るが、何度も角を曲がっているうちに律子とも距離を置いてしまったらしい。

仕方ない、もう一度見てみるか。

捷は何気なく身体を伏せ、再びカーテンの下を覗きこんだ。

全身が凍りつく。

たくさんの足がある。

どれも皆裸足で、しかもそれは子供の足だった。

床の上の、離れたところに、ざっと見て五人くらいの足があった。

どの足もぴくりとも動かない。

捷はゾッとして目をつぶり、身体を起こした。

まさか。まさかそんな。

心臓がどくどくと激しく打っている。全身に冷や汗が噴き出す。

まさか、そんな。

捷は立ち上がり、何者かに駆り立てられるように進み出した。

出なくては。このどこか何かが間違った場所から脱出しなくては。

肉色の壁がゆらゆら揺れている。まるで内臓の中を歩いているよう。巨大な獣の腸の中を歩いている。腸は異物の存在を感じている。捷が自分の中を歩いていることを感じている。腸はこの異物を追い出そうとしている。

いつのまにか捷は小走りになる。ゆっくり歩いてなどいられない。一刻も早くこの場所を抜け出そうと、やがて必死に駆け出していた。

大きく壁が揺れた。巨大な獣の蠕動運動のように。

「うわっ」

壁の向こうからものすごい力が押してくる。巨大な力に押された壁が、捷を反対側の壁に押し付ける。遠くから、幾重ものカーテンを押してくる力だ。肉色のカーテンに挟まれ、捷は一瞬呼吸ができなくなる。

助けて。窒息してしまう。

ゴムの冷たくぺたりとした感触と特有の匂いに息が詰まりそうになる。身体を動かそうとしても、ゴムの摩擦に身体がうまく動いてくれない。

と、唐突に力は消え、カーテンは抵抗を失ってすうっと戻っていった。

ゆらゆらと左右のカーテンが揺れているのを、捷はぼうぜんと見守っている。この暗赤色のカーテンが揺れているのを感じていると、方向感覚も、上下左右の感覚も失いそうだ。

全身にびっしょりと汗をかいていた。

律子はどこにいるのだろう？　響一は？

逃げなくては。ここからすぐに。

捷はもう一度、床に手を突きカーテンの向こう側を覗きこんだ。

ぎくりと全身が硬直する。

すぐそこに、子供の顔があった。

血まみれの男の子が、息がかかるほど近くで、笑いながら捷を見つめている。

「ねえ、遊ぼうよ」

男の子はそう言うと、カーテンの下から捷に向かって手を伸ばした。

子供の手を見た捷は悲鳴を上げた。

その腕には、二本とも手首から先が無かったのだ。


律子は、全身が生暖かい皮に包まれたような気がしていた。

それは、パニックの兆しだった。心臓はどくどくと打ち、総毛だった肌は貼りついた恐怖にはちきれそうだ。

彼はどこに行ったのだろう?

律子は足早に歩きながら、前を行くはずの捷の姿を捜していた。何か短い悲鳴のようなものを聞いたと思ったのは、空耳だろうか?

落ち着かない表情で辺りの気配を窺う。

叫び出したいような気分になるのを、彼女は必死に押しとどめた。

嫌だ。この場所は嫌だ。この重くのしかかる暗赤色の壁。ゆらゆらと揺れ、触れるとぺたりと冷たいゴムの感触は、進むにつれておぞましさを増していった。

息が詰まりそうだ。最初はかすかにしか感じられなかったゴム特有の匂いが、徐々に耐え切れなくなってくる。外の空気が吸いたい。あの深い山の香りが恋しい。

ゴムの固まりがむくむくと膨らんで、空気を圧迫していくような錯覚に陥る。

気のせいだとは分かっているが、ゴムの匂いはますます強まるようだった。

子供の頃、車の匂いに酔った記憶が蘇る。あのゴムの匂い。ゴムに包まれた走る密室の匂い。ああ、嫌だ嫌だ。この匂いをなんとかして。

この匂い――どこかで嗅いだ匂い。どこでだったろう――心のどこかで知っている匂い。

だから、車の匂いだってば。

ホラ、あれだよ。死体を焼く匂いだろ?

頭の中で、あざ笑うような声が響く。

律子の喉からひきつった短い音が漏れた。唾を飲み込み、更に足を速める。

ああ、なんてひどい匂いなの。吐き気がする。

こめかみにじわりと嫌な汗を感じた。

捷がいない。すぐ前を歩いていたはずなのに。

「ねえ」

律子はくぐもった声で叫んだ。彼の名前を呼ぼうとして、苗字を呼ぶか名前を呼ぶか一瞬迷ったが、今この部屋にいるのは自分たち二人だけなのだから、名前を呼ばなくてもいいだろうと思った。

「どうしたの？　どこにいるの？　返事して！」

思ったよりも声は響かなかった。響かないどころか、左右のゴムの壁が防音壁のような役目を果たしているらしく、声がたちまち吸い込まれ、ぼそっとした独り言にしか聞こえないのだ。

曲がっても曲がっても捷の姿はなかった。ゆらゆらと揺れる壁。どうやら捷がぶつかったらしく、今やどの壁も大きく揺れている。ぐらぐらと揺れる視界。揺れる壁というのは、なんと気持ち悪いのだろう。まっすぐ歩いているはずなのに、平衡感覚がおかしくなりそうだ。まるで世界全体が揺れているような錯覚に陥る。

食われる。消化される。

律子はそんな恐怖を覚え、同時にこの部屋を造ったのは響一であることを確信した。

響一の世界の中に、あたしは放り込まれている。どこにも逃げ場はない。

そうだ、あたしは今彼の作品に共鳴している。彼の作品の中で、彼の作品に触れ、共振し、心をわしづかみにされている。

ねえ、これで満足なの？　これがあなたの目的なの？

「律子ちゃん」

ギクリとして、足を止めた。

今の声は？

律子は後ろを振り返り、きょろきょろ周囲を見回したが何もない。暗赤色のゴムの壁が揺れているところしか目に入らない。

幻聴？　でも、はっきり聞こえた。

汗は全身を流れていて、もう冷たくなっていた。体温が奪われ、肌寒さすら覚え始めている。耳を澄ませてみるが、辺りは静まり返っていた。

ふと、律子は違和感を覚えた。

なぜこんなに静かなのだろう。捷はなぜ返事をしてくれないのだ？

「ねえ、聞こえる？　返事をして」

律子はもう一度叫んだ。声がぼそりと周りに吸い込まれる。返事が返ってくる様子も、誰かが近くを歩いている気配もない。

他にもこの中に誰かがいるのだろうか。さっき、彼は誰かに壁の向こうから頭突きをされたと言っていたではないか。遊園地のお化け屋敷のように、誰かが道の先々でおどかそうと待ち構えているのではないか。

そう考えると、壁の向こうで大勢の誰かがじっと息をひそめているような気がしてくる。

ひたひたと恐怖が押し寄せてきた。

揺れる壁。内臓に似た暗い血の色をした壁。どこからともなく悪意が滲み出してくるような気がする。紛れもない、響一の世界だ。残酷で、美しくて、心が激しくかき乱される。

落ち着け。落ち着くんだ。

律子は小さく深呼吸をすると、自分に言い聞かせた。

気のせいよ。勝手にパニックになってるだけなんだ。とにかく、ここを出なくっちゃ。

この気味悪いカーテンのせいで惑わされてるけど、部屋の大きさが変わるわけじゃないし、壁に近づけばいい。いざとなったら、カーテンの下をくぐって、直線距離を行くという手もある。

律子は床にかがみこみ、水底の海藻のように蠢いているカーテンの下を覗きこんだ。

薄暗く、ひっそりとした床が続いている。

あれ？

律子はぐるりと周囲を見回して、首をかしげた。

誰もいない。捷は？

律子はきょとんとした。

彼女がいるのは、その巨大な部屋の真ん中辺りだった。しかし、三百六十度見回してみても、何も見えない。捷の足が見えるはずなのに、全く何もないのだ。

どうして？　律子は当惑と恐怖が同時に湧いてきたのに怯えた。

あ、そうだ、彼はもう迷路の出口にたどり着いたんだわ。だから、もうこの部屋にいないんだ。

そう思いついてホッとする。そうよね。宙に浮かんでいるのでもない限り、彼の足が見えるはずだもの。

「**律子ちゃん**」

今度こそ全身が凍りつく。

澄んだ少女の声。すぐ近くから聞こえてきた。まるで、頭の上で喋っているような——

律子は反射的に上を見上げた。

すぐそこにあどけない少女の顔がある。

えっ。

律子はそのまま動けなくなった。自分が何を見ているのか一瞬理解できなかったのだ。なぜそこに顔があるのか。なぜそこに彼女がいるのか。

「一緒に帰りましょう」

少女の口が動き、聞き覚えのある声が響く。

毬絵ちゃん。

律子の全身がガタガタと震え出した。彼女の斜め上から、毬絵の顔がこちらを見下ろしている。毬絵は、カーテンの上の方から首を突き出していた。身体は見えない。カーテンの中から、彼女の首だけが飛び出して律子を見下ろしているのだ。

「ねえ、早く見せて」

少女の唇が動く。綺麗に並んだ小さな歯と、動く舌が見える。

毬絵はちょっとだけ首をかしげて見せた。さらさらした髪が揺れる。

律子は大きく口を開け、意味もなく動かした。まだ自分が見ているものが信じられない。

「ねえってば」

突然ぐらりと少女の頭が揺れ、ころりと落ちてきた。がつんと律子の頭に少女の頭がぶつかり、髪の毛が頬に触れる。

律子は弾かれたように全身をのけぞらせ、声にならない悲鳴を上げた。両手を振り回して飛びのくと、彼女の身体にぶつかってお下げ頭の少女の首が鈍い音を立てて床に転がった。二本のお下げがそれぞれ別の方向にぱたりと投げ出される。

律子はカーテンにもたれかかり、乱暴に手を振り回しながら、後ずさりをした。

少女の頭はころころと床に転がり、こちらに顔を向けて止まった。

可愛い顔が痛みに歪んでいる。

「痛い、痛い。律子ちゃん、痛いよ」

苦しそうに顔を動かし、毬絵は泣き声を上げた。小さな白い顔が紅潮する。

律子はぶるぶる震え、両手で口を覆いながらその顔を見た。

毬絵は涙を流し、ひくひく唇を震わせながらこちらを見ている。しかし、その彼女は首しかない。首だけが床に転がっているのだ。黒目がちの目が瞬きをすると、涙が飛んで、床に小さなしみを作るのが見えた。

律子は笑い出したくなった。まさかこんな。ティム・バートンの映画みたい。ひょっとして、ここは特撮スタジオか何かなのかしら。ホログラムか何かで、子供の首を３Ｄにしてるのかもね。それとも、新手のＣＧか何か？　そうよ、きっと何か新しい技術なんだわ。響一だったら、最新の映像技術を取り入れるのなんて簡単でしょう。

でも、なぜ彼が毬絵の顔を知っているの？

律子の中で、理性とパニックがごちゃまぜになって押し問答をしている。

ほら、だって、彼は他人の心の声が聞こえるんでしょう？　彼はあの時白いランドセルを見たわ。あの時、きっと毬絵のことも、あたしの心を覗いて見たに違いないわ。そうよ、きっとそうよ。

律子は一人でうんうんと頷いていた。

「痛いよぉ」

毬絵は恨めしそうに律子を見た。

その瞬間、ぷつりと律子の中で何かが弾けた。

自分の置かれている異様な状況に気付き、彼女はようやくその場所を逃げ出した。しかし、毬絵の首を見つめているのも怖いが、その姿が見えなくなってからの方が余計恐怖が募った。今にもまた頭上からあの頭が落ちてくるのではないかと考えると、心臓が縮み上がりそうになる。さっき、頭の上に落ちてきた時のがつんという音、あの硬い感触、鈍い痛みがおぞましくてたまらなかった。

なぜなの。なぜ今ごろこんなところに出てくるのよ。

怒りと恐怖がまだらになって心にくすぶっている。

今更何よ。十年も昔の話だわ。あたしにはどうすることもできなかったのよ。

心の中で叫びながら、律子はむちゃくちゃに駆け回り、血走った目で出口を探し続けた。しかし、いっこうに赤い壁は尽きることがない。どこまでも濁った色ののっぺりした壁が前に立ちはだかる。

本当に出口があるのだろうか。

頭の中にそんな疑問が浮かんだ。

もしかすると、ここには出口がないのかもしれない。あたしはいつまでもこの中で白髪になるまで出口を探し続けるのかもしれない。

頭の中が真っ白になった瞬間、次の角を曲がると、正面の奥にぽっかりと開いたドアが見えた。

「こっちだ！」

開いたドアの外側で、真っ青な顔の捷が手を振っている。

律子はあまりの安堵に泣きたくなった、直線距離で二十メートルくらい。

律子は口を開け、一目散に駆け出す。見る見るうちに、床から三十センチほど高いところに開いたドアと捷の顔が近づいてくる。

その時、横から何かが飛び出してきて頭にがつんとぶつかり、彼女はゴムの壁に叩きつけられた。身体のバランスが崩れ、ぐにゃりと壁がへこむ感触がある。

体勢を立て直そうと踏ん張ると、肩のところに小さな頭があった。

ドアの向こうの捷が息を呑むのが分かった。

壁から飛び出した毬絵が、Tシャツの肩に噛み付いている。恨めしそうな目がぎろりとこちらを睨んだ。

うわっと叫んで、律子はめちゃめちゃに身体を振り回した。暫くしがみついていた小さな頭は、やがて律子の勢いに負けて肩から離れ、またしてもごろんと鈍い音を立てて床に落ちた。

「いやあああ！」

律子は理性をかなぐり捨てて駆け出した。差し出された捷の手をつかむと、ぐいと身体が引き上げられる。

律子が凄い勢いで飛び出したので、捷の身体に体当たりする形になった。

二人でバランスを崩し、その場に乱暴に転がって倒れる。

転んだ瞬間激しい痛みを感じたが、律子は暫く呼吸を乱したまま言葉を発することができなかった。まだ頭の中には恐怖が駆け巡っている。じっとしているのが怖くて、無意識のうちに床の上で手を振り回していた。

「いやっ。いやだっ。あっち行ってえっ」

口の中で叫びながら、律子は目をつぶり、首を振る。

いやいやいやいや。あたしのせいじゃない。

「――大丈夫?」

暫く経って、ようやく捷が口を開いた。

律子は身体を抱えて丸くなっていたが、恐る恐る目を開ける。

捷が青い顔でこちらを見ていた。まだ恐怖が覚めやらぬ様子だが、落ち着きを取り戻している。

きれいな目をしてるわ。

律子はぼんやりとそんなことを考えた。まだ心臓は激しく打っているが、徐々に理性が戻ってくるのを感じる。

律子はのろのろとドアの向こうを振り返った。

ゴムの壁が見え、鈍く光る銀色の通路が見える。そこには何もない。転がったはずの毬絵の頭は跡形もなかった。

二人はじっと通路を見つめていた。

「――見た？」

律子は捷の顔を見た。捷が硬い表情で頷く。

「あの――あれ、女の子の頭に見えたんだけど――歯を剝き出しにして、あのゴムの壁から飛び出してきたように」

そこまで言って、捷は自分が荒唐無稽な話をしているのを自覚したのか、気まずそうに黙り込んだ。

「ええ。その通りよ。壁から、首が飛び出してきた」

律子は疲れた表情でぼそぼそと呟いた。

「夢じゃないわよね」

「たぶん」

捷は渋々頷いた。もっとも、彼は彼で何か恐ろしい体験をしたらしい。

その表情をちらりと見て、律子はそう直感した。

「何か仕掛けが？」

律子はゆっくりと立ち上がり、自分たちが今いる場所を見回した。

そこは狭い廊下で、やはり小さなトンネルになっている。そして、十メートルほど先はまた屋外に続いていた。ぽっかりと開けたところに明るい陽射しが嘘のように降り注いでいる。

「さあね。でも、確かにぶつかってきた感触はあったし——バーチャルにしてはあまりにもよくできすぎてる」

捷は考え込んだ。だが、あの子供は。あの足は。

カーテンの下から覗いていた顔を思い浮かべると、全身に戦慄が走る。

「ところで彼は？　彼はどこにいるの？」

律子はのろのろと外に向かって歩き出した。

もちろん、あの男のことを指しているのだ。あの恐ろしい迷路の中に、自分たち二人を置き去りにしたあの男。彼の姿はどこにも見えない。

ドアを閉め、捷も律子の後に続いて歩き出した。

眩(まばゆ)い光。濃密な森の空気。爽やかな夏の風。

それは、数分前に二人がいた世界に比べ、あまりにも異質であまりにものどかだった。

二人はぼうっとした顔でその場に立ち尽くしていた。

あの経験はなんだったんだろう。夢だとでもいうのかしら？

律子は夏の陽射しに顔をしかめながら考えた。こうして日の光を浴びていると、あの経験は嘘だとしか思えない。

「嘘だろ」

同じようなことを考えていたと見え、捷もぼそりと呟いた。

「あれはなんだったの。あたしたち、二人揃って幻覚を見ていたとでも？」

律子は怒ったように呟いた。

「うーん。分からないや。あの部屋は、ああいう効果を狙って造られたものなのかな」

「ああいう効果って？」

「つまりその――心の底にあった嫌な記憶を増幅するというか――掘り起こしてしまうような」

「ああ。でも、どうやって？　そんな方法聞いたことないわ」

「例えば、二人とも彼に催眠術を掛けられてたとか」

「いつ？」

「さあ。朝食の時とか。さっきのあずまやでとか。僕たち、知らず知らずのうちに、何かそういう暗示を与えられてたのかもしれない」

「そんな。暗示くらいであんな恐ろしい目に遭う？　しかも、あたしが見ていたものがあなたにも見えたわけでしょう。二人揃って同じものを見られるなんて信じられないわ」

「もしくは」

捷はまじまじと自分の手を見た。

「ひょっとして、一服盛られたのかもしれない。何か幻覚を引き起こすようなものを」

「ドラッグを?」

律子はぎくりとした。鼻先に、甘い香りが蘇る。

そういえば、あのゲストハウスにはずっと何かお香のようなものが焚かれていた。実は何かのドラッグだったという可能性はないだろうか? マジックマッシュルームなど、今やドラッグはどこででも手に入る。まさか、食事に入れられていたとか。

「そうね。その方が可能性がありそうだわ」

律子は頷いた。

「でも、ああいうものって個人差が激しいんでしょう? やっぱり二人で同じ幻覚を見たことの説明にはならないわ」

「どこに行ったんだろう、あいつ」

捷がかすかに苛立ちを滲ませて周囲を見回した。

爽やかな小鳥の声が辺りにのどかさを演出している。

高い木々の梢に、強い陽射しが降り注ぎ、遊歩道に二人の影を落としている。

しかし、どこにも響一の姿はなかった。

「いったいどこへ？」

律子は訝しげな声を出した。今にもニヤニヤしながらどこかから出てくるのではないかという気がしてならない。

静かな山道が続いている。二人はきょろきょろしながらもおっかなびっくり道を進んだ。暫く歩いているうちに、二人は落着きを取り戻し、いつのまにか恐怖はどこかへ行ってしまった。あんな恐ろしい目に遭ったというのに、人間の心というのは忘れっぽいものだ。

律子は、さっき自分が取り乱したことがだんだん恥ずかしくなってきた。捷の手をつかみ、ウサギのように飛び出したことがなんだかみっともなく思える。思わず彼女は一人で赤面した。

彼もそう思っているのではないか？

律子はチラリと隣を歩く捷を見た。捷は何もなかったかのように穏やかな表情で歩いている。遠くにきらりと小さな屋根が光った。

「あ、見て、あずまやよ。少し休みましょ」

道の先に、見覚えのある形のあずまやが見えてきた。

「うん」

捷も頷いた。もう一度、さっきの体験を二人で話し合ってみたかったし、響一がどこへ行ってしまったのか考えてみたかった。

あずまやの中に入ると、ひんやりとした空気を感じて、律子はホッとした。パニックに陥ったあとで浴びた強い陽射しは、なんだかやけに彼女を疲れさせていたのだ。

「あれ」

石のテーブルを挟んで腰を下ろそうとした捷は、足元に落ちている携帯電話に気付いた。

「これ、あいつのだ」

捷は携帯電話を拾い上げた。電源は入っている。さっき、リモコンの説明を聞いた時に見ていたのだから間違いない。響一がついさっきまで使っていた携帯電話である。

「どうしてこんなところに。これがないとこの先テーマパークを見て回れないんでしょう?」

律子が怯えたような目でその携帯電話を見下ろした。

「落としたのかな。じゃあ、この辺りに」

彼がいるのかもしれない、という言葉を飲み込んで捷はきょろきょろ辺りを見回した。あずまやの周りは切り立った崖である。前後には細い道が山肌に続いているだけで、人一人が隠れるスペースなどありそうにない。

「まさか、ここから落ちたんじゃないでしょうね」

律子はふと思いついて顔色を変えた。

「ここであたしたちを待っていて、何かアクシデントがあってここから」

「そんな」

二人で顔を見合わせ、慌ててあずまやから乗り出して周囲を見回す。しかし、どこにも人間の姿はなかった。

「いないよ。まさかあいつがここから落ちるなんて」

「でも、彼はあたしたちを案内するのを楽しみにしていたはずよ。ここに携帯電話を置いていくなんて考えられないわ」

「うーん。念のため、ちょっと使ってみる」

捷は、自分の携帯電話を取り出して響一の家に掛けてみた。しかし、画面にアンテナは立っていないし、響一が言ったとおり電波が届かないのは確かだと証明しただけだった。

「どうしよう」

「戻りましょう。もし、彼が何かの事故に遭ったんだとしたら、きっと一刻を争うはずよ。今ならまだそんなに時間が掛からずに戻れるはず。あたしたちにはどうにもできないし、この辺りの地形がどうなってるのかも分からないわ。屋敷の人なら、何とかしてくれるわ」

律子の言葉に捷も頷く。

もっとも、二人の脳裏にはかすかな疑惑もあった。それは、互いの表情の中に読み取っていたが、互いに口に出すことを恐れていたことでもあった。

もしかすると、響一は自分たちを置き去りにしたのかもしれない。

まさか。

捷はその考えを脳裏で打ち消した。

こんなところに置き去りにしてどうする？　わざわざ自分たちを招待したのは彼なのだ。

せっかくのイベントを唐突に打ち切りにするなんて解せないではないか。

そう考えながらも、心に湧いた疑惑は消えない。

あたしたちは、おいてきぼりにされたのだろうか。

律子は頭の片隅でそう呟く声を聞いた。思わず首をかしげる。

でも、なぜそんなことをするの？　彼はあたしたちの反応が見たいはず。彼の芸術品に共鳴するあたしたちが見たいからこそ、こんな山奥まであたしたちを呼んだんじゃないの？　ここでいなくなったら、彼の楽しみはなくなっちゃうんじゃないの？　こんな楽しみを彼が見逃すはずはない。あたしたちの恐怖、あたしたちの反応は彼にとって何よりの喜びであるはず。なんだかおかしい。どこか納得できない。

二人はなんとなくすっきりしない表情で元来た道を戻り始めた。

が、さっき二人で転がり出たドアの近くまで来て、どちらからともなく足を止めた。

なんとも気まずい表情で二人は顔を見合わせた。

あの部屋。数分前に、信じがたい恐怖を二人で味わった部屋。やけに鮮明で、恐ろしすぎる幻覚を見た部屋。

捷は、あの血の色をしたゴムの壁に左右を囲まれることを考えると、たちまち動悸がするような気がした。

もう一度、この部屋に入る。もう一度、あの中を通る。

そう思うと、律子は鳥肌が立つのを感じた。

「ここを通らないと、戻れないのかしら?」

律子は捷の顔を探るように見た。暗に、再びこの中に入るのは嫌だと言っているのだ。

「そうだね。他に道はないのかな」

捷も平静を装っているが、足を踏み入れたくないのは明らかだ。

二人は真剣に通路の周りを探してみたが、切り立った崖を回り道するスペースはありそうもない。暫くぐずぐずと辺りをうろついたものの、さっきの部屋を通る以外に戻る道はないことを認めざるを得なかった。

二人はもう一度互いの顔を見合わせた。あの部屋に入りたくない、とどちらの顔にも書いてある。

ジレンマの時が過ぎる。

「じゃあさ、あのゴムの壁の間を通らないで、壁伝いに行こうよ。ゴムの迷路を通るとえらく時間が掛かるけど、壁伝いに行けばほとんど時間は掛からないと思う」

捷がふと思いついたように提案した。

「ああ、そうね。そうしましょう」

律子もホッとしたように同意した。

そうだわ。その手がある。あのゴムの通路さえ歩かずに済むのであれば、それがベストの選択に思えた。

二人は恐る恐るドアを開けた。

ドアを開けた瞬間、パッと天井の明かりが点くのが分かる。

「なるほど、ドアが開くと明かりが点くようになってるんだな」

「携帯のリモコンじゃなくて？」

「あれはきっと、照明の調節や切り替えが出来るようになってるんだろう」

二人は必死に平気な表情を保ちながら、壁に沿って足早に大きな部屋の中を進んでいった。部屋の中は静寂そのものである。

白い壁はまだ新しい。なるべくゴムの壁を見ないようにして歩く。

律子は心臓がまたどきどきしてくるのを感じた。

どうする？　また肩に毬絵が噛み付いてきたら？

考えまいとしても、さっき肩にぶつかってきた時の毬絵の目が脳裏に焼きついている。

駄目。考えちゃ駄目。律子はぎゅっと目をつぶった。

こころなしか、ゴムのカーテンはまだゆらゆらと揺れているような気がした。

今にも何かが壁の向こうからぶつかってくるような気がする。大勢の異形の人間たちが、自分たちのことを窺っているような気がする。

気にするな。気のせいだ。

捷も自分に言い聞かせながらひたすら前を向いて進んでいく。

ほうら、壁沿いいならこんなにも近い。角を曲がってまっすぐ行けば、もう出口さ。

しかし、いつのまにか背中にうっすらと汗をかいていることにも気付いている。

気をつけろ、カーテンの下から手が出てくるぞ！　手首から先のない、青ざめた子供の手が！

嘘だ、嘘だ。あれは夢だ。何かのクスリでトリップしたんだ。

捷は心の中で叫ぶ。

あんなことが本当に起きるはずはない。あんなことを本当に体験したはずはない。

じゃあ、ちょっと後ろを振り返ってみろよ。

え？

捷は思わずその声に聞き返してしまっていた。

おまえの後ろにいるのは誰だ？

捷は小さく笑った。ばかな、と呟く。

律子さんだよ。香月律子さん。きれいな名前だ。

本当か？　後ろについてくるのは、本当にあの娘か？　後ろで低く呼吸しているのは、何か見たこともない恐ろしい化け物なんじゃないか？　なあ、振り向いてみろよ。ほら、そこにあるのは、さっき彼女に嚙み付いていた小さな女の子の顔だ。今おまえが振り返って後ろを見たら、そこには小さな女の子の顔が宙に浮かんでる。おまえの鼻に嚙み付こうと、歯をむきだしておまえが振り向くのを待ってるんだぜ。**さあ、振り向け。後ろを見ろ。後ろを歩いているのは本当は誰だ？**

捷のこめかみから汗が噴き出す。背中がぴりぴりと緊張して、電気のようなものが発しているのを感じる。

後ろに誰かがいる。俺の後ろをついてくる。誰かが歩いている。そうとも、それは香月律子だ。他の誰でもない。

だが、本当にそうなのだろうか？

首の後ろが冷たい。なんだか背後に異様な気配を感じるのは気のせいか？

気のせいだ。気のせいに決まってる。

しかし、捷のこめかみからは汗が流れ続ける。背中があまりにも強張(こわば)っているため、歩き続けるのが困難なほどだ。

振り向くな。振り向いてはいけない。

「あ、見て！　あそこが出口だわ」

後ろから急に声が響いたので、捷はぎょっとする。

「なるほど、最初に迷路に入るところだけ壁を造って、カーテンの切れ目を見せないようにしてるのね」

前を指差す律子の顔を見て、捷はほうっと大きく安堵のため息をついた。

背中の異様な緊張感が一瞬にして消える。

やれやれ。これじゃあ自分で自分を脅してるようなもんだ。

捷は苦笑しつつ、前を見た。

確かに、律子が指差しているのは、最初にゴムの迷路に入ってきたところだった。入口から張り出すように、ひさしと壁が付いていて、その外側にカーテンがかかるようになっている。

二人は難なくその場所にたどり着くと、ゴムのカーテンを掻き分けてトンネルを抜け、外に出た。見覚えのある風景が明るい山の中に続いている。

助かった！　そう思うのと同時にどっと疲れが出た。

「よかったあ」

思わず捷は情けない声を出してしまう。律子も疲れた顔で笑った。

二人は安堵のため息をつくと、足早に来た道を戻っていった。

三人で話をしたあずまやを横に見て通り過ぎ、あのモザイクの丘の入ったドームの前に立つ。

「ここは？　ここもやっぱり他の道はないのかしら」

律子は周囲に目をやった。

「うん。どうやらなさそうだね」

「中を通る？」

「そうね」

ゴムの部屋を無事に通り抜けたことで、二人は少し気が大きくなっていた。それに、ここでは特に何もなかったし。

大丈夫。今度も大丈夫よ。

律子は心の中で繰り返す。

ドアを開けると、やはり照明がついた。しかし、普通の蛍光灯で、相変わらず鮮やかなモザイクが目を驚かせたが、最初に足を踏み入れた時の興奮は薄れている。

「やっぱりさっきは彼が照明を調節してたのね。空の色がないもの」

律子が醒めた声で呟きながら、ドームの中を見回した。

さっきよりも随分狭く見えた。トンネルの中を通ってきて、いきなりこの部屋に出るというのがやっぱりみそなのだろう。うまく人間の心理を突いているのだ。

普通の明かりの下では、いかにも大掛かりなはりぼてのセットのようにしか見えない。遠近法を利用した木々も、ゆっくり見てみるとその仕掛けが透けて見える。

「ふうん。見慣れてくると、どうってこともないな」

捷がほっとしたように呟いた。木の配置を観察してみる余裕すら生まれている。

二人はどかどかと丘を越えて、ドームから外に出た。

「急ごう」

二人は足を速めた。もう周囲の景色を見ることはなく、道の前を見据えてすたすたと進んでいく。

随分太陽が高く昇っていた。早朝出発して、霧に包まれていた時間が遠い夢のようだ。

離れたところに、小さな崖が見えた。

「常識」という名の、透明なアクリルの橋が架かっているところだ。

ここまで来ればもう少しだ。

捷は安堵した。正直言って、怖い思いはしたものの、テーマパークが名残惜しくもあった。あの先にどんなものがあるのか、見てみたいような気もした。

しかし、その一方でここから出られるのが嬉しかった。

それは律子も同じだったらしく、二人はいつのまにか表情を和らげて歩いていた。

本当に、遠くから見ると何もないようにしか見えないよな。

捷は改めて感心しながら道を進んでいく。

林の中に入ると、沢を流れる水の音が響いていた。

光が遮られると、さっと気温が下がるのを感じる。

やっぱ、いい気分じゃないな。透明な橋を渡るってのは。

捷は沢の上に足を踏み出そうとして、ぎょっとした。

まさか。

足がぴたりと動きを止めたが、それがあまりにも急なことだったので、上半身が前に行こうとつんのめる。

「うわっ」

捷は手を振り回した。

「どうしたの？」

すぐ後ろで律子の慌てた声が響く。

「下がって。下がるんだ」

捷はそう叫んで、後ろに向かって必死に上半身をのけぞらせた。

「ええっ？」

後ずさった律子にしがみつくようにして、ようやく捷は身体のバランスを取り戻していた。震えるようなため息が、喉の奥から流れ出る。

「――橋がない」

捷は低く独り言のように呟いた。

「そんな。アクリルの橋なんでしょ？」

そう言って、律子が沢を覗き込み、やはりぎょっとした顔になった。

そこには本当に何もなかった。さっき、響一が宙に浮かぶようにして乗っていたアクリルの透明な橋がなくなっている。何もないように見えたのは、本当だったのだ。

「どうして。さっきは渡ったじゃない」

律子が怯えた声で呟いた。

捷は再び沢に振り返った。そっと身体をかがめて、沢を見下ろす。橋を架けていた、両岸から飛び出していた四本の鉄骨はそのままそこにある。

「あのまま、透明な橋だと思って足を踏み出してたら、今ごろまっさかさまに下に落ちてたな」

そんなに川幅は広くないが、渡れる距離ではない。ごつごつした岩が転がっているところに落ちたら、小さな怪我では済まないだろう。

ふと、捷は底知れぬ悪意を感じた。

最初に透明な橋が架かっていると説明され、あの上を歩いているところを見せられる。度肝を抜かれつつも、橋が透明であるという事実はしっかりと心に刻み込まれる。そして、その印象が残っているから、橋が見えなくても、そこに橋があると思ってさっさと進んでいく者もいるだろう。もしかしたら、橋がなくなってることに気付かず、何気なく足を踏み出してしまうかもしれない。しかも、林の中の橋だ。明るいところから急に暗いところに入って、一瞬目をやられたら、ますます見分けはつかなくなるだろう。

心の中に、じわじわと黒い霧のようなものが湧いてくる。

もしかして、あの橋はそういう用途で使われていたのではないだろうか。誰かをここに誘い込んで、橋を外して下に落とす。そのためにあの橋は造られたのではないか。これまでも、その罠にはまって、落ちてしまった人間がいるのではないだろうか？

捷の心には、その考えが確信となって膨らんでいく。

「あの橋は、本当にホッチキスの針みたいに、ここに掛けてあるだけだったんだ。固定してあるわけじゃなかった」

捷はかすれた声で呟いた。自分の胸に湧いた考えが、なんとも嫌な気分にさせていた。

「じゃあ、橋を外してしまったってこと？」

律子が驚いた顔で捷を見る。

捷は無言で頷いた。

「誰かが橋を外したんだ。僕たちが戻れないように」

「誰かって」

「分からない」

しかし、二人は誰が外したか、その答を既に知っていた。この橋を外せる人間、この橋を外すであろう人間はたった一人しかいない。だが、二人はその答をどうしても口に出すことができなかった。

不気味な沈黙が二人の間に漂う。

「どうすればいいの。どうすれば」

律子は自分たちが直面している事態を受け止めることができなかった。

「戻ることができないってことは、進むしかないってこと？　電話もないし、どこにも連絡が取れないわ。あたしたち、ここから出られないってことなの？」

律子は混乱した表情で捷を見た。

捷は無表情に沢を見下ろしている。

「もう、進むしかない。宿泊施設があるとあいつは言っていた。そこに行けば、屋敷に繋がる電話があると。それしかどこかに連絡する方法はないんだ」

「でも、屋敷に連絡しても、本当に誰かが来てくれるのかしら？　もし。もし彼が本当にあたしたちを」

律子はそこまで言って唐突に言葉を切った。

まさかそんな。そんな恐ろしいことを。

律子は青ざめた顔でぼんやりと下の方で流れる川を見下ろしていた。

二人は、今律子が切った言葉の続きを考えていた。

いまや、二人は響一の造った「神の庭」の中に取り残されてしまった。二人は彼の世界の中に、閉じ込められてしまったのだ。

まさかそんな。そんな恐ろしいことを。

律子はどこか虚しい気分で考えていた。

そう。彼ならば、やる。

いつしか心の中に確信が満ちてくる。

彼ならば、やる。あたしたちはあくまで実験材料なのだ。あたしはこの日が来ることを知っていたはずなのだ。

捷はあずまやに落ちていた携帯電話を手に握っていたことに気付き、そっとそれを見た。

わざと置いていったのだ。

捷はそう確信していた。

これは、彼の置き土産なのだ。彼は、俺たちが彼のテーマパークを進むことを強く望んでいるし、そうすることしかできないように、わざとあそこに携帯電話を置いていったのだ。

簡単さ。オンとオフにするだけだ。

響一の声が脳裏に蘇る。

あれも、わざと説明したのだ。捷に見せ付けるように、携帯電話のリモコンの使い方を教えていったのだ。

なんと周到な。なんと彼らしい。

暗い笑みが唇に浮かんでくる。

まんまと彼の罠にはまってしまった。

絶望に似た予感に、捷は一瞬眩暈がした。

「行こう。どこかに、屋敷に戻る道があるかもしれない。どこかに、山を降りる道が」

捷はそう言ったが、自分で言っておきながらも動き出すことができなかった。ついさっきまで、現世と彼らを繋いでいた透明な橋、不在の橋があったところを絶望的な表情でじっと見つめているのだった。

43

正面から行くか、裏から行くか。

居酒屋での奇妙な会合は、いつしか烏山家にどう接触するかに焦点が移っていた。

誘導されたかな、この男に。

　和繁は、てきぱきと話を進める目の前の記者を見ながら心の中で苦笑した。

　この男と組んだことが果たして正しかったのかどうかは分からないが、不慣れな土地での情報と、目的は異なっていても利害関係の一致する相手を見つけられたことは、もしかすると幸運なのかもしれなかった。

　橘は、和繁の当惑など意にも介さぬ様子で口を開いた。

「あなたたちは正面から行った方がいいと思います。何も予備知識がなかったことにして、婚約者を捜していきなり訪れる、という形をとった方がいいでしょう」

「烏山家に電話を入れた方がいいんでしょうか？」

　夏海が緊張した面持ちで尋ねる。橘は首を左右に振った。

「電話を入れると門前払いを食らう可能性が高い。とにかく心配でたまらず、ここにいるという噂を聞いて来てしまった、という様子を装った方が入れてもらえると思います」

「烏山響一は今ここにいるのかな？」

　和繁の問いに、橘は大きく頷いた。

「います。今日も響一の姿が駅で目撃されている。屋敷にいると見ていいでしょう」

「あなたはどうするの？」

　夏海は恐る恐る尋ねた。橘はにやりと笑った。

「僕は、裏から行きます」

「裏からって──」

「今度こそ、あの山に潜入してみるんです」

「えっ。私有地なんでしょう？」

「はい。不法侵入ということになりますが」

「大丈夫なの？　お仕事柄、あとでやばいことにならない？　この辺りでは凄い力があるんでしょう、烏山家は」

「ええ。だからこそ、ね。これまでも、ちょくちょく周辺部には足を踏み入れていたんです。山の中で大掛かりな工事が行われていた場所はだいたい見当がついている。あとは、実際に何が行われているのか確認するだけです。あなたたちに会えたのは僕にとってもラッキーでした。大丈夫、僕一人が入り込んだからってそう簡単には見つかりませんよ。なにしろ、広大な山ですし、管理している人数はそんなに多くありません」

「山は慣れてるの？」

「ええ。これでも山村育ちですからね。山岳部にもいたし。子供の頃から何度も山で夜明かしをしたことがあります」

橘はあっさり頷いた。よほど自信があるらしい。この男がそういうのならば大丈夫だろう、と思ったのと同時に、和繁は奇妙な胸騒ぎを感じた。

本当に大丈夫なのだろうか？　**相手は神様かもしれないんだぞ。**

そう思ってから、「馬鹿な」と自分で突っ込みを入れた。

まさかね。

「じゃあ、明朝は、僕が烏山家まで案内していきましょう」

ふと、和繁は疑問を覚えた。

「烏山家はあなたのことを知っていますか？」

「恐らく。少なくとも僕が烏山家に興味を持っていることは知っているでしょう」

橘は冷笑した。地方紙の記者なのだ。地元の人間に、その行動を把握されている可能性は高い。その表情からは、彼が烏山家と円滑な関係を築いているとは言い難いことが推測された。

「じゃあ、僕たちとあなたとの関係は、なるべく伏せておいた方がいいんですよね」

橘は、一瞬疲れたような笑みを浮かべた。

「例えば、あなたたちがこの辺りでタクシーを拾って、烏山本家の玄関までと頼んだとします」

橘は言葉を切るとおもむろに日本酒を冷やで頼んだ。つられて和繁も頼む。

「この辺りの習慣では、烏山家に行くことを頼んだ客が現れた時点で、運転手は必ずどこかで電話を掛けます」

「というのは？」

「烏山家に、こういう客と会う約束があるか、こういう客を連れていっていいか確認するためですよ」

　橘は冷ややかに言った。和繁と夏海は絶句する。

「そこまで徹底してるんですか」

「はい。僕達がこうして三人で飲んでいたことも、早晩烏山家に連絡が行くと思って間違いないです」

「まさか」

　夏海は反射的に店内を見回した。作業着で晩酌をしている男たちや、自営業らしき男が一人でのんびり飲んでいる様しか目に入らない。三人に興味を持っている人間がいるとは到底思えなかった。

「そんなことは」

「誰が知らせているのかは分かりません。でも、必ずその情報は烏山家に伝わるんです。少なくとも今まではそうでした」

　橘の平然とした表情を見ていて、和繁は不意に背筋が寒くなった。

　彼がこれまで烏山家を取材するのにどれほど辛酸を舐めてきたのかを悟ったからだった。

　ここは東京ではない。烏山家が支配する土地なのだ。

「とんでもないことになったなと思っているでしょう？」

橋はニッと無邪気かつ凄みのある笑みを浮かべた。

「正直、そう思ってる」

和繁は思わず素直に頷いてしまった。夏海は青ざめた顔で二人を見ている。

「ここはそういうところなんです。あなたたちはとんでもないところに足を踏み入れようとしているんですよ。いや、もうすっかり足を踏み入れてしまっていると言っていい」

そう橋が吐き捨てるように言うと、タイミングよく二人の冷酒が運ばれてきた。

反射的に黙り込んだ二人は、ためらうように目の前の酒を見つめていたが、やがて示しあわせたように同時に口を付けたのだった——

突然、頭の中に刺し込んでくるような強い陽射しを感じた。

和繁は、汗まみれの顔で瞬きをして、ハッと我に返る。

昨夜の出来事を思い起こしているうちに、上り坂で息切れしていることに気が付いた。

顔を上げると、杉木立の中の木漏れ日が眩しく、全身がむっとするような草の匂いに包まれている。少し前を、ワインレッドのスーツを着た夏海が歩いている。

今、自分は烏山家に向かっているのだ。

和繁はそのことが未だに信じられなかった。

「凄いわ、まだ塀が途切れない。橋さんたら、こんなに坂道が長いってこと、教えてくれればよかったのに」

夏海は汗を拭いながら、感嘆と悪態とを同時に漏らした。

和繁は今朝、こっそり紀伊日報に電話を入れてみた。橘という男が本当に存在しているのか、確かめてみたかったのだ。不案内な土地で、親切に道を教わったのだが、という通りすがりの人間を装って電話したのだが、その存在はあっさり確認でき、背格好も間違いはなく、確かに橘という記者がいることを納得させられてしまった。むしろ、和繁はそのことにひどくがっかりさせられた。つまり、橘の語った烏山家も確かに存在しているということだ。

橘が平然とホテルの前に車を付けたのはその数分後のことで、彼の車の助手席には、山の中を歩くための装備が置かれていた。彼は本気で山に入るつもりらしい。

今日も快晴だった。眩い光で世界は隈なく照らし出されている。

橘の車に続いて、レンタカーを走らせる。

「この先は一本道ですから」

橘は鬱蒼とした杉木立の中の坂道を示すと、さっさと行ってしまった。どこか目立たぬ場所に車を置きに行くのだろう。「この先私道、許可なく車両を乗り入れることを固く禁ず」、の看板を見て、和繁たちも車を停められる場所を探し、車を降りて歩くことにした。

こんもりとした山が、二人の新参者を圧倒するようにそびえているのを見ると、このどこかに怪しげな建造物があるなどという話は単なる世迷いごとにしか思えなかった。

夏海はけなげに先に立って坂を登っていく。

愛は強し。そんなことをぼんやりと考える。

だが、和繁は昨日から彼女の表情にどこか違和感を覚えていた。何がどうだというのではない。うまく言えないのだが、かすかな距離を感じるのだ。いつからのことか考えていたが、どうもあの死体を見たあとからのような気がする。あんなものを見たあとだから、彼女が精神的にダメージを受けていても無理はないが、それにしてもこのかすかな違和感をずっと拭い切れないのはどういうわけだろう。

坂を登りながら、なぜ自分がこんなに苛立ちを覚えているのかを考える。

夏海のスーツの背中には汗が滲んでいた。こんな涼しげな女でも汗をかくんだな。

おかしなところに感心しながら、和繁は考える。

嘘くさい。

突然、その言葉が頭の中に降ってきた。そうか、と胸の中で叫ぶ。

そうだ。この苛立ちは、どこか今自分が置かれている状況が嘘くさいと感じているからだ。因習の土地、因習の家。今時そんなものが存在していることを誰が納得できる？　なんだか全てが嘘くさい。だが、全てがもっともらしくそこに在り、自分はその中心に向かって招き寄せられている。自分の意志ではなく、どこかに大きな思惑のようなものがあってそれに従わされていることが不愉快なのだ。

烏山家。それがその中心なのだろうか？

胸の中のもやもやしたものが形になろうとしてきた時、前方に異様な気配を感じた。

顔を上げると、夏海が足を止めて棒立ちになっている。

巨大な門が、威圧するように風景の奥に待ち構えている。

真っ黒だ。黒い門。相当な年代物に違いない。そのどっしりとした重量感は、歳月の重みがなせる業なのだろう。

夏海が怯えた表情で和繁を振り返る。彼女の足はそこで動かなくなってしまったようだ。

実は、和繁も自分の身体が凍りついたようになって進まないことに気付いていた。

邪悪だ。あまりにも邪悪過ぎる。あの中に足を踏み入れることなんか、とてもじゃないができない。和繁は必死に引き返す理由を考え始めていた。

と、突然、門が揺らいだ。陽炎のようなものが門の前に立ち込めて、それが風景を歪ませているのだ。

こんな石畳の上に陽炎が？

そう考えた瞬間、門がぐらりと揺れた。地震？

見る間に、黒い門が膨れ上がり、引きちぎられるように空に破裂する。

それはカラスの大群だった。カラスの大群が、こちら目掛けて飛んでくる。

「うわっ」

和繁は反射的に逃げ腰になったがそれでも動くことができず、頭をかばうように手を振り上げるのが精一杯だった。

上空が群れ飛ぶ黒い塊で一瞬暗くなったような気がした。たくさんの獰猛な何かが空気を震わせ、舞い降りてくる気配に全身が硬くなる。

つつかれる！

全身に鋭い嘴の痛みを感じ、血が噴き出したような錯覚すら覚えた。

「あれ、烏山響一だわ」

夏海のぼんやりした声が聞こえ、和繁は焦った。

馬鹿、何をのんびりしてるんだ！　逃げろ！

そう叫ぼうと顔を上げた和繁は、明るい空の下、門を出てくる一人の男に気付いた。

えっ？　カラスの群れは？

何が起きたのか分からなかった。心臓はどくどくと鳴り、全身に冷たい汗が噴き出している。和繁は混乱した頭で手を上げたままきょろきょろ辺りを見回していた。

静かな山の中。遠くで響く柔らかな鳥の声。木々の間から降り注ぐ強烈な陽射し。

まぼろし？　まさか。あんな強烈なまぼろしがあるだろうか。確かにカラスの大群がこちらに向かって飛んでくるのが見えたのだ。

二人は動けなかった。無表情な男が、すたすたとこちらに向かってやってくるのをじっとなすすべもなく見ているだけ。

なんという輪郭のくっきりした男だろう。

和繁はいつしかその男に見入っていた。

大柄で、がっしりとして、人に見られることに慣れている男。

そうなのだ。芸能人や有名人を目にして感じるのは、オーラ云々よりも、輪郭が際立っていることである。彼等は文字通り、周囲からくっきりと浮き出て見えるのだ。

しかし、この男の輪郭といったら、まるで塗り絵の線のごとくはっきりしている。この男一人を置くことで、風景の意味が全く変わってしまう。こんな人間を見るのは初めてだ。

いや、どことなくこの男は人間ばなれしている。日本人ばなれではなく、人間ばなれしているのだ。

「うちに何か御用ですか？」

あと五メートル、というところで男は立ち止まり、にこやかな顔で声を掛けた。

「あ、あの」

夏海は面くらっていた。まさかいきなり烏山響一本人が出てくるとは夢にも思っていなかったのだ。

「どうしてあたしたちが」

夏海はまだ混乱していて、目的を説明する前に質問をしていた。

響一は「ああ」と小さく呟いて笑った。

「うちの前の坂を登ってくる人がいると教えてくれた人がいるんですよ。坂の入口から全部うちの私有地ですから、この坂を登るのは、うちに来る人だけなんでね」

和繁はぎくりとした。昨夜の橘の台詞が蘇る。

誰が知らせているのかは分かりません。でも、必ずその情報は烏山家に伝わるんです。

和繁は目の前に立っているにこやかな男を見つめた。

その通りだな。つまり、俺達が橘の車と一緒に乗りつけたことも誰かに見られていたわけだ。

胸の奥に冷たいものを感じながら、和繁はじっと響一の顔を見た。

こんなに美しいのに、なぜこんなに異様なんだろう。

それまで恐怖と混乱に塗りつぶされていた心のどこかで、むくりと好奇心が首をもたげるのを感じる。

「あ、すみません、ご挨拶もせずに。私、久野と申します。東京から参りました。私達、黒瀬淳を捜しに来たんです」

夏海は当初の目的を思い出したように慌てて言った。

「黒瀬淳?」

響一は意外そうな顔をして夏海を見る。

「私、黒瀬淳の婚約者です。彼、先月から行方不明なんです」

響一は相変わらず意外そうな顔をして、スッと和繁に目をやった。

劇的な変化だった。

彼はその全てを射貫くような目で和繁を見た瞬間、パッと顔を輝かせたのだ。

え？

思わず和繁は後ろを振り返った。誰か彼の知り合いが後ろからやってきたのかと思ったからだ。夏海もそう思ったらしく、彼女も後ろを見た。しかし、そこには誰もいない。

「――そちらは？　どなたですか？」

響一の質問が自分に向けられていると少ししてから気付き、和繁は慌てて返事をする。

「はじめまして。突然お邪魔して申し訳ございません。星野と申します。黒瀬淳の友人です。大学時代からつきあいがありまして」

そう答えながらも、さっき響一が見せた歓喜のような表情はなんだったんだろう、と心の中では戸惑っている。

「そうですか」

響一はまだどことなく笑みを浮かべつつくるりと背を向けて戻り始めた。

「あ、待ってください」

拒絶されたと思い、夏海はすがりつくような声を出す。

響一はちらっと振り返り、クスリと笑った。

「話の続きは中でしましょう。ここは暑いし、この坂道はこたえたでしょう？」

44

早くも森の中は鬱蒼とした深山の趣を湛え始めている。

時折強い夏の陽射しが閃光のように走るが、夏を意識するのはその瞬間だけで、次の瞬間には湿った沈黙に包まれる。

一人の若い男が、淡々と山の中の道なき道を進んでいた。一見、のろのろと覇気のない歩き方に見えるが、よく観察してみると長時間歩くために最小のエネルギーで山を登っていることが分かる。荷物は少なく軽装であるが、汗を吸う長袖のシャツ、首に巻いたタオル、使いこんだ軍手、足元のナイロンの泥除けと必要最小限の装備がしてある。このことからも、彼が相当山歩きに慣れていることが窺える。

山はよく手入れされていた。長年に亙ってこの山に通っている、この場所を知り尽くした優秀な管理人がいるのだろう。いったん伐採、植林をして人間の手が入ってしまった山は、維持していくのに恐ろしく手間がかかる。

財政的な問題ではない。ここまで完璧な管理が為されるのは、人心をがっちりと抑え込んできた何かが存在するからだ。例えば信仰。例えば因習。例えば、強い恐怖。

橘は登りかけた片足を石の上に掛けたまま一息ついた。首とこめかみの汗をタオルで拭い、コピーした地図を広げる。その中には、赤く塗ったエリアがある。

橘は周囲を注意深く観察し、太陽の方向を見て、自分の現在位置を確認した。

概ね最短距離を登ってこられた。ここまでは沢に沿ってきたから簡単だったが、これからが厄介だ。

橘は地図を見つめる。彼が丹念に聞き込みをして推定した、工事が行われているとされるエリアが赤い部分だ。

そして、その一番奥にあるのが――

小さなバツ印。本家の当主しか見たことがないと言われる、「オアズカリ」。

これが、そもそも烏山家の名の由来となった、降臨伝承の元らしい。有名なカラスの絵は、言わば伝承の補強として描かれたものに過ぎないと彼は考えている。いわゆるご神体のようなものなのだろうが、それがいったいどんなものでできたどんな形をしたものなのか、いろいろ憶測はあるが全く謎に包まれているといっていい。

ここ数年工事をしている部分は、この「オアズカリ」を囲むように行われているように見えた。

これはどういうことなのだろう？　まさか、神殿でも造ってるのだろうか？　税金逃れのために宗教法人でも作ろうというのか？　しかし、運び込まれた資材は何を造っているのか理解に苦しむようなおかしなものばかりなのだ。

それは彼の頭を最も悩ませる問題の一つだった。クロダ・グループから烏山家に対する金の流れに長年注目してきた結果、烏山家にまつわる謎にどっぷりつかることになった橘だが、両者の関係にはどこか単純な利害関係だけでは済まされない不気味なところがあった。もっとも、彼が烏山家に執着するのは個人的な理由があったことは否定しないが。とにかく、この赤いエリアに入り込みたい。願わくば、「オアズカリ」の現物を見てみたい。

橘はそう改めて決心すると、キャラメルを口に入れて再び斜面を登り始めた。ちょっと見には道などなさそうだが、山歩きの経験が長い橘には、誰かが歩いた道が感じられた。

超自然的なものには全く興味もなく、信じる気もないが、この山の中を歩いていると、何百年も昔に時代が遡ってしまい、下山したら中世の日本にタイムスリップしてしまっているような錯覚に陥る。

全てが科学で解決できるわけではないことも承知しているが、この肌にまとわりつく嫌な感じは説明しがたかった。

橘は、山に入った時から誰かに見られているような気がすることに気付かないふりをしていたのだが、こうして深く山に入り込むとますますその感覚が強くなってきていた。

本当に監視されているのか？

彼は冷静に分析しようと試みた。どこかにカメラがあっても驚かない。限りなくアナログだと思われていた第一次産業は、ハイテク技術によって様変わりしている世の中だ。因習の地であっても、烏山家はそれなりに時代の波に乗ってきている。私有地の管理に、高度な技術が導入されていても驚くには当たらない。

橘は立ち止まって、まじまじと木の上を見た。暫く目を皿のようにしてカメラか何かないかと探したが、最もコンパクト化の進む光学機械を探しても素人目には無駄だとあきらめる。監視や追っ手がいるのなら、さっさと目的のエリアに入るにこしたことはない。捕まるか追い出されるかする前に、見たいものは見ておかなくては。

橘は足を速めた。

がさり、と後方の茂みで何かが揺れる。

反射的に足を止め、振り返った。

しかし、次の瞬間、辺りはしんと静まり返って何の気配もない。茂みはたいして葉が密生しておらず、素通しで向こうが見えるほどだ。誰かが隠れられるような場所ではない。

鳥か、風だろう。

橘はそう自分に言い聞かせて歩き始める。しかし、背中に粘つくような感覚は消えることはなかった。

45

この世のものとは思われない。

そういう表現がこれほどぴったりの場所もなかった。

伝奇ミステリ映画のセットの中にいるみたいだ。

和繁も夏海も、屋敷の雰囲気に圧倒されながら廊下を進んでいった。

廊下。こんな凄い廊下を歩くのは久しぶりだ。今や日本の住宅で廊下ってほとんど死語だからな。

和繁は暗いけれども顔まで映りそうなほど磨き上げられた黒い廊下をそっと見下ろした。

このままこの男についていっていいのだろうか。俺達がここに来ていることは橘しか知らない。俺達が戻らなかったら、友人たちが捜そうにも俺達がどこに行ったか知っている者は誰もいないのだ。

響一は建て増ししたと思われる部分に案内した。見事な竹林を眺めながら渡り廊下を進む。竹林の落とす緑の影は、涼やかで美しい。

モダンな部屋に通される。最初に足を踏み入れたアンティークのような屋敷とは対照的で、思わずホッとした。

何の匂いだ？

ふと、甘い匂いを感じたような気がして、和繁はきょろきょろと辺りを見回した。

芳香剤かな。

家の中は冷房を使っている様子もないのにひんやりしていた。うまく空気が流れるように造ってあるのだろう。

響一がコーヒー豆を挽くガーッという音がして、やがて香り高いなんとも言えぬいい匂いが高い天井の部屋に立ち込めた。身体の中がほどけていくような香り。和繁は、自分が昨日から、ひどく緊張していたことに今更ながらに気がついた。

贅沢な美しさの庭を見ながら、素晴らしく美味いコーヒーを飲んでいるうちに、和繁の心の中の好奇心はどんどん膨らんでいく一方だった。

なんといっても目の前にいるこの男。噂の男がたった一人で目の前にいて、対峙しているのだ。和繁はどこかわくわくした気分で響一を見つめていた。

紛れもないＶＩＰ。ＶＩＰを演じる者や周囲に祭り上げられたＶＩＰもいるが、この男は本物だ。これまでに会った中でも、こんなに強烈な人間はいなかった。

和繁は目の前で悠然と座っている男を言い表す言葉を必死に探していた。

無国籍でいて、ひどく日本人的である。男性的でいて、そのくせ中性的である。野性的でいて、とても洗練されている。ダイナミックなものと細心なものを同時に持ち合わせている。だが、とどのつまりこの男の魅力は負の魅力だ。ほのぼのとした日の光の持つ魅力ではない。同じ神でも軍神だ。慈悲と残虐さを自然に持ち合わせているような――

「あんた、面白い人だね」

突然、響一が小さく噴き出して和繁を見た。

コーヒーを飲む間、誰も話していなかったことに気付き、和繁はどぎまぎする。

夏海はすっかり響一の雰囲気に飲まれて、幼い少女のように目を伏せてコーヒーを飲んでいた。あんなに負けん気を覗かせていた娘が嘘のようだ。

「え?」

響一がにっこりと笑って自分を見ているのを見て、和繁は、自分が馬鹿みたいに響一に見とれていたことと、それと同じくらい彼が自分のことを鋭く観察していたことに気付いた。

「今、何考えてた?」

響一はかすかに身を乗り出して和繁の目を覗き込む。一瞬、眩暈を覚える。

「ええと、阿修羅が年を取ったらこんな感じかな、とか、メフィストフェレスが現代に蘇ったらこんな感じかなあ、と」

思わず正直に答えてしまい、ハッとして和繁は赤くなった。

響一は大声で笑った。

「素晴らしい。そいつは最大級の褒め言葉だぜ」

「すみません、失礼なことを」

「あのう。淳さんが最後に目撃されたのは、どうやらこの山の中の『カーテン』の撮影現場のようなんです」

ご機嫌な響一に向かって、痺れを切らしたように夏海はおずおずと話し掛けた。とたんに響一は無表情になり、人形を見るように夏海を見る。夏海は殴られたかのように身体を縮めた。

「淳は遠い親戚に当たるんですよね？」

和繁は一瞬の気まずさをとりなすように慌てて尋ねた。

「子供の頃は時々この家で遊んだよ」

響一はスッと立ち上がり、庭に向かって立った。

「まさか、彼と一緒に仕事をするとは思わなかった。彼は子供の頃から物凄く絵が上手でねえ」

「へえ、あの淳が」

和繁は意外に感じて思わず声を上げる。

「あれは天性のものだろうね。特に、デッサン力が抜群だった。俺も一応絵は得意だったんだが、淳にはかなわなかったな。でも、彼はあんなに上手なのに、美術の道に進もうなんてこれっぽっちも考えてなかったみたいだね。現に、久しぶりに再会した時はバリバリのビジネスマンになってて納得したよ。とにかく仕事のできる男だった」

「あの」

和繁は反射的に尋ねていた。

「なぜ過去形に？」

一瞬、響一は不意を突かれたような表情になった。が、小さく苦笑する。

「特に他意はないよ。彼と仕事をしたのはもう過去の話だったからさ」

響一は真面目な顔で夏海を振り返った。

「確かに彼は今月の中旬までは現場に姿を見せていたと思う。だが、そのあとどこに行ったのか俺には分からない。彼は現場につきっきりというわけではなかったし、しょっちゅう東京にトンボ返りしていたし、彼のスケジュールまで俺は把握していなかった。彼が見つからないのは心配だが、俺はお役に立てそうもない」

「もしかして、山の中で事故にあっていて、誰にも気付かれてないということはありませんか？」

和繁は尋ねた。響一は一笑に付す。

「それはないと思う。絶対にないとは言い切れないけどね。山の中を捜してみるかい？」

「あのう――『カーテン』の制作以外に、山の中で何か別の作業をしているという噂を聞いたんですけど、いったい何を造ってらっしゃったんですか？」

夏海は必死に話を続けようとしていた。ここで響一に否定されたら、淳を捜す手がかりは切れてしまう。

「誰から聞きました？　そんな話」

響一はにこやかかつ冷ややかな口調で尋ねた。夏海はぎくりとする。

「まあ、だいたいの見当はつくけどね」

響一は夏海の返事を待たなかった。

「隠すようなことでもないから言いますよ。でも、できれば口外しないでほしい。興味本位で観光客が押しかけても困るんでね。伯父のプライベート・ミュージアムですよ」

「プライベート・ミュージアム？」

夏海と和繁は揃って反復した。響一はこっくりと頷く。

「ええ。伯父はここ数年ちょっと精神的にまずい状況にありましてね――噂は聞いてると思うけど。本人もそのことを自覚していて、故郷の山の中に、半ばリハビリ同然に、ここ数年インスタレーションを造っているんです。それはもう、なみなみならぬ情熱を傾けてね。俺もその協力をした。それだけの話です」

「へえ。それは凄い。下世話な興味で申し訳ないけど、見てみたいものですね。実際、見たがる人も多いでしょう？」

和繁は素直に興味を覗かせた。

「ええ、とてもね。ごく親しい人間には時々見せているようですが」

響一は意味ありげに頷いてみせる。

話は唐突に途切れた。和繁はこの先どんなふうに話を持っていくべきか必死に考えてみたがどうしようもない。響一が知らないと言えば、話はそこで終わりなのだ。そんなことは承知していたはずだったが、焦りと怒りのミックスされた感情が湧いてくる。それは夏海も同じだったらしく、もどかしそうにきょろきょろと辺りを見回し、必死に会話の糸口を探している。

響一はそんな二人をじっと見つめていた。二人がどうするのか様子を見守っている、という感じである。

「見たいですか?」

唐突に、響一は和繁に向かって口を開いた。

「え?」

一瞬、質問の意味が把握できずに目をぱちくりさせる。

「伯父のプライベート・ミュージアムですよ」

「え?　ええ。そりゃもう、ぜひ。個人的には、ですけど」

「見せてあげましょうか」

　これまた唐突な申し出に、和繁は戸惑った。思わず夏海の顔を見るが、夏海も面くらった表情である。

「これからのお二人の予定は？　もう東京に戻るんですか？」

　響一は改まった口調で二人の顔を見回した。

「いえ、まだ決めてはいないんですが」

　夏海は口ごもった。響一は「ああ、そう」と頷く。

「ここはゲストハウスなんですが、よかったらここに泊まりませんか。しょっちゅう誰かが泊まってるんで、遠慮することはありません。ゆうべも大学の友人が泊まってた。飯は用意させますから」

「でも、そんな」

「淳の話をもう少し聞かせてくれるかな。午後にでも、建設会社の連中に彼をいつ最後に見たか、俺の方でも調べてみるよ。彼の足取りが分かれば、もう少し納得して帰れるだろう？　わざわざここに仕事を休んでまで来たんだから、納得して帰りたいでしょう」

「それはそうですが」

　響一の申し出はどれももっともで、二人の痛いところを突いていた。

「ありがたいお話ですが、荷物はホテルにあるし」

　夏海は心が惹かれている様子だが、それでも固辞しようとした。

「ちょっとしたホテルくらいの設備はあるよ。浴衣があるから、なんなら服はクリーニングに出させるけど」

「とんでもない。このままで結構です」

夏海は慌てて手を振った。

「よし、話は決まった。部屋と食事の準備をさせるよ。建設会社にも、淳を見かけた者の情報を午後じゅうに集めさせる。その間、君達は伯父のミュージアムを見ていればいい」

響一は勢いをつけて立ち上がった。あっというまに響一のテンポで全てが決まってしまったことに、二人はあっけに取られている。

「いろいろ指示と連絡をしてくるから、コーヒーでも飲んで待っててくれ。昼は弁当でも取る。午後、俺が案内するからここで寛いでいてくれるかな」

響一はそう言うと、さっさと渡り廊下に出て行った。

「あっ、あの」

夏海が腰を浮かせるが、既に響一は姿を消している。

和繁と夏海は顔を見合わせると、小さくため息をついてソファに座り直した。

「なんだか思ってもみなかった展開になっちゃったわね」

「うん。何がなんだかわからないうちにあいつのペースに乗せられちゃった感じだ」

和繁はサーバーに残っているコーヒーを二人のカップに注いだ。

「烏山彩城のプライベート・ミュージアムなんて――あなた、本当に見たくてああ言ったの？」

夏海が怪しむように和繁の顔を覗きこむ。

「え？　ああ。あの時は素直に見たいと思ったんだ」

「最初はどうなるかと思ったけど、もう少し淳さんのことが探れそうね」

夏海はホッとした顔でカップに口を付ける。

「あ、橘さんに電話してみなくちゃ」

彼女は思い出したようにショルダーバッグに手を伸ばし、携帯電話を取り出した。

「あら」

「どうしたの？」

「ここ、携帯電話が通じないわ。圏外になってる」

「へえ。山の斜面だからかな。こないだどこかの島に行った友人が、山のどちら側にいるかによって携帯電話が使えたり使えなかったりしたって言ってた」

「そういうものなのかしら」

「きっとそうだよ」

夏海は腑に落ちない表情で携帯電話をバッグにしまうと、立ち上がって庭を眺めた。

「なんだか夢みたいね。今こうしてこんなところにいるなんて」

「うん。人生は不思議だ」

「淳さん、いったいどこにいるのかしら」

二人でぶらぶらと大きな部屋の中を歩く。確かに、人を招き慣れているらしく、企業の宿泊設備のような雰囲気が漂っていた。キッチンもいかにも来客用という感じで生活の匂いはなく、洗面所には白いタオルが積み上げられている。

「金持ちっていうのはよく分からないな」

和繁は新しいスリッパやボディシャンプーの容器を見ながら呟いた。

「星野さん」

突然、硬い声で呼ばれたので、和繁は慌てて夏海の姿を捜した。

「どこだ」

「キッチンの奥」

見ると、キッチンの奥の勝手口のところに夏海がうずくまっている。具合でも悪いのかと思ったら、夏海は青ざめた顔でこちらをゆっくりと振り返った。

「見て」

和繁は上がり口に目をやる。そこには紳士物の革靴が一足、揃えて置いてあった。

「これ」

夏海の声がかすかに震えた。

「淳さんの靴だわ」

46

太陽が天の頂に近づいているのが分かった。

もうすぐ正午だ。

橘は、大きく息をついて緑の天井を見上げた。さすがに数時間続けて歩くと体力が消耗する。日陰とはいえ、夏の暑さはじわじわと疲労を募らせていた。

かなり距離を稼いだはずだが、いっこうに問題のエリアが近づいてこない。単純な景色の中を歩いていると、同じところをぐるぐる回っているような苛立ちと焦りを覚えるのだ。

リュックを降ろし、ペットボトルの水を飲む。コンビニで買ったおにぎりを立ったまま頬張り、昼食にした。

何かがおかしい。山に慣れた自分がこれだけのハイペースで歩いているのだ。方向も間違っていないし、とっくにあのエリアに辿り着いているはずだ。

橘は焦りを覚えた。

やっぱり、実体のないただの噂に過ぎなかったのだろうか?

何度も広げた地図をもう一度開いてみる。やはり、これまでのルートが間違っているとは思えなかった。

もう少し奥に入ってみよう。

地図を畳んでポケットに入れ、何気なく顔を上げた彼は、高いところにひらひらと揺れているものが目に入った。

うん？

荷物を整え、リュックを背負い直し、それに向かって歩き出す。

やがて、その下に来た。

注連縄（しめなわ）だ。注連縄に、何か紙がぶらさがっている。

橘は木の根元で目を凝らした。

折り紙で作った紙の鳥――どうやらそれは三本足のカラスらしい。

背筋がぞくりとした。それは、興奮だった。やはり道は間違っていなかった。目的地に近づいているという確信を得て、疲労が吹っ飛ぶのを感じる。

ふと、彼は、注連縄がずっと先の方まで周囲の杉の木に渡されていることに気付いた。

なんだろう、こんなに長い注連縄が渡してあるなんて。まるで、結界でも張っているみたいだ。

そう連想してから、彼は、注連縄を張った杉の木の向こう側の風景がどことなく奇妙なことに気付く。そこから先は、明らかに暗く異様なのだ。

人の手が入っていない。

暫く観察したのち、橘はそう判断した。その注連縄で囲まれている（らしい）場所よりも外は、明らかに何十年、いや何百年も前から人間の手によって整備されていることが窺えた。しかし、注連縄の向こうは、どうやら自然の相のままらしい。倒れた木々、シダや苔の具合から言っても、随分長いこと放置されていることは明白だった。

もしかして、原生林のままなのだろうか？

橘はごくりと息を飲んだ。

もしかして、この奥に、何かが。

彼は首のタオルを巻き直し、軍手を嵌め直して、シダをかき分けた。むうっという土と草の匂いが鼻をつく。これまでのように、適度に整えられた山の匂いとは全然違う。

太古の匂い。昔の自然の匂いだ。

いつのまにか呼吸が荒くなっていた。上り坂でもないのに、どくどくと心臓が激しく打っている。想像以上に興奮しているらしい。橘は一人、鬱蒼とした森の中で苦笑した。

倒木更新の続いている森の中は、根や幹が複雑に絡み合い、枯れた木の節が棘のように飛び出していて進みにくいことこの上ない。

陽射しはだんだん遠ざかっていく。さっきまではどこにいても日の光が射し込んできていたというのに、ほんの数分歩いただけでこの辺りは夕暮れのような薄暗さだ。

枝が頬を打ち、棘のある葉っぱが肌を刺す。

誰かが俺を引き止めようとしているみたいだ。

苦笑しながら橘は進んだ。

と、不意に開けた場所に出た。そこは、五メートルくらいの幅のある古い石段だった。

身体に付いた草を払いながら、橘は石段の中央に立つ。どこから続いているものやら、下も上も木々に隠されて終わりが見えなかった。

どちらに行くか考え、上に行く。上の方に何かがありそうな気がしたのだ。

石段はこざっぱりとしていたが、左右から侵食してくる木々がすっぽりと天蓋(てんがい)のように空を覆っている。遠くに星のように見えるのが夏の太陽だろう。

石段は曲がりくねり、えんえんと続いていた。平らになったり、下りになったり、自分が今どのくらいの標高にいるのかだんだん分からなくなってくる。

ただの山道なのか、通路なのか、と疑い始めた頃、遠くにぎゃあぎゃあという声が聞こえてきた。

あれは。

橘はひたすら石段を辿り続ける。

あの声は。

声はだんだん近づいてきた。

明らかにカラスの声だ。しかも、相当な数の。

カラスの絵。

橘は、昨夜和繁たちにした話を思い出した。

ねぐらでもあるのだろうか。それにしても、かなりの数がいる。

顔を上気させ、機械的に足を動かしているうちに頭が空っぽになってきた。一種のランナーズ・ハイに似た状態になっているのだろう、と彼は心のどこかで分析していた。

突然、異様な気配を感じた。

反射的に足を止める。

なんだ？　何かがいる。前方に、頭の上の方に何か巨大なものが。

足を止めたとたん、全身から汗が噴き出してきた。冷たい汗、どこか嫌な感じのする汗が。

顔を上げろ。そこに何かとんでもないものがいるぞ。それをはっきりその目で見るんだ。

馬鹿、顔を上げちゃだめだ。顔を上げたら最後、取り返しのつかないことになるぞ。

二つの声が、橘の中でせめぎあっている。

だが、そこに何かがいることは確かなのだ。何か異様な、見たこともないに違いない大きな存在が。

汗はあとからあとから流れてきた。喉はカラカラで、まるで唾液がどこかに行ってしまったかのようだ。

南無三。

彼は思い切って顔をあげ、そこにあるものを見た。

47

再び二つのインスタレーションを抜け、烏山響一の携帯電話を拾ったあずまやまで戻ってくるまで、捷と律子はずっと無言だった。

どちらからともなく、もう一度あずまやの中で向かい合って腰を下ろす。

二人の間の重い空気に比べ、太陽はすっかり高く昇り、相変わらず真夏ののどかな風景が二人を包んでいる。

「やっぱり、冗談だったんじゃないかしら」

律子がぼそりと呟いた。

「そうだといいんだけどね。僕もそう思いたい。かといって、今彼に連絡する手段はないよ。沢を降りて屋敷に戻るルートがあるのかもしれない。でも、地図もないのに山の中をうろうろするのはもっと危険だと思う」

「そうね。彼は、あの時ゴムのカーテンの館に入って、すぐに引き返したってこと？」

「おそらくね。もうその件について考えるのはやめよう。日が暮れる前に、その宿泊できる家に辿りつかなくちゃ。いくら日が長いとは言え、こんな山の中では早めに着くにこしたことはないよ」

　捷は努めて冷静に話そうと試みた。

「ええ。急いだ方がいいわね」

　律子は、内容とはうらはらにのろのろした口調で頷いた。

「で、本当のところはどうだと思う？」

　律子が上目遣いで捷の顔を見たので、彼はぎくっとした。

「本当のところ？」

「彼はあたしたちをどうしたいのかしら。悪戯にしては随分悪質じゃない？　実際、あたしたちは山の中で孤立しているのよ。どこにも連絡は取れない。あたしたちは何の実験材料なの？」

「あの話は――芸術作品に感応する云々は、本当なのかな。それとも、他に何かの目的があるんだろうか」

　律子は疲れた表情で肘をつき、額を押さえた。

「どうすればいいの。じっとしている方がいいのかしら。彼は明らかにあたしたちに進むことを望んでいるらしいけど、進めば進むほど深い山の中よ。進んだからといって帰れるという保証はどこにもない。かといってここにいても連絡手段はない。やっぱり、さっきの橋のところに戻って向こう岸に渡る手段を考えるべきなのかもしれないわ」

意外と落ち着いてるな、と捷は感心した。ここで彼女がワアワア泣き喚くような女の子だったら、捷もとっくにパニックに陥っているところだ。彼女でよかった。不幸中の幸いって奴だな、と捷は心のどこかで考えていた。

「それも一理ある」

そう言われると、何か川を渡る方法があるような気がしてくるから不思議だ。どうみても川を渡れないことは、さっき二人でさんざん確認したというのに。

だが、捷は、自分の心の中に戻ることを引き止める何かがあることに気付いていた。

「橋のところまで戻る？　うんと迂回してでもあの沢を渡る箇所さえ見つければ。向こう岸に渡りさえすれば、あとはすぐだものね」

「うーん」

「あなたは進む方がいいと？」

律子は低く尋ねた。捷の逡巡を、不穏な目付きで見つめている。

不自然な沈黙が降りた。

「だって、見たくないかい？」

捷は、無意識のうちにそう口に出していた。律子がハッとした顔になる。

「――この先のインスタレーションを？」

少し不自然な間を置いてから、溜息のように彼女は尋ねた。

「そう。二度と見る機会は来ないだろう」

捷はなぜか目をそらしてしまった。律子もテーブルの上の両手に視線を落とす。

またしても、苛々する、もどかしい沈黙。

「見たいわ」

律子は渋々答えた。

「でも、怖いわ。さっきみたいな体験をするのは嫌。この先もっと怖い思いをして、日が暮れて暗くなってしまったら？　今度こそ引き返すなんてできないわ。あなたは怖くなかったの？」

「怖かった。凄く怖かったよ。今度同じ目に遭っても、悲鳴を上げて逃げ出してしまうと思う。だけど、それでも」

二人の目が合った。互いに、同じことを考えていることを悟る。

魅力的だった。恐ろしいほどに、恐怖を超えてなお、二人はあの体験に抗いがたい魅力を感じているのだ。そして、もはやこの先にあるものを見ずにはいられないことを二人はよく知っていた。

「――行きましょう」

律子はどこか絶望的な声で促し、捷も苦しそうな表情で頷いた。

後悔はしない。捷は心の中で呟く。

二人は無言で歩き出した。

林の奥に、煉瓦色の石段が見える。横長の四角い壁の真ん中に、石段がついているのだ。

新たなインスタレーション？

二人は魅入られたように道を進んだ。

「僕が先に上るよ」

捷はそう言って急な石段を上り始めた。

少し間を置いて律子が続く。

石段を上りきった捷は、カッと照りつける太陽に一瞬目を奪われ、瞬きをしてから目の前の光景に気づき、あっけに取られた。

捷が棒立ちになったのに気付き、「何なの？」と律子が後ろで尋ねる。

「いや。これは。嘘みたい」

律子も隣に来て、目の前の景色にぎょっとした。

石段だらけ。

今、彼らが立っているところが一番高く、その先は下りの斜面になっているらしかった。

どうやらそこは峰が連なる場所らしく、まるで万里の長城を見下ろしているようだ。稜線に沿って、並行する二列の高い煉瓦塀がぐうっと下り、そしてその先は上りになっていた。それが夏の太陽にギラギラ照らされている。塀の両側は、急な山の斜面だった。

そして、その煉瓦の塀に囲まれたところは、全て石段なのだった。しかも、無秩序な石段。一キロ、いや二キロほど続いているだろうか。ずうっと先に終点らしき壁が見え、石段を上り切ったところに、今彼らが上ってきたのと同じような壁が見え、中央に細い石段が見えた。あそこがこのインスタレーションの終点らしい。その向こうは見えなかった。

これと似たようなものを見たことがある。捷は記憶を辿った。

三次元の棒グラフだ。台風が通過した時の、日本各地の降水量を3Dの棒グラフで地図にポイントしているのを見た状態に似ている。

まるでどこかの遺跡のよう。高さの違う直方体の柱がびっしり立っていて、それに石段が付いているのだ。平らなところはほとんどない。ところどころに正方形の踊り場がある以外は、どうやらみんな階段になっているらしい。一番高いところと一番低いところの差は、ざっと見て二十メートルほどもある。手すりも柵もなく、高いところから落ちたらひとたまりもなさそうだった。斜面はそれほど急でもないが、U字形の石段の群れは、ひどく過剰でうるさい景色だった。距離は一、二キロでも、上がったり降りたりをうんざりするほど繰り返さない限り向こうに着きそうにない。実際、歩く距離はその数倍になることは明らかだった。

階段の神殿。そんな言葉が律子の頭に浮かんだ。

「よくこんな場所にこんなものを造ったな」

捷は半ばあきれた。

やっぱり、彩城は尋常の神経ではない。

改めて、背筋に冷たいものを感じた。彼自身が造ったのかどうかは分からないが、髪を振り乱した初老の男が一個一個煉瓦を積み上げているさまが目に浮かび、捷は思わず身震いをした。

「見た目より通り抜けるのは大変そうだわ」

「うん。なるべくエネルギーを使わないルートを探そう」

二人はばらばらのルートを取った。二人で続いていると、万が一、落ちた場合に巻き添えを食って、二人とも怪我する可能性が強いと考えたからだ。

真夏の太陽にむきだしに照らされた石の上を歩くのは、まさに焼け石の上を歩いている感覚だった。熱を反射し、放射する石の壁に囲まれ、蒸し風呂に入っているようである。

二人はたちまち汗だくになり、意識が朦朧(もうろう)とし始めた。水分を補給しても、たちまち汗になり太陽に吸い上げられてしまう。補給するようになって、初めて水の貴重さが身にしみてきた。

どこかで、水を補給しなくちゃ。

捷は額を流れる汗が目にしみるのに顔をしかめながら考えた。

時折、空気が歪み、ゆらゆらと揺れているのが見える。相当な暑さだ。

狭い日本の片隅なのに、目の前に続くのは夏の空の底を埋める、猛々しい森である。あの中に迷い込んだらと思うと、気が遠くなる。

自分は今どこにいるのか。気付かないうちに、地球の裏側のジャングルを歩いているのではないか。この狂気の庭は、どこかとんでもないところに繋がっていて、そのうちアマゾン河でも見えるのではないかと、半ば本気で捷は考えていた。

ルートは難航を極めた。なるべく低いところを選んで歩こうとするのだが、気がつくと高い柱に登らされている。ハッとすると、遥か下の方に律子の姿が見え、高さを意識してぎょっとすることも一度や二度ではなく、引き返した回数も数え切れなくなっていた。なにしろ、二十メートルもある高さを登り切ったとしても、そのあと降りるのに困難を極めるのが分かっているからだ。石段の幅は一メートルくらいしかないし、かなり急なのである。

三十分経っても、半分もたどり着けなかった。『遺跡』の出口が遥か彼方に見え、いっこうに近づいてこない。ひどい暑さも手伝って、二人は消耗していた。

それに、同じ色の煉瓦が積み上げられているだけに、時折足元を見失ってしまう。ぼんやりしていると、パッチワークみたいに一面真っ平らに見えるのである。だが、そこには段差どころか数メートルもの落差があるのだった。

じりじりと照りつける太陽に、捷は悪意を感じた。そして、無秩序な石段に込められた憎悪にも似た邪悪さを。

登っては降り、登っては降りる。休もうにも、足を止めたとたん凄まじい熱気に包まれるので、じっとしてもいられない。ひたすら先に進むしかないのだが、高い柱を避けるためにはところどころ引き返さなければならず、同じところをぐるぐる回っているような焦燥感を募らせるのだった。

見ている。あいつが見ている。

捷は太陽の中に響一の視線を感じた。

上がって降りて、上がる。

上がって、降りて上がる。

上がって降りて上がる。

立ってなどいられない。石段に張り付くようにして進む。小さな虫になったような気分だ。角砂糖壺の中を動き回る小さな蟻(あり)。どうして虫は、垂直なところも、さかさまになっても落ちないいんだっけ？　僕が虫ならば、この石段から落ちることもないはず。縦になり、横になり、進めるはず。

しかし、何の気なしに石に触れてしまうと、火傷しそうな熱さだ。いや、掌はもう軽い火傷をしている。ぺったりと手を着けて歩くことはできない。時折、小さな日陰を石段の隙間に見つけて、そこでつかのま息をつく。しかし、そんなちっぽけな日陰ごときで気持ちは休まらない。フライパンの上で炒められている、牛肩ブロックの陰にいたからって熱くないわけではない。

そんなところに隠れたって無駄さ。どこにいるか俺にはお見通しだぜ。

彼の声が聞こえる。

あいつはどこからか、こうして汗水垂らして石段を上り下りする俺たちを見ているんだ。じりじりと焼け付くまなざし。世界は彼のまなざしの中にある。

ようやく最後の石段の下に辿り着いた時には、スタートして一時間半が経過していた。着いてみると、その時間は白い光と共に一瞬にして消滅したような気がした。身体にはその時間の分の疲労が刻印されていたにもかかわらず。

少し遅れて律子が辿り着いた時、二人とも疲労困憊していた。

「あとちょっとだ」

二人で疲れ切って石段を上り、その向こうに涼しげな林とその間に続く山道を見た時は心の底から安堵した。

日陰に入り、思わず膝に手を突いて暫く休む。

「あんなところ、年配の人なんか通り抜けられないわね。こんなに時間が掛かるなんて」

律子が呼吸を整えながら呟いた。顔は真っ赤で、汗がだらだら流れている。よく熱中症にならなかったものだ、と捷は胸を撫で下ろした。もしあそこで倒れたら、運び出すのは至難の業だ。

「しんどかった。腿上げ百回、どころか二千回くらいやったよ。これ、絶対筋肉痛になるな」

「やあね、若いくせに」

「ろくに運動してないからなあ」

二人は息を弾ませながら笑い合った。ほんの少しだけ気分が明るくなる。ひたすら階段の上り下りに集中していたせいかもしれない。

「水がもうあまりないわ」

「どこかで補給できるといいんだけど」

「あ、見て。またトンネルよ」

よろよろ歩きながら、律子が林の奥を指差した。

また、何もない暗いトンネルが見える。

「そういえば、今のところでは携帯電話を使わなかったわね」

「ほんとだ」

捷はそう言われて、響一の携帯電話のことをようやく思い出した。リュックのポケットから取り出し、ボタンを押してみる。

「今のはなんだったんだろう」

　待ち受け画面に細かい文字が現れる。

1．追憶の丘
2．柔らかいラビリンス
3．素晴らしき人生
4．精神分析

「へえ」

　捷と律子は画面を覗き込んだ。どうやら、それは今までのインスタレーションのタイトルらしい。あの原色のモザイクの丘が「追憶の丘」、ゴムのカーテンが「柔らかいラビリンス」、ひどい目に遭った石段の群れが「素晴らしき人生」。

「まあ、ぴったりのネーミングだこと」

　律子が鼻を鳴らした。

　捷は3．を選んで押してみたが、何の画面も現れない。1．と2．は、選ぶと照明のON／OFF／調整の画面が現れたので、「素晴らしき人生」には操作すべき箇所がなかったのだと気付く。なにしろ、あれだけ剝き出しだから何も手は加えられていないのだろう。

「じゃあ、今度はこの『精神分析』ってことだな。どんなものなんだろ?」

捷は首をひねった。これまでの例からいっても、一筋縄ではいかないことだけは確かだ。

再び歩き出すと、意識がしゃんとした。やはり、さっきの場所では、頭が相当朦朧としていたに違いない。

トンネルに近づき、4.を押してみると、照明ON／OFFの二択である。ONを押すと、トンネルの奥でパッと明かりが点く気配がした。もっとも、ドアの隙間らしく細い光が漏れてくる。

二人はひんやりとしたトンネルを進んだ。湿った冷気が今は心地よい。

ドアの前に立つ。

ためらう二人。

この向こうには何が?

捷が恐る恐る手を伸ばし、ドアのノブを回すと、がちゃりと開いた。思い切ってパッと手前に引く。

中を見た二人は、またしてもあっけに取られた。

一瞬、自分たちが見ているものを受け入れられなかったのだ。

そこにあるのは、あまりにもよく知っている光景である。

目の前にあるのは、応接間だった。

誰かの家の応接間。八畳くらいだろうか。子供の頃、友達の家に行った時のような奇妙な感じだった。なんだか、ひどく懐かしい。

見覚えのある、かつて流行ったスタイル。

二人掛けのがっちりしたソファ、それと揃いの一人がけの椅子が二つ、合板の細長いテーブルには白いレースのテーブルセンターとガラスの灰皿が載っている。

古ぼけたフローリングの床には赤い絨毯が敷かれ、天井からは安っぽいペンダント型の照明。赤いびろうどのカバーが掛かったアップライトピアノの上に、ガラスケースに入った日本人形が置かれている。

「おかしな気分。このまま外に出たら、子供の頃の住宅街のような気がするわ」

律子が部屋を見回しながら呟いた。

「これが『精神分析』？」

捷は、部屋の中に進んだ。

ますます誰かの家にいるような気分になる。黄な粉色の壁といい、天井の木目といい、使い込まれた、リアルなものばかりである。家具は実際に使っていた家から持ってきたに違いない。壁にかかった、電器メーカーの名前の入ったカレンダーもやけに生活臭かった。

一九七四年。

誰か、友達のお母さんが、ジュースの入ったグラスを盆に載せて今にも現れそうだ。

二人はなんとなくソファに腰掛けた。座ったとたん、どっと疲れが押し寄せてくるのを感じる。

ここで眠りこんじゃったらどうしよう。律子は一瞬眠っていたのを感じ、慌てて背筋を伸ばした。

突然、ばたんと音を立ててピアノの蓋が開いた。

二人はハッとピアノを振り返る。

ぽん、と柔らかい音がし、鍵盤がスッと下がった。下がった鍵盤のところだけ、欠けたように見える。

いきなり、『猫ふんじゃった』が流れ始めた。

プレイヤー・ピアノだ。

捷は、子供の笑い声を聞いたような錯覚を感じた。誰かの家に集まって、客間のアップライトピアノをいたずらしている子供たち。誰でも弾けるのがこの曲だった。

音は複数になる。何人かが、一緒にピアノを叩いているかのようだ。

子供の歓声。だめだめ、どいてよ。うるさいなあ。

『猫ふんじゃった』は執拗に繰り返された。しかも、どんどんスピードが速くなる。

部屋中に溢れるピアノの音。白と黒の鍵盤がバラバラになって空中にばらまかれているみたいだ。

思わず二人は腰を浮かせて、逃げ腰になった。

突然、ぴたりと音が止み、バタンと蓋が閉まった。

びくんとする二人。

静まり返る部屋。

「本日はようこそいらっしゃいました。それでは質問をさせていただきます」

ぎょっとするほど金属的な声が天井から降ってくる。普通の家庭用照明器具だが、そのどこかにスピーカーがあるらしい。

二人はびくっと身体を震わせたが、恐る恐る腰を下ろした。

「どうです、懐かしいでしょう。子供の頃のことを思い出したのではありませんか？　あなたを探る手掛かりは、子供の頃の生活にあるのです」

ああ、なるほど。質問するから「精神分析」か。

捷は胸を撫でおろしながら、心の中で頷いていた。

「『はい』の時は、右の肘掛に付いている白いボタン、『いいえ』の時は左の肘掛に付いている赤いボタンを押してください」

ソファの肘掛の部分に目をやると、確かに左右にボタンが付いている。おそらく、ソファに腰掛けると声が出るようになっているのだろう。

「子供の頃、蟻を踏み潰して遊びましたか」

いきなりのグロテスクな質問に、二人で身を硬くする。

一瞬顔を見合わせてから、二人とも恐る恐る白いボタンを押した。

「アハハ、アハハ。結構結構」

それまでの機械的な口調とはがらりと変わった甲高い笑い声に、二人ともゾッとした顔になる。

「なにこれ」

律子が呟いた。

「金魚のお墓を作ったことがありますか」

二人は不快そうな顔で白いボタンを押す。なんだか嫌な質問ばかりだが、その先がどうなるか知りたかったのだ。

再び、天井からけたたましい笑い声が流れ出る。

その癇に障る声に、捷は心がざらついた。火照った身体のどこかがすっと冷たくなる。

「人を殺したことがありますか」

律子がびくっとするのが分かった。捷に続けて、少し遅れたが赤いボタンを押す。

突然、サイレンのような音が部屋に響き渡った。その音にかぶさるように、きいきい声が叫ぶ。

捷はぞっとした。その声は、四方八方から、重なりあうように聞こえてきたのだ。思わず後ろを振り返る。が、誰もいない。天井を見回すが、スピーカーらしきものは見えない。ただの染みのある羽目板の天井だ。

が、その時、捷は、視界の隅に何かが動くのを見たような気がした。

何か小さなもの。小さな頭。どこに？

「嘘つき！　嘘つき！　嘘つきは舌をひっこぬくぞ！」

「なっ」

律子の顔が怒りに紅潮した。ＮＯと答えるとこう叫ぶようになっているのだろうと分かっていても、その声はあまりにも不快だった。

「人を殺したことがありますか」

突然サイレンが途切れ、声は淡々とした口調に戻る。その温度差がかえって気味悪い。

二人は不快さと恐怖に混じった表情で互いの顔を見た。

どちらもボタンを押す手をためらっている。またあのけたたましいサイレンと「嘘つき」を聞くのは耐えがたかった。

「ねえ、出よう」

捷は律子に声を掛けた。律子は顔を歪めて頷く。

「人を殺したことがありますかあ」

声は執拗に問い掛けてくる。間延びした語尾がいよいよ不快だった。

律子の顔に、歪んだ表情が浮かぶ。ひどい苦痛に耐える顔だ。

ふと、捷は、磨かれたピアノを見た。

そこに誰かが映っている。

子供だ。ピアノのカバーがちょうど顔のところを隠しているけれど、小さなシャツを着て、半ズボンを穿いた男の子の首から下が黒いピアノに映っている。

「ひっ」

捷は思わず悲鳴を漏らし、振り向いた。しかし、部屋の中には律子と捷以外誰もいない。

「どうしたの」

振り向いた捷は、別のモノに目を奪われた。

「あ、あれ」

「えっ」

律子がひきつった声を上げる。

壁に、影が映っている。

大人の男と、小さな男の子の影だ。

「どこ」

律子は部屋の中を見回したが、誰もいない。しかし、古い黄ばんだ壁に、ちょうど親子のような大人と子供の影が立っている。

リアルな影だ。髪の毛の一本一本までくっきりと見える。壁の前に立っていたら、自分の影だと思い込んでしまうくらいに。

「どうやってるんだ」

単なる仕掛けだ。からくりだ。どこかに、プロジェクターでも仕込んであるんだ。

そう理性で理解しようと努め、動き出そうとしたが、ちっとも身体が動かない。

ピアノが。ピアノの中にも誰か立ってる。

「出ましょう。早く」

律子がかすれた声で捷の腕を引っ張った。やっと足が動いた。

「きゃっ」

壁の男の影が、すっと動いた。

何かを振り上げたのだ。

巨大な斧（おの）。

二人は思わず手を取り合って後退りをした。

ふうっと斧が弧を描く。

その斧は、子供の頭に振り下ろされようとしている。子供が頭をかばうように手を上げた。

「やめて」

「行こう。あれは、何かで映写されてるんだ。本物じゃない」

捷は必死に平静な声を出そうと努力したが、あまり成功していない。

ぶん、という斧が空気を切る音が聞こえたような気がした。

ザン、という響きと共に、視界が暗くなった。

えっ?

何が起きたのか分からなかった。

部屋の中が真っ赤になった。

二人は声にならない悲鳴を上げる。

目の中が真っ赤だ。手も、足も全てのものが真っ赤。赤いフィルターを通したように色は消え、何もかも黒く見える。世界のものが質感と距離を失う。

赤い。それも、暗い血の赤だ。斧で頭を割られた男の子の血が、網膜に染み通り、全てのものを暗い血の色に染めたのだ。この色は一生目から消えない。

捷はふっと目の前が白く揺れたような感覚を味わった。

恐怖が身体の中で沸騰し、肌の内側で白い泡を立てている。

「照明なんだ、照明なんだ」

捷は繰り返しそう呪文のように呟いていた。

照明が変わっただけだ。赤いフィルターがかかってるだけ。

頭では理解していても、心はついていかない。

「いやっ」

律子が悲鳴を上げて、転がるように駆け出した。捷も遅れて続く。滑稽なくらいあちこちに身体をぶつけながら、我先に部屋の反対側のドアに向かう。

「逃げるなよ、人殺し！」

ゾッとするような低い声から逃れるようにドアを開け、叩きつけるように閉める。

再び暗いトンネルの中だったが、自然の饐えた有機物の匂いは、かえって彼を安堵させた。律子は両腕を抱くようにして、早足で進んでいく。

トンネルの中を急ぎながら捷は、ようやく手の中の携帯電話の画面からＯＦＦを選んだ。

パッと背後が暗くなり、思わず溜息をつく。

どっと汗が噴き出した。

さっきの石段での汗とは全然違う種類の汗だった。

律子の強張った背中を闇の中で見つめながら、捷は、さっき彼女が一瞬「ＮＯ」と答えるのをためらったことを思い出していた。

あれはいったい？

トンネルの向こうに、明るい出口が見える。

二人は無言でトンネルを出た。

日差しが目を射る。

が、次の瞬間、二人はまたしても自分たちの目を疑っていた。

「なんだ、これは」

捷の青ざめた唇から、低く声が漏れる。

48

「なんだ。これは」

原生林の中で、橘は呆然と立ち尽くしていた。

どのくらいの時間そうしていただろう。

彼はようやく身体を動かすことを思い出し、ふらふらとそれに向かって歩いていった。

巨樹。

そのような言葉で言い表せるようなものではなかった。

周りの木々から抜きんでて大きな、異形の巨樹がそびえていた。その木を取り囲むように、たくさんのカラスが宙を舞っている。

夏の真っ青な空を背景にしても、それはやはり闇の気配を漂わせていた。

何の木だろう。クスノキかな？

橘の脳裏に、どこかの県庁の入口にあった天然記念物のクスノキが浮かんでいた。それは、幹の周りが十メートルくらいあったのではないだろうか。ひび割れたような幹は、四方八方に直径十メートル以上も枝を張り出し、巨大な天蓋を作っていた。

だが、目の前の木はそんな生易しいものではない。幹の周りどころか、直径自体ゆうに十メートルはありそうだった。がっしりとした黒っぽい幹は、樹齢が百年単位であることを窺わせる。そして、高さも三十メートルほどありそうだった。まるで茶筅みたいに太い枝がカーブを作って天に伸び、ぎっしりと濃い茂みを作っている。

そして、何よりも異形なのは、その木が、巨大な黒い石を抱えていることだった。

ワールドカップ。

橘はそんな言葉を連想していた。

サッカーのワールドカップの優勝チームのキャプテンがキスしていた、黄金のカップは、確かこんな形ではなかっただろうか。たくましい男の手が、地球の形をしたボールをがっしりつかんでいるところを象ったものではなかったっけ？

そう、その木は、まるで空から落ちてきた黒い卵を、木が受け止めたところのように見えた。

黒光りするその石は、とにかく巨大だった。御影石？　黒曜石？

橘は乏しい知識を総動員して石の名前を思い出そうとしたが、よく分からない。

その石を、数え切れない枝が包んでいた。もはや、木と石は一体化しているようにも思えた。

橘は少しずつその木に近づいていった。よく見ると、木と石にも注連縄が掛けてあり、お神酒が供えてある。

これがご神体なのだ。

橘は直感した。

こんな異様なもの、これまで見たことがない。逆に言えば、これこそご神体にふさわしい。畏怖と感動とが同時にこみ上げてきた。

そうだ、写真を撮らなくては。

橘は慌ててリュックからカメラを取り出した。

ゴクリと唾を飲み込み、いろいろな方向から写真を撮る。激しく興奮している自分に気付き、彼は一人苦笑いした。

凄い。これまで写真に撮られたことなど、おそらくほとんどないに違いない。

それにしても、近づくといよいよ巨大な木だ。その木陰は、まるで夜のようだった。鬱蒼として、昼間でも暗い。

これは隕石だ。

橘は近くから見て考えた。岩を割って木が伸びていくという話はよく聞くが、ここの地形からはとてもそういうケースには思えない。どうみても、空から石が降ってきたとしか考えられないのだ。

それに、隕石ならば烏山家の降臨伝説にも説明がつく。このような巨大な隕石が降ってきたなら、辺りに相当な衝撃があったはずだ。当時の当主が、神が降りてきたと思い込んでも不思議ではない。しかも、こんなふうにどっしり樹木が受け止めるなど奇跡のようなものだ。摩擦熱で森林火災になったっておかしくないのだ。こんな自然の奇跡を目の当たりにしたら、神秘的なものを感じない方が嘘だ。

烏山家にまつわる割り切れなさを理解できたような気がした。

確かにこんなものが自分のうちの裏山にあったら、神格化されちまうよなあ。

橘は、一人頷きながら木を回り込んでいった。

どうやら、あのカラスの群れはこの木をねぐらにしているらしい。

よし、ご神体の正体はカメラに収めた。次は、工事現場だ。いったい何を工事しているんだ？

橘は再び石段の道に戻った。この道が、どこか人工的な開けた場所に続いているという予感があった。

彼は、登ってきた石段を降り始めた。

鬱蒼とした原生林は、相変わらず行く手を覆い隠して何も見えない。

誰かに出くわしたらどうしよう。

そんな不安がちらりと浮かんだが、構わず歩き続ける。

ふと、何かが彼の足を止めた。

辺りの気配を窺う。

誰かに見られているような気がした。

橘は用心深く、ゆっくりと左右を見回した。

気のせいか。さっきも、山を登ってくる途中で似たようなものを感じたが。私有地に侵入しているという後ろめたさのせいかもしれない。

彼はそっと振り返り、空の隙間に見える巨大な黒い木を盗み見た。

まるで、あれに見られているみたいだ。

橘は再び歩き出した。

49

「まだ湿ってる。最近履いたんだわ、この靴。やっぱり淳さんはここにいるんだわ」

夏海は靴に手を突っ込み、かすれた声で叫んだ。

「本当に？　男なんて、みな似たような靴を履くぜ。思い違いじゃないのかな」

和繁はわざと冗談めかして言った。

これが本当に淳の靴だったら。だとしたら、いったい俺たちはどんな状況に置かれていることになるんだ？

「本当よ」

夏海はきっぱりと言った。燃えるような瞳で和繁を見上げる。

「ここに8の字の傷が付いているのを覚えているもの。通勤電車の中で、隣の女の人のハイヒールのリボンが金属製で、押し付けられて型押しされちゃったんですって。同じような場所にこんな傷が付いている靴があるはずないわ」

夏海は立ち上がった。

「淳さんはここで生活しているんだわ」

「じゃあ、何で俺たちをここに泊まらせる？　彼は淳の行方は知らないと言っている。彼は嘘をついているわけだ。つまり、淳がここにいるのを知られたくないはずなのに、なぜわざわざ俺たちを招待するんだ？」

「今はいないのかもしれないわ。留守にしているのよ、それとも、もしかして、あたしたちをびっくりさせようとしているのかも。今夜、彼が戻ってきてあたしたちに対面することを仕組んでいるのかも」

「だとすると、根本的な質問に戻ってくることになるな。なぜ、彼は俺たちから姿を隠してるんだ？　会社もあんな形で辞め、マンションも引き払って。それに、あの死体のことはどう説明する？　淳の服を死体に着せるなんてどう考えても尋常じゃない。彼を死んだことにしたい人間がいるんだ」

「分からないわ。それを確かめるために、あたしたちここに来たんじゃないの。ここまで来たんだもの、本当のことを知りたい。裏切られていてもいいから、彼の口から聞きたいのよ」

「彼は本当に生きているのか？」

和繁は自問するように呟いた。

「生きてるわ」

夏海は泣きそうな声で言った。

「いいわ、彼に直接確かめてやる」

そう言って顔を上げた夏海はぎょっとした表情になった。

和繁も夏海の視線に気付き、振り返る。

そこには、彼がいた。

腕組みをし、柱に寄りかかって、かすかな笑みすら浮かべてこちらを窺っている烏山響一が。

いつからそこにいたのだろう。全く気配を感じさせなかった。

夏海は真っ赤になった。しどろもどろに口を開く。

「あの、あたし、彼の靴を」

「ああ、なるほどね。ドジだったな」

響一は鷹揚に頷いた。

「彼は」

夏海は勇気を振り絞って響一の顔を見た。

響一は顔色一つ変えるでもなく腕組みをしたまま夏海を見ている。

「生きてるよ」

響一はあっさりと答えた。

思わず夏海と和繁は顔を見合わせる。夏海の顔に、歓喜とも驚愕ともつかぬ複雑な表情が浮かんだ。

「で、どこに」

夏海は一歩前に出た。

響一は、スッと窓の外を指差した。

「え？」

「山の中さ」

「山の中？」

「そう。淳は自ら望んであそこに住んでる」

響一はゆっくりと庭に向かったサッシュの前に立った。

「望んで？　本当に？」

和繁は訝しげに繰り返した。

響一はにやりと笑って二人を振り返った。

「本当さ。その理由は彼に会って聞けばいい。彼に会いたいんだろう？　だったら、一晩泊まるんだな。明日になれば、彼に会える。それは俺が保証しよう。だから、今日は休んだ方がいい」

夏海と和繁はもう一度顔を見合わせるしかなかった。

50

そこは砂漠だった。

トンネルの先には、白い砂漠が広がっていたのである。

「見て。天井がある。これって、最初のあのモザイクの丘と同じような造りなのよ」

暫く絶句してから、律子が捷の肘をこづいた。

「あ。ほんとだ」

ペールブルーの空と見えたのは、スクリーンに照明が投影されているのだと気付く。たぶん、「精神分析」の部屋の明かりをＯＦＦにすると、こちらの照明が点灯するようになっているのだろう。

ここも、偽の遠近法がじゅうぶん効果的に使われているようだった。遠くに見える砂丘は、壁に描かれた絵だと分かっていても、ちょっと見には広い砂漠にいるように感じられる。驚くべき技術だ。

捷は携帯電話の画面を見た。

5．モロッコ

なるほど、映画に掛けているらしい。部屋の中に造られた幾つかの砂丘には、ラメの入ったハイヒールがたくさん散らばっていた。どことなく無残で、それでいて華やかな光景である。

「出口はあそこ」

捷は砂丘の向こうにある白いドアを指差した。

まるで、空中にドアが浮かんでいるみたいに見える。

絵本の中のようだ。

捷は無意識のうちに歩き始めていた。

白い細かな砂の上を歩くのは難しかった。ざくざくと足が沈み込むようで、なかなか進まない。

ふと、何気なく後ろを振り返った彼は、律子が離れたところで凍りついたように立ちすくんでいるのを発見した。

「どうしたの？　早く行こうよ」

捷は不思議そうに手招きした。

だが、律子は真っ青な顔をしたまま動こうとしない。

明らかにこれまでとは異なる種類の恐怖を目に浮かべている。

「駄目、動けない」

「え？」

「真っ白で、駄目」

「真っ白が駄目？　どうして？」

「雪みたい。駄目？　駄目、やっぱり雪に見える。駄目」

会話を続けるのもつらいらしい。子供のように、片言の言葉しか発しない。

律子はだらだら脂汗を流し始めていた。

捷は辛抱強く手招きした。

「大丈夫だよ。ほら、一緒に行こう。手を引いてあげるから」

「だめよ、毬絵ちゃんが」

律子の喉の奥がクッと鳴った。それは明らかに恐怖の音だった。

「毬絵ちゃんが出てくる」

捷は背筋がぞくりとするのを感じた。

「毬絵ちゃんて、さっきあそこで出てきた子？」

律子は無言で頷いた。

ゴムのカーテンから飛び出した頭が捷の脳裏に鮮やかに蘇り、同時にカーテンの下にかがみこんでいた少年の目も蘇った。湧き上がる恐怖に、一瞬頭の中が真っ白になる。

「いったん出よう」

捷は深く息を吸い込むと、律子の腕を取ってトンネルの中に少しだけ戻った。

恐怖は筋肉を萎縮させる。いつのまにか、肩や背中がぱんぱんに張っていた。

律子は砂漠が見えないように顔を背けると、暖を取るかのように両腕をさすった。その仕草が、余計捷を肌寒い気分にさせた。

律子を説得するのは難しい、と彼は感じた。頑固なだけでなく、本当にパニックを起こしかけている。

「ねえ」

捷はできるだけ優しく話し掛けた。

「毬絵ちゃんて誰？　話してみてよ。もう僕たち、こんな状況なんだし、話せば楽になると思うよ」

「軽蔑するわ」

律子は顔を背けたままだ。暗くてその表情は見えない。

「絶対誰にも言わない。軽蔑もしないよ」

捷は熱心に言った。脳裏には、相変わらず手首から先のない少年の顔が浮かんでいる。やめろ、出てくるな。今は彼女の話を聞くんだ。

「本当に？」

「本当さ」

律子は、一瞬、下卑た微笑を浮かべた。これまで見たことのない表情にぎょっとする。

彼女は憐れむように捷を見つめた。

「殺したの」

「え？」

「あたし、毬絵ちゃんを殺したのよ」

捷は、身体の中が真っ黒な液体で満たされたような心地になった。

そんな表情を見て、律子の笑みが、悲しそうなものに変わる。

「ね、軽蔑するでしょ」

「そんなこと言われても、それだけじゃ分からないよ。前後の事情を説明してもらわなきゃ。事故とか、正当防衛とか、いろいろあるでしょう」

「小学校の時」

律子はぽつんと話し始めた。

「あたし、郷里は秋田なの。毬絵ちゃんは東京から来た転校生で、雪が珍しかったみたい。あたしたち、帰り道が一緒だった。あなた、東京育ち？」

「うん」

捷はこくんと頷いた。

「その年は大雪だった。ずうっと雪の日が続いて、雪かきがぜんぜん追いつかなかったわ。ある日、授業をしていたら大雪で警報が出て、みんな途中で下校させられたの。一面真っ白。歩道には車道からよけた雪が積みあがってて、地面よりも二メートル近くの高さまでよじのぼって下校したのよ」

捷には信じられない話だった。スキー場の雪は見たことがあっても、生活圏で雪が積もったところなど見たことがない。春先の受験シーズンに、道路がびちゃびちゃになって、試験の開始時間が遅れたっけ。

「雪の日が続くとね、どんどん下の方の雪が圧縮されていって、ほとんど氷みたいになっちゃうの。それが、粒の揃った結晶みたいになるのね。まるで機械で作ったみたいできれいなのよ。あたしがその話をしたら、毬絵ちゃんは見たいって言ったの」

律子の目はどんどん遠くなっていく。捷は、彼女と一緒に過去に引き戻されそうだった。

銀行の自動ドア。コートから流れ落ちる鮮血。

きょとんと見守る幼い日の自分。

「その日、毬絵ちゃんはその雪を見せてと言ったの。あたし、じゃあ、掘り出すのは無理だけど、その雪のある場所まで行こうと言った。町が塗り潰されそうな雪だった。信号も雪の帽子がかぶさって、ほとんど見えないほど。あたしたちは一緒に帰った。それなのに、あたしは途中で毬絵ちゃんとはぐれてしまったの。自分の足元を見るのが精一杯で、後ろからついてきたはずの毬絵ちゃんがいなくなったのに気付くのに遅れたの」

目の前に真っ白な雪が舞う光景が広がった。

ランドセルを背負い、雪まみれで顔を真っ赤にして左右を見回している少女。

「だけど、あたし、ろくに捜さなかった。あまりに雪が凄いんで、怖くなって、そのまま帰ってしまったの。その晩、毬絵ちゃんのお母さんが、帰って来ない毬絵ちゃんを心配して電話を掛けてきた時も、途中まで一緒だったと言えなかった」

律子は苦しそうに天井を見上げた。

「そのまま毬絵ちゃんは帰って来なかった」

コートから流れ落ちる血。

ぽたぽたと滴(したた)った血が、絨毯に吸い込まれていく。

「毬絵ちゃんが見つかったのは、それから三ヶ月経って、雪が解け始めてからだった」

姉の真っ青な顔。

男の人格が破壊された顔。

「みんなが捜索した時は雪が深くて見つからなかったの。大きなクリーニング工場の駐車場。スレート葺(ぶ)きの屋根から大量の雪が落ちて、冬中三メートル近くの雪山ができていたわ。毬絵ちゃんはその雪山の中から凍ったまま見つかったの。家に帰るのに近道しようとして、屋根から滑り落ちてきた雪に埋もれて、這い出せなかったの」

「君のせいじゃない」

捷は、自分の声がそう言っているのを聞いた。

僕のせいじゃない。僕のせいじゃ。

「あたしが見つけたのよ」

律子の苦しそうな声が響く。

君のせいじゃない。僕のせいじゃない。

「晴れた日だった。ぽたぽたクリーニング工場の屋根から溶けた雪が落ちて、きらきら太陽の光に輝いていた」

溶ける雪の音が聞こえた。トタン屋根の上でリズミカルに刻まれる音。

「あたし、近道しようとそこを通ったの。冬の間は雪が凄くて通れなかったから。とても久しぶりだった――あたし、何か硬いものを踏んだの。雪の中から、ピンク色の布がのぞいていた。その時気付いてもよかったのに――あたしはきょとんとして辺りを見回した。そして。そしてあたしは」

律子の声が震える。

「毬絵ちゃんと目が合ったの」

雪の中から覗いている顔。

雪の中で少女は冷凍保存されていた。

真っ白な顔、見開かれた目。

「毬絵ちゃんは、あたしを見ていた。最後に会ったあたしが彼女を最初に見つけたの。あたし、ずっと動けなかった。毬絵ちゃんと目を合わせたまま、一時間もそこに蹲(うずくま)っていたの。あたしが動けなくなってることに通りがかった大人が気がついてくれて、それで毬絵ちゃんも発見されたの」

律子はうめいた。

「駄目。あんな真っ白なところ」

顔を覆って壁に身体を押し付ける律子に、捷は何も言えなかった。

本当のところ、律子の感じた恐怖が彼に伝染していた。彼は、雪の中をさまよう少女を見、雪の中で凍り付いていた少女の目を見たのだ。

雪の上に、コートから流れる血が滴る。

白い雪の上に刻まれる鮮血。まだ温かい。

雪に埋もれた少女の頬に、唇に、温かい血が迸り落ちる。雪が血を吸って、ピンク色に変わっていくところを、彼はじっと見ている。

「駄目だ。それこそ、駄目だ。進まなくちゃ」

捷は、むしろ自分に言い聞かせるようにそう叫んだ。

「ここで止まっているわけにはいかない。ここでは夜を越せない。どうしても、通り抜けなくちゃ」

律子は首を振り続ける。地面にしゃがみこみ、胎児のように丸まって頭を抱える。

ピンク色の雪。

「目をつぶっていればいい。僕が手を引いてあげるから、君は目をつぶってついてきて」

「でも」

くぐもった声を聞きながら、捷は必死に彼女を引っ張り上げ、立たせた。抵抗したいのか、したくないのか本人も分からないらしい。されるがままにぎくしゃくと立ち上がる。

「さ、行こう。君は悪くない。君のせいじゃないよ」

捷は律子の腕をつかんで白い砂漠に出た。律子は最初抵抗したが、やがて腕から力が抜けた。

「待って。悪いけど、腕を組んでもらってもいい？　手を引いてもらうのはかえって怖いの」

「ああ、そうか。もちろんいいよ」

律子の身体の感触を嬉しく思うどころではなかった。彼女の身体から伝わってくるのは怯えと不安だけだったし、捷もひどく緊張していたのである。

ペールブルーの空。

その非現実的な風景の中、捷と律子は踏み出した。沈み込む砂にひやりとしながら、二人は淡々と進んだ。

捷が足を踏み出した瞬間に感じたのは、圧倒的な孤独感だった。

むきだしで無防備な二人。

気ばかり急いて、足は進まない。微妙に沈み、反動がつかない砂の海は、なかなか二人を放さないのだ。

距離も、空間の感覚も、どこかへ消えていた。

白い虚空に二人きり。

捷は、頭の中が白く霞むのを感じた。

『モロッコ』というよりも、『アラビアのロレンス』だ。頭の片隅で、あの叙情的な美しいテーマ曲が流れ出す。

何もない風景。

七十ミリのスクリーンの真ん中の、揺らめく点でしかないもの。それが、少しずつ近づいてくる。

男たちは目を凝らし、近づく者の正体を見極めようとする。

ようやく、それは一頭のラクダに乗った人影であることが分かる。

男たちは更に待つ。スクリーンの中に動植物は他に何もない。灼熱の光に包まれた空と、砂漠とを隔てる地平線があるばかり。

やっとラクダに乗っている男の姿が見えてくる。

男たちは歓声を上げ、待ちきれず、自分たちのラクダに鞭を振るい、全速力で駆けていく。

運命に逆らい、仲間を助けて戻ってきた英雄に、賞賛を捧げるために。

男たちの歓喜の声が砂漠に響き渡る。

やがてそれは、広い校庭の歓声に変わる。

誰もいない放課後。青空にはぽっかりと白い雲が浮かんでいる。

捷は、校庭の真ん中で一人佇（たたず）んでいた。

本当に無人だった。

時折冷たい風が校庭の隅に小さなつむじ風を起こし、砂を巻き上げていた。

なぜあんなところに一人で立っていたのだろう。その理由はもう記憶にない。

しかし、広い校庭の真ん中に一人で立つというのは、なかなか勇気のいる、孤独な体験だった。

捷は、じっと動く雲を見上げ、暫く一人でいた。

その孤独感だけが心の中に蘇る。

みんなどこへ行ったの？

捷は、のろのろと足元に目をやった。

白い砂。

えんえんと脱ぎ捨てられたハイヒールが転がっている。

ここは女たちの砂漠だ。

黒のピンヒール、ゴールドのラメの靴、赤いハイヒール。

この靴の持ち主はどこへ行ってしまったのだろう？　いや、そんなことを考えてはいけない。靴の持ち主がこの砂丘の中に埋もれているなんて考えてはいけない。そいつらが自分の靴を捜して、砂丘から手を伸ばしているなんて考えては——

何かが足に当たる。

靴だ。脱ぎ捨てられた靴に決まってる。

そんなことがあるはずはない。靴を欲しがる誰かの手が、砂の中から伸びてくるなんてことは。

しかし、それは動いていた。何かが足の下でごそごそ動いている。

律子が泣き声を出すのが聞こえた。彼女も何かを感じ取っているのだ。

「お願い」

「考えちゃだめ」

彼女は絞り出すように叫ぶ。

「目を開けちゃだめだ。気のせいさ。あと少しだ」

捷はそう早口に言った。本当のところは、まだ部屋の中の半分も行っていなかったのだが。

突然、足がずぶりと沈みこんだ。

「うわっ」

捷は思わず悲鳴を上げてしまう。

砂が流れている。砂がどんどん落ち込んでいく。

捷は身体のバランスが崩れるのを必死に持ち直そうとした。しがみついている律子も支える。

「きゃあぁっ」

律子はついに目を開けてしまった。

「いやあっ、いやーっ」

彼女は捷の肩に顔を押し付けた。

そして、捷も見た——足元に、すり鉢状の窪みができている——そう、子供の頃図鑑やTVで見た蟻地獄。すり鉢の底からは、何本も手が飛び出していた。砂まみれになった、子供の手。さらさらと底に落ち込んでいく砂の中から、頭が覗いている。それは一人ではなかった。みるみるうちに砂の中から飛び出してきた毬絵と思しき少女と少年たちの頭は砂にまみれていたが、皆口を大きく開けて笑っているのだった。

51

永遠に続きそうに思われた夏の陽射しがようやく弱まって、窓の外の竹林も黄昏（たそがれ）の色に染まり始めていた。風が出てきたらしく、時折ふわりと笹の葉が膨らむ。

昨夜のビジネスホテルに比べれば、待遇は雲泥の差だった。和繁は、今自分がこの場所に、烏山家のゲストハウスにいることにまだ実感が湧かなかった。

橘は今どこにいるのだろう。もう引き上げただろうか。

連絡が取れないのがもどかしかった。もしかすると、橘の方でもこちらに連絡を取ろうとしているかもしれない。電話を借りたかったが、このゲストハウスには電話が無かった。あとで母屋の方の電話を借りよう。橘の携帯電話に連絡を入れることはできないが、会社の方にメモを残してもらえばいいだろう。

和繁の目は、いつのまにか庭の竹林に、いや、その向こう側にある深い山に向かう。

あの山の中に淳が住んでいる。明日になれば会える。

烏山響一は、確かにそう請け合った。

本当に？

和繁は考える。橘と別れ、無人の坂道を登ってきた時の周囲の風景が脳裏に蘇る。この山の中にあの淳が住んでいるなんて、信じられるだろうか？　彼は都会的で、仕事をバリバリこなすタイプで、上昇志向もあったと思う。この歳で、悪いがこんなド田舎の山奥に突然全てを放り出して引っ込み、一人で暮らしていると？　アウトドア志向でもあったのだろうか？　じゃあ、夏海はどうなるのだ？

そう考えた時、シャワーを浴びてさっぱりした表情の、浴衣を着た夏海が出てきた。どこかの温泉宿にでも来ているような錯覚を抱いたが、とたんに後ろめたさを覚え、慌ててその錯覚を打ち消した。

「星野さんもどうぞ。着替えられるのが、すごくありがたいわ」

夏海はそう言って、明るい顔で和繁にシャワーを勧めた。

女性のファッションや美容関係にはとんと疎(うと)いので、和繁には彼女が素顔なのか、それとも何か化粧をしているのかよく分からなかった。艶々(つやつや)として綺麗なことだけは確かである。

和繁は彼女の表情をいつのまにか観察していることに気付く。

彼女は本当に響一の話を信じたのだろうか。昼間はすっかり彼のペースに乗せられて滞在することを承知してしまったが、今にしてみれば彼の話にはいろいろと奇妙なところがあるし、聞きたいことが沢山ある。

夏海がキッチンの冷蔵庫に向かうのを見ながら和繁は響一の言葉を反芻していた。

そもそも、なぜああもあっさりと烏山響一はその事実を認めたのだろう？　ああも苦労して淳の痕跡を消してきたというのに、なぜ俺たちにあっさりその存在を明かすのか。淳の存在は、彼にとって隠しておきたいことではないのか。

事情が変わった？　どんなふうに？

いつのまにか、ミネラルウォーターのペットボトルを手にした夏海が無表情に和繁を見つめていた。

どぎまぎして目を逸らす。

「星野さんが何を言いたいかはよく分かってるつもりです」

夏海が乾いた口調で言った。

和繁は、心を見抜かれたようでぎょっとした。

夏海は無造作にペットボトルを口に当て、ごくごくと水を飲む。かすかに動いている白い喉が艶かしい。

一瞬、口を開こうとしたが、和繁は夏海にそのまま喋らせることにした。その理由の一つに、昨日から和繁が彼女に抱いていたかすかな違和感があった。その違和感が、今やくっきりと彼と彼女の間を隔てていることを確信していた——明らかに、彼女の中で何かが変わったのだ。彼は、それが何なのか言葉にすることができず苛立っていた。

「あたし、これまで気がつかないふりしてたけど、本当は知ってたんです」

夏海の目は、竹林の奥を見ていた。見えないものを、もしくは彼女だけに見えるものを。

「淳さん、とても有能で常識的なビジネスマンでしたけど、その一方で物凄く厭世的なところがあるってこと。星野さんはそう思いませんでしたか？」

和繁はとまどった。

「いや、俺にはそんな素振りは見せなかったけど」

本当にそうか？　和繁は自問した。言われてみると、どこかで納得する自分がいることに和繁は愕然とした。

テーブルの上で鳴らされていた指。

にこやかな顔。明るい声。

しかし、そのどこかに、絶望の上澄みのような虚無がなかったと言い切れるだろうか？

夏海は返事がないことを気にする様子もなく、一人で頷いた。

目は遠くを見ている。恐らくは、過去の自分と淳の姿を。

「ええ、あたしにもそんな気配はちっとも見せませんでしたよ——たぶん、本人も自分にそんなところがあると気付いてなかったんじゃないでしょうか。でも、あたしは時々そんな気がしたんです。一見派手で、息つく暇もない忙しい業界を選んだのも、あたしと結婚することを決めたのも、自分の中にあるその暗い部分を否定して、現実に自分を引き止めるために、無意識のうちにそうしていたんじゃないかって」

ほんの数分前には艶々だった肌が、一瞬老婆のように見えたので、和繁は動揺した。女の顔というのは謎に満ちている。

夏海は、自分の言葉を反芻するように暫く押し黙っていた。

が、あきらめたようにのろのろと口を開いた。

「彼は完璧主義でしたし、人の気持ちを読んでバランスを取るのが本能みたいな人でした。そんな彼にとって、自分の本心を隠すのは簡単なことでした。だから、あたしも気のせいだ、そんなはずはないってずっと思い込もうとしてたんです。今回彼がいなくなった時も、本当は、最初にパッと考えたのは、ついにこの時が来てしまったってことだった。ついに彼は全てを放り出して、自分に正直になってしまったんだってことでした。だけど、あたしはそのことを認めなかった。どうしても認めたくなかった。だから、彼がいなくなったことを事件にしたかった。星野さんを巻き込んで、彼がいなくなったことを人為的な事件にしようとしたんです」

和繁には返す言葉がなかった。

「彼は何かのきっかけで自分の暗い部分を認めたんです。その結果、あの大田黒民俗歴史財団のお金を使うことを決心した。そして、彼のそのきっかけが、あの『カーテン』だったんじゃないかと思うんです」

つまり、烏山響一ではないかと。

「あたしは、あの人に賭けてました」

夏海は額をゆっくりとこすった。

「あの人と結婚することで、幸せになれると思ってた。彼に、自分の幸福の全責任を丸投げしていた。これまでの家庭環境のマイナスを取り返すんだって思っていた。あの人と一緒になりたいというよりも、幸せになりたかった」

額をこすり続ける夏海。声は少しずつ、低く消え入りそうになっていく。

「ここに来るまでも、来てからもずっと揺れてました。あたしはどうしたいんだろう、あたしたちはどうなるんだろうって。始めたいのか、終えたいのか。自分でも分からない。ほんとに、五分毎に考えが変わるんです。幸せになるんだ、というのと、もうみっともないからやめよう、というのと」

彼女は暫くの間俯いていたが、自分を鼓舞するようにきっと顔を上げた。

「今日、あの人に会って分かりました。あの人は、他人のそういう部分の扉を開く人だ。彼もあの人に会って、そのことに気付いたんだって。あの人から、彼が山の中にいると聞いた時、あたしは納得しました。もう止められない。彼はもう引き返さない。星野さんは、烏山さんの態度に納得できなかったんでしょう？　でも、あたしは納得しました。この人は、もう彼が帰らないことを知っているんだって」

そこで夏海は初めて和繁の顔を見た。和繁は無言で頷く。

「あたし」

夏海は、どこか預言者のような厳(おごそ)かな声で言った。

「明日は、淳さんにお別れを言うつもりです。これで、あの人に会うのは最後になるでしょう」

52

オレンジ色の夕暮れは、事態が悪くなりこそすれ、決して好転しないことを約束していた。

日没に、こんなにも絶望を感じたことがこれまであっただろうか。

山道を半ば惰性でのろのろと歩きながら、捷はぼんやりとそんなことを考えていた。

杉の林から縞模様を描いて射し込む、まだしぶとい熱気を残した光が、二人の疲労を加速させる。

二人は長い間無口だった。

あの『モロッコ』と名づけられたインスタレーションをどうやって逃げ出してきたのか記憶にない。あの時の凄まじい衝撃にも似た恐怖が、二人の内側から記憶を拭い去ってしまったのだ。

二人は我先にと、全てをかなぐり捨ててあの砂漠から逃げ出した。砂に足を取られ、打ち捨てられた多くの靴を蹴飛ばし、言葉にならない悲鳴を上げながら、ひたすら出口を探した。足首に感じた手や、髪の毛の感触のことなど語るまい。何かが砂の底から出てきたこと、あの小さな頭や笑みを浮かべた顔のことなど口に出すまい。こうして前進する道を進んだこと、お化け屋敷の続きに足を踏み込んでしまった愚かな観客になったことを後悔するには、あまりにも遅すぎることを彼らはよく承知していた。

あの時なぜ引き返さなかったのか。なぜ屋敷に戻る道を粘り強く探さなかったのか。なぜあの時、ひどい目に遭うことを承知で進むことを選んでしまったのか。なぜ、太陽の高いうちに、昼間という守られた時間のうちに、下山することを実行しなかったのか。

後悔と疑問は一瞬たりとも休むことなく、ぐるぐると頭の中を駆け巡っていたが、それでも足は止まることなく進み続けていた。止まることなどできなかった。ここで止まって後ろを振り返ろうものなら、自己嫌悪のあまり一歩も進めなくなることを知っていたからだ。

重い疲労で思考が麻痺(まひ)していたが、激しい焦りだけが二人を動かしていた。

とにかく家に辿り着くこと。今日見たもののことは忘れ、身体を横たえて眠ること。二人はその目標に集中することで精神の均衡を保とうと必死だった。

夕暮れが深まるにつれ、焦りは募った。しかし、長い時間を歩いてきた足はなかなか速まらない。真夏とはいえ、いったん日が落ち始めれば、辺りはあっというまに夜に塗り替えられることは予想がつく。そして、彼らは何の照明も持たず、周囲に外灯らしきものも見当たらないのだ。マッチも持たぬ彼らは、焚き火をすることもできない。山の中で、夜を迎えることの恐ろしさは、ほんの少し想像しただけで耐えがたかった。しかも、昼間あんな体験をしたあととあっては、どんなに悪夢に満ちた長い夜になるか考えたくもない。道が一本道であるのがせめてもの救いだった。考えたり、迷ったりすることなく進むことができるのが有難かった。

本当に家があるのか。時々チラッとそんな考えが頭をかすめた。響一の言葉を信じるしかなかったが、その響一こそ、二人をこんな目に遭わせている張本人であることを考えると、全てが響一の掌の上の出来事であることを痛感せずにはいられなかった。

周囲の風景が徐々にぼやけてきているのは錯覚ではなかった。

間もなく日が暮れる。十五分もすれば完全に太陽は姿を消してしまう、ということを捷は絶望と共に確信した。

まだ見える、まだ残光で道が分かる。捷は必死にそう自分に言い聞かせた。

しかし、行く手の道は折れていた。それまでは日の当たる山の斜面を歩いてきただけに、日陰にさしかかるその道は不吉な予感に満ちていた。

その道に入る気がしなかったのは律子も同じらしく、ちらちらとまだ光の射す後ろの道を振り返りながら彼女は道を進んでいた。二人の歩調が自然に鈍ってくる。

もはや、お互いに対する気遣いは消滅していた。どちらも空っぽになった麻袋のような身体を抱えて、機械的に足を運んでいるだけである。かすかな好意を抱いたことも、若者らしい見栄を張っていたこともどこかに忘れ去ってしまっていた。ただ、こんな不幸を味わっているのが自分一人だけではない、というちっぽけな慰めだけが互いの存在意義だった。

いよいよ日陰の道に入るに当たって、ついに二人は立ち止まってしまった。進むことも戻ることもできない。文字通り四面楚歌の事態に陥ってしまったことを、二人は為す術もなく認めるしかなかった。ぼんやりと立ち尽くしたまま、刻々と貴重な時間が過ぎていくのを眺めるだけ。

「進もう。進むしかない。家を見つけるまでは」

捷は投げやりな口調で言った。お世辞にも説得力のある声とは言い難かった。独り言の方がまだましなような気がした。

「ええ」

律子もまた、気の無い返事を返した。何か応えなければという義務だけの言葉だった。それでもまだ、二人はぐずぐずと日陰との境界線にとどまっていた。間もなく、日向(ひなた)も日陰もなくなることは明白だったが、どうしても足が前方の闇に向かって進むことを望まないのである。

「行こう」

捷は泣きそうな声をかろうじて絞り出すと、ようやく一歩を踏み出した。律子も少し置いて後に続く。

日陰の山道に入ってしまうと、かえって落ち着いた。目が馴れてくると、まだまだ辺りの景色がきちんと見分けられることに力を得て、二人の足取りは再び速まった。

それでも、焦りと恐怖がぴったりと全身を覆っていることに変わりはない。叫びだしたくなるのをこらえ、自分を罵倒したくなる声を押し殺しながら二人は進んだ。今日一日でどれほどの汗を流したのか見当もつかなかった。

考えてはいけない。想像してはいけない。自分の置かれた状況を見つめたら、一歩も進めなくなってしまう。

頭を空っぽにして、二人は逃げるように歩き続けた。

道がゆるやかな上り坂になり、ねぐらに帰っていくカラスの声が遠く聞こえるのに我に返った時、律子が叫んだ。

「見て！」

捷はハッと顔を上げた。素早く顔を上げるのに残り少ないエネルギーを使ってしまったことを一瞬後悔したが、それはすぐに忘れた。

山の斜面に建造物のシルエットがあった。

もう辺りの風景に紛れて、もうすぐ沈みこんでしまいそうだったが、それが一軒の家であることは間違いない。

「あった」

「あれよ、家よ」

「間に合った」

どんよりと濁っていた頭の中に酸素が送り込まれ、たちまち目が覚めて全身に力が漲るのを感じる。

「よかった」

「野宿しないで済むぞ」

それまでの焦燥と恐怖が、希望と安堵に取って代わる。ホッとするあまり、二人の歩調は一気に緩やかになった。視界の中に家がある以上、もう慌てる必要はない。そうなると、それまで我慢してきた疲労が耐えがたいものになった。いったい何キロ歩いただろう。その長い道のりを考えると、疲労は倍増した。

「鍵が開いてるかしら」

律子が思いついたように言った。現実的な頭が戻ってきたのが、なんとなくおかしくなった。

「さあね。鍵が掛かってたら、どこかの窓を破って入ろう。それくらい許されるよ。外気が入ったからって凍死することはないだろうし」

「そうね」

「食べ物があればいいんだけど」

そう言ったとたん、激しい空腹感が込み上げてきた。これで食べ物がなかったらショックだろうな、と捷は思った。いったん空腹を自覚してしまうと、それが耐えがたい苦痛になるのは明らかだった。

最初に泊まったゲストハウスを一回り小さくしたような建物だった。

山の斜面に、杉林に囲まれるようにひっそりと建っている。

玄関に向かう細長い石段を登った時は、二人はあまりの疲労と空腹に全身が震えるのを感じていた。

捷は緊張しながらドアノブに手を伸ばした。これで鍵が掛かっていたら、疲労が更に倍増するのは間違いない。いくら必要に迫られているとは言え、他人の家を破壊して侵入するのは気が進まなかった。

が、あっけないほどガチャリと扉は開いて、あまりの安堵に捷は泣きたくなった。

きちんと整えられた家の中。カウンター式になったキッチンに続いて十畳ほどのリビングルームが見え、玄関脇に階段があり、階段の下が洗面所とトイレになっているようだ。二階には寝室が二つほどあるらしい。

玄関の明かりがパッと点いた瞬間、それまでいかに薄暗い場所を歩いていたのか思い知らされる。もはや外に出ることなど、これっぽっちも頭に浮かばなかった。

「やっぱり、これも予定通りってことね」

律子がかすかに怒りを覗かせて呟いた。

その家は来客を待っていた。キッチンのテーブルには伏せられた茶碗、グラス、個別に包装された茶菓子。ごく最近掃除されたらしく、ほこり一つない。

冷蔵庫を開ければ、ジュースやお茶、ミネラルウォーターにビールがぎっしりと詰まっているし、電子レンジを使えばすぐに食べられる冷凍食品が揃えられている。

捷も安堵と同時に嫌悪感がどっと噴き出すのを感じた。

二人が疲労困憊して、恐怖と戦いながらこの家に辿り着くことも響一の予想範囲内。あくまでも自分たちは彼の考えたとおりの行動を取っているに過ぎないのだ。

二人はくずおれるようにキッチンの椅子に座り込み、暫く何も言葉を交わさなかった。ほとんど虚脱状態で、会話することを忘れていたのである。

肉体的にも精神的にも、あまりの疲労に全く眠気を感じなかった。

「お湯は出るのかしら」

三十分近くへたりこんでから、ようやく律子がそう呟いて立ち上がった。つられてリビングルームを振り返った捷は、誰かがこちらを振り返ったのでギョッとしたが、それは窓に映った自分の姿だと気付き、外がすっかり暗くなっているのに驚いた。のろのろと立ち上がってカーテンを閉めに行く。

「お湯が出るわ。嬉しい。先にシャワーを使ってもいいかしら？」

疲れた声で律子が声を掛けた。

「どうぞ」

捷はそう答え、もう少し家の中を見てみようと思った。

律子がお湯を使う音を聞いていると、一瞬自分の家にいて、香織がいるような錯覚に陥る。不意に香織の顔が目に浮かんだ。今ごろ何をしているだろうか。自分がこんな目に遭っているなど、予想もつかないだろう。東京までの距離の大きさが改めて身に染みた。

リビングルームに戻ってきた時、捷は無意識のうちに首をひねっていた。

なんだろう。何かがおかしい。

捷は部屋の中を見回した。何の変哲もない部屋。いったい何が気に掛かるのだろう？

暫く考えてから、捷はようやくその理由に思い当たった。

小さいのだ。

外で眺めてみて予想した家の内部よりも、家の中が小さい。これはどういうことだろうか。

捷は壁を叩いてみる。壁がかなり厚いように思えた。北国ならばともかく、この辺りでこの厚さというのはどういうことだ？

突然、背中が強張った。

捷は反射的に後ろを振り返っていた。

さっき閉めたカーテンがそこにある。

なぜだろう。何かを感じた。外に誰かがいるような気がしたのだ。

捷はそっとカーテンに近づき、外を覗いてみた。しかし、真っ暗で何も見えないし、辺りはしんと静まり返っている。かすかに風の音が聞こえるだけだ。どんなに耳を澄ませても、他には何も聞こえない。

気のせいかな。極度の疲労のせいで、かえって神経が過敏になっているのかもしれない。

シャワーを浴びて、冷凍のピラフや焼きおにぎりなど腹に溜まるものを食べ終え、ようやく人心地ついた時、突然、二人は同時に山奥に二人きりでいることを意識した。

それは、それまで味わった恐怖とは異なる恐ろしい瞬間だった。

凄まじい静寂。家の中にいても、外から闇の重力と全てを塗り潰さんばかりの沈黙が押し寄せてきて息苦しいくらいだ。世界中が自分たちの会話に耳を澄ましているような気がしてきて、じっと座っていられなくなる。二人は鳥山響一の世界の真ん中にいるのだった。

家に着きさえすれば何とかなると思っていた。家に着いたら、倒れこむように眠ってしまえばいいと。しかし、今の二人は眠ることを恐れていた。身体は疲れ切っているし、しきりに休息を要求している。だが、身体の芯は恐怖に痺れたままだった。その一点だけが恐怖に凍りついたまま、ここで眠っては恐ろしいことが起きると囁くのである。

時刻は九時になろうとしていた。

二人は何を話題にすればいいのか迷っていた。昼間起きたことを口に出すのは嫌だったし、まだ明日のことを考えるのも嫌だった。

明日。明日はどうなるのだろう。律子はぼんやりと考えた。

響一が望むようにこのプライベート・ミュージアムを鑑賞し終えた時、自分はいったいどうなっているのだろう。もはや後戻りはできない。行きつくところまで行くしかないと分かっているものの、この先どうなるのか全く見当もつかない。

本当にここから正気のまま出られるのだろうか？

「あなたは何を見たの？」

律子の口からそんな質問が出ていた。

「え？」

捷は律子の顔を見た。

「あたしは毬絵ちゃんを見た。あなたは何を見たの？」

沈黙。こんなに密度の濃い沈黙を体験したことがない。世界が捷の言葉に耳を澄ませている。

「子供の時はいろいろなものを見た」

いつのまにか答えていた。

「死んだお母さんも見たし、死んだ子供も見た。一番よく見えた時は、子供をたくさん殺していた殺人犯の背中をつかんでいる子供の手をいっぱい見たよ」

「じゃあ、あの時は」

「うん。死んだ子供を見た」

「今は——最近は、見ていないの？」

「中学生になる頃は見なくなったね。ここに来るまでは、見たことすらも忘れてたんだ」

「彼に会うまでは、でしょう？」

「うん。正確にはね」

その時、二人は同時にカーテンを見た。

「ねえ、聞こえた？」

「うん」

外に誰かがいる。

こんな山奥で二人きりでいる無防備さに思い当たるとゾッとした。

「動物かもよ」

「なんの？」

「猿とか、鹿とか」

「この辺りってそういうのがいるの？」

「小動物はいると思うけど」

真っ暗な山道を、こんなところまでやってくる人間がいるとは思えなかった。

が、突然、ガラスを叩く音が聞こえてきたので二人は飛び上がった。

どんどんという鈍い音。明らかに、誰かが窓を外で叩いているのだ。

「そんな」

「いったい誰が」

二人は立ち上がったまま動けなかった。

「なぜ玄関から来ないの？　わざわざ窓を叩くなんて」

「まさか」

響一ではないか、という考えが突然捷の頭に浮かんだ。

実は、やはり響一はなんらかの事故に巻き込まれていたのではないか。何かのアクシデントで自分たちとはぐれてしまって、やっとここまで辿り着いたのではないか。

捷はそろそろとカーテンに向かっていた。

「やめて！　行かないで！　中に入れないで！　お願い」

律子が引きつった声で叫んだ。

「やめて！　お願い、ここにいて！」

しかし、捷はカーテンを引いていた。

血塗（ちまみ）れの顔があり、捷は思わず喉の奥で「わっ」と叫んで飛びのいていた。律子が悲鳴を上げる。

昼間の悪夢が蘇ったような気がした。薄ら笑いを浮かべていた子供の顔。

そして、更に歳月が遡る。

血塗れのコート。絨毯に染み込む血の雫。

振り向いた男の顔。

一瞬、目の前が真っ赤になり、捷は必死にパニックから逃れようと深呼吸し、何度も瞬きを繰り返した。

が、それは幻ではなかった。誰かがそこにいて、血に染まったこぶしで弱々しくガラスを叩いている。

「助けて——助けてくれ」

かすかに声が聞こえてくる。

二人は無言でその人影を見つめていた。ようやく呪縛が解けて、外にいる人物を観察する余裕ができたのである。その人物は、若い男だが、響一ではなかった。明らかに怪我をしており、血と泥にまみれている。

「どうしよう」

捷は口の中で呟いた。

律子は凍りついたように窓の外の影を見つめている。

誰かが助けを求めているのは分かったが、果たして中に入れてよいものかどうか。中に入れたとたん、得体の知れない化け物となって、牙を剥いて襲いかかってくるのではないかという妄想が心を捉えて離さなかった。馬鹿げた考えだと分かっていても、身体が動いてくれない。

やがて、外の人影は力尽きたように窓を叩くのをやめた。その場にうずくまってしまったらしい。

捷はようやく身体が動くことに気付き、よろよろと窓に手を伸ばした。

律子がびくっとしたのが分かるが、もう彼女も止めようとはしなかった。

捷は一瞬躊躇したが、思い切って窓の鍵を外し、開いた。真夏の夜の熱っぽい空気と、羽虫と、血の匂いとがいっぺんに飛び込んでくる。

「どうしたんですか？」

いささか間抜けな質問だったが、他の質問を思いつけなかった。

「カラスに——襲われた」

男はうわ言のように呟いた。眼鏡の片方にひびが入っている。まるで銃で撃たれたかのように弾痕に似たひびである。

目の前に存在するのが生身の人間であることが間違いないと認めたせいか、律子が寄ってきて男を部屋の中に引っ張りあげるのを手伝った。男はかなり弱っていたらしく、自力では上がれなかったのだ。

フローリングがたちまち泥だらけになる。

「お水を」

律子が冷蔵庫からペットボトルを持ってきた。

「怪我は？」

身体を持ち上げるのが苦しそうだったので、床に座らせソファに寄りかからせると、男は呼吸を整えながら何度か頷いた。律子から受け取ったペットボトルを震える手でつかみ、何度も水を喉に流し込み、ようやく口を開いた。

「カラスにつつかれたところは、血はいっぱい出たけど、怪我自体はそんなにひどくないと思う。それより、カラスに追われて山の斜面を転がり落ちた時に、足をひねったらしい。もしかすると折れているかも」

男は、アウトドア活動の格好をしていたが、普段からそういう活動に従事している雰囲気ではなかった。

「あなたは誰ですか？」

「君たちは？」

捷は、その時になって初めて、むしろ彼の方が自分たちを強く警戒していることに気付いた。

「くそ、眼鏡がよく見えない。学生？　どうしてこんなところにいるんだ？」

捷と律子は顔を見合わせた。

「薬がないかしら」

律子は戸棚を探した。使われていない薬箱を発見し、消毒薬とガーゼと包帯を取り出す。

「まず汚れを取って、手当てできるところは手当てしましょう」

男もその意見に異論はなさそうだった。

濡れタオルで血と泥を拭き取り、怪我の箇所を消毒する。カラスにつつかれ、どす黒く血が固まりかけている箇所は首や背中など十箇所以上もあり、律子はゾッとした。男はうめき声を上げながらもよく消毒の痛みに耐えていた。一方、左足はどんどん腫れ始めていて、動かすことができないのが一目で窺えた。

とりあえず男の見た目はさっぱりしたが、一刻も早くきちんとした治療を受けた方がいいのは一目瞭然だった。だが、連絡手段もなく、こんな山道では男を運ぶのも難しい。玄関のところに電話があったが、受話器を取ってもうんともすんとも言わず、死んでいる電話だと確認していたし、相変わらず携帯電話は圏外のままなのだ。

男にお茶と焼きおにぎりを食べさせると、ようやく落ち着いたようだった。青ざめてはいるが、表情はしっかりしたものになっている。

「君たちは烏山家の人？　ここは烏山家の敷地だろう？」

さっきは詰問調だったが、今は声が穏やかになっている。捷は首を左右に振った。

「いいえ。僕たちは、烏山響一の友人で、ここに招待されたんです」

「烏山響一の友人？　じゃあ、近くに奴がいるのか？」

男は態度を硬化させ、身体を起こそうとした。が、たちまち呻き声を上げてソファに寄りかかる。捷は慌てて男の身体を支えた。

「ここにはいません。途中まで一緒だったんですが、はぐれちゃったんです」

「はぐれた？　こんな山の中で？」

捷と律子は顔を見合わせた。恐怖体験を差し引いて、自分たちの身に起きたことを簡単に説明する。

「プライベート・ミュージアム――嘘だ。あれはまるで」

男の目に恐怖が浮かんだ。何かを思い出しているらしい。

「あれって？」

聞きとがめると、男はハッとした表情になり「いや、なんでもない」と顔を背けた。

暫く考えこむ様子だったが、男は改めて捷と律子の顔を見て、地方紙の記者の橘と名乗った。

新聞記者。そう聞いて二人はあっけに取られた。

「新聞記者がなぜこんなところに？」

橘は苦笑いした。

「不法侵入もいいところなんだがね。烏山家についていろいろ調べているのさ。ここ数年のうちに、ここで仕事をしていて行方不明になった人間が何人もいるんだ。中には俺の友人もいた」

「へえ」

「でも、その山の中でのおかしな工事というのは、きっとこれまであたしたちが通ってきたインスタレーションのことでしょう。確かにこんな山の中にあるとは思えないものばかりで、相当お金と手間が掛かっているはずです。建築資材を運ぶことを考えたって、とんでもない労力が掛かってるし」

律子が恐る恐る口を挟んだ。

橘は再び何事か考え込む表情になった。捷が口を開いた。

「それよりも、下山する方法を考えなくちゃ。車も入れない山道ですし、橘さん、早くどこかの病院に行かないと」

「どうしよう。明日、あたしたちがふもとまでどのくらいの時間で辿り着けるのか見当もつかないわ」

それも正気のままで、だ。律子は心の中でそっと付け加えた。

「橘さんは、ここまでどうやって来たんですか？」

捷はふと思いついて尋ねた。彼の格好を見て、もしかしてふもとからの最短ルートを知っているのではないかと思ったのだ。

橘は残念そうに首を振った。

「僕は昔から山をやっていてね。悪いが、君たちが歩ける道じゃないし、必ず迷うだろう。僕はかなりショートカットしてここまで来たけど、危険だ」

「でも、どちらにしてもここから移動しなければならないことは確かですよ。途中は大変な道のりです。他のインスタレーションは通り抜けるだけだけど、中に石の階段だらけのインスタレーションがあって、あんなところ、足を骨折していたらとてもじゃないけど歩けません。現実的なのは、医者を呼んで、きちんと処置をしてもらって、頑強な人におぶさって運んでもらうことですね。こんなところにヘリコプターが入れるとは思えないし」

橘は苦い表情で頷いた。

「烏山家に何と言われるか分からないな。ただでさえ僕は眼をつけられてるから、今度こそ訴えられるかもしれない。ましてや、敷地内で怪我して助けを求めたりしたら」

「そんなこと言ってる場合じゃないでしょう」

捷は不安そうに橘の足を見た。ほんの少しの間にますます腫れ上がり、熱を帯びてきたことが見てとれる。顔の出血もおさまっていない。巻いた包帯にじわじわと血が滲み出ている。

「社に連絡を取りたい。社に連絡を取れれば、この機会を逆手に取って、救助に来るという名目で記者をここに呼べるのに」

橘は舌打ちせんばかりに天を仰いだ。そのギラギラした目に、彼が烏山家の取材になみなみならぬ執念を燃やしていることが窺えた。

「やっぱり、ここにいてもらうしかないわよね」

律子が捷の顔を見た。

「とりあえずここにいれば安全でしょう。水も食料もあるし。あたしたちが明日下山して、どこか携帯電話の通じる場所を探して、橘さんの会社に連絡を取るしかないわ」

捷はのろのろと頷いた。それは、自分たちが本当に無事にここから出られればだが。

突然、律子が全身をびくりと震わせた。

つられて捷と橘も動きを止める。

「あれは何？」

「え？」

「しっ」

律子が唇の前で人差し指を立てる。沈黙。

三人で耳を澄ます。

捷は、かすかな震動を感じた。

地震？

だが、その震動は規則正しい。

ずしっ　ずしん　ずしんっ　**ずしんっ**

「なんだ？　あれはいったい？」

橘がかすれた声で呟いた。

「こっちに近づいてくる」

捷は腰を浮かせた。何か、大きな質量を持ったものが遠くから近づいてくるのだ。

まるで、ゴジラの歩いてくる音みたいだ。子供の頃の怪獣番組で、遠くから近づいてくる怪獣の足音がちょうどこんな感じで――

「馬鹿な」

「いやっ」

律子がパニックに陥ったように頬を手で挟み、いやいやをした。

ずしんっ　ずしんんんっ

音はどんどん大きくなってくる。やがて、その音と共にびりびりと建物が揺れた。まともな大きさのものとは到底思えない。本当に、外を怪獣が歩いているようだ。

「まさか」

床が震動し、身体が持ち上がる。

「踏み潰されるぞっ」

橘が叫んだ。

「やめてっ」

しかし、誰も動けなかった。逃げ出したいのに身体が動かない。外に飛び出したいのに、外にいるモノを見るのが恐ろしい。

音はいよいよ大きくなった。建物が揺れ、ペットボトルの中の水も揺れている。

巨大な足が建物を踏み潰すところが目に浮かんだ。今にも天井がめりめりと音を立てて崩れ、ばらばらと自分たちの上に降りかかってくるような——

音は玄関の前で、凄まじい響きを立てた。

潰される！

誰もが頭を抱えていた。

沈黙。

永遠とも思える時間が過ぎた。

捷は恐る恐る顔を上げた。

まだ沈黙は続いている。

が、突然、再び大音響が壁を揺らし、捷は慌てて頭を抱えた。

今度こそ駄目だ！

頭の中が真っ白になる。

地響きと震動が身体全体を揺さぶっている。

「待って、遠ざかってる」

律子が叫んだ。

そう言われて、捷はもう一度顔を上げた。橘も青ざめた顔で天井を見つめている。

確かに、地響きは少しずつ小さくなっていた。規則正しいリズムで、徐々に遠ざかっていくことが分かる。

「遠ざかってる」

捷も繰り返した。無意識のうちにふらりと立ち上がり、玄関に向かおうとしていた。

「やめて！　開けちゃ駄目！」

律子が形相を変えて捷にすがりついてくる。

「見なくっちゃ。いったいあれは何なんだ？」

「やめて、開けないで、見ちゃ駄目！」

律子は泣き出さんばかりに捷を引き止める。フッと全身から力が抜けた。捷も強いて律子を振り切ろうとは思わなかった。今ドアを開けていたら、またあの怪物が戻ってきていたかもしれない。そう思いつくと、律子が止めなかったらふらふらとドアを開けていたはずだと気付き、ゾッとする。

二人はへなへなと床に座り込んだ。音はいつのまにか消え、辺りには痛いくらいの静寂が戻っている。

今日はいったい何回激しい恐怖にさらされたことだろう。

捷は虚脱状態でぼんやりと考えた。時計を見ると、まだ十時半過ぎである。夜明けはまだ遠い。

律子はうつろな目で床に座り込んでいた。橘も目の焦点が合っていない。

ふと、捷の目は床に転がっている携帯電話を捕らえ、何かが彼の注意を促した。

烏山響一の携帯電話。

くっきりとその携帯電話が視界に飛び込んできて、捷はハッとした。思わず携帯電話に飛びついて、画面を操作する。

通じないのに何を、という目つきで律子が視線を向けた。

しかし、捷の目は、緑色の画面に浮かんだ文字を食い入るように見つめていた。

6、ゲストハウス

捷は部屋の中をきょろきょろと見回した。

「何してるの?」

律子がのろのろと尋ねた。捷は壁を叩き、床に耳を付けた。

「どうしたっていうの?」

苛立ちを覗かせ、律子が重ねて尋ねた。

「この家も、インスタレーションなんだ」

「え?」

「クロスの柄に隠してあるけど、この壁、あちこちがスピーカーになってる。サラウンドシステムだよ」

「ええ?」

ようやく律子の目に理性が戻ってきた。

「今の音は、ここから出てたんだ。着いた時から、やけに壁が厚いなと思っていたら、壁の中に音響装置を仕込んでいたからだったんだ。この家は、『ゲストハウス』という名のインスタレーションなんだよ」

「なんですって」

もはや、律子は怒る気力もなくしていた。

「もういや。こんなところ。我慢できない」

力なく顔を覆い、床の上に蹲る。

「君の言うことは正しいと思う」

橘が疲れた顔で呟いた。

「だけど、またあんな音が聞こえてきたら生きた心地がしないな——あれが一度きりだという保証がどこにある？」

橘は、最後のほうは天井に向かって話し掛けていた。血の気のない顔は、蛍光灯の下では薄紫に見える。一瞬、デスマスク、という言葉を連想してしまった。

「とにかく休みましょう。怪物が外を徘徊（はいかい）しているわけではないことは確かですから。今のうちに休んでおかないと」

捷は必死に冷静な口調でそう言うと、二階に毛布を取りに行った。

だが、暗い階段を上りながら、心の中で誰かが囁いた。

おい、本当に確かなのか？　やっぱり、外を巨大な怪物が歩いていて、獲物を探しているのかもしれないじゃないか？

必死にその声を振り払い、捷は乱暴な音を立てて階段を上る。

そんなはずはない。そんなはずは。

三人分の毛布を持ってきたものの、誰もが恐ろしくて、横になることができなかった。横になると、とんでもなく自分が無防備に思えるのだ。三人は毛布を膝に乗せ、誰からともなく身体を寄せ合い、ソファやテーブルで自分たちを囲むようにして目を閉じた。

しかし、誰も眠りに落ちる気配はない。

三人とも肉体的には極限まで疲労しているはずだ。横になったとたん、二度と起き上がれないほど寝入ってしまうだろう。

だが、そうなることを切望しながらも、彼らはそうならないこともまた心の底から願っているのだった。

真夏とはいえ山間部だ。少しずつ気温が下がってくる。昼間の、あの灼熱の石段が嘘のようだ。

エアコンもあったが、なんだか動かす気がしなかった。さっきの震動を連想して、機械音が嫌なのだ。

しかし、音のないのも不気味だった。

壁が厚いせいもあるのだろう。この「ゲストハウス」の気密性は高く、隙間風の音すらない。まるで、スタジオの中にいるようだ。

腰を下ろしてしまうと、もう根っこが生えてしまって二度と動けないような気がした。

身体の表面は外から来る者に怯え、緊張にさらされているのに、内側の筋肉はすっかり体息モードに入ってしまっている。

指一本動かすのも億劫だった。同じ姿勢でいるのがつらいので身体を動かしたいのだが、動かせない。

なんて静かなんだろう。

律子は、脳と身体が分離してしまったような、奇妙な感覚を味わっていた。

意識が痺れている。金縛りに近い状態。

眠りたい。眠れない。眠ってはいけない。脳だって疲れているはずだ。あれだけ長いこと緊張と恐怖にさらされ、肉体的にも厳しい環境に耐えてきた。

眠い。だけど、身体は強張っていて、眠ることを拒絶している。そのくせ、今何が起きてももはやあたしは起き上がれないだろう。

長い、とても長い一日だった。

駅に降り立ったのが遠い昔のことのよう。いったいこの悪夢はいつから始まっていたのだろう。この悪夢に終わりはあるのだろうか。

烏山響一の目を久しぶりに思い出す。

そうだった。ここは彼の王国なのだ。

全ては彼の思惑通りになったのだと思うと、うんざりした。自分が情けなく忌々(いまいま)しかった。

彼はいったいあたしたちをどうしたいのか。

憎悪や嫌悪といった強さは律子の中に残っていなかった。疲れ、うなだれ、ここから解放してくれ、と許しを請うだけだ。

まさか、いくらなんでも殺そうとは思っていないだろう。

そう考えてから、ぞくりとした。

本当だろうか？　あの男は、他人の命などどうでもいいのではないか？　ここに来たことも知られず、こんな私有地の山奥で、死体が一つや二つあったからといって、誰がその事実を知るだろう？

彼は何かを試している。あたしたちに、パフォーマンスをさせて、その結果や過程をあの冷徹な瞳で見つめているのだ。

あたしが何か彼の望む結果を出さない限り。

白いランドセルがぽつんと脳裏に浮かんだ。

あんたの本質はそっちだね。そのランドセルがあんたの真実だ。もう少しそっちのほうをやってみれば？

響一の声が響く。

もう少しそっちのほうをやってみれば？

不意に、はっきり目が覚めたような気がした。

しかし、相変わらず指一本動かせない。

律子は鼓動が速まるのを感じた。

響一は、あの言葉を実践させるつもりなのだ。

今や、その直感は確信に変わりつつあった。

あたしの本質。あたしの中の、暗く隠しておきたい部分。それを引き出すために、あの男はあたしをここに連れてきたのだ。

じゃあ、彼は?

律子は視線だけゆっくりと隣の青年に向けた。

さすがの彼も疲れ切った顔で目を閉じ、うとうとしている。

今日は随分彼に助けられた。一人では絶対にここまで来られなかったし、あたしを落ち着かせようと努力してくれた。

「眠れないの?」

捷は目をしょぼしょぼさせながら、それでも律子を見た。

「眠りたくないの。でも、ゴジラが来たとしても、もう動けないわ。もし何かあったら、あたしを置いて逃げて」

「はは」

捷は力なく笑った。

「それは僕も同じさ。何が来ても、横になってることを選ぶよ」

「じゃあ、横になる？」

「そしたら、一瞬にして寝るな。身体を動かすのが面倒だ」

「じゃあ、もう少し話を」

「うん」

「橘さんは？」

「眠ってる。あれだけ出血したんだから、眠かっただろうね」

二人は半ば惰性で、ぼそぼそと話し続けた。

「あたし、彼がなぜこんなことをしたのか分かったような気がする」

「え？」

「彼は、あたしたちを試してるの。あたしたちは彼が見つけた珍しい土みたいなものよ。ここは彼の窯(かま)。彼は土を見つけて、窯に放り込む。あとは火の仕事。彼は、あたしたちが窯から出てきた時にどうなってるか見たいだけなんだわ」

独り言のように喋る律子の声を、捷は膝に顎を乗せてじっと聞いていた。

「うん。そうだね。分かる気がするよ」

「彼があたしのアトリエに来たの」

律子は話の繋がりなど気にも留めずに話し続けた。

「あたしの作風は、どちらかといえば、素朴で大らかと言われてきたのね。あたしもそう思ってた。だけど、彼はそうじゃないと言ったわ。あたしの真実じゃないって」

「それは当たってたの？」

「たぶん」

　暫く沈黙が続いた。

「君はアーティストだからなあ。僕なんか、ただの建築学部の学生なのに」

「あの人と知り合ったきっかけは？」

「うーん。一般教養の講義が一緒だったんだ。だけど、全然接触はなかった。彼の伯父さんの回顧展で口をきいたのが最初」

「ふうん」

「だけど、あいつ、僕のこと知ってた。最初からずっと。僕が呼んだって言ってた」

「そう言ってたわね」

「うん」

　はっきりしない頭で、その言葉の意味を考える。

「あいつ、誰なんだろう」

　捷は呟いた。

「どういう意味？」

律子は聞きとがめる。

「あいつはいったい誰なんだろう。誰も知らない」

捷はもう一度繰り返す。

「さあ。そうね、誰なのかしら、あの人」

律子はのろのろと頷いた。

こんなことがいつまで続くのだろう?

夜明けはまだまだ遠かった。

53

奇妙な夢をいろいろ見たような気がするのだが、内容がちっとも思い出せなかった。
和繁がベッドで目を覚ますと、外は濃い霧に覆われていた。霧だけでなく、空がどんよ
り曇っているようだ。
久しぶりに一雨来るかな。
そんなことを考えながら起き上がる。
顔を洗い、夏海の用意したインスタントコーヒーを飲み、食パンとベーコンエッグとい
う朝食を済ませたところで、にこやかな笑みを湛えた烏山響一が現れた。

「準備はいいかな？　かなり歩くけど大丈夫か？」

夏海と和繁は硬い表情で頷いた。

本当に俺は大丈夫だろうか？

和繁は自問してみたが、イエスともノーとも答えることができなかった。

黙りこくって外出の準備をする夏海と和繁とは対照的に、響一は上機嫌だった。

淳に会える。

和繁はそう呟いてみた。しかし、ちっとも実感が湧いてこない。

「こっちだ」

響一に続いて外に出ると、ひんやりとした霧に身体が包まれた。

俺はいったいどこにいるのだ？　そして、どこに行こうとしているのだ？

和繁は、一瞬全てが消え去ったような錯覚を覚えた。

「こんな裏口みたいなところから入るのか？」

「いかにもプライベートという感じがするだろ？」

竹林の中に続く道を歩きながら、和繁は戸惑いを覚えていた。前を行く夏海の背中も黙りこんだままだ。和繁は細い背中を見ながら黙々と歩いた。

だが、その時の夏海の顔を見たら彼はもっと戸惑っていただろう。

夏海は笑っていた。

それも、にやにやと、どこか淫靡(いんび)さすら感じさせる、それまでの彼女とはがらりと変わった奇妙な笑みである。

そして、その笑みは、先頭を行く烏山響一の表情と瓜二つと言えるくらいそっくりだったのだ。

54

盛夏の夜明けは早い。

カーテンの隙間の光にハッと気付いて捷が反射的に時計を見ると、四時半を過ぎたところだった。一瞬、自分がどこにいるのか分からなかったが、隣で身体を丸めて寝ている律子と橘を見て、全身がびくりと緊張し、頭の中でいっぺんに記憶が巻き戻された。

のろのろと身体を起こすが、疲労はちっとも治まっておらず、むしろ眠ってしまったために倍加されてしまったようだ。頭は重いし、身体はあちこち痛むし、気分は最悪だった。

唯一の救いは、静寂の中で朝の光を見て、昨夜の恐怖がすっぽり抜け落ちていたことだ。何やら恐ろしい体験をしたという思いはどこかにあるものの、今はとても落ち着いている。

とにかく山を降りなければ、という決心だけが身体の中にある。よし、この状態なら大丈夫だ。捷は、自分に言い聞かせた。

顔を洗って戻ると、律子も起き上がっていた。やつれた顔をしているものの、やはり朝日を見てわずかながら生気を取り戻していた。捷は時計を見ながら素早く記憶を探る。まだまだ身体は休養を要求しているが、それでも四時間くらいは眠れたようだ。動き出してお湯を沸かし、インスタントコーヒーを淹れると徐々に頭の中が冴えてくる。

心配なのは、橘の様子だった。彼はぴくりとも動かずに真っ白な顔で眠り込んでいる。まさか息をしていないのではないかと、捷が唇に耳を近づけてみたほどだった。かなり失血していたから身体が相当のダメージを受けているのだろう。だが、出血は止まっているようだったので少しホッとした。

「起こした方がいいかしら」

「どちらにしろ置いていかなきゃならないし、このまま寝かせておいてあげてもいいんじゃないかなあ」

「おにぎりとお茶を近くに用意しておくわ」

二人で低く言葉を交わしながら、冷凍の焼きおにぎりで朝食を済ませる。もう一パック焼きおにぎりを加熱すると、皿に載せて橘が手に取りやすい場所に置いた。お茶のペットボトルも二本置いておく。力が入らない時のために、蓋は開けてキャップをかぶせるだけにした。

とにかく早く下山しなければ。

二人の頭の中にはここから脱出することしかなかった。山を降りて、誰かを呼ぶ。橘の怪我のことも念頭にあったが、それよりも一刻も早くこのおぞましい世界から逃れたい、日常の世界に帰りたい、という気持ちが強かったのだ。まだ草木が眠っているような早朝のうちなら、誰にも見つからずに逃げられるような気がした。

麓（ふもと）に着いたら彼の職場に連絡して迎えに来るというメモを残し、二人はそうっと家を出た。ひんやりした空気と、鳥の囀（さえず）りに全身が包まれ、二人は安堵と緊張を同時に感じた。

周囲の気配を無言で探りながら、どちらからともなく早足で歩き出す。

ドアが閉まる音を聞いたような気がして、橘はハッと目を覚ました。

頭がずきずきする。身体のあちこちが痛かった。身体を動かそうとすると更に痛みは増した。熱を持っている箇所や、感覚が麻痺している箇所もあり、彼は自分の置かれている状況を思い出すのと同時に「面倒なことになった」と改めて考えていた。

あの二人が出発したのだ、と気付く。彼らは無事下山できるのだろうか？　何日で？　そして、俺がここを出られるのはいつになるのか？　誰も来なければ、連絡も取れず、一人でここに取り残されたままだ。そんなことはないと心は必死に否定するが、冷静な部分が自分の死を予想する。死ぬ。ここで死ぬ。誰にも知られずに。脳裏に、弟の姿が浮かぶ。歳の離れた弟。烏山家の工事の手伝いに行くと言って出かけたままふっつり消えてしまった弟。図体が大きい割に、おっとりとした童顔がぼんやりと笑っている。あれは、彼が高校を卒業した春のことだった。大学には行かず、知り合いの左官業に弟子入りすることが決まっていた。俺は身体動かして何か作ってる方が性に合ってるから。兄ちゃんみたいな秀才とは違うもん。笑顔がすっぽり消えて、弟はのっぺらぼうだ。日当がめちゃくちゃいいんだよ。荷物運びだけでいいんだって。まだ親方の家に行くまで時間あるから、一週間だけ手伝いして、お父さんとお母さんに鮨でも食わそうと思って。弟は今自分の近くにいるのだろうか。それとも、どこか遠くにいるのだろうか。

橘は苦労して起き上がった。何か香ばしい匂いがすると思ったら、すぐそばにラップをかぶせた焼きおにぎりを載せた皿がある。彼らが置いていってくれたのだ。相変わらずひどい痛みが全身を覆っていて、めまいがひどく頭ががんがんするほどだったが、空腹を感じたことに力を得て、彼は皿に手を伸ばした。

その瞬間、橘は、この家の中に自分一人きりではないことに気がついた。

すうっと部屋の温度が下がったように思えたのは、ただでさえ血の気のない自分の顔から血が引いたからだと分析しつつも、彼は薄暗い家の中の、玄関の暗がりに目が吸い寄せられていた。

誰かがいる。そこに、誰かがじっと立っている。

しかし、橘は動くことも、声を掛けることもできなかった。

みし、とかすかに床板が鳴った。動かぬ空気のどこかで、揺らぎがあった。何かがこちらに来る。

不思議と恐怖心は感じなかった。

その影を見る前から、それが誰か知っていたように思った。

「慶彦（よしひこ）か？」

みし、と床板が鳴る。のっそりとした影が視界の隅で動いた。

兄ちゃん、来てくれたんだね。

懐かしい声。いったい何年ぶりだろう。

「おまえ、やっぱりここにいたんだな。一緒に帰ろう。おまえがいなくなって、お父さんもお母さんもすっかり老けこんじまった。でも、おまえが帰れば」

ごめん、兄ちゃん。心配掛けて。

大きな影が動く。色褪せたジーンズを穿いた足が見え、裸足の足が見えた。しかし、上半身は暗がりの中でよく見えない。

「いいさ、おまえさえ見つかれば。だけど、頼む、俺は足を怪我してるんだ。面倒だけど手を貸してくれ。少しでも早くここを出なくちゃ。他にも迷い込んでる人間がいるんだ」

橘は痛みも忘れて身を乗り出していた。

ごめん、兄ちゃん。

その声に、どことなく淋しげなものを感じた橘は、まじまじと暗がりの奥を覗き込んだ。

ごめん、兄ちゃん、俺には無理なんだ。

ぎし、と床板が鳴る。大きな影がずいっと前に出る。どこかいびつな、奇妙なものが。

橘はか細く長い金属音のような悲鳴を上げた。

部屋の中に立っている弟は、首が無かった。

55

朝もやの中を歩きながら、和繁はなぜか背中が気になった。自分が最後尾のはずなのに、誰かがついてくるような気がしてならないのである。

しきりに後ろを振り返る和繁を、響一が見咎める。

「どうかしましたか?」

「いえ、別に。なんだか誰かが後ろにいるような気がして」

和繁が頭を掻きながら言うと、響一がハッとしたような顔で和繁の後ろにじっと見入った。夏海が怪訝そうに響一の顔を見る。

響一の真剣なまなざし、その全てを見透かすような視線に和繁は戸惑った。恐る恐る彼の視線の方角に目をやるが、そこには静かな竹林がかすかに揺れているだけで、無論誰かがいる様子はない。

響一は警戒を滲ませた表情を崩さぬまま、「何かの小動物でしょう」と呟くと再び前に向き直った。

夢の中の出来事のようだ。

ミルク色の空気の中を歩きながら、和繁はこれまでのことも忘れてそう思った。

が、次の瞬間、自分の身体が宙に浮かんでいることに気付き、ぎょっとして悲鳴を上げた。「うわっ、これはっ」

「アクリルの橋だよ」

響一の静かな声が聞こえ、和繁はやっと足の下に硬い感触があることに気付く。

「かなりの強度があるけど、静かに歩くにこしたことはない。こういう橋が他にも何箇所かあるから注意してくれ」

「驚いた。なんたる悪趣味な」

和繁が爪先でそっと橋を叩いていると、響一の笑い声が聞こえてきた。

夏海もこちらを振り返ってかすかに笑う。

その瞬間、和繁は一昨日から抱いてきた違和感の正体が頭のどこかで合わさる、ガチッという大きな音を聞いた。全身が、稲妻に打たれたように動けなくなる。

夏海はここに来るのは初めてではない。

頭の中にくっきりとその文章が浮かんだ。

夏海は、今、自分の前にこのアクリルの橋を踏んだ時に全くなんの動揺も見せなかった。初めて朝もやの中でこの橋を目にし、響一がその上を歩いていくのを目にしたら、驚かないはずはないのに、彼女は何の躊躇もなく彼の後についていった。

彼女は前にもここに来たことがある。だが、彼女はそのことを俺に隠している。なぜだ？

どっと全身に冷や汗が噴き出してきた。ぐにゃりと視界が歪む。

何が起きているのか。なぜ自分はここにいるのか。自分は誰にここに連れてこられたのか？　誰に——誰に——誰に？

「もうすぐだわ」

夏海の唐突な呟きが耳をかすめた。

「え？」

聞き返すと、夏海はくるりと彼を振り返り、にっこりと笑った。

「もうすぐ淳さんに会えるのね」

その無邪気な笑みは、今度こそ和繁を心の底から戦慄させた。

俺は、罠にはまった。和繁はのろのろと歩きながら、ぐるぐると巡る考えに囚われていた。なぜかは分からない。何が目的なのかは分からない。だが、俺は何かに嵌められたこのだろう?

とは確かなのだ。なぜか、俺は、ひどく間違ったところに来てしまった。どこで間違ったのだろう?

「淳はどこにいる?」

いつのまにか、腹の底から低い声を漏らしていた。

「なぜそんなことを聞くの?」

夏海の歌うような声が神経に障った。既に、彼女は彼の旅の仲間ではなかった。恐らくは先頭を歩く響一の側にいるように思えた。

「知っているんだろう?」

和繁の怒りを秘めた声に、夏海はゆるゆると首を振った。

「いいえ。居場所はまだあたしも教えてもらっていないの。ここに辿り着けるかどうかも分からなかった。途中、幾つもの賭けがあったのよ。淳さんは、あたしたちがここに辿り着く方に賭けていたわ。あたしは、着かない方。どちらでも良かったのよ、あたしがあの遺体を淳さんだと確認すれば、彼の存在はこの世から消えて、それであたしがここにきた主な目的は達成された。だけど、あなたはちゃんとあれが彼ではないと見破った。ちょっと嫉妬したわ——彼の手の火傷までしっかり覚えているなんて」

夏海はすらすらと世間話のように言葉を続けた。

「彼は賭けに勝ったわ。いつも勝つのよ、あの人は。あの人は、あなたが自力でここまで辿り着くと確信していた。あなたがあの人の居場所に辿り着いたら、一緒に会ってくれるって」

夏海は再び和繁を振り返り、にこっと笑った。そのなんのてらいもない笑顔が、和繁にはとてつもなく恐ろしかった。尋常ではない。昨日までの夏海は、確かに今日の夏海と続いているのだ。同一人物なのだ。そのことが怖かった。

「あの男は――新聞記者は、どうなんだ？」

「ああ、彼の噂は聞いていたわ。まさかあたしたちに接触してくるとは思わなかったけど。でも、いい機会だから彼も一緒にって」

「一緒にって、何を一緒になんだ？」

夏海は口が滑ったとでもいうように手で押さえると、小さく肩をすくめた。

「一緒にここにご招待するということよ」

ご招待。その上品な言葉が、通常の意味でないことは明らかだった。

「あたしもきちんとインスタレーションを見せてもらうのは初めて。楽しみだわ」

足が止まらない。魅入られたように、前を行く二人についていく。

朝もやの向こうに扉が開かれる。和繁は悪夢を見ている心地になった。

ピンクの空。極彩色の丘。眩暈がした。なぜこんなところにこんな世界があるのだ？

夏海が踊っている。彼女の靴の底が丘の上で音を立てた。

「遠近法が利用されているんだ。『パノラマ島奇談』を知っているだろう？」

どこからか響一の声が聞こえてくる。まるで頭の中に話し掛けられているようだ。よく通る、黒いびろうどのような手触りの、心の奥底にまで忍び込んでくる声。

丘の上に響一が立っている。膝くらいの高さの木を指差している。

和繁は、現実との境界線を見失い始めていた。モザイクをちりばめたような丘が、ぐるぐる回っている。錯覚なのか、幻覚なのか。それを確かめるにはどうすればよいのか。

「さあ、進むんだ。全身で感じるんだ。そして、何が出てくるかその目で見ろ」

響一の声は遠い鐘の音のように身体に響いていた。するすると足が動き、彼の後を追う。いつしかピンクの空は後ろに遠ざかり、彼は暗いトンネルの中を歩いていた。

胎内巡り。暗転。次は何が待っているのだろう？

思考が弛緩(しかん)している。感情が麻痺している。今見たものはなんだったのだろう。ここは山の中。日本の近畿地方の山の中のはずだ。

「さあ、行きましょう。あの人が待ってる。あの人に会いに行きましょう」

夏海の希望に満ちた、わくわくした声が聞こえる。

あの人。あの人とはいったい誰だ？　ついさっきまで**あの人**とは、そこを行く烏山響一のことではなかったか？　だが、今は違う。今、我々が考えている**あの人**とは、彼の大学時代の友人、黒瀬淳に他ならない。黒瀬淳とはいったいどういう人間だったのだろう？

彼はどんな**あの人**なのだろうか？
　目の前に、夏の鋭い陽射しが弾け、和繁は一瞬何も見えなくなった。

56

　見る見るうちに気温が上がっていく。今日も真夏の鮮烈な陽射しが山の中に差し込んでくる。捷と律子は、ろくに言葉を交わさずに、逃げるように山の中を急いでいた。

　歩き始めると勢いがついた。

　うねるように続く道は歩きやすかったので、早朝出発してからかなりの距離を稼いでいることは確かだった。

　時折スピードをゆるめてあの家から持ってきたペットボトルのお茶で喉を湿らすほかはひたすら歩き続ける。道は登りになったり、下りになったり、全く先が見通せなかった。

　毎日天気がいいのは幸運なことだったな、と捷は足元を見ながら考えた。ところどころ舗装されているものの、これで雨が降ったら斜面を小川のように雨が流れてきて、こんなふうにすいすい進むというわけにはいかなかっただろう。

　だが、一時間も進むと二人は徐々に不安になってきた。

　インスタレーションがない。

二人は時折何か言いたげにちらちらと視線を交わした。相当な勢いで歩いてきているのに、いっこうに次のインスタレーションが現れないのである。

まさか、道を間違えた？

捷の心にじわじわと疑惑が首をもたげてきた。

「他に道は無かったわよね？」

とうとう律子が口に出した。

「うん。どう見ても、この道を来るしかなかったはずだ」

捷も頷く。記憶を辿ってみるが、分かれ道や脇道は見当たらなかった。

「とにかく道はあるんだから、どこかには行き着くはず」

捷はそう自分に言い聞かせるように呟くと、強気で道を進んだ。しかし、どこかに後ろ髪を引かれるような気持ちがあるのは否めない。朝勢いこんで出発した時よりも、二人の足取りは鈍くなりがちだった。

昨日の数々の不気味な体験から、次のインスタレーションが現れたらとびくびくしているのに、その一方でその体験を期待する心がある。

人間とはなんと矛盾した生き物なのだろう。律子は心の中で苦笑した。人間は恐怖を好む。恐怖を渇望する。おぞましいもの、悲惨なものを愛している。何より、それらがある種の人間の真実であることをどこかで知っているのだ。

「ひょっとして、あれで終わりだったのかしら。あの『ゲストハウス』で」

途中に小さなあずまやがあったので、これが正しい道であることは間違いなさそうだった。そこで休息をとりながら、律子は呟いた。

「そうかなあ。彼があれで終わりにするとは思えないんだけど」

捷は首をかしげる。確かに「ゲストハウス」は恐ろしいところだったが、これで終わりにするにはあっけないような気がした。こんなもので済むはずはない、という予感がどこかにあった。

「でも、昨日のインスタレーションだけで、凄まじい費用が掛かっていたわ。あれを維持することを考えるだけでも凄い手間よ。しかも、とてもじゃないけどその費用は回収できない。まともな経済活動じゃ考えられないわ」

律子は、改めて壮大な狂気としか思えない昨日のインスタレーションを思った。どれもが特注の資材。運搬費用や人件費を考えても、億単位の金が注ぎ込まれているのである。このせちがらい世の中では考えられない事業だ。

何か他に目的でもあるのだろうか？　このグロテスクな個人事業でつりあうような目的が。ふと、律子はそんなことを考えた。

「とにかく降りるしかないよ。もし、麓に繋がるところが見えたら、道を外れることも考えなくちゃ。橘さんを助け出さないと」

捷はそう言うと、立ち上がって歩き出した。律子も続く。

麓に繋がる箇所。捷の頭の片隅では、それが一縷の望みだった。どこかで民家が見えれば。山を降りて外に繋がるところが見つかれば。そうしたら、この響一に敷かれたレールから降りることができる。それは切望だった。今の自分たちは、この道を歩いている以上、響一の書いたシナリオを辿っているに過ぎない。この状態から抜け出すことが、捷の望みだった。しかし、注意深く周囲に目を走らせても、どこまでも同じような景色が続くだけだ。かなり下りになってきてはいたが、依然として山奥を歩いていることに変わりはない。民家の気配など全くなく、むしろ、本当は更に山の深いところに分け入っているだけなのではないかと思うほどだった。

そして、かなり下りてきたと希望を感じると道は登りになり、ただえんえんと山の中を歩かされているだけではないのかという猜疑心に襲われるほど、周囲の景色は変化がなかった。

歩き始めて三時間。木々がかなり太陽を遮っているとはいえ、かなり気温は上がっていた。付近の風景が変わらないので、焦りと疲労が募っているせいもあるが、不快指数もうなぎのぼりだった。

「なんだか天気が崩れてきたわ」

律子がふと空を見上げて漏らした。

捷もつられて顔を上げる。

いつのまにか、不穏な色の雲が青空を覆い始めていた。これだけ蒸すのも、低気圧が近づいているせいなのかもしれない。携帯電話が通じないので、気象情報が全く入ってこない。天候が崩れかけているのか、一時的なものなのか、都会育ちの二人には判断する術はなかった。

響一なら分かるだろうに。

捷はそう考えながら、しょせん自分たちが彼の掌の上にいることを痛感する。

畜生。ここを出たら。ここを出られたら。

苦い後悔と屈辱が容赦なく込み上げてくる。

やけに疲労を感じると思ったら、道は再びゆるやかな上りになっていた。

また登らされるのか。

うんざりしながらも、進むしかないと自分に言い聞かせて足を前に出し続ける。全身を流れる汗が不快だった。風呂に入って、さらさらのパジャマを着て、綺麗なシーツの上にごろんと横になりたかった。帰れるのだろうか。そんな弱気が胸をかすめる。

勾配（こうばい）がきつくなり、ふくらはぎの後ろが攣（つ）った。顔を上げると、坂の上にこんもりとした広葉樹の固まりが見える。斜面が杉の木に覆われているだけに、そこはどうやら手付かずの古い森に見えた。

「なんだかあそこだけ違うわね」

律子も同じ感想を持ったのか、首をかしげる。

「見て、注連縄がはってある」

律子が指差すところを見ると、ひらひらした白い紙が高いところにぶらさがっていた。

「神社でもあるのかな」

息を切らしながら坂を登る。途中でチョコレートを口に入れ、エネルギーを補給した。それほどきつい。

ふと、気温が下がったような気がした。広葉樹の森に入ったのだ。明らかにこれまでと違う空気が流れている。相当昔から人の手が入っていない場所のような気がした。

「なんとなく嫌な感じがする」

律子が青ざめた顔で呟いた。捷も全く同じ感想を抱いていた。

何かが異質だ。それが何なのかは分からないが。

一足ごとに、身体中の神経が覚醒していくようだった。全身の皮膚がぴりぴりして、何かの気配を拾おうとしている。

ようやく坂が終わり、ゆるやかな下りになった。細い道は、覆い被さる木々のむっとする青いきれを掻き分けながら下っていく。

唐突に視界が開けた。それも、かなり広い場所に。まるで宇宙に放り出されたかのようそこには見たこともない巨大な光景が広がっていたのだ。

二人は思わず息を呑み、その場に立ち尽くした。

「ここはなんなんだ」

な不安に襲われる。

57

目の前でゆらゆらと揺れているゴムのカーテン。

和繁は吐き気がした。

辺りはコトリとも音がしない静謐な空間。人工的に管理された空気が流れている。

しかし、この異様さはなんんだ。鯨に呑まれたヨナは、こんな心地だったのだろうか。

暗赤色のカーテンは、震えているようでもあり、笑っているようでもあった。

実際に鯨に呑まれた漁師の話を聞いたことがある。本当かどうかは知らないが、生きてはいたものの、彼は大量の胃液によって消化されかかっていたそうだ。髪も体毛も胃液に溶かされ、皮膚すらも溶けかかって、顔のパーツも削げかけていたと――

思わず身震いし、和繁は進んだ。時折、ゴムの迷路の先で曲がる夏海の後ろ姿が見える。かすかなゴムの匂いと、その圧倒的な重量の気配に息が詰まりそうになる。

喉がカラカラだ。気持ちが悪い。

和繁は額の冷や汗を拭い、のろのろと進んだ。

俺は何をしているんだ。なぜこんなところにいるんだ。

突然、何かがぶつかってきて、彼は身体のバランスを崩した。ハッとして身体を起こし、横のカーテンを見る。ゆらゆらと揺れてはいるが、何もない。

今、確かに、誰かにカーテンの向こうから押された。押されたというより、体当たりしてきたという感じだが。

夏海か？　夏海がカーテンの向こうを歩いていてよろけたのだろうか。

恐怖が膨らんできた。まずい。飲み込まれてはいけない。

和繁は足を速めた。進め。早くここを出ろ。

ゆらゆら揺れる暗赤色の壁が、彼を消化しようとしていた。

揺れる壁。方向感覚と、空間の認知を混乱させるこの壁の中を歩いていて、心穏やかでいられる者はほとんどいない。日常の身体感覚を奪われた時、それがいかに不確かなものだったか気付く。

いつも通り、カーテンを避け、壁に沿って素早く部屋を通り抜け、出口に達した響一は醒めた目でちらりと後ろを振り返った。

耳には小さなイヤホンが入っていて、この彼の王国のあちこちに仕掛けられた集音マイクからの情報に耳を澄ましている。

全てが予定通り。捷と律子も目的地に辿り着いた。橘はゲストハウスにいる。

だが、響一は何かが神経に障っていた。何かがおかしい。

さっき、和繁がしきりに後ろを振り返っていた姿が目に浮かぶ。

確かに、あの時、俺も感じた。何かの気配。何かが朝もやの中に潜んでいる気配を。

響一は暫く、照明に照らされたゴムのカーテンを見守っていた。

どうだ？　何かが見えるか？

響一は目を見開き、感覚を研ぎ澄ます。恐れなど感じたことはない。子供の頃から、何も信じたことはない。あの男と同じように。見えたからといってどうだというのだ。認識が異なるだけ。犬の鼻と人間の鼻を比べてどうする。

さあ、出て来い。俺に何が言いたいのだ。

響一は腕組みをして待った。

突然、ぽと、と足元に水滴が落ちた。

響一は天井を見上げた。

カーテンから、水がこぼれてくる。じわじわと染み出す水が、暗赤色の壁を伝い、ぽとぽとと床に流れ落ちた。

ほう。これはなんだ？

響一は興味深くその水を眺めた。

水は絶え間なく、流れは激しくないもののぽとぽとと床の上に落ち、少しずつ水溜りを広げていった。

突然、バシンと頭の中に映像が叩き込まれた。

なんだ？　これは？　何を言いたい？

響一は思わず顔をしかめてよろめく。

なんだ？

脳裏に残照のように浮かんでいるのは、女のシルエットだ。顔は見えない。女の上半身のシルエットが、焼印のように脳裏に刻み込まれている。

誰だ？

再び、バシンという衝撃と共に暗いシルエットがまぶたに刻みこまれる。

今度は、そのシルエットは目だけが見開かれていた。鋭い目が響一の頭の中を覗き込んでいる。

誰だ、おまえは？

経験したことのない衝撃に、響一は軽い混乱を覚えた。

気がつくと、水は消えていた。水溜りも、カーテンの水滴も、跡形もなくなっている。

彼は暫く待ったが、もう映像は二度と送られてこなかった。

響一は醒めた表情で暫く考え込んでいたが、やがて踵(きびす)を返して外に出て行った。

58

いつのまにか青空は消えていた。墨を流したような雲が、次々と空を埋めていく。むくむくと広がる雨雲は、皮肉なことに目の前の風景の異様さを盛り立てていた。

「これは、何かのトリックじゃないわよね」

ようやく律子がかさかさした声で言った。

捷は言葉もない。

「まさか、こんな大きなドームがこんな場所に造れるはずはないもの」

律子は独り言のように言った。彼女も、最初のインスタレーションを思い出しているのだろう。プラネタリウムのようにドームに映した空、遠近法を利用したモザイクの丘。

だが、この空は本物だ。どこまでも続く空。ぽつりと雨が落ちてきたような気もする。

この空が本物であるということは、目の前に続く風景も見たままだということだ。

しかし、捷はどうしてもそのことが認められなかった。

目の前の丘は、石畳で埋められていた。見渡す限りの斜面。遠くを取り巻く山々が見える地は、恐ろしく見晴らしがいい。

木は一本もなく、石畳の隙間から雑草が生えている他は低木もない。元からこういう地形だったのだとしても、これだけ大量の石畳を埋めるのに、どれくらいの手間ひまが掛かったのかと思うと気が遠くなった。サッカー場ほどの面積はゆうにある。いや、もっと広いかもしれない。

それだけでも異様な風景だった。それまでの景色とは百八十度違うのっぺりした風景。ブルドーザーでならしたような地面。それを整然と埋める石畳。

だが、二人が戦慄を覚えたのはその光景ではない。

そこには、無数の彫刻があった。

そこは、巨大な石像に埋め尽くされた庭園だったのである。

大きさはまちまちだった。見上げるような西洋風の裸像があるかと思うと、粗く刻まれた小さな地蔵がある。アステカの遺跡のように、軽自動車ほどもある巨大な男の頭部が転がっていたり、優美な曲線の腕が何本も投げ出されていたりする。材料の石もまちまちで、とにかく彫刻を集めて投げ出したかのように、秩序も計算もない彫刻の群れがその斜面を埋めていた。

捷ははっきりと常軌を逸した力を感じた。彩城の情熱なのか、響一の夢なのかは分からない。しかし、この景色に流れる凶暴なエネルギーは、底知れぬ虚無と暗黒を湛えていた。

「気持ちが悪い」

律子が青ざめた顔で言った。

「こんなものを、こんなところに造るなんて。まともじゃないわ」

「どこを進めばいいんだ」

捷は現実的な問題に頭を戻そうと必死に試みた。茫漠と広がる目の前の光景には、道がない。どこかに出口があるはずだ。この世界の出口があるはずだ。

しかし、あまりにもごちゃごちゃした石像が世界を埋めているために、いったいどちらへ進んだらいいのか分からなかった。いったん、この群れの中に入り込んでしまったら、出ることは難しいのではないか。

二人は頭を抱えた。

そして、この中に迷いこんだならば、またどんな目に遭うか見当もつかなかった。これまで以上に恐ろしい経験をすることを、口には出さなかったものの二人は確信していた。

捷は坂の上の一番高いところで木に登り、この石像の庭園の出口を探した。

「どう？」

木の下で律子が不安そうに尋ねる。

雲はどんどん厚みを増していた。黒ずんだ固まりが容赦なく山の上に垂れ込めてくる。ちょっと動いただけで汗がねっとりと肌を覆う。気圧が下がっているのが分かる。

「なんだかヘンなものがある」

捷が戸惑った声で呟いた。

「変なものって？」

律子は耐え切れず自分も木に登り、捷の指差すところを見た。

「ほら、あそこにおかしな木があるだろう。カラスの集まってるところ」

「あ、ほんとだ。あれ、木なの？　何かの建物じゃなくって？　あの黒いのは何？」

「なんだろうなあ」

石像の庭園を越えたところに、こんもりとした森があり、その中でひときわ大きくぬっと飛び出している巨木がある。その巨木の上をカラスの群れが舞っていた。その木を取り巻くかのように、多くのカラスが近づいたり離れたり、かなりの数が群れている。

だが、その巨木は奇妙な形をしていた。大きな木だが、内側に何かがある。何か黒い金属のようなものが見えるのだ。

「やっぱり建物じゃないの？」

「建物かなあ。だったら、何か連絡手段があるかなあ」

「見て、あそこ。石段が見える」

律子が声を上げた。

「凄い。目ざといね」

確かに、こんもりとした森の中に、石段が覗いていた。よく見ると、斜面の木々の中にも切れ切れに覗いており、どこかに続いていることは確かである。

「よし、あれを目指していこう」

「地面に下りてからもあれが見えるかしら」

「あそこに行くまで、途中に何か目印になる石像を探していけばいい」

「そうか。じゃあ、あの黒いのはどう？」

庭園の真ん中辺りに、黒い石でできた自由の女神らしき石像がある。

「いいね。あれを目指していって、あそこに辿り着いたら、今度は？」

「下から見ても分かるものじゃないと――」

律子は言いよどんだ。

そう言われると、捷も不安になる。こうして上から見ていると、石像の一部分しか見えない。果たして、下から見た時にそれだと分かるだろうか。

「やっぱり色に特徴があるのがいいね」

二人で目を凝らす。

「黒いのがいいわ。見て、あそこに、黒い三角のギザギザがあるでしょう。あれなら、分かると思う。あの木にも近いし、あれにしない？」

「よし」

しかし、木から降り立ち、石畳の上に踏み出すと、たちまち方向感覚を失った。

途中の目標にした、黒い自由の女神が見当たらない。

大体の方向を見定めてきたはずなのだが、ごちゃごちゃと並んでいる石像を迂回していると、自分たちがどちらから来たのか分からなくなってしまった。

それにしても、この無秩序な石像は神経に応えた。薬屋の店先から拾ってきたようなキャラクターものや、グロテスクで素人くさい石像、かと思うとハッとするほどリアルな像があったりして、その度に、誰かが飛び出してきたのかとぎょっとする。

実際、誰かが紛れ込んでいても分からないぞ。

捷はそう思った。

三十分ほどうろうろしてから、律子が首を振った。

「駄目よ。これは、方針を変えなくちゃ」

「方針って?」

捷は不機嫌な声で尋ねた。

「戻りましょう。もう少し小刻みに目標を決めなきゃ駄目よ」

「だけど、あそこに戻るのも大変だよ。時間の無駄だ。雨も降りそうだし、進むしかないよ」

二人はその場に立ち尽くした。

捷の言葉を合図にしたかのように、ぽつりぽつりと雨が落ち始めた。

考えることにも疲れ、どれくらいぼんやりしていたのか。

「分かったわ。石畳を目印にすればいいのよ」

律子が顔を上げた。

「え？」

自分が思考停止していたのにハッとして、捷は律子の顔を見る。

「石像を見ているからいけないのよ。この石畳は、かなり整然と並んでいる。この石畳の目に沿っていけば、とりあえずまっすぐ進めるはずだわ」

「なるほど」

言われてみれば単純なことだが、捷は感心した。

「あたしが石畳を見ているわ。あなたは上を見て、目標を探して」

「まず、方向を決めなくちゃ」

二人は登れる石像を探した。

暫くうろうろしたのち、コンクリートでできた巨大なカバの親子を見つける。

その上によじ登ると、思っていたのとは随分違う方向に黒い自由の女神が見えた。

「全然違う方向じゃないか」

思わず二人で溜息をつく。

「でも、今度は大丈夫だと思うわ」

律子が励ますように捷の肩に触れた。捷は律子の粘り強さに感心し、少し恥ずかしくなる。どうも、自分は姉といい、年上の女性には目一杯甘える癖がついているようだ。

その時、ふと、捷はぎくりとして後ろを振り返った。

「どうしたの？」

律子がぎょっとした顔になる。

「あ、なんでもない」

捷は手を振った。

なぜか、今、近くに姉がいるような気がしたのだ。

「ごめん」

そんなはずはないのだが。

律子は、きょろきょろして、特徴のある石を探していた。青っぽい石に目を留めると、それを拾い上げる。もう一つ、赤っぽい石を拾う。

「それ、どうするの？」

「目印よ。石畳、みんな同じに見えるから」

律子はじっと石畳に目をやって、ゆっくりと進み始めた。石像にぶつかると、辿っていた石畳の真ん中に石を置く。そして、石像の反対側で、石畳の続きと思われるところにもう一つの石を置き、ちゃんと連続した場所にあるか見比べるのだ。

かなりまだるっこしい、時間のかかるやり方だったが、着実に直線距離を進んでいるのは確かだった。しかし、なかなか目標は近づいてこない。

雨は少しずつ降り方を強めていた。

捷は天を仰ぎ、声にならない溜息をついた。

遠いところで光を見た。

雷だ。捷は嫌な予感がした。

どうやら雷雲が近づいているらしい。

捷は辺りを見回した。こんな何もないところで、雷が落ちたら。

自分が身につけている金属が気になる。

不意に近いところでも光った。

「きゃっ」

律子が悲鳴を上げた。

「金属は外した方がいいかも」

「そうね。でも、あたし、歯にブリッジ入れてるのよ。こういうのはどうすればいいの？」

「うーん。石像から離れないで、身体をかがめてた方がいいんだろうな」

二人は中腰で進み始めた。時折、ぎょっとするほど鋭い稲光が石像を白く照らす。

捷は白く光った風景の中で、誰かが走っていったような気がした。

思わずそちらに視線をやるが、崩れた石像が置かれているだけである。

しかし、誰かが近くにいるのではないか、石像の陰に立っているのではないかという疑惑は消えない。

二人は黙り込んだまま、じりじりと進んでいく。

世界は誰が造るのだろう。

捷は最早馴染みのものとなった肌にまとわりつく不安を宥めながら考えていた。

この世界は彼が造った。

木を切り、土をならし、何年もかけて機材や石を運び込み、さながら神のように多くの苦役を使い、彼が造り上げた世界だ。

では、僕たちは?

時折、世界を切り裂くような雷鳴が、無言の石像を照らし出す。

僕たちは誰が造ったのだろう。なんのために。

あいつは世界を造り、苦役を使う。そっち側の人間だ。

僕たちは使われ、消費され、名もない歴史の埃となって消える。誰にも記憶されず、誰にも拍手されずに。

今歩いているこの瞬間は、その名もない埃の誰も知らない一瞬。

だが、僕は今疲れ、恐怖し、不安におののきながらも雷鳴の中を進んでゆく。

「なんのために」

捷は雷鳴の中、声を聞いた。

足元に、手が落ちている。

石膏の手、軽石の手、本物の手。

小さな手がいっぱい落ちている。

見よ、石像から次々と手が落ちていく。バラバラと手が石畳に叩き付けられる音が響く。

これは雨の音？　いや、手が落ちる音だ。切られた手が天国から降ってくる。僕はその手を浴びる。手は僕の身体を打つ。見つけられなかった僕、間に合わなかった僕を鞭のように打つ。僕の顔には指のあとがつき、蚯蚓(みみず)腫(ば)れができ、肌は爪で切れ、血が流れる。

僕はそれでも分からない。

なんのために？

「なんのために」

後ろから声が聞こえる。たくさんの重なり合う声。

捷は振り返らなくても分かっている。

彼の後ろには子供たちが続いている。手首のない子供たちが、頬のこけ、誰にも会えずにひっそり死んでいった子供たちが、列をなして彼の後ろをついてくる。

悲しい「?」をその目に浮かべて、呟きながら彼についてくる。どうしてころされたの。どうして僕だったの。おかあさんはどこにいるの。なぜこのひとはこんなことをするの。どうしてこんな目にあうの。僕がいけなかったの。どうしてこんなに痛いの。なぜこのひとは何もしてくれないの。なぜ誰も助けてくれないの。なぜ誰もこの冷たい場所に来てくれないの。どうしてあたしはここにいるの。

なぜ。捷は疲れた顔で子供たちを振り返る。みんなが彼を見ている。

その答はないんだよ。僕たちは時間の中に降り積もる埃に過ぎないのだから。

お父さんにも、お母さんにも、先生にも、僕にも、あの犯人でさえその答を知らない。いや、もしかしてこの中でいちばん答に近かったのはあの男かもしれないのだ。

「なんのために」

雷鳴が響く。子供たちの声が潮騒のように雷鳴と交じり合う。

ごらん、僕だってここではただの塵、あくたに過ぎない。僕にはこの世界をどうすることもできない。

最初の雨が落ちてくる。

それはひどく冷たく捷の頬を叩く。

59

思い出したようにぱらぱらと雨が降る。

黒い空を低くカラスが舞っている。雷雲を避け、徐々にカラスは雨宿りを始めた。

大きな黒い石を包み込むように聳える巨大な木。見れば見るほど異形の樹木は、薄暗い風景の中で何かの獣のように見えた。

何かを待っている獣。黒い石の心臓を持ち、地面に蹲っている太古の獣。

空も、風景も、色彩を失っていた。色のないモノクロの世界。

巨木の根元に、椅子が置いてある。古い木の椅子。さすがにこの木陰では、雨も風も襲ってこない。まるで母親の胎内のように穏やかな空間だ。

そして、その椅子には一人の男が腰掛けていた。

若い男。じっと目を閉じ、膝の上にだらりと腕を垂らし、身動き一つせずに座っている。

彼は待っている。彼らがやってくるのを。

彼は待っていた。ずっと彼らがやってくるのを。

彼は回想する。自分の少年時代。自分の青年時代。自分の中の暗い情熱を抑えつけ、平凡な社会人として生きることを決めていたもう遠く過ぎ去った時間を。

鼻先を腐った匂いがかすめる。

子供の頃、ネズミを使って絵を描いたことがあった。あの絵を描くために使った労力が懐かしい。ネズミを集めている時は楽しかったし、毎晩少しずつ絵ができていくのは楽しかった。床の上のなまぬるい水の感触が指先に蘇る。

そう、彼は美しい世界を愛していた。おぞましいもの、醜いものをも含めて世界はあまりにも美しい。

彼は、かつて迷っていた。このまま通常の世界に生きるべきではないか。暗い情熱を忘れても生きていけるのではないか。

医師は箱庭療法を勧めた。

彼は幾度となく砂を掻き、人形を配置し、小さな庭を作った。

しかし、それは逆効果だった。優美な曲線を描く庭は、彼の中の暗い情熱を湧き立たせるだけだった。

自分は間違っているのか。自分はどうしたいのか。

彼は長い間考えた。居酒屋のテーブルで、友人と話をしている時も、テーブルを指で叩きながらも考えた。

響一の姿が浮かぶ。幼い頃遊んだ少年は、彼の本当の姿をよく知っていた。

彼はずっと響一を避けていた。彼が自分のパンドラの箱を開ける手であることを知っていたからだ。

しかし、結局は自分で開けた。何よりも自分自身がそれを望んでいることを、彼も響一もよく分かっていたのだ。

遠くで雷鳴が響く。もうすぐ彼らがここにやってくる。

さあ、早く。俺はここにいる。俺はここで待っている。

一瞬、世界が白く消えた。時間が停止したような稲光。

そして、その瞬間、彼は目を見開いた。

黒瀬淳は、巨大な木の下で、古い椅子に腰掛けていた。

彼は、穏やかな目で、ぱらぱらと降り注ぐ雨を見上げ、小さく欠伸をした。

60

ほんの十数分前までは、世界は原色そのものだった。人工の色ではない、自然界の猛々しいまでの夏の色。しかし、今や風景はすっかり変わっていた。

色は喪（うしな）われていた。世界に巨大なフィルターを覆いかぶせたかのように、一瞬にしてモノクロームの風景に変わってしまったのだ。

音も変わっていた。それまでは、和やかで快活なお喋りに満ちていた世界が、不穏な囁きや声高な罵り合いでいっぱいになろうとしていた。

その巨大な風景の底を、幾人かの若い男女が硬い表情である目標を目指して歩いている。そのうちの何人かは――いや、本当の意味においては全員が、なぜ自分たちがそこに行こうとしているのか知らないまま、その場所に引き寄せられようとしているのだった。

「ねえ、あそこに誰かいるわ」

先に声を上げたのは律子だった。

捷はのろのろと顔を上げた。

いつのまにか、ぼんやりしていたらしかった。

足元の手も、後ろにいた子供たちも消えている。

実は、捷もその存在に気付いてはいたが、口に出せなかったのだ。それに、その人影はぴくりとも動かなかったので、ここにある多くの彫像と同じように、よくできた人形なのではないかという疑惑は消えなかったし、それまでに彼が見ていた子供たちの一人なのだと勝手に納得していたのである。

長いグロテスクな彫像の森を越え、ようやくあの奇妙な巨木が近付いてきていた。

どちらかといえば、普段ならば決して近寄りたいような代物ではなかった。それはあまりにも禍々しく圧倒的な存在感があって、恐らく日常生活において目にすることはなく、目にすべきものでもないと直感させるものだったが、この理解を超えた世界からの出口がそこにあるように見えたので、行かないわけにはいかなかった。

そして、そこに誰かがいた。

捷が人形ではないかと思ったのも無理はない。彼は、木の下で椅子に座っていた。まるで、静かな家の中の書斎で考え事でもしているように、じっと寛いだ姿勢で座っている若い男は、少なくとも見た目は、知的で都会的で至極まともだった。

二人は無言でその男に引き寄せられていった。こんな時にいったい何を話せばよいのだ？　こんな山奥の、木の下で座っている男になんと話し掛けるべきなのだ？

こんにちは、ひどいお天気になりましたね。はじめまして、近くにお住まいですか。

捷はそんな台詞を思い浮かべながら、知らず知らずのうちに苦笑していた。なんという不条理な状態だろう。

二人はそろそろとその男に近付いていった。自分たちに気付いてほしいのだが、その瞬間が恐ろしくもあった。見た目は確かに普通だけれども、ここは烏山響一の世界だ。その世界にいること自体尋常ではないのに、彼の世界でまともに見えるということは、どういうことを表すのだろう？

一方で、雨はまだ弱いものの、確実に降り始めていた。

空に閃光が走る度に生きた心地がしない。次の瞬間、衝撃と共に電流が自分の身体を貫くところを想像すると全身が粟立つ。

が、ついにその男は顔を上げ、二人の顔を見た。

思わず足を止めてしまう二人。

男は「ああ」と呟き、すっと立ち上がり、レストランの支配人のように自然に手を上げると、穏やかな声で言った。

「お待ちしてました。こちらへどうぞ」

「あ、あの」

二人はどぎまぎしながら顔を見合わせた。

男の姿は、あくまでもごく普通のスタイルだ。アメリカン・カジュアルのポロシャツにコットンパンツ。最新のデザインのレザースニーカーを履き、眼鏡も時計も高級かつ流行のものだ。なぜこんな男がこんなところに立っているのか、改めて理解に苦しむ。

男はきょとんとした顔で二人を見る。が、ためらっている二人を見て小さく笑った。

「お疲れ様、ここが終点さ。これを見たら帰れるよ。響一の友達だろう？　あいつの質の悪い冗談にさぞ驚いたと思うけど、ここを通ればゲストハウスまでは一本道で帰れる。ぐるぐる回っていたから分からないだろうね。実は、ここからあそこまでは一時間ちょっとなんだ」

こともなげに説明するその声を聞いていると、思わず安堵してしまいそうになる。

だが、変だ。

律子は頭の中でその声を聞いた。これまで何度も同じような体験をしてはこなかったか？　平気平気、なんともない。別に変わったことはないよ。そんな声をどれだけ聞き、どれだけ騙されてきたことか。

「あのう、これを見たらって——これというのは」

律子は恐る恐る質問をした。

質問など予想もしていなかったという顔で男が律子を振り返る。

「最後のインスタレーション。本物のインスタレーションさ」

「本物の？」

「そう。自然の芸術という言葉があるけれど、これは自然界に出現した、本物の、真実そのままの芸術なんだ。確か君はアーティストだったね？　どんなものか想像できる？　見てみたいとは思わない？」

男の言葉はあくまでもさりげなく、理性的だ。だがしかし。だがしかし、これは。

二人は戸惑う。

「さあ、早く。雨も降ってきたしね」

男は木陰の暗がりから、白い手で手招きをした。

捷は思わず一歩を踏み出していた。

「あなたは誰なんですか？」

律子が思い切って尋ねた。男が意表を突かれた顔で再び彼女を振り返る。

男はにっこりと上品に笑った。

「僕？　僕は、烏山響一の影さ」

響一の背中を見つめながら、風の出てきた山道を歩く。

和繁は、巡礼者にでもなったような気分だった。もう、何年も前からこうして彼の後ろを歩いてきたような錯覚に陥る。

今回が初めてではない、和繁は、響一の髪の毛を見ながら考える。

きっと、淳と響一はこれまで何度も接触してきたのだろう。淳にも元々その素地はあったのだ。響一の世界に共振する下地が。どちらが先に呼んだのか、呼ばれたのかは分からない。だが、今ならば分かる。響一と淳は似ている。一見ちっとも似ていないようだが、その核となる部分が同じなのだ。響一の向こうには、最初から淳がいた。淳が響一を通じてか、その逆なのかは未だに分からないが、自分は最初から二人に呼ばれていたのだ。

そして、夏海はいつから二人に巻き込まれていたのだろう？

和繁は思い出したように夏海の背中を見た。少女のようにうきうきとした背中。彼女はもう、淳に会える喜びだけで頭がいっぱいなのだ。そうだ、響一が目に見えるカリスマならば、淳はいつも見えないカリスマだった。知的で感じのよい青年。誰にでも頼られ、好かれ、敵がいない。先頭に立って引っ張るタイプではないが、静かに人望を集めるタイプ。そのような人間に、誰もが心を許し、助言を求めるのではないか。知らず知らずのうちに手を委ねているのではないか。既に淳は夏海を意のままに扱っている。

子供の頃は否定しようとしていたのかもしれない。いや、むしろ烏山家は淳に外の世界を見てくることを望んでいたのではないか。そして、淳は帰ってきた。日本一の広告代理店のノウハウを持って、響一のアートを世界に喧伝（けんでん）すべく、妻を連れてここに戻ってきたのだ。今や、どこにいても情報は発信できる。この山の中にいても、響一のアートはデジタルの世界を通じて世界中に送り出されるのだ。

だが、なぜ俺がここにいる？　彼らの野望や陰謀（と呼べるものなのかどうかも分からないのだ）にどうして俺が関係あるのだろう。俺をここに呼ぶ必要などどこにもないのに。そもそも、淳の存在を消す必要などどこにもない。単に会社を辞めて、転職すればいいだけだ。なぜわざわざ淳の存在を消そうとした？　彼が死んだことにしなければならないのはなぜだ？

和繁は、自分たちがかなりのハイペースで歩いていることに気付いた。響一も夏海も淡々と歩いているので気付かなかったが、早足と言ってもいいペースである。

どこかに目的地がある。早く辿り着きたい場所があるのだ。

突然、響一が立ち止まり、空を見上げた。

じっと雲の流れを見る。つられて空を見ると、墨を流したような険悪な雲が猛烈なスピードで動いていた。天候の崩れは確実である。

「まずいな。雷雲も近付いてる。ショートカットしよう」

「どこに行こうとしてるんだ？」

「さっきから言ってるだろ。淳のところだ」

平然と答えた響一は、急に後ろを振り向いた。怪訝そうな顔が目の前でアップになり、和繁はどぎまぎする。

「どうしたの、やけに後ろを気にするのね。誰かいるの？」

夏海が不思議そうに後ろを見た。それは、和繁も気になっていることだった。しきりと後ろを気にする響一。彼の当惑する顔が珍しいだけに、気に掛かる。

「いや。なんでもない。しかし、強いなあんたは。驚いたよ」

「え？」

響一がちらっと自分の顔を見て言った台詞に和繁はきょとんとした。

俺が強い？

「さあ、ちょっと下りだが道が急になるのでね。注意してくれよ」

響一は、急に道を逸れて、茂みの中の崖に飛び降りたように見えたので驚いたが、後に続いていく夏海の肩越しに覗きこむと、そこには、両脇に手すりのついた急な鉄の階段が下にずうっと続いていた。落ちるように降りていく響一の背中が、緑の茂みの中に遠ざかっていく。確かに、手すりにつかまって降りるのに慣れると、あっというまに下っていけた。かなりの高さを降りているようだが、崖に面したところは林になっているので恐怖感はない。斜面を渡る風が林を抜け、ごうごうと嫌な音を立てていた。

どこへ降りていく？

顔に、尖った常緑樹の葉が当たって痛い。

地獄の底か？

カンカンカン、と三人が鉄の階段を下りていく音だけが遠く近くこだまする。

降りていく。降りていく。

響一は、なぜあんなに大きな身体であれほど素早く動けるのだろうか。

夏海は彼の背中を見ながら考える。降りていく。降りていく。きっと、淳はあの場所にいるのだ。噂は聞いたことがあるけれど、一族以外の者は近寄れないというあの場所へ。

落ちていく、落ちていく。この底にあるのは何だろう。

夏海は飛ぶように階段を下りながらぼんやりと考える。

あたしはもう引き返すことはできない。淳と響一と、二人が一緒にいるところを見た瞬間から、この二人に付いていこうと決めた時から、こうなることは決まっていたのだ。なぜ淳が星野和繁を連れてくることにこだわったのかはよく分からないけれども、彼がそうしたいと言うのならば、あたしはそうするしかないと知っていた。

子供の頃から、あたしはずっと、支配と服従について考えていた。もちろん、その言葉を意識していたわけではない。だが、思い起こせば、いつもあたしはそのことを考えていた。世界には力があり、それを使う立場と使われる立場がある。あたしは服従することが嫌いだったが、義父も母も、あたしを服従させることに全力を注いでいた。あたしがそれを憎んでいることを知っていて、わざと二人であたしを支配し、あたしを二人にひれ伏させて自分たちが支配者であることを認めさせようとしたのだ。二人のあの情熱はどこから来るのだろう。あたしが愛想のない子供だったから？ 前の夫の子供だったから？ けれど、あたしには理解できないのだ。なぜああも憎しみと情熱を傾け、あたしを支配しようとしたのか。それが、彼らの自尊心を満足させる行為だったのだろうか。

竹が好きなんだよ。

これは淳の声だ。

しなやかで、しぶとくて、獰猛だろ？

彼は風景を見るのが好きだ。それも、名勝ではなく、なんでもない風景を見るのが好きだった。

どこだったろう、仕事先で、彼が駅のホームでくいいるように山の斜面を覆う竹林を見ていたことがある。

低気圧の通過したあとだったか、山はうねっていた。

緑のグラデーションを刻々と変化させながら、巨大な竹林は、前衛舞踏のように、全身をくねらせ、山の中に緑の渦を作っていた。

それを見つめる彼の目は怖かった。そこには何も存在していなくて、彼と風景だけがいた。

人間のいない風景が好きなんだ。人間など構わない、人間のつけいる隙のない、殺伐とした風景ならなおさらね。

そつがなく、誰にも一目置かれ、それでいて決して浮かない。そんな彼のイメージと異なるあの横顔にあたしは惹かれた。

この人は、飼われてはいない。あたしはそう思った。

子供とは何と惨めな存在だろう。住処（すみか）も、食べ物も、着る物も、全て大人に恵んでもらわなければならない。家庭という檻の中では、常に親に隷属して大人の気に入るような生活を続けなければならないのだ。物心ついた時から家の中の雰囲気はひどいものだったが、かといってあたしには、ぐれたり暴れたりという方向に行くことはできなかった。周りにはそういう子もいたが、しょせん世界に敵を増やすだけだと早くに気付いていたからだ。

そうだ、あたしは力を蓄え、いつかは世界を支配する方に回ってみせる。いつかいつもあたしを支配しようとしてきた大人たちを自分に従わせてみせる——しかし、自分がこんなことを考えていたなんて、あたしは全く気付いていなかった。自分は冷静な一匹狼タイプだと思っていたし、他人を支配したいなどという野望があるなんてこれっぽっちも考えなかった。心の中にそんな願望があることを知ったのはいつごろからだろう。淳と知り合ってからだろうか。それとも、淳という響一を見た時か。いや、二人が立っているところを見た瞬間に違いない。あの時、あたしは確信したのだ。二人が世界を手に入れるであろうことを。そして、あたしはここまで来た。この緑の闇の濃い、暑い夏の山まで。あたしはやってきた、二人が世界を手に入れるところを見るために、一緒にこの緑の底に堕ちていくために——

夏海は濃い緑と雨の匂いを嗅ぎながら、下へ下へと降りていく。

地響きのような雷鳴が、地面を伝わって身体をよじのぼってきた。

むっとするような、樹木の呼吸の匂いが鼻を突き、全身を包む。

「これは」

律子と捷はその不気味な風景を見上げた。

鬱蒼とした枝の作るドームの下は、夜のように薄暗く湿っていた。

人が十人がかりで手をつないでも抱えることのできないような太さの幹は、巨大な生物の骨のようなごつごつした模様を描いていて、生きている化石のようだ。よく見ると、幹をぐるりと囲むように鉄の柵が付いていて、その柵から突き出す形で狭い階段が螺旋状に拵えてある。

そして、その上に黒く鈍い光を放つ大きな卵形のものがある。どうやら金属らしいが、表面を丁寧に磨いたかのようにつやつやしているのだ。

「さあ、そこを登ってごらん」

男の心地よい声が二人を促した。

「なんなの、これは」

律子が反射的に後退りをした、男はなんでもない、というように穏やかに笑う。

「素晴らしいだろう。自然の造形とは思えない。あれは神の卵だ。宇宙で産み落とされた神の卵が、このクスノキの上に降臨したのさ。もう数百年も前の出来事だ。その確率たるや、天文学的な数字だ。たまたまこの地球上のこの場所に、焼け落ちもせずに落ちてくるなんてことはね」

男の口調に、かすかな興奮が滲んだ。

「では、これは隕石なんですね。本当に卵そっくりの形だ」

「信じられないだろう。触ってごらん。不思議と柔らかさを感じるから」

囁くような声につられて、捷はそっと階段に足を掛けていた。律子もおずおずと後ろに続く。背後で男は優しく囁き続ける。

「さあ。上へ上へと登っていくんだ。そうすれば、両手でその卵に触れることができるし、顔を押し当てて、頬に卵の温かさを感じることができるよ。そして、耳を当ててみるといい。きっと君たちの懐かしい音が聞こえるよ——貝殻に耳を当てると潮騒が聞こえるようにね。さあ、この本物の芸術に触れるのがこの美術館の終点だ。今度こそ君たちは、真の芸術体験をすることができるんだ」

男の声を聞きながら、捷と律子は上を目指す。生暖かい闇。樹木の呼吸。骨のような幹の感触。遠くから潮騒のように響く雷鳴。

響一は下へ下へと急ぐ。なぜか、一刻の猶予もならないという予感に、心が急いて仕方がないのだ。なんだろう、この予感は。誰かが近くにいる。誰かが俺たちを見ている。誰かがすぐそばまでやってきているのだ。

小枝が頬をかすめ、響一は小さく舌打ちをする。

予感が外れたことはない。外れてしまえば、自分の場合は既に予感ではないのだ。

さっき頭の中に浮かんだ女のシルエットが脳裏をかすめる。

誰だ。誰だおまえは。なぜここにいる。なぜここに来た。

響一はその誰かに呼びかけながら道を急ぐ。まさに、滑り落ちるように斜面を降りていくのだ。

　山のあちこちに、道路からは見えないこういう近道が設けられていて、慣れた響一ならば易々と移動できた。捷と律子を置き去りにして姿を消したのも、こういう近道の一つを使ったに過ぎない。かなりの距離を降りてきたが、響一は呼吸一つ乱すでもなく、汗すらも見せずに降りていく。

　早く着きたい。この奇妙な焦りはなんだろう。

　焦りとはいっても、それは彼の中に感情の漣(さざなみ)を起こすことはない。彼は焦りという現象を客観的に判断し、分析する。それの原因がどこにあるのか、どういう現象でそういうものが現れたのかを推察するのだ。

　俺はさっき見た女のシルエットを知っている。誰か、そう遠くない昔に見た女だ。あれは誰だろう？　あんな絵を送って来られるような女を、俺が放っておくはずはないのだが。

　誰だ。おまえは誰だ。さあ、答えろ。

　響一は頭の中で呼びかけ続ける。

　呼びかけ続ける一方で、彼は視界の隅にあの懐かしい場所を捉えていた。

　群れ飛ぶカラスが敬うように集うあの木を見る度に、深い安息に似た満足感が込み上げてくる。今ごろ、淳はうまくあの二人を誘導してくれているだろうか。

手を触れると、不思議と人肌のような温かさを感じた。

しかも、吸い付くような柔らかい感触。蔦のような細い植物が絡み付いているものの、その表面は磨いたように滑らかだ。捷は、頬を摺り寄せたいという衝動を覚えた。

「いいんだよ、顔を付けてごらん。どうやらその卵には、弱い磁力があるらしいんだな。地球に燃えながら落ちてくる時に、磁気を帯びたんだろうね。身体を通る不思議な力を感じるはずさ」

今や、律子も警戒心をどこかに置いてきてしまったようだった。

二人ともうっとりしたように黒い石の感触を手で愉しみ、撫でさすっている。

律子は気がつくとそっと目を閉じ石に頬を寄せていた。ぴたりと肌に馴染む感触。

ああ、夢でも見ているみたい。

突然、**彼女は薄暗い部屋の中にいて、目の前に首のない若い男が立っていた。**

電気のスイッチが入ったかのように、律子はびくっとして目を開け、顔を離した。

今のは。今のは何。

律子はきょろきょろするが、何もない。

「今、首のない男が」

捷が怯えた声で上から呟いた。律子はハッとする。彼も同じものを見ていたのだ。

「ああ、見えたかい？　彼もなかなか想像力豊かな男だったからねえ。あそこからここまで運ぶのは、近道するにしてもしんどかったな。思わず椅子で居眠りしてしまったよ」

下からのんびりした声が響く。

「もう一度、よく見てごらん」

男の台詞の意味を考えながら、二人はもう一度石に顔を付けた。

次の瞬間、暗い部屋の奥から、首のない男がこちらに向かってのそのそと歩いてくる。

律子は目を大きく見開く。この部屋、知ってる。

見たことがある部屋。あのゲストハウスだ。壁の厚い家。昨夜の長い時間を、恐怖と共に過ごしたゲストハウス。男はどんどん近付いてくる。律子は、捷は、悲鳴を上げる。互いの悲鳴がシンクロし、頭蓋骨の内側に反響する。次々とイメージが溢れ出す。首のない男が、器用にスーツを着ている。首のない男は、真夏の太陽の下、崖から身を投げる、谷底に落ちる、岩にぶつかる、渓流の激しい流れ、鉄砲水の濁った水、転がり落ちる男、首のない身体はどんどんひしゃげ、奇妙な形にねじ曲がり、下流へ下流へと押し流される、虫や魚がついばむ、夏の太陽、膨らむ死体、死体、スーツがぱんぱんに膨らみ、やがては河口へと、鳥が舞い降りる、鳥の嘴がついばむ、悲鳴が二人の頭蓋骨に満ちる、二人の声ではない、だが知っている声だ。

次の瞬間、二人は同時に悟った。橘の声。昨夜、血塗れでやってきたあの男の声、これはあの男が見た映像、あの男が最後に感じた映像。律子はどこかで見る、視界の片隅でか、自分の身体を抜け出したもう一人の自分かは分からないが、確かに見ている。

橘は近くにいる、ごくごく近く、ちょっと手を伸ばせば触れられるところに、そう、あたしは見える、この卵のてっぺんに、卵を抱くように載せられている橘の死体、その死体をカラスの群れが遠巻きにしている、彼らは死体をつつきはしない、**ここは神聖な場所、そして、橘はこの卵に捧げられた供物なのだから**。

律子も捷も悲鳴を上げたいが、すっかり身体は卵に密着し、磁石のようにぴったり吸い付いたまま離すことができない、頭の中、いや、身体の中に流れ込んでくるビジョン、そしてあっというまに凄まじいスピードで流れ出していくイメージに、激流の中に放り込まれたような混乱と衝撃を感じる、それに必死に耐える、いや、耐えているのかどうかもう分からない、二人は卵と一体になっている、卵に自分の内部が、精神が取り込まれていくのを知っている、二人には卵のてっぺんの橘の死体が見える、橘の死体が、まるで溶けた石鹼のようにほとんど卵と一体化しかかっていることも分かっている、そう、自分たちもそうなる、**彼らはこの卵に捧げられた供物なのだから**。

律子は悟っていた。正確には、自分たちではなく、自分たちが持っているイメージやイマジネーションを卵は必要としているのだ。卵は彼らの恐怖や妄想や膨れ上がる巨大なイメージを喰らい、それを溜め込み、時に反射して寄越す、そのイメージを受け取れるものだけがアーティストとなることができる、そのイメージの輻輳(ふくそう)作用に耐えられるものだけがここに近寄り、正気でいることができるのだ、烏山家はそうして芸術家を輩出してきた、しかし、卵は更なる妄想を必要とする、更なるイメージを集積したがる、もっともっと。そしていろいろな人物がやってくる、反射できるもの、イメージを持てる者、なるべくバラエティに富んだイメージを持った者。そして彼らは卵と一つになる。

律子は今はもう知っていた、烏山彩城はもはやこの世に存在しない、彼もある時期は卵の反射に耐えられた、イメージの還元を受けることができた、しかし、彼はもう耐えることができない、彼はもう取り込まれた、もう卵の表面にかすかに手の甲の痕跡が残っているのみ。

そして、響一と、今下にいる男はまだ卵に耐えられる者なのだ、彼らは選ばれし者なのだ。**あたしは駄目だ。**

白いランドセルが地面から迫りあがってくる、その下から子供の頭が迫りあがってくる、彼女がやってくる、彼女が、今度こそあたしを逃がしはしない。あたしは彼女につかまってしまう。

捷は悲鳴を上げる、子供たちが銀行のカウンターを飛び越え、ぴょんぴょんとこちらに駆けてくる、もちろんみんな手首から先はない、笑いながらこっちに来る、彼らは捷を許さない、もっと早く気付いてくれなかった彼を決して許さない、見過ごすことは殺すことと同じくらい重罪なのだ、ああ、そうなのだ、彼らは許してくれない。

香織はどうだろう？　香織も許してくれないのだろうか？

突然、捷の脳裏に姉の顔が浮かんだ。

姉は不機嫌な表情をしている。捷が面倒なことに巻き込まれたことが気に食わないのだ。ごめんなさい、こんなことになってごめんなさい。捷は一生懸命手を合わせて謝る。どこかで声が響く。君たちはよく似てる。君が思っているよりもずっと君に似ているよ。もっと本質的なところで、君たちはよく似てる。誰だ、この声は。ああ、成瀬だ。姉の婚約者。本質。本質とはなんだろう。彼女は銀行で何も見なかった。僕だけが見た。だが、本当に、姉は何も見なかったのだろうか？　捷は疑問を覚える。

あたし、見たわ、お母さんを、姿見の中で。

突然、閃光のように香織の声が頭の中に響く。

お姉ちゃん？

あたし、見たの、あの男を銀行で。血は見えなかったの、いいえ、見ないふりをしたの、あんなものが見えるわけにはいかなかったから。でも、あたし見たの、小さな手首が絨毯の上を這うところ、消えるところ、でも怖かったの、捷の見たものを一緒に認めるわけにはいかなかったの、あたしはきちんとした家庭を作らなきゃならなかったんだもの。

香織の声はいよいよ大きくなる。

あたし、見たわ、夜中のＴＶの中であんたを、進んで面倒に巻き込まれていくあんた、あの男に連れられていくあんたを見たの。

捷はカッと見開かれた香織の目を見たような気がした。

だから、あたしはあんたを連れ戻しに来たわ。


「淳」

和繁は半信半疑で目の前に立っている男を見上げた。

巨大な木の下に立っている彼は、どこか近寄りがたく、よそよそしく見えた。しかし、そこに立っているのは紛れもない淳であり、和繁の知っている淳と寸分違わなかった。

「鳥山家では、同じ年に二人の男の子が生まれた場合、どちらか一人が黒子となって当主を支える習慣があるんだ」

淳は涼しい表情で話し始めた。

「当然、俺が黒子になるはずだった。母親も俺もそれに抵抗した。別の世界で生きようとした。その一方で、俺は響一にずっと共感を覚えていた。一緒に遊んでも、一緒に話していても、自分の半身のように思えることを否定し続けていた。自分はまっとうに平凡な社会人として生きていけると思っていた」

「だが、そうじゃなかったんだな」

和繁は後を続けた。淳は小さく頷く。

「やはり、俺は響一のパートナーとなる運命だったんだ」

「なぜあんな芝居を」

「言うなれば、現実との決別かな。本来なら、戸籍にも載らないはずの存在だったからな。生まれた時から響一の影となるべく、運命づけられていた。俺の存在はこの世から抹殺されなければならなかった」

「彼女は？　彼女はどうなる」

和繁は夏海に目をやった。彼女はにっこりと場違いな笑みを返す。

「戸籍上は響一の妻になる。実質上、我々二人の妻ということになるだろうね」

「そんな」

和繁は絶句した。

「それでいいのよ。あたしは二人が世界を手に入れるところさえ見られれば」

夏海は歌うように言った。

「なぜ俺を巻き込んだ。なぜ俺まで」

和繁が混乱した声でそう言うと、初めて淳はかすかにためらいの表情を見せ、一歩前に出た。

「自分でもよく分からない。が、おまえにはご神体に触れてもらいたかった。是非あの体験をしてみてもらいたかったんだ」

「ご神体？　あの体験？」

和繁は、不気味な形状の巨木と、その上に載っている巨石に恐る恐る目をやった。

「あれは、まさに試金石というべきものだ。その人間の持つ限界が複雑な反応となって現れる。俺には素晴らしい体験だったし、素晴らしい効果をもたらした。子供の時、こっそり響一と何度もここに来たものさ。俺は、ただ純粋に、おまえがあれに触れるとどうなるか知りたかった。おまえに感想を聞いてみたかった」

「俺の？」

和繁は弱々しい声で自分を指差した。

「そうだ。おまえのだ。さあ、触れてみてくれ」

淳が樹上を見上げるのにつられ、和繁はそろそろと木に近付き始めていた。

「その前に、あたしの弟を返して」

突然、背後の彫刻の林の中から聞こえてきた声に、そこにいた四人はハッと振り返った。

まだ若い、しっかりした感じの娘が青ざめた顔でスッと出てきた。

誰だ、この女は？

和繁は夏海と淳を見るが、二人ともきょとんとしている。どちらもこの女を知らないようだ。が、響一を見ると、彼は一瞬驚き、それから大声で笑い出した。

「なんだ、そうか。あんただったのか、ずっと後ろからつけてきてたのは。分からなかったぜ。そうだよな、あんたも反応のいい人間だったもんな。これは好都合だ。是非あのインスタレーションを試してみてくれよ」

響一はむしろ興奮した表情で、突然の闖入者に向かって歓迎するように両手を広げた。が、娘は警戒するように身を引いた。

「やめてちょうだい。何がインスタレーションよ、ただの化け物じゃないの。エイリアンと言ってもいい。あいつは、近付く人間の、異形のイメージと感情に反応するだけじゃなくて、そのイメージの持ち主を食ってしまうんだわ。食うことで、そのイメージを取り込むのね」

「ふうん、そこまで分かったのか。あんたの感度はよほどいいんだな。だから、わざわざこのご神体の周囲は立ち入り禁止にしているのさ。下手な人間が近付いたら、邪念を送りこまれるか、自分の中の妄想を増幅させられるだけだからな」

「捷！　捷、どこにいるの？　返事をして！」

娘は感心している響一の言葉を皆まで聞かず、じりじりと木に近寄って叫んだ。

「ふふ、捷は上にいるよ。あいつを呼び戻してみてはどうだい？」

響一がニヤニヤしながら娘の後ろに立つ。

「捷！」

娘は一瞬、響一を敵意を込めて睨みつけたが、やがて決心したかのように木の下の暗がりに入っていった。和繁も、思わず恐る恐る木の下を覗き込む。幹の周りに小さな階段が作ってあって、上に登っていけるようになっているらしい。

娘の後に続き、響一や淳も入っていった。階段の上の方に誰かがいるのが見える。

「捷！　捷！」

香織は、びっしりと石を包み込むように伸びている太い枝の上に座り込んだまま、ぴったりと石に抱きつく格好になっている捷に気付くと、必死に身体を揺さぶった。しかし、どうしたことか、捷の身体は石から離れない。ふと視線をずらすと、すぐ近くにやはり石に抱きついている少女がいることに気付いた。

これが、ＴＶで見た、一緒にいた子だ。

「捷！　聞こえないの？　あたしよ」

香織は焦った。ぴくりとも動かない捷の耳元で叫ぶ。

「駄目だ、そんなんじゃ聞こえない」

すぐ後ろで囁くような声がしたので香織はハッとして振り向こうとしたが、その時には既に遅く、両手をつかまれて石に押し付けられ、身体全体を石に密着させられていた。

ていたのだ。

「さあ、聞かせてくれ。俺にも一緒におまえの見るもの、聞こえるものを」

響一の声が頭の後ろに響く。響一が彼女の後ろから覆い被さって、彼女を石に押し付け

「何するの！」

「さあ、みんな聞け。淳はどうだ？　夏海も？　和繁も？　一緒に聞いてみろ。さあ、みんな石に触れろ。新しいイメージは、妄想は、常に俺たちを活性化させてくれる。さあ、新しい恐怖を語れ。心の底にしまいこんでいた、幼い頃の悪夢を語るんだ」

香織は、頭の中で何かが弾けたような気がした。

頰が石に押し付けられ、何かが激しく流れ込んできて、また流れ出していく。

頭の中心から、世界のあらゆる方向に向けて、大きな光る矢が凄まじいスピードで飛び出していく。

さあ、思い出せ。おまえは捷の恐怖を知っていただろう？　銀行の絨毯に染み込む血、背後に立っていた子供、手首を切り落とされた子供たちの表情を見ただろう？　絨毯の上を這う手首を、カーテンの下から覗いていた青ざめた顔を。

香織は歯を食いしばった。響一の声は、全身に染み渡り、彼女の中から出してはならないものを引きずり出そうとしている。

ああ、世界が爆発する。この轟音は何。

石の中は空洞だった。真っ暗な真空に、ありとあらゆるものが凝縮されているのが分かる。ここに凄まじいばかりの妄想のエネルギーとイメージが蓄積されている——

駄目だ、感じてはいけない。ここにある負のイメージに共鳴してはならない。

さあ、思い出せ。おまえも恐怖を知っているだろう？　響一の声。

待って、この音は何。うるさいわ。

香織は必死に理性を保とうと努力した。心の淵でかろうじて踏みとどまっている理性がその答を告げる。

雷鳴。雨。今そこに低気圧が来ている。

香織は目を見開いた。ごろごろごろという、低い地鳴りのような雷鳴が響く。

ぴかっという稲光。

一瞬、世界は無になった。白い閃光が全てをかき消し、音も消える。

目を開けると、香織は灰色の世界に立っていた。

ここはどこ？

香織は辺りを見回す。

全てが灰色の世界。灰色というよりも、明かりのない白の世界だろうか。

ざらざらしていて、広くて、何もない。

ふと、離れたところに誰かが座っているのが見えた。

ジーンズ姿の、ショートカットでボーイッシュな女の子。

捷と一緒にいた子だ。

彼女はいっしんに何かを作っていた。白い粘土をこね、凄まじい集中力で何かの形を作り出そうとしている。

なんだろう、この世界は。

空らしきものもあるが、地面と地続きで、同じ色をしている。かろうじて、雲のようなものがうっすらと見えるだけだ。

香織はうろうろとそこを歩き回った。

少女は香織の存在にも気付かないらしく、ひたすら粘土をこねている。

身体は華奢なのに、大きな手をした子だわ。香織は、それ自体が独立した生き物のような、ダイナミックな動きを見せる少女の白い手に見とれた。

ふと、視界の中に、黒い塊が見えた。

なんだろう。黒い霧のような。

香織は目をすがめ、近づいてくるものの正体を見極めようと身を乗り出す。

カラスだった。

沢山のカラスをひきつれて、黒い男がやってくる。

カラスの群れの動きは、ぎくしゃくとしていた。下手なアニメのコマ落としのように、左右にぶれ、不自然に位置を変え、音もなく空を舞っている。

もちろん、中心にいるのはあの男だった。

自信と好奇心に満ちたまなざしが、離れていても香織の芯をとらえている。

やっぱり、ここに来られたか。

招待客の中では、あんたが一番感度良好だったわけだ。しかも、自ら、わざわざここまで来てくれるなんて、感激だな。

男の声がする。しかし、音はない。まるで、この灰色の世界の上に、彼の声が活字となって見えるような感じなのだ。

しょせん、あんたはあれの眷属（けんぞく）なのね。あれの意思に従い、あたしたちとの橋渡しをしているんだわ。

香織の声も、音ではなかった。灰色のスクリーンに、言葉の概念が映し出されていくのを感じる。

ふふ、そんなこと構わないさ。

響一は愉快そうに笑った。

世の中は持ちつもたれつ。俺は、自分が見たいものが見られさえすれば、別に悪魔に支配されようと、誰かの手先になろうと構わない。そんなことを気にするようなちっぽけなプライドは、ここでは何の役にも立たないのさ。

響一は手を広げてみせた。

それはまさしく大鴉（おおがらす）が羽ばたこうとしているようだった。

あたしたちを巻き込まないで。あたしの弟を。

それは違う。

響一は小さく指を振った。

彼らはここに来たがっていた。俺と一緒にここに来たがっていたんだ。これは彼らが選んだ道だ。俺は招待しただけだ。

嘘だわ。

嘘じゃない。

二人の言葉が、灰色の世界に重なり合う。活字や句読点が、世界を黒く埋め、二人の上に覆い被さる。

響一と香織はふと黙り込み、見つめあった。

香織は、響一の意識と自分の意識がぴったり重なり合って無色になってしまったかのような奇妙な感覚を味わった。安堵のような。快感のような。

響一が、かすかに眉を動かし、驚いたような顔になった。

こいつは驚いた。

どうやら、響一も同じ感覚を得たらしい。

もしかすると、あんたと俺は似ているのかもしれないな。

ボーイ・ミーツ・ガール。

香織は、ふとそんな言葉を思い浮かべていた。

この人は。

香織は、自分が何かをつかみかけていることを直感した。

この人は、きっと。

響一が近づいてくる。その、黒い目が香織の中に入ってくる。何も浮かんでいない、何も映し出さない、黒曜石のような暗い瞳が。

その時、香織の肩をひらりと何かがかすめた。

あ。

そちらに目をやる。

蝶が飛んでいた。

鮮やかな、黒とブルーの小さな蝶。

それがひらひらと、香織の肩から頭にかけて、誘いかけるように舞っている。

灰色の世界の中で、それはあまりにも鮮明だった。

蝶。

その瞬間、香織は天啓を得た。

さあ、おいき。そして、連れておいで。

灰色の世界の隅っこに、何か小さなものが浮かんでいる。

あまりにも遠くにあるので、それは芥子粒ほどにしか見えない。

あれは何だ？

響一が訝しがる。彼にもあれが見えているのだ。

その小さなものはくるくる回りながらこちらに飛んで来る。

花の詰まった小さな備前焼の花瓶。

なんだ、あれは。響一の混乱した声。

さあ、おいで。

香織は花瓶に向かって励ますように手を伸ばす。

花瓶は、二人の上空で、カラスの群れの中で、くるくるとリズミカルに回り続けている。

突然、一回りほど花瓶が膨らむように大きくなった。

くっきりと模様が見える。

見慣れた模様。母の手が何度も撫でていたあの模様だ。

花瓶はどんどん大きくなり、やがて、中から花束が溢れ出す。色とりどりの鮮やかな花、

花、花。辺りは無限の花畑のようになり、溢れんばかりの芳香を振りまきながら、花はい

よいよ増えていく。

お母さん。

香織は微笑んだ。花畑はいよいよ明るく、空からいっぱいに光が降り注ぐ。

よせ、なんだ、このイメージは。この光はなんだ。この色彩は。

響一の、かすかに混乱した声が聞こえた。

もう駄目よ、あたしはもう想像してしまったわ。確信してしまったの。

香織は目を閉じ、大きく笑っている。どこかで、捷が香織の笑い声に気付く気配がした。

お姉ちゃん？

捷、想像するのよ、至上の愛を。

至上の愛だと？　響一の嫌悪に満ちた声が響く。

そうよ、あんたの映画はヒントになったわ。そうね、この石がここに落ちた時、辺りには恐怖と妄想が溢れたでしょう。見たことがないものに対する迷信と畏れで、人々の不安が押し寄せたでしょう。それが始まりなのよ、こいつの。こいつはそれをエネルギーとすることを、最初のその瞬間に刷り込まれたんだわ。そして、いったん生まれた負のエネルギーは、膨らむに従ってますます大きな負のエネルギーを必要とする。

それがどうしたというんだ？

香織は笑う。晴ればれとした顔で笑い続け、想像し続ける。

じゃあ、その逆もあるんじゃないの？

その逆って？　そう尋ねたのは、若い女の子の声だった。あの子だ。香織は確信した。ふと彼女のほうを見ると、彼女は香織を見ていた。いつのまにか、粘土は男の顔の像になっている。

それは、響一の顔だった。

なんだそれは。

響一の怒った声が聞こえる。

そんなものはおまえの真実じゃない。それは俺のつもりか？　俺はそんな間抜けな、青臭い顔はしていない。どうしたんだ、おまえは。あの白いランドセルはどこにいった？あれがおまえの本質のはずだ。さあ、粘土を潰せ。おまえの真実を引きずりだすんだ。

でも、あたしは、あなたに憧れていたんです。

少女はしゃがんだまま呟いた。

才能があって、美しいあなた、ストイックな官能性、男性の美しい容姿、全て持っていたあなたに憧れていたんです。

ふざけるな、と響一が叫んだ。

そんなところに俺を引きずりおろすな。そんなつまらない次元で俺を見るな。なんのためにおまえを招待したと思っているんだ。

でも、これはあなたの一面でもあるんです。世の中の人は、こんなふうにあなたを見ているはずです。

少女は、粘土の顔をそっと撫でた。精悍で爽やかな青年の像。

香織は響一を見据えた。

あれに反対のベクトルのエネルギーを与えれば。美しいエネルギー、浄化されるイメージを与えて、それを勝手に増幅させ、輻輳させればどうなるかしら？　分かっているわ、あんたたちは無償の愛というものを信じてないってこと。いや、むしろ畏れていること。それはあんたたちの知らない感情、手に入れることのできなかったエネルギーですものね。だけど、あたしたちは知ってるのよ、いえ、大多数の人が知ってるの、無償の愛、幼い日に見返りなしに与えられたエネルギーを。これを一度カンフル剤のように注ぎこめば、あとは勝手に中で増えていくんじゃないの？

そんな馬鹿な話があるか、この中のエネルギーの蓄積は数百年に亘る。それをおまえ一人で、そんなことできるはずがない。

あらそうかしら、あたしは感度がいいらしいからね。今、早速試してみたわ。そんなに荒唐無稽な話でもないようよ、この白い光は何、確かにこの中には無尽蔵にエネルギーを吸収する余裕がありそうだわ。

ふざけるな、ご神体を汚すつもりか。

汚していたのはあなたじゃないの？　あたしはやってみせる、捷の中のあんたの爪跡も拭いさってみせる、一瞬の閃光の中、この石が太古の最初の瞬間の記憶を取り戻した時に、全てを塗り替えてみせるわ。

香織は、響一に向かって歩き出す。

ほほえみながら、妖しく輝く瞳で。

さあいらっしゃい、迎えに来たわよ、響一。

響一の顔に当惑が浮かぶ。

香織は両手をいっぱいに広げる。

ふと、自分が母になったような気がした。香織。花を活けてね。いつも家の中に花を。お願いよ。母が自分をどう見ていたのか、分かったような気がした。

さあおいで。仕方のない子ね。でも、あなたを責めはしない。無償の愛に気付かなかった。知らなかったのだから。自分一人で生きていけると、強がっていただけなのだから。

香織は満面の笑みを浮かべ、慈愛を込めて響一を抱きしめる。

響一の顔に初めて恐怖が浮かぶ。彼が理解しないもの。彼が知らなかったものに触れた恐怖が。

しかたのない子ね。

香織は優しく囁きかけ、響一の冷たい唇に自分の唇を押し付ける。

響一が悲鳴を上げる。

聞こえない悲鳴。灰色の世界を大きな活字で埋めつくす長い長い悲鳴を。

叫び声が満ちる、しかし、香織は響一の身体を抱いたまま笑い続け、光はいよいよ強くなる。むせかえるばかりの花の香り、温かな風に次々と花吹雪が舞い、世界は遠くに向かい、無限にあらゆる方向に広がっていく。みんなが叫んでいる。響一が、捷が、律子が、和繁が、夏海が、淳が。みんなが石に手を触れていたからだ。みんなが香織と響一の声を聞いていたからだ。

みんなの意識が真っ白に溶け、遠いところへ凄まじいスピードで拡散していく。

みんなが遠くなり、自分が遠くなる。自分だったものがどんどん遠ざかっていく。意識が、身体が、記憶が、世界が、今や把握すらできぬ速さで遠くへ、遠くへ、遠くへ、遠くへ――

61

低気圧は通過した。

いっとき激しく降った雨も止み、雲も徐々に切れ始めていた。

ここは、熊野の山の中。濡れた木々の緑が、雲間から差し込む光に眩く輝き始め、あっというまに気温が上がっていく。生々しい生命の匂いが、そこここから立ち上る。

静けさが戻った山あいに、鳥の声が響く。

雲がゆっくりと紫やオレンジの縁取りを残して流れていく。

夕暮れは近いが、まだ夏の盛り。日暮れまでに、山に降った水はすっかりどこかに消え去ってしまうだろう。

どこまでもびっしりと続く緑の海の中に、ひときわ目を引く巨木がある。

巨木だけではなく、中には黒い大きな石が見える。どうやら、石を枝がすっかり抱え込んでしまっているようなのだ。非常に珍しい光景と言えるだろう。

巨木の上には、小さな小鳥たちが集まって歌を奏でている。この木全体が、小鳥たちの家となっているらしい。

青空が覗き始めた今、小鳥たちの歌声はますます高まり、緑の海は明るい光に見る見るうちに色を変えてゆき、夏の光に輝き始める。

「よかったねえ、雨上がって」

「雷、怖かったね。やっぱ山の中だとド迫力」

「びっくりしちゃった」

「ここからゲストハウスまでは一時間くらいだから」

若い男女が和やかな口調で空を見上げながら歩いていく。

「凄かったね、あの雷。なんだか、一瞬気を失ってたわ」

「あ、俺も。気が遠くなっちゃって」

胸を撫で下ろす仕草をするショートカットの娘に、眼鏡を掛けた青年が応える。

一番後ろを歩いていた娘は、会話に微笑みながらもそっと後ろを振り返った。

遠く、黒い石を戴くこんもりした木が見える。

娘は暫くじっとその木を見守っていたが、弟の呼ぶ声に促されてやがて前を向いて歩き出した。

62

夜のアトリエ。

今夜も一人で、彼女は粘土をこねている。

彼女の指は、生き物のように、生き生きと動き回り、あっというまに何かの形を造り上げていく。

女の顔。

彼女は、つかのま手を休め、自分が造り出したものを見つめる。

粘土の女は、静かに目を閉じていた。しかし、唇はかすかに笑みを浮かべている。

謎めいた笑み、どこか毒を秘めた笑み、何か暗く口に出せないものを隠している笑みが。

これでいい。

彼女は満足そうに小さく頷き、大きく伸びをする。

ふと、何気なく後ろを振り向く。

しかし、そこには誰もいない。初秋の夜、裏庭の草むらから虫の鳴く声が聞こえるだけだ。

63

「捷、風邪引くわよ。うたたねはやめて」

捷はハッとして目を覚まし、テーブルの上に慌てて起き上がった。

ねぼけまなこできょろきょろと辺りを見回し、コーヒーカップを持った香織を見つけると一人で何度も頷く。

「ああ、そうか。お姉ちゃん帰って来てたんだっけ」

お嫁に行ったはずの姉が家の中にいたので、一瞬、フィルムが巻き戻されて昔に戻ったような錯覚を覚えたのだ。

あれ、なんだか今、おかしな感じがしたような。

捷は眠りと覚醒の隙間に落ちていった奇妙な感覚を繋ぎとめようとしたが、とっくにそれはどこかに消えてしまっていた。

香織は相変わらず子供扱いの口調で肩をすくめ、テーブルに着いた。

「そうよ。もう冬が近いんだから、せめてこたつにしときなさい」

「でも、こたつにすると益々寝ちゃうんだよな」

捷は欠伸をしながら目をこすった。

「それもそうね。こたつに寝るのだけはやめてちょうだいよ。あんた、必ず風邪引くんだもの。やれやれ、どっちにしても心配だわ」

「だいじょうぶ、だいじょうぶ」

捷はもう一度大あくびをしながら座り直した。

「あ」

捷は点けっぱなしになっていたＴＶに気付くと、慌ててリモコンを捜した。

ＴＶの中では、映画のラストのタイトルロールが流れていた。

花畑の中に乗り捨てられた車のトランクから、真っ白な蝶が青い空に舞い上がっていく。

「これ、なんの映画？」

香織はマグカップを捷の前に置きながら尋ねる。

「ん。友達の。ほら、夏に別荘というか、あれは実家か。一緒に行ったじゃん」

「ああ、あの子の」

やがて、その名前が出る。

KYOICHI　KARASUYAMA

「凄い奴だよね。なんだかさ、あいつの家って、熊野の聖地にあるじゃない。そのせいか、あいつが作るものも凄いんだよね。ほんと、心洗われるというか、浄化されるっていうか。僕みたいな信心深くない奴でもそんな気分になるもの、あいつの作った映画観てると」

「ふうん。そんなものかしら？」

香織は気のない返事をする。

「そうだよ。この映画だって、泣けるよ。何度観ても、観たあとで、清々しい気分になれるよ。あいつが夏に出した『カーテン』だって、癒しのＤＶＤで、世界中で大ヒットだったろ。天使が見えるって評判聞いた？　お姉ちゃんも、旦那と喧嘩した時観るといいよ」

「余計なお世話よ」

香織は、テーブルの上に置いてあったビデオテープのケースを取り上げた。

「『至上の愛』、か。凄いタイトルね」

「あ、なんだかちょっと馬鹿にしてない？」

捷は不満そうな顔で香織を睨みつける。

「そんなことないわよ。友達によろしく言っといて。夏はどうもありがとうございましたって」

「うん、言っとく。あーあ、課題やんなくちゃ」

「ポットにお湯入ってるから、インスタントコーヒーお代わりしたくなったら使って」

「ありがと」

捷はマグカップのコーヒーを一口飲むと、がりがりと頭を掻いた。それまで畳の上に打ち捨ててあった計算用紙をあきらめ顔で取り上げる。

「捷」

突然、香織が真顔で呼びかけた。

「え？　何？」

きょとんとした顔で自分を見上げる弟を、香織はほんの少し見つめていたが、やがて小さく笑って首を振った。

「ううん、なんでもない」

「変なの」

香織は笑みを浮かべたまま、そっと静かにふすまを閉めた。

初刊本あとがき

子供の頃、ＮＨＫの教育テレビで「とんでけブッチー」という番組があった。細かいところは定かではないが、森、海、都市など全くタイプの異なる場所の絵が五枚ほどあって、登場人物が毎回違う絵の中の世界に入っていくという設定の話だった。

この話に強く惹かれたのは、「絵の中に入る」というところがポイントだったと思う。その後、江戸川乱歩の「押絵と旅する男」及び『パノラマ島奇談』やオスカー・ワイルド『ドリアン・グレイの肖像』などに反応したのも、「絵の中の世界と接触する」ということに対する憧れがあったのだろう。忠津陽子の『ロザリンドの肖像』や美内すずえ『魔女メディア』も怖い絵が出てきたっけ。

『禁じられた楽園』は、現代のお化け屋敷＆『パノラマ島奇談』を書こうと思ったものである。「楽園」に入るまでの構想は随分前からできていたのだが、「楽園」に入るまでに随分時間が掛かってしまったのと、「楽園」の内容までは考えていなかったので、連載中は非常に苦労した。まだＤＶＤが爆発的に普及する前だったので、現在読み返してみるとやや古い感じがする。

「負のアート」というのも昔から関心のあるテーマで、最近とみに脚光を浴びているいわゆる「アウトサイダー・アート」にも興味があった。烏山響一というキャラクターは元々別の短編の登場人物として考えていた人物だが、今回メインキャラクターでお披露目した。この物語ではたまたまこんな結末になってしまったが、元々バリバリ邪悪路線の男なので、別のところではまた本来の（？）キャラクターで登場してくると思う。

熊野は世界遺産になるよりも随分前に友人と訪れたことがあって、夏に行ったせいもあるが、桁外れの光の量が印象的だった。そのうちまた、秋や冬など異なる季節に行ってみたいなと思っている。

二〇〇七年一月　　恩田　陸

解説

皆川博子

本書を手に取ることは、興味深いインスタレーションの入り口に立つことです。

すぐれたストーリーテラーという言葉を、私は最大の讃辞として本書の作者に捧げるのですが、〈恩田陸の物語〉は、動きの表面を掬うのではなく、人間の心の深みにまで錘（おもり）を下ろし探り上げていくことを推進力としています。

『禁じられた楽園』を読み進む読者は、突然、次のようなフレーズに出会います。

〈恐怖とはどこにあるのか。世界はさまざまな恐怖に満ちているけれど、つまりは恐怖する自分の内側に存在している。〉

〈ちっぽけな存在の人間にとって、この世で一番怖いのは狂気よりも正気だ。〉

つづくフレーズは、いっそう「狂気」と「正気」についての考察を深めます。

〈狂気はある意味で安らぎであり、防御でもある。それに比べて、正気で現実に向き合うことはどれほど人間にとってつらいことだろう。〉

恐怖に満ちたインスタレーションを制作したカリスマ的アーティスト烏山響一について、

これもアーティストである香月律子が抱いた感想です。

「現実」は、一貫した筋立ても正邪の分別もない、不条理の上に別の不条理を重ね、さらにその上に別の……と幾重にも重ねた不条理のミルフィーユをフォークで突き崩したようなものです。

その現実に身を沿わせて生きるには、不条理を条理として受け入れる狂気を栖とするほかはないと律子は感じているのでしょう。

ここで戦争を持ち出すのは如何にも場違いであり、解説の任から逸れるのですが、戦時中という「現実」においては、戦争を狂気と捉える正気の者が狂人とされます。敗戦により狂気の一つからは逃れ得ましたが、今現在の「現実」が正気であると、断言できるでしょうか。

烏山響一は、正気で現実に向き合う勁い人物なのか。

作者自身のあとがきによれば、烏山響一は〈バリバリ邪悪路線の男〉とあります。バリバリ邪悪は軟弱者にはつとまらない。彼の強さは、他者を実験材料とみなして躊躇わないところにあるのでしょうか。

早川書房から〈異色作家短篇集〉というシリーズが刊行されたのは、一九六〇年代以降でした。ロアルド・ダール、シャーリイ・ジャクスン、ジャック・フィニイ、レイ・ブラッドベリ、シオドア・スタージョン……と、ジャンルの枠を超えた〈異色〉な作家とその作品が選ばれていました。〈異色〉は、江戸川乱歩の言う〈奇妙な味〉に重なります。粋な短編集とも言えます。

シャーリイ・ジャクスンの「くじ」で足元がひっくり返るショックを受けたり、スタンリイ・エリンのおかげで特別料理といえばあれを指すことが本好きの間では常識になったり、と、大きな話題になったシリーズでした。

異色な作品が次々と刊行されていたこの時期に、将来の異色作家恩田陸は生誕したのでした。

ちなみに、このシリーズは二〇〇五年から新装版が再刊され、何本かは文庫化されて息長く続いています。

息が長い作といえば、恩田陸さんのデビュー作『六番目の小夜子』は、第三回日本ファンタジーノベル大賞にノミネートされ、一九九二年に文庫化、いったん絶版になったものの、加筆の上、九八年に単行本上梓、二〇〇一年に再度文庫化されました。二〇一九年には、三十二刷が刊行されています。読者にどれほど熱く支持されてきたかが窺える経緯と数字です。高校生の間でサヨコ伝説の行事が代々引き継がれてきたように、『六番目の小夜子』を読む行為は、読者の間で自ずと引き継がれているのではないかと思えます。時代が移り世相が変われば、読者の受け入れ方も変わる。それにもかかわらず長く読み継がれているのは、時代を超えて共有される「核」の部分を作者が掴んでいるからでしょう。

恩田陸さんの作品に初めて接したのは一九九二年刊の文庫版『六番目の小夜子』でした。不思議な魅力に惹かれ、その後『球形の季節』『不安な童話』『三月は深き紅の淵を』……と、恩田陸が構築する世界を楽しく逍遥するようになりました。

すべてを読破しているわけではなく、一端を垣間見たに過ぎない私が言うのは僭越ですが、恩田陸の作品に通底する要素の一つに、自我が認識しない領域についての着目があると思います。自分の行動の理由が、自分でも明晰に理解しがたい。しかしそれは結果において必然であったりします。一人の強力な意識が、他者の顕在しない意識に働きかけもします。

インタビューで、恩田陸さんは、幼時の読書体験を語っておられます。大意。家に本が沢山あり、よく読んでいた。とりわけ印象深いのはロアルド・ダールの『チョコレート工場の秘密』だった。

その後も、身近にある本を片端から乱読されたそうです。

おびただしい書物の消化は、作家恩田陸の重要な養分となったことでしょう。先行作へのオマージュとして書いたと仰る作も幾つかあります。

しかし、私は思うのです。子供のころ身辺にろくな本のない環境に育ったとしても、恩田陸は自（みずか）ら物語を創り出していただろう。小鳥が、学ばなくても歌うことを知っているように。

そうして、自由に羽ばたく空があることを知っているように。

二〇一六年に上梓された『蜜蜂と遠雷』は直木賞と本屋大賞（二度目！）をダブル受賞し、映画化もされ、評価がようやく実力に追いつきましたが、この稿を書くために直木賞の選評を読んでみたところ、興味深い言葉がありました。恩田陸の作品はそれまでに五回ノミネートされ、『蜜蜂……』は六回目でした。「氏の候補作品が手もとにとどけられるたびに他の候補作品とはちがう組（まないた）を用意しなければならなかった。」「ようやく同じ組上に乗った、と安心した。」（宮城谷昌光氏）

恩田陸の作風がいかに異色であったかを示しています。小説はこうあるべき、という選考委員の認識からはみ出して奔放に飛翔する、しかも一作ごとに新しい実験を試みるのが、〈恩田陸〉でした。

デビューから受賞までずいぶん長い期間がありましたが、翼はその間にいやまして強靱になり、これからも、より高く、より広く、舞われることと思います。その軌跡が、素晴らしい＝面白い作品となって読者を巻き込んでゆくことでしょう。

以下の一文は、私的な蛇足です。

恩田さん、かなり以前、奇妙なパフォーマンスに誘ってくださったこと、おぼえていらっしゃるでしょうか。舞台に男性が立っている。照明が落ち、闇になるけれど、彼の顔だけはスポットライトが当たっている。闇の中に浮き出した顔がどんどん大きくなる。破裂しそうにふくらむ。照明ON。普通のサイズの彼がニコニコして立っている。あのトリックはいまだにわかりません。時々思い出しては、不思議な気分になります。楽しくて、不思議。恩田陸の作品を読み終えたときの余韻みたいな。

二〇二〇年二月

本書は２００７年３月徳間文庫として刊行されたものの新装版です。なお、本作品はフィクションであり実在の個人・団体などとは一切関係がありません。

ヘアメイク＝堤　紗也香
スタイリスト＝荒木大輔

徳間文庫

禁じられた楽園

〈新装版〉

2020年3月15日　初刷

著者　恩田陸

発行者　平野健一

発行所　株式会社徳間書店
東京都品川区上大崎三－一－一
目黒セントラルスクエア　〒141－8202
電話　編集〇三（五四〇三）四三四九
　　　販売〇四九（二九三）五五二一
振替　〇〇一四〇－〇－四四三九二

印刷　大日本印刷株式会社
製本

ISBN978-4-19-894543-5　（乱丁、落丁本はお取りかえいたします）

徳間文庫

スーサ　あさのあつこ
空色勾玉　荻原規子
白鳥異伝〈上下〉　荻原規子
薄紅天女〈上下〉　荻原規子
風神秘抄〈上下〉　荻原規子
あまねく神竜住まう国　荻原規子
おもいでエマノン　梶尾真治
さすらいエマノン　梶尾真治
まろうどエマノン　梶尾真治
ゆきずりエマノン　梶尾真治
うたかたエマノン　梶尾真治
クロノス・ジョウンターの伝説　梶尾真治
つばき、時跳び　梶尾真治
サラマンダー殲滅〈上下〉　梶尾真治
桜大の不思議の森　香月日輪
エル・シオン　香月日輪
千年鬼　西條奈加
魔法使いハウルと火の悪魔　D・W・ジョーンズ　西村醇子 訳
アブダラと空飛ぶ絨毯　D・W・ジョーンズ　西村醇子 訳

チャーメインと魔法の家　D・W・ジョーンズ　市田　泉 訳
魔法？　魔法！　D・W・ジョーンズ　野口絵美 訳
雷獣びりびり　高橋由太
吸血鬼にゃあにゃあ　高橋由太
疫病神ちちんぷい　高橋由太
化け狸あいあい　高橋由太
明日きみは猫になる　高橋由太
ショートケーキにご用心　高橋由太
紫鳳伝　王殺しの刀　藤野恵美
紫鳳伝　神翼秘抄　藤野恵美
竜宮電車　堀川アサコ
水中少女　堀川アサコ
花咲家の人々　村山早紀
花咲家の休日　村山早紀
花咲家の旅　村山早紀
花咲家の怪　村山早紀
竜宮ホテル　村山早紀
魔法の夜　村山早紀
水仙の夢　村山早紀

アカネヒメ物語　村山早紀
ぶたぶた　矢崎存美
刑事ぶたぶた　矢崎存美
ぶたぶたの休日　矢崎存美
夏の日のぶたぶた　矢崎存美
クリスマスのぶたぶた　矢崎存美
ぶたぶたの花束　矢崎存美
地を這う捜査　徳間文庫編集部編
悪夢の行方　徳間文庫編集部編
憑きびと　徳間文庫編集部編
現代の小説２０１４　日本文藝家協会編
現代の小説２０１５　日本文藝家協会編
現代の小説２０１６　日本文藝家協会編
現代の小説２０１７　日本文藝家協会編
現代の小説２０１８　日本文藝家協会編
現代の小説２０１９　日本文藝家協会編
恋のかたち、愛のいろ　唯川　恵 他
さよならくちびる　原案・脚本 塩田明彦　ノベライズ 相田冬二
金融報復　リスクヘッジ　相場英雄

徳間文庫

書名	著者
越境緯度	相場英雄
D列車でいこう	阿川大樹
植物たち	朝倉かすみ
地下鉄に乗って	浅田次郎
日輪の遺産	浅田次郎
月のしずく	浅田次郎
姫椿	浅田次郎
Team・HK	あさのあつこ
殺人鬼の献立表	あさのあつこ
グリーン・グリーン	あさのあつこ
あるキング	伊坂幸太郎
水光舎四季	石野晶
願いながら、祈りながら	乾ルカ
隠蔽指令	江上剛
人生に七味あり	江上剛
断固として進め	江上剛
リノベラー	奥村聡
ロゴスの市	乙川優三郎
若桜鉄道うぐいす駅	門井慶喜
妻恋坂マンション	鬼島紘一
経済特区自由村	黒野伸一
鍵のことなら、何でもお任せ	黒野伸一
おいしい野菜が食べたい！	黒野伸一
早坂家の三姉妹	小路幸也
猫と妻と暮らす	小路幸也
恭一郎と七人の叔母	小路幸也
帝冠の恋	須賀しのぶ
俺はバイクと放課後に 走り納め川原湯温泉	菅沼拓三
俺はバイクと放課後に 雪が降る前に草津温泉	菅沼拓三
俺はバイクと放課後に 伊豆半島耐寒温泉ツーリング	菅沼拓三
伯爵夫人の肖像	杉本苑子
カミングアウト	高殿円
失恋天国	瀧羽麻子
アオギリにたくして	中村柊斗
ブルーアワーにぶっ飛ばす	箱田優子
本日は、お日柄もよく	原田マハ
生きるぼくら	原田マハ
さよなら的レボリューション	東山彰良
お金のある人の恋と腐乱	姫野カオルコ
ヒット・エンド・ラン	広谷鏡子
ランチに行きましょう	深沢潮
天空の救命室	福田和代
おもい おもわれ ふり ふられ	堀川アサコ
誰も親を泣かせたいわけじゃない	堀川アサコ
まぼろしのパン屋	松宮宏
さすらいのマイナンバー	松宮宏
まぼろしのお好み焼きソース	松宮宏
アンフォゲッタブル	松宮宏
神去なあなあ日常	三浦しをん
神去なあなあ夜話	三浦しをん
ヒカルの卵	森沢明夫
純喫茶トルンカ	八木沢里志
しあわせの香り	八木沢里志
きみと暮らせば	八木沢里志
こんな大人になるなんて	吉川トリコ
イッタイゼンタイ	吉田篤弘
電球交換士の憂鬱	吉田篤弘

徳間文庫

書名	著者
狂おしい夜	鯨統一郎
勁草	黒川博行
モノクローム・レクイエム	小島正樹
三つの名を持つ犬	近藤史恵
岩窟姫	近藤史恵
真夜中の意匠	斎藤栄
その朝お前は何を見たか	笹沢左保
KAPPA	柴田哲孝
激流〈上下〉	柴田よしき
求愛	柴田よしき
ランチタイムは死神と	柴田よしき
象牙色の眠り	柴田よしき
無限のビィ〈上下〉	朱川湊人
計画結婚	白河三兎
正義をふりかざす君へ	真保裕一
赤毛のアンナ	真保裕一
封鎖	仙川環
古い腕時計	蘇部健一
濁流〈上下〉	高杉良
義経号、北溟を疾る	辻真先
定本 バブリング創世記	筒井康隆
波形の声	長岡弘樹
あなたの恋人、強奪します。	永嶋恵美
別れの夜には猫がいる。	永嶋恵美
泥棒猫リターンズ	永嶋恵美
カチョウ	中野順一
東京駅で消えた	夏樹静子
デュアル・ライフ	夏樹静子
からみ合い	南條範夫
二年半待て	新津きよみ
夫が邪魔	新津きよみ
鬼女面殺人事件	西村京太郎
鎌倉江ノ電殺人事件	西村京太郎
隣り合わせの殺意	西村京太郎
一億二千万の殺意	西村京太郎
寝台特急八分停車	西村京太郎
北緯四三度からの死の予告	西村京太郎
十津川警部「標的」	西村京太郎
神話列車殺人事件	西村京太郎
十津川警部「ダブル誘拐」	西村京太郎
篠ノ井線・姨捨駅 スイッチバックで殺せ	西村京太郎
殺意をのせて…	西村京太郎
刑事の肖像	西村京太郎
天国に近い死体	西村京太郎
萩・津和野・山口殺人ライン	西村京太郎
十津川警部 特急「雷鳥」蘇る殺意	西村京太郎
火の国から愛と憎しみをこめて	西村京太郎
出雲 神々への愛と恐れ	西村京太郎
湖西線 12×4の謎	西村京太郎
発信人は死者	西村京太郎
「スーパー隠岐」殺人特急	西村京太郎
北軽井沢に消えた女	西村京太郎
別府・国東殺意の旅	西村京太郎
十津川警部 幻想の天橋立	西村京太郎
北陸新幹線ダブルの日	西村京太郎
熱海・湯河原殺人事件	西村京太郎
消えたトワイライトエクスプレス	西村京太郎